Le destin d'une autre

CHARLOTTE VALE ALLEN

Le destin d'une autre

BestSellers

Titre original : CLAUDIA'S SHADOW

Traduction française de DANIÈLE LARUELLE

Ce roman a déjà été publié dans la collection
BEST n° 54 *en 1997, 2001, 2004*

Photos de couverture
Nénuphar : © RAYMOND GEHMAN / GETTY IMAGES
Lettre manuscrite : © CSA PLASTOCK
Réalisation graphique couverture : V. ROCH

83/85 boulevard Vincent-Auriol 75646 PARIS CEDEX 13.

Service Lectrices — Tél. : 01 45 82 47 47

www.harlequin.fr

ISBN 978-2-2808-5109-1 — ISSN 1248-511X

1

Comme chaque samedi matin, après le petit déjeuner, elle était encore en pyjama et nettoyait l'appartement. Elle changea les draps, mit des serviettes propres dans la salle de bains et jeta le linge à laver en tas près de la porte d'entrée. Elle enfila ensuite ses gants de caoutchouc, récura le carrelage et les sanitaires, après quoi elle s'attaqua à la petite cuisine. Une fois la salle à manger et la chambre époussetées, elle passa l'aspirateur. Enfin, en sueur mais satisfaite, elle ajouta son pyjama à la pile de linge sale et se dirigea vers la douche.

Après s'être vêtue, elle s'apprêtait à se sécher les cheveux quand le téléphone sonna. Elle décrocha dans la chambre et entendit la voix d'Ian Hodges :

— Rowena ?

Au creux qu'elle sentit à l'estomac, à la tension de ses épaules, elle comprit aussitôt qu'il s'agissait d'une mauvaise nouvelle. Gérant du restaurant de sa sœur Claudia, Ian n'avait aucune raison de l'appeler. Sauf si la situation était grave.

— Que se passe-t-il ?

Elle éprouvait une peur soudaine, viscérale.

— C'est un peu délicat, Rowena…

Sa panique s'accrut. Visiblement, il cherchait ses mots… pour adoucir le choc.

— Parlez, Ian, je vous en prie.

Il fallait qu'elle sache, qu'elle s'arme pour affronter la réalité.

— Claudia ne s'est pas montrée au restaurant la nuit dernière. J'ai tenté de la joindre, sans résultat. Cela m'a semblé bizarre, mais votre sœur est une spécialiste du bizarre. Comme elle ne répondait toujours pas ce matin, j'ai préféré passer chez elle pour plus de sûreté. J'avais le double de ses clés, au restaurant…

La voix d'Ian s'était assombrie sous l'effet d'un trouble évident.

— Je… je suis désolé, Rowena… Apparemment, elle s'est suicidée…

— Mon Dieu ! Suicidée ? Mais comment, pourquoi ?

Non, ce n'était pas possible ! Malgré tout ce dont elle était capable, jamais Claudia ne se serait tuée ! C'était aussi invraisemblable que si sa sœur l'avait appelée pour lui proposer à l'improviste un dîner en tête à tête. De toute sa vie, Claudia n'avait jamais rien fait sans en calculer à l'avance toutes les implications et les conséquences. Intrigante, manipulatrice, elle ne cédait jamais à son instinct et recherchait en toute circonstance le profit qu'elle pourrait tirer d'une situation.

— Cela vous ennuierait de venir ? Je l'ai identifiée, mais la police aimerait parler à sa plus proche parente.

— Bien sûr, acquiesça Rowena, gagnée par le vertige. J'arrive de suite.

— Excellent, je vous remercie.

Après avoir raccroché, elle ébaucha des gestes sans suite. Elle reprit le combiné, désireuse d'appeler quelqu'un, puis elle se ravisa, ne sachant qui appeler. Elle se dirigea vers la salle de bains dans l'intention de se sécher les cheveux et rebroussa chemin pour aller chercher son manteau et ses clés. De toute évidence, son corps menait une existence indépendante tandis que son esprit tentait d'assimiler le suicide de Claudia. C'était par trop absurde, inconcevable.

Se précipitant vers l'entrée, elle poussa le linge d'un coup de pied pour ouvrir la penderie, agrippa la première veste venue et commença à l'enfiler tout en courant vers la cuisine où se trouvaient son sac et ses clés.

Absurde, inconcevable, se répéta-t-elle en verrouillant la porte avant de s'élancer vers l'ascenseur. Claudia morte ? Suicidée ? Jamais. Elle était trop tenace pour mourir, trop avide de boire la vie jusqu'à la dernière goutte. Elle était trop jeune, trop belle et trop riche pour se supprimer. La connaissant, Rowena pouvait imaginer que quelqu'un l'eût tuée dans un accès de rage, mais jamais sa sœur ne se serait tuée elle-même !

En temps normal, Rowena mettait vingt minutes pour aller de Stamford à la maison de Norwalk, mais ce jour-là, il lui en fallut seulement douze. Lancée à cent vingt kilomètres/heure, elle s'attendait à être arrêtée et avait préparé un couplet sur la mort de sa sœur. Mais comme toujours, personne ne respectait les limitations de vitesse, et il n'y avait pas la moindre voiture de police en vue.

En approchant de la maison, elle aperçut tous les véhicules officiels garés en dépit du bon sens le long du trottoir — camion de pompiers, ambulance, voiture de patrouille. Des voisins regardaient avec curiosité par-dessus leur haie. Elle comprit alors qu'il était inutile de le nier davantage. Claudia était bien morte.

La porte était ouverte, et elle fit une pause sur le seuil, intriguée par le manège des hommes en uniforme qui s'agitaient dans l'entrée. A l'écart, tête basse, Ian conversait avec un policier. Très séduisant, Ian, et toujours vêtu avec goût. Grand et mince, il avait un visage intéressant : des yeux noisette profondément enfoncés, un long nez, une bouche plutôt fine, un menton volontaire. Il paraissait cependant étrangement asexué — comme seuls, selon elle, l'étaient certains Anglais. Elle s'était demandé s'il n'était pas homosexuel et avait fini par conclure qu'il était tout simplement du genre neutre. S'il avait dû être un pays, ç'aurait été la Suisse : attrayante, soignée et pleine de charme, mais sans mordant, sans parti pris.

Etourdie, désorientée, elle avait l'impression de regarder à travers une épaisse paroi de verre qui étouffait les sons et déformait légèrement tout ce qu'on voyait.

Ian leva la tête, l'aperçut. Leurs regards se croisèrent. Ils demeurèrent ainsi un long moment, un moment lourd d'émotion. Enfin, il s'avança, les bras tendus, et elle l'étreignit tandis qu'il murmurait :

— Je suis désolé, Rowena. C'est vraiment terrible.

Etrange. Au fil des années, elle n'avait rencontré Ian que quelques dizaines de fois, et il s'était toujours montré d'une correction toute britannique — brèves poignées de main énergiques, sourire discret, respectueux. Mais aujourd'hui, il était si bouleversé qu'oubliant toutes les convenances il communiquait par le corps. On se touchait beaucoup aux enterrements. Rowena se souvenait encore des baisers, des étreintes dont on les avait assaillies, Claudia et elle, lors du service funèbre de leur mère douze ans plus tôt. Des amis jadis très réservés, les leurs comme ceux de leur mère, leur avaient exprimé leur douleur physiquement, comme s'ils étaient soudain privés de la parole. Il est vrai que la plupart des gens qui avaient connu Jeanne Graham l'avaient aimée, à l'exception de ceux qui s'étaient trouvés contraints de vivre avec elle — Claudia en particulier. Mais quels avaient été au juste les sentiments de Claudia pour leur mère, elle l'ignorait. Claudia dissimulait ses véritables émotions — à supposer qu'elle en ait jamais eu — sous de telles couches d'artifices qu'il devenait presque impossible de les percevoir.

— Vous êtes la sœur ? demanda l'un des policiers, tandis que Rowena s'écartait d'Ian.

Elle acquiesça de la tête, le cerveau englué dans un brouillard épais.

— Hmm… M. Hodges ici présent l'a déjà identifiée, mais si cela ne vous dérange pas…

Seigneur, si, cela la dérangeait ! Enormément, même. Elle ne désirait nullement voir sa jeune sœur morte, terrassée par un suicide supposé. Mais son corps, de nouveau mû par une volonté propre, suivit le policier en uniforme dans l'escalier qui menait à la chambre maîtresse. Sous l'effet de la terreur, Rowena respirait avec difficulté et ses jambes lui pesaient. Elle qui avait toujours désiré vivre en paix dans son coin ! Mais être la sœur de Claudia vous précipitait dans les drames, que cela vous plût ou non. Rowena n'avait plus d'illusion depuis l'âge de douze ans environ. Sans doute parce qu'elle était la seule personne sensée et raisonnable de la famille, le vilain petit canard sans grâce et sans grande ambition, sans désir de soumettre les autres et de les plier à sa volonté. Elle se contentait de peu ; il lui suffisait de faire son travail et de partir en vacances, l'été, dans un endroit exotique. Les hommes ne l'intéressaient pratiquement plus depuis qu'elle avait assisté, pendant des années, aux jeux sordides de Claudia, laquelle prenait un malin plaisir à séduire ses rares conquêtes. Quant à avoir des enfants, la seule idée de devoir leur infliger de temps à autre la présence de leur grand-mère et de leur tante Claudia lui donnait des sueurs froides.

Désormais, la question ne se posait plus. Enfin, elle aurait pu fonder une famille, mais elle était trop vieille aujourd'hui et n'avait pas de partenaire.

Ses pieds avançaient seuls sur le tapis élimé du couloir, cependant que tout son être se refusait à aller reconnaître la mort de Claudia, dans cette maison qui avait à peine changé depuis leur enfance. Ce qui avait de quoi surprendre après les scandaleuses manipulations que Claudia avait mises en œuvre pour obtenir la demeure familiale. A force de manigances, en effet, elle avait réussi à persuader leur mère mourante de modifier son testament et de lui céder la maison ainsi que ses avoirs en liquide — une coquette somme. Exploitant habilement la culpabilité de sa mère, Claudia était parvenue à ses fins.

Accablée mais loin d'être surprise, Rowena avait pris sa maigre part d'héritage, l'avait investie avec prudence et s'était dit que Claudia pouvait garder la vieille demeure, que cela lui était parfaitement égal. Jamais ils n'avaient formé une vraie famille, et jamais la maison n'avait été un vrai foyer. Curieusement, une fois sa victoire acquise, Claudia avait fait le minimum pour maintenir les lieux en état, prouvant ainsi à Rowena que la maison n'était qu'un trophée de plus, fruit d'un de ces jeux retors et incompréhensibles que Claudia inventait... et gagnait invariablement. Douze ans plus tard, la maison paraissait d'un autre âge, digne de quelque octogénaire plutôt que d'une femme de trente-sept ans.

Au seuil de la chambre, bouche ouverte et poings crispés au fond des poches de sa veste, Rowena songea une fois de plus que c'était trop lui demander, qu'elle ne le pouvait pas. Claudia était étendue sur le lit, le dos tourné vers la porte. Le policier s'était avancé jusqu'à la tête du lit et attendait que Rowena se décide à venir identifier le cadavre. Mais elle avait la nausée. Elle allait vomir s'il lui fallait vraiment regarder le visage de sa sœur morte. C'en était déjà trop de voir ce bras trop mince, plié au coude, la courbe profonde qui creusait le bas du dos pour remonter vers les hanches. Maigre Claudia, si maigre ! Elle avait toujours prétendu qu'on ne pouvait être trop riche ou trop mince.

« Non, décidément non, pensa Rowena, c'est au-dessus de mes forces. » Claudia, en tenue de ville sous les draps ? Non, jamais elle ne se serait couchée ainsi. Elle avait des habitudes rigides, presque des manies, et se déshabiller avant de se mettre au lit en faisait partie. Des manies, oui. Comme son refus catégorique d'agir à l'improviste — il lui fallait du temps pour sélectionner la robe qui convenait à chaque occasion. Comme cette obsession qu'elle avait de son apparence — elle ne pouvait résister au besoin de se contempler dans un miroir, une vitrine, l'inox du grille-pain. Comme son appétit insatiable pour les babioles ruineuses — chéquier Louis Vuitton, clip pour les billets de banque Tiffany, porte-clés Cartier. Comme son intérêt immédiat pour tout ce qui appartenait à des êtres qu'elle jugeait inférieurs — elle s'estimait supérieure à tous et ne voyait aucun mal à séduire le mari ou l'amant d'une amie. Comme son besoin de subjuguer tous ceux qu'elle estimait dignes de son attention, afin de pouvoir ensuite étaler aux yeux du monde leur réelle bassesse en les faisant passer pour des imbéciles. Comme des tas d'autres choses, et la liste était longue.

— Est-ce bien votre sœur ? demanda l'officier de police.

— Oui, acquiesça Rowena, la bouche sèche.

— Vous voulez bien approcher un peu ?

Non. Elle ne voulait pas. Ne pouvait pas. Elle avança cependant de quelques pas et s'arrêta. Elle distinguait maintenant le contour du visage de Claudia, si pâle, d'une pâleur mortelle. Le policier la fixait, les sourcils légèrement froncés, espérant qu'elle viendrait jusqu'au bord du lit et s'attendant sans doute qu'elle manifestât sa douleur. Mais elle restait là, sous le choc, incrédule.

— Elle a laissé un mot ?

— Si oui, nous ne l'avons pas trouvé.

Il baissa les yeux vers Claudia, la considéra comme si la mort d'une femme aussi belle dépassait son entendement. Puis, de la tête, il désigna la table de chevet où se trouvaient un flacon de pharmacie, une bouteille de whisky Chivas Regal et un verre, et il reprit :

— Mais l'ordonnance était bien à son nom. Elle l'avait fait renouveler la semaine dernière. En apparence, rien de suspect ici, mais nous devons attendre le médecin légiste. C'est lui qui déterminera la cause de la mort ou ordonnera une autopsie. Vous n'étiez que toutes les deux, pas d'autre famille ?

Effarée, incapable de détacher les yeux du dos de sa sœur, Rowena ne saisit pas immédiatement le sens de la question. Claudia et une bouteille de Chivas Regal ? Inconcevable ! Elle aurait aimé y réfléchir sérieusement, mais la demande du policier paralysait ses circuits mentaux. Comprenant enfin, elle répondit :

— C'est exact. Je suis sa sœur aînée. Nous avions un frère, mais il est mort, il y a de cela longtemps.

Sa bouche parlait seule, puis les mots se tarirent. Ses lèvres cessèrent de remuer et la douleur de cette perte ancienne et bien réelle lui revint, avec une acuité terrifiante malgré les années.

Sa mère et sa sœur avaient toujours été pour elle comme des personnages de dessins animés qui débordaient le cadre du quotidien paisible qu'elle convoitait depuis toujours. Dès son plus jeune âge, elle avait eu la conviction qu'elle était née par erreur dans cette famille. Cary, lui, avait réussi très tôt à s'échapper. L'idée que mourir noyé à onze ans puisse être une bénédiction avait sans doute quelque chose d'incongru, mais c'était certainement le cas pour Cary, car il était trop doux, trop bon pour survivre dans ce contexte et demeurer lui-même. A huit ans, vêtue de serge noire et raide pour les obsèques, Rowena avait envié ce frère qui, lui, avait réussi à s'enfuir. Obscurément, elle savait déjà qu'elle n'aurait pas cette chance.

— Nous devons attendre le médecin légiste, répéta le policier en se dirigeant vers la porte.

Rowena lui sut presque gré de l'arracher ainsi à sa morbide méditation devant le dos raidi et obtus de sa sœur.

Lorsqu'ils atteignirent l'escalier, il s'effaça pour lui céder le passage en disant :

— Je crois que votre ami a préparé du café.

Son ami ? Quel ami ? L'esprit confus, Rowena mit quelques secondes à comprendre qu'il s'agissait d'Ian.

Puis l'arôme du café pénétra son cerveau embrumé, et elle suivit l'odeur familière et rassurante jusqu'à la cuisine, le policier sur les talons.

Ian s'inclina légèrement en montrant la cafetière du doigt et dit, comme pour s'excuser :

— J'ai pensé que cela s'imposait. Vous en prendrez, Rowena ?

— Oui, merci.

Elle s'assit devant la table de marbre, et le contact de ses cheveux mouillés contre sa nuque la fit frissonner.

— Vous fumez toujours, Ian ?

Il lui tendit un paquet de Silk Cut et sortit un briquet jetable de sa poche.

— Tenez, servez-vous.

Elle accepta une cigarette, puis du feu. La première bouffée lui donna le vertige et elle se tint très droite, se concentrant pour ne pas basculer de sa chaise tandis que Ian allait chercher un lourd cendrier de cristal qu'il posa sur la table avant d'allumer une cigarette à son tour.

— Je suppose que ça ne vous dérange pas si j'en grille une, dit le policier reconnaissant, avec le sourire complice des fumeurs en lutte contre le monde.

— Faites, je vous en prie. Prenez du café, asseyez-vous, proposa Rowena.

— D'abord, il faut que j'informe les pompiers et les gars de l'ambulance qu'ils peuvent partir.

Autoritaire mais affable, le policier passa la consigne aux hommes en uniformes divers qui fourmillaient toujours dans le hall, cependant qu'Ian versait trois tasses, les disposait sur un plateau d'émail avec de la crème et du sucre, et apportait le tout sur la table.

Remarquant son hésitation, Rowena l'invita à s'asseoir. Il l'interrogea du regard, puis se glissa sur une chaise.

— Les mots me manquent. Je suis abasourdi. Mais si je peux faire quoi que ce soit pour vous…

— Merci, c'est gentil. Je vous ferai signe.

Rowena prit une bouffée de sa cigarette. Elle devait se méfier, sinon elle allait se remettre à fumer après trois ans d'abstinence.

— Vous savez, Ian, reprit-elle, je n'arrive pas à croire au suicide. Il n'y a pas de message. Cela ne lui ressemble pas. Claudia aurait laissé un mot, j'en suis sûre.

Et Rowena imaginait sans peine les reproches grossiers dont sa sœur aurait couvert le papier pour tenter de blesser son entourage, de le manipuler une dernière fois. Claudia aimait faire souffrir. Mais elle était toujours mystifiée et désemparée quand ceux qu'elle avait tourmentés se retournaient contre elle ou, pire encore, ravalaient leur bile et disparaissaient sans retour. Une partie d'elle-même désirait aimer et être aimée. Mais cette partie-là n'avait visiblement aucun lien avec celle qui ne pouvait s'empêcher de nuire, si bien que Claudia paraissait sincèrement stupéfaite quand ceux qui lui avaient accordé leur confiance se sentaient outragés. Que de fois Rowena l'avait-elle entendue s'écrier en toute innocence : « Mais qu'est-ce qu'on me reproche ? » oubliant le mélange insidieux de demi-vérités, de mensonges patentés et d'affection réelle dont elle avait nourri sa dernière victime.

Pourtant, Claudia semblait avoir réussi à se faire quelques vrais amis. Ian était positivement anéanti. Encore que ce ne fût peut-être que le choc de l'avoir trouvée morte. Rowena était sous le choc elle aussi, ébranlée, comme si la terre se dérobait sous elle et que l'océan menaçait de l'engloutir. Claudia morte. Absurde. Inconcevable.

Elle but quelques gorgées de café fort, puis agita la tête en soupirant :

— Je n'arrive pas à le croire.

— Je sais, acquiesça Ian, les yeux rivés sur le marbre de la table. C'est trop brutal, trop inattendu.

— Elle ne buvait jamais de Chivas Regal.

Sans lever les yeux, il répliqua :

— Si. Cela lui arrivait une fois de temps en temps. Non, cela ne lui arrivait jamais. Claudia détestait le whisky. Mais à quoi bon argumenter ?

L'officier de police — Brian Kelly d'après le nom inscrit sur son badge — regagna la table, alluma une cigarette, mit de la crème et du sucre dans son café, et demanda :

— Votre sœur, elle avait un testament ?

— Oui. Dans le dernier tiroir de sa commode, pourquoi ? répondit Rowena, en proie à un sentiment de profonde absurdité.

Sa sœur était morte et, assise à la table de cuisine dans la maison où elles avaient grandi, elle parlait maintenant de son testament.

— Simple formalité légale, au cas où il y aurait des dernières volontés, des vœux spécifiques pour les obsèques, ce genre de chose… Si vous voulez bien, je vais le chercher.

— Faites. Elle a toujours insisté pour être incinérée.

Rowena regarda d'abord le policier, puis Ian, qui approuva de la tête, comme s'il était lui aussi au courant. Elle se sentait glacée, décharnée, avec l'impression d'avoir perdu dix kilos au cours de la dernière heure. Morte. Claudia morte ?

Impossible. Elle aurait souhaité appeler son père, mais il avait disparu un an avant la mort de Cary et, depuis, personne ne savait où le joindre. Peut-être même était-il mort, qui sait ? Dieu, quelle tristesse ! Quelle parodie de famille ils avaient composée ! A présent, il ne restait plus qu'elle.

L'agent de police Kelly revint avec la pochette bleue qui contenait le testament de Claudia.

— Permettez, dit-il en le parcourant. Hmm... Daté de l'année en cours... Et c'est vous son exécutrice, Rowena...

Son nom prononcé par le policier déchira brusquement la brume d'irréalité. Pour la première fois ce matin, Rowena se sentait personnellement concernée. Portant la cigarette à sa bouche, elle détourna la tête et des larmes subites, imprévisibles jaillirent de ses yeux. Pauvre Claudia. Maudite Claudia. Elle était morte pour de bon.

2

Le médecin légiste, un homme d'âge mûr frêle et grisonnant, vêtu d'un pantalon sport, d'une veste de daim beige et portant une pipe éteinte à la main, passa près de dix minutes seul dans la chambre maîtresse. Il en passa dix autres, là-haut, à discuter avec l'agent Kelly, puis avec Ian. Enfin, il descendit, accepta le café proposé par ce dernier et s'assit à la table avec Rowena et les deux hommes. Il remplit aussitôt le certificat de décès, ne s'arrêtant d'écrire que pour demander les précisions d'usage sur l'état civil de la défunte, après quoi il parapha le formulaire.

— Il va falloir contacter une agence de pompes funèbres pour l'enlèvement du corps, déclara-t-il.

Sur ce, il avala son café d'un trait.

— C'est tout ? s'exclama Rowena. Il n'y aura pas d'autopsie, pas d'enquête, rien ?

Ne voyait-il donc pas que cette mort était suspecte ? Pourquoi ne l'avait-il pas interrogée aussi ?

— Cela ne me paraît pas nécessaire, répondit-il avec patience. A moins que vous n'ayez de bonnes raisons de soupçonner un meurtre, auquel cas j'ordonnerai une autopsie.

— Je pensais que c'était automatique… Je… cela lui ressemble si peu… Jamais elle n'aurait… Enfin, ce que je veux dire…

Elle bredouillait, cherchait désespérément ses mots. Atterrée, elle fit un effort pour se ressaisir.

— Si vous l'aviez connue, vous sauriez que cela est inconcevable venant d'elle.

— C'est une opinion personnelle. Très franchement, je ne vois aucune raison d'entreprendre une enquête. Votre sœur est morte d'une overdose d'alcool et de somnifères. Il peut certes s'agir d'un accident, mais d'après moi, c'est un suicide intentionnel. Désolé d'être aussi brutal.

Sur ces mots, il consulta sa montre et se leva.

— Mais..., commença Rowena.

Trop tard. L'homme s'éloignait déjà. Dieu qu'elle avait l'esprit engourdi ! Du regard, elle appela Ian à l'aide, mais il se leva à son tour.

De son côté, l'officier Kelly tendit à Rowena un morceau de papier avec son nom et son numéro de téléphone.

— En cas de besoin, n'hésitez pas à m'appeler. Et merci pour le café.

Tout allait trop vite. Si seulement elle pouvait retenir ces gens ! Hélas, les mots ne lui venaient pas. Elle était incapable de raisonner, incapable de convaincre.

Tandis qu'Ian raccompagnait les deux hommes, elle prit une cigarette et réfléchit un moment, les yeux dans le vide, tentant de rassembler ses esprits, de trouver une logique à la mort de sa sœur. Pour elle, ce suicide n'avait aucun sens, mais elle était apparemment seule de cet avis. Et pour cause : en dehors d'Ian, aucun de ces hommes n'avait connu Claudia, ne pouvait mesurer à quel point il était improbable qu'elle mît fin à ses jours — dans son lit, en tenue de ville et fardée avec, pour couronner le tout, une bouteille de Chivas Regal à portée de la main, une boisson qu'elle n'aimait pas. Non, décidément, ce n'était pas son style. Elle aurait joué la carte de la tragédie jusqu'au bout. Et elle aurait laissé une lettre.

Ian revint, prit les Pages jaunes de l'annuaire sur le réfrigérateur et posa le volume sur la table.

— Vous allez devoir prendre les dispositions pour l'enterrement, suggéra-t-il avec douceur.

Horrible, certes, mais il avait raison. Elle n'y échapperait pas. Au cours des quinze derniers mois, elle avait déjà assisté à quatre enterrements. Trois de ces morts avaient été causées par le sida. Mark, son plus cher ami, était accablé de douleur lorsque Tim, son compagnon de toujours, s'était éteint après un calvaire de vingt-cinq mois. Pour l'aider, elle s'était proposée pour tout organiser selon les instructions méticuleuses de Tim, de sorte qu'aujourd'hui elle n'était pas prise au dépourvu. Elle trouva le numéro de la société qui s'était chargée des funérailles de sa mère. Un homme à la voix onctueuse lui promit qu'il ferait enlever le corps immédiatement et la pria de passer à son bureau pour régler les détails.

Pendant toute la conversation, Ian demeura immobile, comme perdu dans ses pensées. Peut-être écoutait-il, elle l'ignorait. Il avait l'œil vitreux et semblait hébété, sous le coup d'une souffrance secrète. Un rictus déformait ses traits aristocratiques.

— Il faut que j'avertisse le personnel. Nous allons devoir fermer temporairement, déclara-t-il lorsqu'elle eut raccroché.

Devant son désarroi, Rowena éprouva soudain l'envie irrésistible de lui demander ce qu'il pensait réellement de Claudia. Ce désir de savoir avait quelque chose de pervers, de malsain. L'opinion des gens ne comptait plus désormais. Et pourtant si, justement. Claudia aurait été parfaitement capable d'aider un tiers à planifier son suicide. Elle avait la passion des intrigues douteuses. Mais une fois le projet abouti, elle en serait restée confondue, pleine de mépris et de dégoût, comme si la chose lui était entièrement étrangère.

Elle souffrait d'incapacité chronique à relier les effets à leurs causes. Ou alors, elle était dotée d'une mémoire curieusement sélective et se souvenait des événements sous un jour particulier qui lui permettait de nier toute responsabilité, de s'absoudre au mépris de la réalité. Rowena lui avait parfois envié ce don de réécrire l'histoire à sa convenance ; elle aurait aimé pouvoir ignorer avec la même désinvolture les conséquences désastreuses des manigances de sa sœur. Au téléphone, plutôt que de dire « allô » comme tout le monde, Claudia entamait fréquemment la conversation par un « écoute-moi ça ». Puis elle gloussait de plaisir en repassant un message laissé sur son répondeur, où une voix demandait avec des accents désespérés : « Comment peux-tu me traiter de la sorte ? Je croyais que nous étions amis. » Tout y passait, larmes d'hommes ou de femmes, colère, trahison, menaces, hostilité. Et Claudia riait, ravie, en déclarant : « Tu ne trouves pas ça dément ? C'est pitoyable, non ? » Rowena, dont la sympathie allait toujours aux victimes de sa sœur, avait le mauvais goût de ne jamais apprécier ces plaisanteries ; alors, Claudia prenait la mouche, la rabrouait : « Tu n'as aucun sens de l'humour. » Puis elle lui raccrochait au nez pour faire écouter la bande à quelqu'un d'autre, quelqu'un qui saurait apprécier.

S'apercevant soudain qu'Ian attendait toujours sa réaction, Rowena suggéra :

— Pourquoi ne pas fermer jusqu'à la fin de la semaine prochaine ? Je ne veux mettre personne au chômage. Il y a neuf employés, je crois ?

— Dix avec moi, précisa-t-il, visiblement soulagé. Les temps sont durs, mais le restaurant tourne. C'est une affaire qui marche.

Elle le savait, et pour cause. Claudia ne manquait jamais une occasion de lui vanter les succès du Rendez-Vous.

— Voyons, commença-t-elle avec le sentiment de

fonctionner au radar. La veillée funèbre et les visites pourraient avoir lieu lundi, et la cérémonie, mardi. Cela vous conviendrait ?

Il acquiesça de la tête et elle enchaîna :

— Si cela ne vous ennuie pas de diriger l'affaire pendant les premiers temps, vous pourriez rouvrir jeudi. Le personnel touchera bien sûr la semaine complète. Vous êtes d'accord ?

Pour la première fois, il parut se dérider.

— C'est parfait.

A son tour, elle esquissa une pâle ébauche de sourire. Tous deux savaient que Claudia n'aurait jamais payé au personnel des jours chômés pour cause de fermeture. Elle dépensait sans compter pour elle-même mais témoignait d'une rare pingrerie envers ses employés.

Si Claudia thésaurisait tout ce qui passait à sa portée, Rowena, de nature généreuse, aimait partager. Un soir, au dîner, sa mère s'était indignée de ce que Rowena essayait d'acheter l'amitié de ses camarades.

— Arrête donc de leur faire des cadeaux, et tu verras que tes prétendus amis ne tarderont pas à te déserter.

Vexée, Rowena alors âgée de dix ans avait murmuré :

— Ce n'est pas vrai.

Et elle s'était demandé pourquoi Jeanne se montrait si méchante envers elle et pas envers Claudia. Non, elle n'achetait pas l'amitié, ce n'était pas vrai ! Pas vrai ! Mais le doute semé ce jour-là avait germé en elle et, pendant des années, elle avait eu peine à croire que les gens l'aimaient pour elle-même. A vingt-cinq ans, elle avait fini par comprendre que le genre de personne qu'on pouvait acheter ne risquait pas de s'intéresser à une bibliothécaire qui prenait plaisir à de simples dîners en compagnie de quelques amis choisis, et à des excursions annuelles en solitaire dans des pays d'Europe ou bien d'Asie. Elle n'avait cependant jamais oublié la remarque de sa mère, ni l'expression cruelle de ses traits ce soir-là.

Ian avait peut-être une image juste de Claudia. Après tout, il gérait le restaurant dont elle était propriétaire depuis presque douze ans. Il avait bien dû voir tomber le masque, par exemple certains soirs, après la fermeture, une fois le dernier client et le personnel partis. Il avait dû l'entendre pester contre la casse, ou contre les employés qui s'offraient un verre sur le compte de la maison après le service, tandis qu'ils terminaient le ménage et préparaient la salle pour le déjeuner du lendemain. Rowena elle-même l'avait entendue injurier ses employés — tout comme elle injuriait indifféremment amis et amants depuis toujours. De fait, jamais Claudia n'avait de bien à dire de personne, sauf lorsqu'elle s'ingéniait à semer la discorde parmi ses relations, chantant aux uns les louanges des autres pour créer des rivalités. Seigneur ! se dit Rowena, il lui fallait cesser d'entretenir ce genre de pensées. Claudia était morte à présent. Les jeux pervers avaient pris fin. Mais quelle tristesse que cette mort absurde, déconcertante ! Jamais elles ne se réconcilieraient comme Rowena l'avait espéré ; jamais elles ne deviendraient vieilles toutes les deux, riant ensemble de leur folle jeunesse. Jamais cela ne se produirait. Et jamais Claudia ne lui dirait pourquoi elle avait commis cet acte effroyable.

Pendant qu'ils attendaient les pompes funèbres, Ian passa plusieurs coups de fil. Il téléphona au restaurant pour avertir les employés qui s'y trouvaient déjà et laissa des messages sur le répondeur de ceux qui prenaient leur service dans la soirée. Terriblement troublée par la présence de sa sœur morte dans la chambre maîtresse à l'étage, Rowena se risqua à lire le testament et découvrit avec stupéfaction qu'elle héritait de tout : la maison, le restaurant, et tous les biens de Claudia à l'exception des vingt-cinq mille dollars légués à Ian. Il n'était fait mention de personne d'autre, ce qui confirma Rowena dans l'idée que sa sœur n'avait jamais réussi à se forger d'amitiés durables. A propos d'amis, il lui faudrait appeler Penny et Mark plus tard. Ils la soutiendraient dans cette épreuve.

— Je vais devoir passer au restaurant pour consulter le livre des réservations et annuler celles de ce soir, dit Ian. Un autre café ?

— Non, merci. Pour le restaurant, allez-y. J'attendrai seule les employés des pompes funèbres, et puis je rentrerai à Stamford.

— Rien ne presse. J'attendrai avec vous.

— Au fait, et Tony Reid ? demanda-t-elle, se souvenant brusquement de l'amant psychiatre de Claudia.

— J'ai l'impression qu'ils ne se voyaient plus, avança Ian, prudent.

Il paraissait soudain vaguement gêné.

— Mais…, commença-t-elle.

Elle ne put poursuivre. Trois semaines plus tôt, lors de sa dernière conversation avec sa sœur, Claudia avait mentionné Reid. Elle croyait s'en souvenir, mais elle pouvait se tromper. Tout était si confus dans son esprit ; faits et pensées s'y mêlaient, tournaient en vrac comme des vêtements dans un sèche-linge. Elle préféra changer de sujet :

— Elle vous laisse vingt-cinq mille dollars. Cela vous surprend ?

— Non. Elle m'en avait informé, mais je ne l'avais pas prise au sérieux. Elle tenait souvent des propos en l'air, pour impressionner la galerie.

L'expression de ses traits était indéchiffrable. Peut-être avait-il connu la véritable Claudia ? Le silence s'installa, et Rowena se demanda ce qu'elle allait faire de la maison et du restaurant. La seule idée d'avoir à affronter les formalités légales l'épuisait. Elle aurait tout donné pour y échapper, et pourtant, elle aimait cette maison. Tandis qu'elle parcourait des yeux la cuisine, son regard s'arrêta sur la porte d'entrée, au fond du couloir. Une voiture passait dehors, dans la rue. La pendule murale égrenait toujours le même tic-tac sonore qui avait bercé son enfance. La maison retenait son souffle. A la table, Ian dégustait son café. Lui aussi détaillait la cuisine, véritable musée où rien n'avait changé depuis les années cinquante.

Une demi-heure plus tard, deux jeunes gens en costume strict vinrent pour enlever le corps. Ian les conduisit au premier cependant que Rowena arpentait l'entrée, guettant avec anxiété le haut de l'escalier. Dès que les deux hommes commencèrent à descendre avec la civière, elle s'effaça pour leur faire place. Le dos collé au mur, elle les regarda avancer, portant leur maigre charge. Grotesque. Dans la housse de plastique noire, il y avait le corps de Claudia, et il était exactement dans la même position que tout à l'heure, sur le lit, la tête sur l'épaule droite, le bras décharné plié au coude. *Rigor mortis*. Rowena fut soudain prise d'un accès de nausée.

Parvenus au pied de l'escalier, les entrepreneurs des pompes funèbres actionnèrent le mécanisme qui transformait la civière en chariot.

— Attendez ! s'écria alors Rowena en s'avançant vers eux, en leur faisant signe d'ouvrir le sac.

Mais qu'est-ce qu'il lui prenait ? A quoi pensait-elle donc ?

— Rowena, je vous en prie, protesta Ian, tentant de la retenir.

Elle le repoussa.

Les deux jeunes gens, eux, gardèrent les yeux baissés, tandis que l'un d'eux faisait coulisser la fermeture Eclair. Quelle erreur, songea Rowena, bouleversée à la vue de Claudia, le visage figé dans la mort, les yeux clos aux paupières finement veinées de bleu, le teint de porcelaine à la pâleur parfaite. Elle était belle, belle et morte. Quel horrible gâchis.

— J'exige une autopsie, dit-elle d'une voix rauque.

Ian lui entoura les épaules de son bras, la tira à l'écart.

— Rowena, je vous en prie. Le médecin légiste n'en voyait pas l'utilité. Elle est morte. C'était un accident. N'y pensez plus. Tirez un trait.

Elle se tourna vers lui, prête à argumenter, à justifier sa décision, mais les mots ne lui venaient pas, et son cerveau semblait enfler dangereusement, à lui faire éclater le crâne. Ian l'attira contre lui, cala sa tête au creux de son épaule. La première surprise passée, elle se laissa gagner par une sorte d'apaisement, cependant que les employés des pompes funèbres poussaient leur chariot jusqu'à la porte, puis dans l'allée, avant de charger Claudia à l'arrière du fourgon mortuaire. Ils fermèrent doucement les portes du véhicule. Le moteur se mit en marche. La Cadillac noire, un modèle ancien, quitta l'allée, tourna sur la route et disparut. Il était trop tard désormais. Mais Rowena pouvait toujours passer outre les désirs de sa sœur, la faire inhumer plutôt qu'embaumer et incinérer. Ainsi, si ses doutes persistaient, il suffirait de déterrer le corps pour procéder à un examen post mortem.

Peu après, elle quitta la maison en compagnie d'Ian.

— Merci pour tout, dit-elle. Vous m'avez été d'une aide précieuse.

Il lui tendit sa carte.

— Tenez. Téléphonez-moi donc un peu plus tard. Je me chargerai d'organiser la réception et de régler les détails pratiques.

Elle le remercia de nouveau et empocha les clés de Claudia. Ian, lui, conserverait le trousseau de rechange comme ils en étaient convenus. Munie d'un bagage contenant le sac à main de sa sœur, son carnet d'adresses et un dossier trouvé dans son bureau avec la mention « Papiers importants », elle prit le volant et se dirigea vers l'agence de pompes funèbres. Elle conduisait lentement, avec une prudence excessive. L'image de la bouteille de Chivas Regal posée sur la table de chevet lui revenait sans cesse à l'esprit, obsédante. Le médecin légiste ne pouvait pas savoir que Claudia n'en aurait jamais bu, surtout en guise de dernier verre ; et qu'elle aurait forcément laissé une lettre griffonnée de son écriture infantile — une lettre mûrement réfléchie dont chaque mot aurait porté.

De retour chez elle en fin d'après-midi, elle se trouva confrontée à la pile de linge sale qui trônait dans l'entrée. Pour une raison inexpliquée, ce spectacle lui donna envie de pleurer, mais elle rassembla le tout, prit le détergent, sa réserve de monnaie et descendit à la laverie du sous-sol pour mettre une lessive en route. Ensuite, elle regagna l'appartement, consciente qu'il lui fallait manger malgré son manque d'appétit. Elle prépara un sandwich au beurre de cacahuète, se versa un verre de lait et s'assit à la table pour examiner le carnet de Claudia tout en grignotant. Au stylo rouge, elle cocha les noms des gens à contacter. Il y avait là de nombreux noms qui lui étaient inconnus, mais elle eut la surprise de trouver les numéros personnels de Penny et de Mark, ainsi que leurs numéros de poste à la bibliothèque ; elle trouva aussi les coordonnées de trois autres de ses amis. Il y avait deux entrées pour Anthony Reid, la première à son cabinet, la seconde chez lui. Dès demain, il faudrait appeler tous ces gens pour les informer de la mort de Claudia. Une épreuve qu'elle appréhendait.

Une demi-heure pour le lavage, une heure pour le séchage et il fut bientôt 20 heures. Rowena tombait de sommeil en pliant son linge. Autant se coucher tout de suite, songea-t-elle. En se brossant les dents, elle aperçut son reflet dans le miroir et, comme d'habitude, le regretta. D'ordinaire, elle s'arrangeait pour éviter de se regarder.

Trente-neuf ans, petite et mince, avec de longs cheveux châtains qui auraient nécessité une coupe... Morne, sans attrait, telle était Rowena Graham. Elle avait pour elle une jolie peau, des dents régulières, dix-dix de vision, un solide sens de l'humour et une intelligence au-dessus de la moyenne. Déstabilisée comme toujours par sa propre image, elle pivota brusquement et se précipita vers sa minuscule chambre pour passer deux brefs coups de fil. Elle laissa des messages à Penny et à Mark en remerciant le ciel qu'ils ne soient pas chez eux car elle n'avait guère envie de s'expliquer. Cela fait, elle put enfouir la tête dans son oreiller.

Elle passa une mauvaise nuit, dormant par intermittence, hantée qu'elle était par d'inquiétants cauchemars où revenaient non seulement Claudia, mais aussi sa mère, son père et même Cary. Dans un demi-sommeil et pendant une bonne partie de la nuit, elle se livra à de violents combats contre sa sœur, des disputes acharnées où toutes deux se querellaient comme au temps de leur enfance, Rowena se débattant désespérément pour reprendre pied tandis que Claudia campait sur ses positions, prête à utiliser les armes les plus perfides pour s'assurer la victoire. Qu'elle remportait. Toujours. La logique n'avait pas de prise sur Claudia. Tenter de la raisonner relevait de l'impossible. Autant chercher à discuter avec un raz de marée, une éruption volcanique, un quelconque cataclysme.

Pendant la nuit, Rowena se leva cinq, six, sept fois, pour arpenter l'appartement. Si seulement elle avait eu des cigarettes ! Bâillant et larmoyant, elle regagnait son lit, appelait en vain le sommeil qui la fuyait, et le même manège se répétait quarante minutes plus tard. Accablée, elle crut que le jour ne viendrait jamais. De guerre lasse, elle se leva pour de bon vers 6 heures, prépara du café et, tandis qu'il passait, elle tenta d'établir la liste des choses à faire dans la journée. En vain. Elle restait là, l'œil vague, à mâchonner le bout du stylo en se demandant pourquoi elle s'était laissé convaincre par Ian de renoncer à l'autopsie. Peut-être refusait-elle tout simplement d'admettre que Claudia s'était suicidée sans se soucier de la méthode.

Elle posa son stylo pour aller dans la chambre jeter un coup d'œil à sa robe noire. Elle avait oublié de la faire nettoyer après l'enterrement de Tim, mais un coup de fer suffirait à la rendre présentable. De retour dans la cuisine, elle se versa une tasse de café et le but, debout derrière le comptoir, tout en examinant le dossier intitulé « Papiers importants ».

Avec sa désinvolture habituelle, Claudia y avait jeté pêle-mêle des documents qu'elle aurait dû garder dans un coffre ou confier à un notaire : la facture de la Benz, les certificats de propriété du Rendez-Vous et de la maison, des polices d'assurances diverses, ainsi qu'une photo que Rowena n'avait pas revue depuis des années. Elle l'emporta dans le salon, pour pouvoir l'étudier de plus près sous la lampe de bureau.

On y voyait George et Jeanne, assis à la vieille table de séquoia dans le jardin, derrière la maison ; Cary était entre eux deux, Rowena sur les genoux de son père et Claudia sur ceux de sa mère. Tous les cinq posaient, souriant au photographe, un professionnel. Il faisait très chaud ce jour-là, de cela, elle se souvenait. A l'époque, elle avait cinq ans, Cary huit, Claudia presque trois. En plein été, l'herbe était haute, les fleurs innombrables, le soleil étincelant.

Ce portrait de famille était en contradiction flagrante avec le flot d'images plus tardives qui la submergea soudain : images de Jeanne en robe du soir de mousseline jaune, un Martini dans une main, une cigarette dans l'autre, éclatant de son rire guttural et haletant devant un essaim d'invités qui buvaient ses moindres paroles ; images de Claudia, âgée de trente-trois ans, sortant du bloc opératoire sur un chariot après s'être fait refaire le nez, que protégeait encore un petit auvent métallique, des pommettes plus saillantes que couronnaient des cernes bleus, et une poitrine plus opulente qu'on devinait sous sa robe d'hôpital, de Claudia enthousiaste et ravie malgré sa souffrance, ignorant ouvertement Jeanne et serrant la main de sa sœur avant de sombrer de nouveau dans le sommeil sous l'effet du Demerol ; images de Cary dont la silhouette noire se profilait à contre-jour tandis qu'il jouait avec les vagues sur son petit voilier et la saluait de la main.

Dans ce jardin où l'été semblait s'être installé pour toujours, ils formaient à jamais une famille unie pour un regard extérieur. Aujourd'hui, près de trente-cinq ans plus tard, il faisait un froid de loup dehors ; le ciel menaçant était strié de bandes grises et une méchante pluie martelait les vitres. George Graham s'en était allé depuis longtemps, sans doute vers l'autre monde ; Cary et Jeanne n'étaient plus ; et voici que Claudia était morte à son tour. La fillette aux boucles blondes, joufflue et malicieuse, dont le rire contagieux s'égrenait en cascade, avait descendu l'escalier de la vieille maison familiale sur un brancard, dans un sac de vinyle noir. Comment, grand Dieu, en étaient-ils arrivés là ? Pourquoi tant de drames ?

A moins qu'il n'existât un testament plus récent dans quelque coffre-fort, Claudia avait légué tous ses biens à sa sœur. Elle avait également mis au nom de Rowena une assurance-vie d'un quart de million de dollars.

Fallait-il en déduire qu'elle l'aimait ? Qu'elle aussi croyait que toutes deux se réconcilieraient un jour, quand elles ne seraient plus que de vieilles dames séniles ? Que tous ses jeux n'étaient qu'une forme élaborée de divertissement qui aurait dû rester sans conséquence ? Etaient-ce là les raisons de ce testament, ou cela signifiait-il plutôt qu'il ne restait personne d'autre dans sa vie ?

Rowena aurait tant voulu croire qu'il existait entre elles d'autres liens que le seul hasard de la naissance. Hélas, ces derniers temps, tout avait concouru à prouver le contraire. Devenue méfiante avec l'expérience, Rowena avait appris à se protéger sans couper totalement les ponts.

Lasse, troublée, les yeux rivés sur le groupe familial inondé de soleil, Rowena sentit son cœur se serrer et elle éclata en sanglots.

3

Malgré ses nuits agitées, Rowena surmonta l'épreuve. Le lundi et le mardi, soutenue par la présence constante du fidèle Mark et de Penny, elle reçut les condoléances d'un grand nombre d'étrangers — principalement des hommes —, mais aussi d'amis d'enfance communs à elle et à sa sœur, d'anciennes relations de sa mère, pour la plupart des vieillards marchant dignement appuyés sur leur canne. Le visage figé, sévère, ils furent les seuls à oser demander de quoi Claudia était morte.

Rowena se permit quelques libertés avec la vérité en prétendant qu'il s'agissait d'une overdose accidentelle de somnifère et d'alcool. Les vieilles dames hochaient tristement la tête, évoquaient avec chaleur la famille Graham d'autrefois, avant d'aller s'installer, rigides, sur les bancs. Emue par leur témoignage, Rowena fondit en larmes dès le début de l'office. Elle luttait, prise entre sa douleur et un sentiment de culpabilité insurmontable pour avoir enfreint les dernières volontés de sa sœur. Tous pensaient de bonne foi que Claudia serait incinérée, mais Rowena avait décidé de la faire inhumer dans le caveau familial. Trouvant la mort de sa sœur éminemment suspecte, elle préférait se réserver la possibilité de demander plus tard une autopsie.

Ses soupçons ne se limitaient pas à la bouteille de Chivas Regal, ou au fait que sa sœur se soit couchée tout habillée.

Ils lui venaient de l'expérience qu'elle avait de Claudia, d'une connaissance intime, affinée au fil des ans. Elle savait mieux que quiconque ce dont sa sœur était capable. Elle se souvenait par exemple d'un épisode particulièrement déplaisant, dans le droit fil de ce que Claudia pouvait imaginer.

Une dizaine d'années plus tôt, sa sœur l'avait appelée vers la fin du mois de juin pour lui demander si elle avait un projet quelconque pour son anniversaire. Prise au dépourvu, Rowena avait répondu qu'elle n'y avait pas réfléchi.

— Super ! s'était exclamée Claudia aux anges. Trente ans, c'est un anniversaire qui compte. Je t'emmène faire du shopping samedi et je t'offre une tenue. Ensuite, je t'invite à déjeuner dans un restaurant formidable ! Allez, sois gentille, Ro, dis oui… Nous ne nous voyons presque jamais !

Séduite, Rowena avait accepté. L'invitation la tentait et, en dépit de tous ses défauts, Claudia était de bonne compagnie.

Le jour convenu, une demi-heure avant le rendez-vous, Claudia avait de nouveau téléphoné.

— Ecoute, je suis vraiment désolée mais j'ai dû faire un saut en urgence au restaurant pour régler un problème. Peux-tu m'y rejoindre ? Ainsi, nous pourrons partir directement et nous gagnerons du temps.

Une fois de plus, Rowena avait accepté. Parvenue à New Canaan, elle n'avait pas trouvé de place pour se garer, ce qui l'avait mise en retard et, tout en pressant le pas pour se rendre au restaurant, elle se demandait si sa sœur allait, comme à son habitude, modifier tous leurs plans à la dernière minute de sorte qu'elles ne feraient rien de ce qui était prévu.

Claudia l'attendait dans l'entrée, particulièrement séduisante dans une robe de lin blanc qui mettait en valeur son bronzage parfait et son corps mince aux seins lourds et galbés. Elle arborait d'immenses pendants d'oreilles, une tresse d'or au cou, des escarpins blancs à talons hauts ;

quelques bagues et bracelets venaient parachever ce tableau de santé et de prospérité. Ses cheveux mi-longs étaient agrémentés de quelques mèches, ses yeux expertement ombrés et soulignés de noir, ses lèvres rehaussées au collagène et peintes de rouge vif. Mais le rose de ses joues était entièrement naturel. Et ce signe d'émoi alerta Rowena : sa sœur mijotait un de ses tours.

Tout sourire, Claudia se précipita vers elle, la détailla rapidement et s'écria :

— Mais tu es ravissante, Ro. Je t'ai toujours trouvée superbe dans cette robe !

Rowena fut tentée d'avouer qu'elle était neuve mais, remarquant le contraste entre le sourire de Claudia et la farouche détermination de son regard, elle ne put que bredouiller :

— Désolée pour le retard. J'ai eu un mal fou à me garer.

— Aucune importance. Viens donc t'asseoir au bar pour boire un verre le temps que je termine.

Et, ignorant sa réticence, Claudia la prit par le bras pour l'attirer à l'intérieur. Là, Rowena vit aussitôt les deux tables accolées entourées de huit chaises, dont six étaient déjà occupées par certains de ses amis. Dès qu'ils l'aperçurent, leurs traits s'illuminèrent de sourires radieux, et ils entonnèrent en chœur *Joyeux Anniversaire*.

Rowena, qui détestait depuis toujours la notion même de surprise-partie, en fut si ébranlée qu'elle porta une main à sa bouche et se mit à rire, cependant que ses jambes flageolaient. Estimant sans doute que c'était là une réaction positive, ses amis éclatèrent de rire à leur tour. Seule sa sœur savait à quel point elle était mal à l'aise. Et, comme les autres se félicitaient de la réussite du projet, Claudia trahit dans un bref moment d'inattention tout le mépris qu'elle éprouvait pour ce groupe ; ses yeux imperceptiblement plissés, l'ébauche de rictus au coin de ses lèvres boudeuses ne trompèrent pas le regard exercé de sa sœur. Tandis que son propre rire nerveux menaçait de tourner aux sanglots, Rowena alla s'installer docilement à la place d'honneur entre Mark et Penny, s'efforçant de faire contre mauvaise fortune bon cœur.

Pendant tout le repas, elle ne put détacher son esprit de ce qu'elle avait lu sur le visage de Claudia, qui jubilait d'avoir réussi à manipuler les amis de sa sœur, en les méprisant de s'être laissé faire. Elle se réjouissait tout autant à l'idée que sa petite mise en scène serait pour Rowena une douloureuse épreuve contre laquelle elle ne pouvait s'élever sous peine de passer pour une ingrate. Elle avait finement joué. Et, quand les serveurs apparurent avec un gâteau illuminé en chantant *Joyeux Anniversaire*, que ses amis et les autres clients reprirent en chœur, Rowena au comble de la gêne continua de sourire malgré les larmes qui embuaient ses yeux.

— Allez, souffle les bougies, Ro, roucoula Claudia derrière sa chaise. Vas-y, souffle !

Rowena en fut incapable, c'était au-dessus de ses forces, et Mark lui vint en aide.

— Elle est trop émue, dit-il.

Et il souffla les bougies à sa place.

— Tant pis pour elle. Son vœu ne se réalisera pas, minauda Claudia, vexée, d'une petite voix d'enfant.

— Mais le mien si, tralala, répliqua Mark en remuant les sourcils à la manière de Groucho Marx, ce qui fit rire tout le monde.

Claudia s'en prit alors au garçon, lui ordonnant avec autorité d'apporter les assiettes à dessert au plus vite. Mark coupa le gâteau et distribua les parts. Pendant que les autres vantaient les mérites de la sublime charlotte au chocolat, il se pencha vers Rowena et murmura :

— J'avais le pressentiment que cette idée n'était pas

fameuse. Je le lui ai fait remarquer, mais comme elle insistait, sûre que tu serais ravie, j'ai fini par céder. J'avais vu juste, non ?

Sachant que Claudia les épiait, Rowena prit sa main sous la table, la serra doucement et acquiesça de la tête. Comme elle lui était reconnaissante de son intuition, de sa compréhension, de son soutien !

— Je suis désolé pour toi, Ro, mais si cela peut te consoler, tu joues si bien la comédie qu'on s'y tromperait.

Il lui avait pressé affectueusement la main, elle avait fini par sourire et la fête s'était poursuivie.

Ce souvenir cuisant lui tirait des flots de larmes. Se tamponnant les yeux avec une poignée de Kleenex trempés, elle songea que les enterrements avaient au moins cet avantage de permettre les débordements publics émotionnels. En l'occurrence, c'était heureux, car elle était bien incapable de se reprendre. Libérées, ses émotions partaient en tous sens, aussi incontrôlables qu'une classe dissipée à la veille des vacances. Cela lui ressemblait si peu qu'elle en conçut quelque inquiétude. Au fil des années, elle avait appris à cacher ses sentiments, à se montrer imperturbable en toute circonstance. Selon la technique habituelle, elle s'encouragea à respirer lentement, profondément ; ce n'était pas le moment de perdre la tête.

Le service funèbre tirait à sa fin lorsqu'elle parvint à se calmer en songeant que ni le médecin légiste, ni le sympathique agent Kelly ne pouvaient savoir à quel point la mort de sa sœur était suspecte. Certes, elle avait enfreint les dernières volontés de Claudia, mais de son côté celle-ci n'avait-elle pas joyeusement fait fi de ses désirs à elle en maintes occasions ? Respirer calmement, ne plus pleurer…

*
* *

Durant la réception organisée par Ian à la maison, avec l'aide des employés du restaurant, Rowena surprit des bribes de conversation, les unes chuchotées et pleines de rancœur, les autres lourdes d'autodérision. Elle nota l'expression déçue de ceux qui découvraient seulement aujourd'hui à quel point leur intimité avec Claudia avait été un leurre, combien elle se riait d'eux et les ridiculisait en faisant écouter à des tiers leurs messages coupés de tout contexte.

— Elle me fixait un rendez-vous, l'annulait au dernier moment et ne répondait plus à mes appels, expliquait une petite brune pleine de charme à un groupe d'oreilles attentives. Je lui laissais des messages répétés de plus en plus irrités, la menaçant de rompre si elle ne se manifestait pas. Dix jours plus tard, elle me contactait, pour me débiter une fable parfaitement plausible, comme quoi elle tombait de fatigue, ne savait plus où donner de la tête, et elle me suppliait de ne pas lui en vouloir. Bien sûr, je pardonnais, la relation reprenait, et tout recommençait. Finalement, c'est moi qui ai cessé de la rappeler. Et maintenant je constate qu'elle racontait partout que j'étais une créature pitoyable, dépendante et, pour le prouver, elle faisait écouter des extraits choisis de mes messages.

Une femme du groupe renchérit :

— Elle prétendait toujours que j'étais la seule qu'elle ait envie de voir, au point que je la croyais sans amis authentiques. Il se révèle aujourd'hui que toute la ville avait entendu mes messages. Franchement, je trouve cela incroyable.

Rowena n'avait, hélas, aucune peine à le croire. Claudia n'était pas de nature à partager et se comportait avec ses amis en conséquence, se les appropriant sans leur permettre de se rencontrer, si bien qu'ils avaient rarement l'occasion de comparer leurs expériences. Elle traitait chacun selon les attentes qu'elle lui supposait, se composait le visage correspondant, et s'arrangeait pour que ses victimes se sentent fières d'être de ses amis. C'était un numéro de corde raide sidérant, mais elle finissait toujours par faire un faux pas qu'on lui pardonnait rarement. Et elle s'étonnait alors qu'on la laissât tomber.

Curieusement, les risques qu'elle prenait dans sa vie privée se révélaient payants dans le contexte du restaurant. Claudia traitait ses clients en hôtes privilégiés, et ils revenaient inlassablement se nourrir de ses attentions. D'emblée, le Rendez-Vous s'était bâti une solide réputation par le seul bouche à oreille.

Jusqu'au soir, Rowena s'affaira parmi les invités, allant de groupe en groupe tout en se demandant si la bouteille de Chivas Regal n'avait été qu'un expédient. Dans ses derniers instants, Claudia avait peut-être laissé tomber le masque et saisi la première bouteille venue, pour en finir avec la vie sans se soucier de mise en scène. L'argument était certes plausible, mais il sonnait faux.

Lorsque Rowena eut enfin regagné son appartement, elle se dévêtit et se coucha sur-le-champ. Sur le point de s'endormir, elle prit brusquement conscience que Tony Reid n'avait pas répondu à son message. Elle ne l'avait pas vu non plus à l'enterrement. Il faudrait qu'elle le rappelle pour lui fixer un rendez-vous. Elle désirait vivement s'entretenir avec le dernier amant de sa sœur.

Ayant demandé un mois de congé à la bibliothèque pour s'occuper des affaires de Claudia, elle réintégra temporairement sa chambre d'enfant dans la maison de Norwalk.

Une fois l'avocat et le comptable à l'œuvre pour valider la succession, les doubles du certificat de décès envoyés aux compagnies d'assurances, elle rassembla tous les papiers qu'elle put dénicher dans le bureau de sa sœur, espérant y trouver un indice susceptible de l'éclairer sur les raisons de son suicide. Sa quête demeura vaine.

Une semaine après le suicide présumé, elle prit son courage à deux mains et se risqua enfin dans la chambre maîtresse pour trier les effets de Claudia.

Bouleversée par le lit défait, elle ouvrit les fenêtres en grand pour laisser entrer l'air glacé du dehors, ôta la literie qu'elle enfourna dans deux solides sacs-poubelle. Puis, traînant le tout jusqu'à sa voiture, elle alla droit à la décharge. Au diable du gâchis ! Jamais elle ne pourrait dormir dans ces draps-là.

Un peu plus tard, assise à la table de marbre de la cuisine devant un toast et une tasse de thé, elle examina la pièce. Tout y était vétuste, désuet. Une rénovation s'imposait. Dans les salles de bains aussi. Pour le reste, la maison était saine. Claudia ne l'avait pas négligée mais n'avait rien changé au décor d'origine. Sa contribution se limitait à une télévision grand écran, une chaîne stéréo dernier cri, et des housses neuves pour le vieux canapé et les fauteuils. Les placards de cuisine abritaient toujours le service en porcelaine de Jeanne ; les mêmes toiles ornaient les murs de leur médiocrité ; le grenier et la cave n'étaient qu'un bric-à-brac d'objets et de souvenirs poussiéreux que personne n'avait regardés depuis plusieurs dizaines d'années.

Devant les proportions harmonieuses de la cuisine, elle envisagea de contacter un entrepreneur, de moderniser la maison et de s'y installer. L'idée de posséder enfin sa propre machine à laver, son sèche-linge, et une salle à manger spacieuse où recevoir ses amis la séduisait. Ces temps derniers, elle avait songé à acheter un appartement, mais elle hésitait à mobiliser la majorité de son capital. Par précaution, elle préférait avoir de l'argent à la banque en cas de maladie ou d'incapacité à travailler. Aujourd'hui, la question ne se posait plus. L'impossible s'était produit, et sa sœur cadette l'avait précédée dans la mort, lui laissant une fortune suffisante pour assurer son avenir.

Elle fit une nouvelle incursion dans la chambre maîtresse et resta longtemps à admirer la garde-robe de Claudia. Elle n'avait pas le cœur de jeter des vêtements si beaux et si coûteux. La plupart n'avaient jamais été mis et tous portaient la marque de grands couturiers, jeans compris. Claudia avait hérité la passion de leur mère pour les vêtements, alors que Rowena s'en était désintéressée dès l'adolescence. Un désintérêt auquel Jeanne avait contribué en déclarant un jour, sans doute dans une bonne intention :

— Tu n'as aucun sens de la mode, ma chérie. Heureusement, tu tiens de ton père le goût pour les études. Ainsi, tu ne t'ennuieras pas.

Mortifiée, Rowena avait alors adopté par défi des tenues bohème genre écolo, méprisant maquillage et bijoux, préférant une solide Timex d'homme à la délicate montre en or que sa mère lui avait offerte pour son bac. Elle y avait gagné en confort, et ses tenues trop larges ne risquaient pas de se démoder. Les vêtements de type écolo étaient sans âge. Pratiquement indestructibles, ils résistaient à des centaines de lavages avant que le coton, le velours ou la toile ne donnent des signes de fatigue. Son seul luxe était le parfum. De chaque voyage, elle rapportait un flacon acheté en duty free. Ces senteurs faisaient revivre pour elle les sites exotiques qu'elle avait visités, jusqu'au voyage suivant.

Ses doigts caressaient avec délectation un chemisier de soie à la texture sensuelle quand le téléphone sonna. Elle entendit alors avec horreur le répondeur se déclencher.

— Je serais ravie de vous parler mais, hélas, je me suis absentée. Laissez-moi votre numéro et je vous rappellerai bien vite, dit la voix chaude de Claudia.

Le temps que Rowena atteigne le bureau, on avait déjà raccroché. Elle se mit à trembler devant le voyant rouge qui clignotait. Elle pressa la touche pour mieux entendre le message reçu.

— Ian Hodges, dit la voix. Je vous conseille de changer l'annonce. Cela m'a fait un sale choc.

Il s'éclaircit la gorge et poursuivit :

— Je me demandais si vous accepteriez de nous donner un coup de main au restaurant ce soir. Nous affichons complet et nous n'avons personne à l'accueil. Je ne vous en voudrais pas si vous refusiez, mais cela nous rendrait un fier service. Il est un peu plus de midi. Essayez de me rappeler dans la journée si c'est possible. Merci d'avance.

Elle enregistra une nouvelle annonce, reprogramma l'appareil, puis elle rappela Ian.

— C'est gentil à vous de me contacter si vite.

— Excusez-moi pour le répondeur, je n'y avais pas pensé. Tout est en ordre maintenant, vous n'aurez plus de mauvaises surprises.

— Pas de problème. Ecoutez, Rowena, cela vous ennuierait-il de faire l'accueil ce soir ? Pendant la semaine, je m'en sors, mais le week-end, je cours comme un fou et je ne peux vraiment pas être partout. Cela n'a rien de bien sorcier et représente tout au plus quatre heures de travail. Je voulais étudier avec vous la possibilité d'engager une hôtesse, mais cela m'est sorti de l'esprit.

— En quoi consisterait ma tâche ?

— Dire bonsoir aux clients, sourire, les escorter à leur table, leur donner les menus et leur souhaiter bon appétit. Passer les voir une ou deux fois au cours du repas pour vérifier qu'ils sont satisfaits. Simple comme bonjour. Comme vous le savez, nos clients aiment à être choyés. Mais je suis convaincu que vous vous en tirerez avec les honneurs.

— Entendu, Ian. A quelle heure dois-je venir ?

— C'est très gentil à vous, Rowena. Si vous pouviez arriver assez tôt, disons vers 18 heures. Ainsi, j'aurais le temps de vous montrer le plan des tables et de tout vous expliquer.

— D'accord pour 18 heures.

Une vague d'excitation montait en elle à l'idée de pénétrer le domaine de Claudia. Et qui sait, peut-être en apprendrait-elle davantage sur sa sœur en lui servant de doublure au restaurant ? De plus, ce rôle constituait un défi, et elle était curieuse de savoir si elle serait en mesure de le relever. Certes, elle n'avait pas la beauté de Claudia, ni son style flamboyant, mais elle connaissait le personnel et appréciait les contacts avec le public. En dépit de son apparence volontairement terne, elle ne manquait pas d'assurance et avait notamment une confiance totale en son intelligence. Ce qui lui manquait cependant, c'était une tenue convenable. Elle retourna donc examiner le contenu de la penderie.

Elle arrêta son choix sur une robe noire sobre mais élégante, avec une large ceinture et une encolure ornée d'incrustations. Cela fait, elle explora la commode.

Il y avait là un tiroir rempli de bas de grandes marques, et elle frémit en voyant le prix sur l'étiquette des bas gris fumé qu'elle finit par sélectionner. Cinquante dollars, pour des bas ! Qu'à cela ne tienne. Des dessous de soie fine et des escarpins de daim noir compléteraient sa tenue pour la soirée. Un peu plus tard, parée des vêtements de sa sœur, elle se mit en route pour le restaurant, avec le sentiment étrange de s'être glissée dans la peau de Claudia.

A son arrivée, le personnel réglait les détails de dernière minute. Ian l'accueillit chaleureusement.

— Vous êtes superbe, Rowena.

Flattée, elle rougit. Il la débarrassa de son manteau et de son sac pour emporter le tout dans le bureau. Pendant ce temps, elle entreprit d'examiner la salle, qu'elle voyait vide pour la première fois. Lumières tamisées, toiles abstraites sur les murs d'un élégant gris perle, moquette sombre, presque noire, qui donnait à la pièce une dimension cosmique, nappes de lin blanc fraîchement repassées, coquets vases de fleurs coupées, bougies rondes et trapues qui trônaient sur les tables dans de jolis chandeliers de cuivre, cruches de verre gigantesques contenant de grands bouquets, disposées çà et là.

Terry, le barman, préparait les cassettes pour la soirée. Des haut-parleurs discrètement suspendus aux quatre coins de la pièce émanait le violon de Stéphane Grappelli. A l'autre bout du bar, John, Mae et Doug, les serveurs, avalaient un en-cas. Ils la saluèrent d'un geste de la main. Luke et Mikey, les deux garçons de salle, remplissaient des coupelles de beurre, découpaient de grandes miches rondes de pain blanc croustillant.

Rowena poussa la porte de la cuisine pour saluer Philippe, le chef, et son assistante, Jill, responsable du pain, des salades et des desserts. Sur ce, Ian revint, et Rowena s'assit avec lui afin d'étudier le plan de salle, les numéros des tables et le livre des réservations.

— C'est on ne peut plus simple, dit-il. Vous demandez le nom des clients, vous le rayez sur le livre, vous les invitez à laisser leur manteau au vestiaire, prenez les menus, la carte des vins, et vous les accompagnez à leur table. Je suis sûr que vous vous en tirerez brillamment.

Il consulta sa montre, sourit et ajouta :

— Un petit verre, pour vous donner du courage ?

Lui rendant son sourire, elle répondit :

— Ce ne serait pas raisonnable. Deux gouttes d'alcool suffisent parfois à me mettre K.O.

— Plus tard, alors. Nous partageons une bouteille après le service, pendant le nettoyage. C'est un rituel.

Il la quitta pour une dernière inspection, vérifiant le linge de table, la disposition des couverts, les bougies et les fleurs. Elle se rendit dans l'entrée et passa en revue les réservations avant de jeter un coup d'œil au menu. Malgré le charme de Claudia, l'établissement n'aurait jamais remporté un tel succès sans le talent de Philippe et l'imagination de Jill. Fort courte, la carte se limitait à quatre entrées, trois salades, cinq plats de pâtes, cinq plats de résistance et enfin trois desserts qui changeaient régulièrement en fonction des caprices de Jill. Tout était somptueux, du bruschetta aux blancs de poulet pochés sur lit de cœurs d'artichauts et de tomates séchées au soleil arrosés d'une sauce au champagne, en passant par la bavaroise au citron. Le Rendez-Vous avait tout pour plaire : atmosphère chaleureuse, personnel accueillant, excellente cuisine.

Les premiers clients arrivèrent à 19 h 15. Rowena n'eut aucune peine à les accueillir, à barrer leur nom et à prendre les menus avant de les conduire à une table de huit. Elle débita la tirade de Claudia et leur souhaita un agréable dîner en ajoutant sa touche personnelle : « Si vous avez besoin de quoi que ce soit, n'hésitez pas à me le faire savoir. »

Entre 19 h 30 et 20 heures, les arrivées s'accélérèrent, encombrant l'étroite entrée, et elle dut prendre sur elle pour garder son calme. Elle ne se souvenait pas de la disposition des tables et dut faire patienter les clients le temps de vérifier son plan. Quand tout fut rentré dans l'ordre, elle était en nage. Apparemment, l'attente n'avait pas soulevé de plaintes. Tout le monde avait maintenant trouvé sa place, et elle en profita pour repérer chaque table, la localiser sur le plan et en mémoriser le numéro. Plus tard, hésitant à refuser un jeune couple sympathique mais sans réservation, elle proposa à Ian de les installer au bar et de les servir elle-même.

— Si vous vous sentez de taille, allez-y, l'encouragea-t-il d'un air approbateur.

Elle manqua oublier de prendre leur salade dans la cuisine mais, cela mis à part, elle s'en tira sans incident et les quatre heures passèrent comme un rêve. A 23 h 10, Ian attendait la sortie des derniers clients pour fermer. Les trois serveurs aidaient Luke et Mikey à disposer les tables et à dresser le couvert pour le brunch dominical. Philippe emballait les restes afin de les stocker au réfrigérateur pendant que Jill mettait le pain à lever pour la nuit en vue de la fournée du matin. Julio, l'employé de cuisine, chargeait le lave-vaisselle pour la dernière fois.

Ian déboucha deux bouteilles de rouge et remplit les verres tandis que le personnel s'assemblait autour de la grande table, près la cuisine. John, Mae et Doug additionnèrent les pourboires, distribuèrent leur part à Luke et à Mikey, puis poussèrent plusieurs billets en direction de Rowena.

— Vos gains de la soirée, expliqua Doug.

— Non, je vous en prie, dit-elle en écartant l'argent.

— Mais vous avez assuré le service.

Les billets revinrent vers elle.

— Est-ce que Claudia acceptait les pourboires ?

— Bien sûr, affirma Mae. Les rares fois où nous avons laissé des gens prendre leur repas au bar, elle n'a pas refusé sa part.

— Moi si, annonça Rowena d'un air dégagé.

— Nous ne servions presque jamais au bar, intervint Ian.

— Pourquoi ?

— Claudia n'aimait pas beaucoup servir.

Il eut un regard entendu qu'elle interpréta sans peine. Sa sœur se serait sentie humiliée de devoir passer les plats. Et, en admettant qu'elle accepte, elle en aurait tiré un maximum d'effet.

— Je propose que nous changions tout cela. Quinze ou vingt couverts de plus par week-end augmenteraient nos revenus à tous, déclara Rowena, ridiculement fière d'avoir retenu un peu de jargon du métier.

— Certes, concéda Ian, personne ne s'en plaindrait.

Reste à trouver quelqu'un pour les week-ends, qui puisse à la fois jouer un rôle d'hôtesse et servir quand nous manquons de bras.

— Je peux assurer l'intérim. En tant que nouvelle propriétaire, je dois savoir comment fonctionne le restaurant.

— Certes, si vous y tenez.

Son ton demeurait relativement courtois, mais il s'était teinté d'une nuance acerbe.

— Cela vous ennuie, Ian ?

— Pas le moins du monde. Comme vous l'avez si justement remarqué, le restaurant vous appartiendra sous peu.

Il alluma une Silk Cut, puis, après une légère hésitation, il lui tendit le paquet. Elle aurait aimé se servir mais elle déclina l'offre. Une soudaine tension régnait dans l'air.

— Vous vous en êtes sortie comme un chef ce soir, déclara Mae, la jolie rousse.

— C'est bien vrai, approuvèrent en chœur John et Doug.

Sur quoi ils vidèrent leurs verres d'un trait et s'apprêtèrent à partir.

Déroutée par la froideur subite d'Ian et par le départ précipité des autres, Rowena regretta de ne pas posséder l'autorité de sa sœur. Elle mourait d'envie de savoir ce qui chagrinait Ian mais n'osait aborder la question de crainte qu'il en profite pour critiquer ses prestations de la soirée. A supposer qu'il y eût quelque chose à critiquer, ce dont elle doutait. Malgré les années, elle n'avait jamais surmonté sa peur des affrontements, ni la prudence qu'elle avait acquise auprès de sa mère et de sa sœur toujours prêtes à l'agresser à la moindre question. Affligée par son manque de cran, elle alla chercher son manteau et son sac.

En l'escortant jusqu'à sa voiture, Ian paraissait amical. Son brusque changement d'humeur tenait peut-être tout simplement à la fatigue d'une dure journée. De nouveau il la remercia pour son aide et lui demanda si elle désirait vraiment revenir le lendemain matin. Comme elle acquiesçait, il lui suggéra d'arriver de préférence avant 10 heures.

— Soyez prudente au volant, dit-il tandis qu'elle refermait la portière.

Puis il attendit qu'elle eût démarré pour se diriger vers sa voiture.

Sur le chemin du retour, Rowena fit le point. Elle avait les jambes douloureuses d'avoir porté des talons pendant plusieurs heures, elle n'avait rien appris de nouveau sur Claudia et regrettait sa lâcheté envers Ian. Mais, tout compte fait, elle avait pris plaisir à l'aventure.

4

Rowena et Penny s'étaient liées d'amitié en classe de troisième. A quatorze ans, Penny était grande, mince et jolie avec son épaisse chevelure d'un blond cendré, ses yeux bruns immenses, son petit nez mutin et sa bouche généreuse. Elles avaient fait leurs études supérieures dans des universités différentes et, sans se consulter, passé leur diplôme de documentaliste. Des années plus tard, par pure coïncidence, elles avaient été employées toutes deux à la bibliothèque Magnusson de Stamford.

Penny s'était mariée aussitôt après sa maîtrise et, onze mois plus tard, avait donné naissance à son fils, Kip. Elle avait eu du mal à perdre les kilos pris pendant sa grossesse et son mari, Ken, se répandait en plaisanteries de mauvais goût sur son poids. Deux ans plus tard, malgré ses régimes successifs, Penny avait atteint les soixante-dix kilos et ne supportait plus les remarques acerbes de Ken. Elle avait divorcé, était retournée avec Kip vivre chez ses parents et, après avoir perdu dix-sept kilos, en avait repris vingt et un en quelques mois.

Il lui avait fallu plus de quatre ans pour économiser de quoi s'acheter un appartement, quatre ans pendant lesquels elle se priva de vêtements neufs, se nourrit de sandwichs, et vécut si chichement qu'elle rationnait même le kilométrage de sa voiture. Ce furent des années pénibles ; ses parents se mêlaient sans cesse de sa vie privée, critiquant ses méthodes d'éducation, lui reprochant de monopoliser la salle de bains… Tout y passait, au point qu'elle avait cru devenir folle. Sa vie sociale était inexistante et, les rares fois où elle sortait parce que Rowena l'invitait à dîner, il lui fallait emmener Kip.

Une fois installée avec son fils dans son appartement, le paysage s'était brusquement éclairé. Elle n'avait plus à déplorer les gifles infligées par ses parents au pauvre Kip sous prétexte qu'il avait enfreint l'une des sacro-saintes règles de la maison, ou même sans aucun prétexte, tout simplement pour le principe, parce qu'ils l'avaient élevée de la même manière et que, selon eux, elle n'en avait pas souffert, bien au contraire. Libéré du joug de ses grands-parents, Kip se détendit et devint moins rebelle. Dans son immeuble, Penny rencontra quelques femmes qui se proposèrent pour le garder, ce qui lui permit de sortir le soir de temps à autre. Désormais, elle pouvait recevoir ses amis, et les camarades de Kip pouvaient passer la nuit dans l'appartement.

Parvenue à l'âge de trente ans, Penny avait finalement repris goût à la vie. En dehors de son excès de poids, elle était heureuse. Et, à sa grande surprise, elle découvrit que les hommes la trouvaient malgré tout séduisante, ce qui l'aida à relativiser considérablement le problème de son embonpoint sans doute dû à un dérèglement métabolique chronique.

Rowena se réjouissait de voir son amie d'enfance recouvrer son équilibre. Quant à Mark, si elle ne le connut que le jour où il intégra la bibliothèque quelque onze ans plus tôt, il bénéficia auprès d'elle d'un crédit immédiat. Un mètre soixante-dix, mince, presque fluet, il avait un visage de star de l'écran aux traits délicatement ciselés, aux yeux verts et limpides, aux cheveux couleur sable, coupés court, avec une raie sur le côté. Il s'habillait aussi comme un acteur, un acteur des années trente, manifestant une prédilection pour les pulls moulants ou les gilets tricotés main qu'il portait sur des chemises à col ouvert avec des pantalons à la coupe confortable ceinturés à la taille. Il aimait les chaussettes écossaises, les chaussures de sport, le mobilier Art déco et l'after-shave Canoë. Il adorait les enfants et se consacrait avec dévouement à ses nombreux neveux et nièces. Dès leur première rencontre avec Kip, Tim et lui s'étaient pris d'affection pour l'enfant, l'avaient pour ainsi dire adopté.

Rowena était plus proche de Mark que de Penny, sans doute en raison de l'intuition quasi surnaturelle dont il avait d'emblée fait preuve à son égard. Le jour où il avait pris son service à la bibliothèque, elle l'avait invité à déjeuner dans un restaurant de Broad Street et, tandis qu'ils dégustaient le menu du jour, un sandwich accompagné d'une soupe, il avait brusquement souri en lui demandant à brûle-pourpoint :

— Alors, le soir, quand vous rentrez après le travail, je suppose que vous passez un peignoir de soie et des mules à pompons ?

Interloquée, elle en était restée bouche bée, puis elle s'était mise à rire comme elle n'avait pas ri depuis des années.

— Qu'est-ce qui vous fait dire une chose pareille ?

— Ma chère, une femme qui porte Opium avec des vêtements dignes de Miss Riz Complet a nécessairement une vie secrète.

Impressionnée et sous le charme de ce garçon qu'elle trouvait éminemment sympathique, elle prit un risque qu'elle n'avait jamais osé prendre auparavant ; elle lui parla de sa famille, du départ de son père, de la mort de Cary, de ses difficultés et incertitudes de jeunesse, quand elle était soumise aux pressions de Jeanne et de Claudia.

A son tour, il évoqua pour elle sa vie de famille qui, comparée à la sienne, semblait positivement idyllique. Une semaine après son arrivée à la bibliothèque Magnusson, leur amitié était déjà solidement établie. Le temps les avait encore rapprochés, et quand Tim avait manifesté tous les symptômes d'un sida déclaré, il n'existait déjà plus de barrières entre eux.

Depuis l'enterrement de Claudia, Penny et Mark lui avaient tous deux laissé plusieurs messages. Un peu honteuse de les avoir négligés — surtout Mark qui n'était pas encore remis de son deuil —, elle les invita à dîner chez elle le jeudi suivant son premier week-end au restaurant.

Tandis qu'ils prenaient un verre dans le salon lugubre avant de passer à table, Penny s'intéressa au pantalon que portait Rowena ce jour-là, un pantalon de lainage bleu marine assorti d'un pull de cachemire.

— Ravissante cette tenue. C'est nouveau ? s'enquit-elle.

— Non, c'est la garde-robe de Claudia.

Penny eut une moue dégoûtée, montrant clairement par là qu'on ne la prendrait pas à porter les vêtements d'une morte.

— Tu n'as pas l'intention de t'installer à demeure dans ce taudis ? demanda-t-elle encore.

— Justement, j'y réfléchissais, répondit Rowena légèrement irritée.

La maison avait certes besoin de rénovation, mais elle n'avait rien d'un taudis.

— C'est la copie conforme de la Maison Usher, ironisa Mark.

Assis de biais dans l'un des fauteuils, il balançait négligemment un mocassin au bout de son pied droit. Frissonnant pour l'effet, il ajouta :

— J'ai l'impression que le vieux domestique bossu va apparaître d'une seconde à l'autre pour annoncer que le dîner est servi.

Rowena rit de cette remarque.

— Sérieusement, reprit Penny. Tu n'as pas peur toute seule ici ?

— C'est ici que j'ai grandi. De quoi aurais-je peur ?

Penny fit la grimace en jetant un regard anxieux dans un recoin sombre de la pièce.

— Peut-être, mais tout de même. Personnellement, je vendrais. Tu pourrais tirer un paquet de ce hangar, t'acheter un truc somptueux avec l'argent, et je suis sûre qu'il t'en resterait encore.

— Je ne sais pas, intervint Mark. Tu pourrais aussi restaurer. A ta place, je commencerais par donner tous ces meubles hideux à l'Armée du Salut, je ferais sabler les planchers, repeindre les murs, moderniser les salles de bains et la cuisine. Une touche de neuf ici et là, ce serait super. Et puis, si tu aménageais un studio dans l'espèce de grenier au-dessus du garage, je serais ravi de te le louer. Cela ferait un très joli studio. Tu vois où je veux en venir, non ?

— Il se trouve que j'y pensais.

— Franchement ! s'exclama Penny, agacée. Pourquoi t'empoisonner la vie ? Débarrasse-toi plutôt de cette vieille maison pour t'installer correctement. Et tu travailles au restaurant maintenant, c'est cela ?

— Ian avait temporairement besoin d'un coup de main pour les week-ends. A vrai dire, cela m'amuse.

— Il n'y a que le provisoire qui dure. Est-ce que tu nous offriras des invitations gratuites maintenant que tu es patronne ? s'enquit Mark.

— J'y compte bien, oui. Je continue encore pendant une quinzaine de jours, le temps que nous trouvions une hôtesse.

— Nous ? Tu gardes le restau ?

Penny semblait dubitative, et Rowena ne comprenait pas ce qui la rendait soudain si négative.

— Bien sûr que je le garde. Ce serait de la folie pure d'arrêter une affaire qui marche.

— Ah. Je croyais que tu vendrais.

— Il y a quelques années, Tim et moi avons essayé de dîner là-bas… une expérience intéressante. Nous n'avions pas réservé. Et voilà Claudia qui fait mine de ne pas nous connaître, qui se répand en excuses aussi hypocrites que vaseuses, prétendant que tout est complet alors qu'il est tard et qu'il y a au moins trois tables libres. Je n'allais pas me lancer dans des explications, lui rappeler que nous nous étions rencontrés chez toi une bonne demi-douzaine de fois : trop fatigant. J'ai pris Tim par le bras et nous avons mangé mexicain à South Norwalk.

» Sans vouloir te vexer, Rowena, ta sœur était une antihomo de première. Elle ne voulait pas d'un couple d'hommes dans son établissement de luxe, et elle nous a traités comme si Tim et moi étions des folles perdues dont la seule présence risquait de gâter la réputation de son restau. Elle est restée discrète, mais j'ai bien compris qu'elle se voyait déjà envahie par des légions d'homos mâles et femelles qui feraient du Rendez-Vous leur quartier général et se peloteraient dans les coins pendant le dîner. J'en étais vert, sans blague. »

— Tu aurais dû m'en parler, protesta Rowena, atterrée.

— A quoi bon ? Pour que tu en souffres aussi ? Tu la connais, non ?

— Certes. Mais ce n'est pas une raison. Je viens d'apprendre qu'elle prenait sa part des pourboires quand par hasard il lui arrivait de servir. Je trouve ça moche, pas vous ?

— Elle était d'une pingrerie redoutable, commenta Penny. Cela m'a toujours sidérée que vous soyez sœurs.

— Moi aussi, dit Rowena dans un sourire.

Soudain, inexplicablement, elle revit le visage aux traits figés de sa sœur morte. Son sourire s'effaça et elle devint la proie d'une immense tristesse. Pauvre Claudia ! Quel gâchis avait été sa vie ! Elle avait fait tant de mal autour d'elle, par désinvolture, par mépris... En même temps, sa mort prématurée avait quelque chose d'une injustice. Mais le moment était mal choisi pour sombrer dans la mélancolie. Ses amis étaient là, et il lui fallait achever de préparer le repas.

— Cela vous ennuie de dîner dans la cuisine ? demanda-t-elle.

— Désolé, mais cela m'ennuie énormément, dit Mark.

— Dans la cuisine ? répéta Penny, feignant l'horreur. Tu veux vraiment que nous dînions dans ce trou où le temps s'est arrêté ?

Rowena éclata de rire.

— Bon, ça va, vous deux. Venez plutôt me tenir compagnie pendant que je termine.

Au moment de partir, Mark revint sur l'idée du studio.

— Si jamais tu décides de rester et de rénover, je suis sérieux à propos du garage, Ro. Il est temps que je quitte le foyer conjugal. Et Penny n'a pas tort. Ce serait une sécurité pour toi d'avoir un bon voisin à portée de voix. De plus, nous pourrions aller au travail ensemble, économiser l'essence, contribuer à réduire la pollution.

— Si je reste, c'est une affaire conclue. Je serais ravie de t'avoir pour voisin.

— Vous êtes malades, tous les deux ! Cette maison est beaucoup trop grande pour une personne seule, Ro. Cela dit, si tu tiens vraiment à y rester, je serais rassurée de savoir Mark à proximité pour veiller sur toi.

— Et moi qui espérais qu'elle veillerait sur moi !

Après leur départ, Rowena inspecta la maison une fois de plus, l'imaginant repeinte dans des tons clairs, débarrassée de ses lourdes tentures et de ses sombres tapis à l'odeur de moisi. Finalement, elle passerait peut-être quelques coups de fil pour demander des devis.

Le vendredi suivant, en fin d'après-midi, Anthony Reid se manifesta enfin.

— Je suis désolé pour la mort de Claudia. Je vous aurais contactée plus tôt, mais je m'étais absenté. Puis-je vous demander de quoi elle est morte ?

— Apparemment d'une overdose accidentelle, un mélange de somnifères et d'alcool.

— C'est regrettable.

Il marqua une pause avant de reprendre :

— Dans votre message, vous exprimiez le désir de me voir.

— Exact.

— Pour parler de Claudia ?

— Oui.

— Mardi après-midi, à 17 heures, cela vous conviendrait ?

— D'accord. A quel endroit ?

Il lui donna une adresse à Greenwich, qu'elle savait être celle d'un centre médical proche de l'hôpital. Elle aurait aimé le rencontrer dans un cadre moins formel, mais elle n'en dit rien, remercia et raccrocha, vaguement soucieuse.

Tout dans cette brève conversation lui paraissait bizarre. D'abord, il s'était présenté comme Anthony Reid alors que Claudia l'appelait Tony. Et puis, ce commentaire sur sa mort… « C'est regrettable »… Il ne s'exprimait pas en amant, même ancien, mais en professionnel distant, poli, accommodant. Il était difficile de réconcilier les tirades enflammées de Claudia sur cet homme et cette voix grave, mielleuse, qui n'avait manifesté ni surprise ni émotion en apprenant sa mort. Mais c'était sans doute présumer que de se fonder sur un contact aussi bref. Trop sensible aux intonations des gens au téléphone, Rowena en déduisait souvent à tort leurs intentions et leurs humeurs.

Avant de se rendre au restaurant, elle vérifia sa mise une dernière fois dans le miroir de la salle de bains. Il lui fallait passer chez le coiffeur. Ses cheveux, beaucoup trop longs, avaient grand besoin d'une coupe, et son éternel catogan retenu sur la nuque par une simple barrette n'était guère adapté aux vêtements qu'elle portait. Son visage nu, sans maquillage aucun, manquait aussi de sophistication. Pour y remédier, elle prit un tube de rouge à lèvres neuf dans la boîte de cosmétiques. La couleur ne lui convenait pas. Elle l'essuya, en essaya une autre tout aussi hideuse, qu'elle essuya aussi. Elle ne connaissait rien à l'art du maquillage, n'avait pas, contrairement à Claudia, passé toutes ses années d'adolescence à explorer les secrets des ombres à paupières, à tester les nuances des fonds de teint, des fards à joues, des divers mascaras. De guerre lasse, elle se lissa les cheveux et sortit.

Sitôt franchi le seuil du Rendez-Vous, elle recouvra soudain sa bonne humeur et se dirigea vers le bureau en saluant chaleureusement tout le monde au passage. Quelque chose de nouveau fleurissait en elle, s'épanouissant davantage avec chaque visite au restaurant. Cela tenait en partie au sentiment qu'elle avait soudain d'appartenir à une famille ; elle appréciait la jeunesse du personnel, son jargon, son humour, elle se sentait revivre et rajeunir au contact de ces gens. Et cela tenait aussi au fait qu'elle assumait le rôle de Claudia à sa manière et s'en tirait avec les honneurs.

Tour à tour ignorée et critiquée par sa mère, humiliée et terrorisée par sa sœur, elle appréciait de réussir dans un rôle où Claudia avait excellé. Son expérience de bibliothécaire lui avait appris depuis longtemps qu'elle avait un bon contact avec le public. Les gens imaginaient souvent les bibliothèques comme des antres d'ésotérisme gardés par des fonctionnaires à face de Cerbère et paraissaient toujours surpris par l'amabilité des employés. Une surprise qu'elle constatait chaque fois avec ravissement. Bien sûr, un restaurant de luxe était une tout autre affaire, et cependant, elle avait découvert que les clients se montraient particulièrement sensibles à la courtoisie du personnel.

Aussi étrange que cela pût paraître, elle s'était aperçue que ceux dont la fortune leur permettait de s'offrir les repas onéreux du Rendez-Vous s'attendaient qu'on leur fît payer le privilège à coups d'injures. Confrontés à un accueil chaleureux, ils se montraient d'abord méfiants, incrédules, avant de se détendre avec une reconnaissance manifeste. Et si Claudia s'était employée à donner aux clients le sentiment d'appartenir à une élite choyée, Rowena, elle, s'efforçait de les mettre à l'aise, de les traiter en amis. Déjà, elle saluait les clients réguliers par leur nom, leur exprimait le plaisir qu'elle avait à les revoir. L'atmosphère du restaurant en était allégée, et les rires fusaient autour des tables, ponctuant des conversations animées. En somme, les dîneurs prenaient du bon temps et le service, moins guindé, gagnait en efficacité.

Au bout de trois semaines, Ian l'aborda après le brunch du dimanche.

— J'imagine que vous n'envisagez pas de travailler ici tous les week-ends, si ?

— Je ne sais pas, je n'y ai pas réfléchi.

Elle mentait, bien sûr. Elle y avait longuement pensé.

— Vous êtes devenue très populaire, auprès du personnel comme auprès des clients.

Cette marque d'approbation la surprit au plus haut point. Elle sourit cependant.

— Voilà qui est agréable à entendre. Je dois reconnaître que le travail me plaît, même si je ne suis pas certaine de pouvoir continuer tout en assumant un plein temps à la bibliothèque. Je reprends la semaine prochaine, nous verrons alors ce qu'il en est. En tout cas, j'ai l'impression que je suis ici depuis toujours, et j'ai beaucoup de plaisir à travailler avec vous tous.

Il parut très satisfait de cette réponse.

— Entre nous, comme vous vous en doutez, le personnel était attaché à son salaire et non à la personne de Claudia. C'était une femme difficile, exigeante, et méprisante par-dessus le marché. Vous la connaissez mieux que personne, j'imagine.

Elle acquiesça d'un signe de tête. Lui non plus ne se faisait guère d'illusions sur sa défunte sœur.

— Les dernières semaines ont constitué un agréable changement, poursuivit-il. Les recettes le prouvent, et nous avons maintenant davantage de réservations en semaine par le simple bouche à oreille. L'atmosphère s'est détendue, et les clients le sentent. Claudia était impitoyable, tyrannique.

Lèvres pincées, il détourna les yeux un moment avant de reprendre :

— Elle menait son monde à la baguette. Mais de là à s'en prendre au malheureux Julio qui gagne un salaire de misère… Il est de loin le meilleur garçon de cuisine que nous ayons eu, et je me demandais si vous accepteriez, vous, de l'augmenter. Il est avec nous depuis onze mois, trois de plus que tous ceux qui ont tenu le coup jusqu'ici, et il se tue à la tâche.

— Il a une participation aux bénéfices ?

— Non, pas plus que nous autres.

— Une couverture médicale ?

Ian nia de la tête.

Se souvenant alors de la réflexion de Penny concernant l'avarice de Claudia, Rowena sentit monter en elle une bouffée de colère mêlée de honte.

— Eh bien, je crois qu'il est grand temps de faire venir

un expert pour qu'il nous mette au point une assurance de groupe. Et nous pourrions aussi prendre le temps de revoir les chiffres ensemble, qu'en pensez-vous ?

— Quand vous voudrez.

— Lundi, vers 15 h 30, cela vous convient ? Vous me montrerez les comptes, et nous verrons s'il est possible d'effectuer quelques changements. Pour le moment, je continue à venir le week-end.

— Si cela vous intéresse, je connais quelqu'un dans les assurances.

— Excellent. Appelez-le, qu'il nous fasse une proposition. Nous ne pouvons pas laisser nos employés sans couverture médicale, ce serait criminel ! Je suppose que le restaurant est couvert en cas d'accident du travail ?

— Nous avons contracté les assurances de base, incendie, dégâts des eaux, responsabilité civile, etc.

— Ian, je sais que je suis nouvelle dans ce métier, mais le bon sens me dit que si nous traitons le personnel correctement, les affaires ne s'en porteront que mieux.

— Absolument.

Il lui tendit son paquet de Silk Cut. Elle prit une cigarette, se pencha pour l'allumer à la flamme de son briquet. Lentement, elle exhala la fumée et demanda :

— Ian, est-ce qu'il y a quelque chose que vous aimeriez changer ?

Il parut réfléchir, le regard fixé sur un horizon invisible, le visage empreint d'une déception à peine perceptible. Puis il reporta les yeux sur elle, sourit, nia de la tête et dit :

— Pas que je sache. Mais si une idée me vient, je vous le ferai savoir.

— Je compte sur vous. Et surtout, prévenez-moi si je m'égare, si je commets une bourde. Je serais vraiment désolée d'outrepasser mes droits par inadvertance.

— Certes. Nous le serions tous.

Sur le chemin du retour, elle se demanda si Ian avait une vie privée. Il travaillait beaucoup, sans horaires réguliers, et ne semblait guère fréquenter que les autres employés du restaurant. Après la fermeture, il allait parfois prendre un verre avec certains d'entre eux ou dîner dans un des nombreux snacks situés sur Route 1 entre Darien et Westport. Une existence somme toute bien étriquée, mais peut-être l'avait-il choisie. Cet homme-là avait un passé. Son accent aristocratique, ses vêtements élégants, sa réserve toute britannique et son penchant tout aussi britannique pour la litote en attestaient. Elle aurait aimé savoir comment un homme de son milieu, avec son éducation, en était venu à gérer un restaurant dans une petite ville de Nouvelle-Angleterre. Bah, songea-t-elle, peut-être le lui dirait-il un jour.

5

Le lundi matin, Rowena appela sa coiffeuse.

— Le salon est calme ce matin, lui dit Kate. Si vous voulez, je peux vous prendre de suite.

— D'accord. J'arrive dans dix minutes.

Avec plusieurs années de plus que Rowena, Kate lui avait toujours paru jeune pour son âge — plus jeune qu'elle, en fait. De taille moyenne, mince comme une liane, énergique et gaie, elle portait invariablement des jeans moulants et des hauts de couleurs vives. Même immobile, elle semblait toujours en mouvement.

— Bon. Qu'allons-nous faire de tout cela ? demanda-t-elle au reflet de Rowena dans le miroir en prenant une poignée de cheveux mouillés. Vous n'êtes pas fatiguée de cette coupe qui n'en est pas une et que vous portez depuis des lustres ?

— Ils sont sans doute un peu longs, concéda timidement Rowena.

— C'est le moins qu'on puisse dire. Et cela ne vous va pas du tout, mon petit. Vous avez une jolie petite frimousse, de beaux yeux. Dommage de ne pas les mettre en valeur. Vous savez ce que je pense ? Il est temps que vous preniez le risque de vous affirmer.

— Le risque de m'affirmer ?

— Pas de panique. Après toutes ces années, vous pouvez me faire confiance, non ?

Et Kate se cala contre le comptoir et examina Rowena, les bras croisés sur la poitrine.

— Oh, ce n'est pas que je n'aie pas confiance, mais je ne suis pas certaine de vouloir prendre des risques. Vous avez une idée en tête ?

— Je vous vois coiffée court, dégradé, avec des mèches folles.

— Court avec des mèches folles ? s'inquiéta Rowena.

Kate saisit sa tasse, but une gorgée de café et éclata de rire.

— Tout court, et pas trop folles, les mèches. Cela soulignera votre ossature, vous donnera du piquant. Franchement, jolie comme vous êtes, je n'ai jamais compris que vous preniez si peu d'intérêt à votre apparence.

Rowena fit une grimace à son reflet.

— Voilà ce que j'appelle une attitude positive, commenta Kate en riant de plus belle. Alors, vous me faites confiance ou pas ?

Rowena eut à son tour un rire nerveux.

— Pourquoi pas. Allons-y.

— Vous en êtes sûre ? Si je coupe, plus question de changer d'avis.

— Allons-y, je prends le risque.

— Je vous promets que vous ne le regretterez pas.

Kate finit son café, jeta le gobelet à la corbeille et s'arma de ses ciseaux.

Lorsqu'elle eut terminé, les deux femmes contemplèrent en silence le reflet de Rowena dans le miroir. Enfin, Kate déclara :

— Vous êtes ravissante ainsi. C'est encore mieux que je le pensais. Vous avez rajeuni de dix ans. Qu'en pensez-vous ?

— C'est… un peu osé, non ? Mais je crois que cela me plaît bien, répondit Rowena qui se reconnaissait à peine.

— Croyez-moi, cela vous va à merveille. Enfin on peut voir votre visage. Vous savez que vous êtes une très jolie jeune femme ?

Rowena nia machinalement de la tête.

— Ne soyez donc pas si difficile, dit Kate avec un sourire amusé. Vous êtes superbe ! Revenez me voir dans six semaines pour rafraîchir la coupe.

La tête étrangement légère, la nuque glacée par le vent froid de février, Rowena s'arrêta chez le traiteur où elle acheta un sandwich au pain complet, puis elle prit sa voiture pour aller chercher son courrier et arroser ses plantes à Stamford avant son rendez-vous avec Ian au restaurant.

Dans sa boîte aux lettres, elle ne trouva que des factures et des dépliants publicitaires. Pas de messages sur le répondeur. Elle se prépara du thé et s'installa avec son sandwich au comptoir de la cuisine. Son appartement la décevait davantage à chacun de ses retours. Rien ne l'obligeait désormais à le garder. Jugeant inconvenant de faire transformer la maison familiale si tôt après le décès de Claudia, elle avait remis sa décision de jour en jour. Mais elle n'avait plus aucune raison d'hésiter. Il n'y avait plus personne pour critiquer sa coupe de cheveux ou lui reprocher d'entreprendre une rénovation. Et la prime d'assurance couvrirait les travaux.

Aussi effarée de sa propre audace qu'elle l'avait été chez le coiffeur, elle laissa des messages aux trois entrepreneurs dont elle gardait les numéros sur elle depuis plus d'une semaine. Elle arrosa ses plantes, rangea les factures dans son sac, jeta un regard incrédule à son reflet dans le miroir de la salle de bains et prit le chemin du restaurant.

A son arrivée, l'exubérante Mae qui portait un plateau chargé d'assiettes dans la cuisine s'arrêta net et s'exclama :

— Whao ! Super, la coupe ! Vous êtes transformée.

Les joues en feu, Rowena ne put s'empêcher de rire.

— Vous ne trouvez pas cela osé ?

— Osé ? Vous plaisantez. C'est magique !

— Merci, Mae, vous êtes gentille.

Ian l'examina pendant un moment puis déclara d'un ton égal :

— Le changement est surprenant, mais c'est ravissant, Rowena. Cela vous va très bien.

— Cela me surprend moi-même, il faudra que je m'habitue, dit-elle.

Ils s'installèrent dans le bureau pour examiner les listings qu'Ian avait obtenus de leur comptable. Le restaurant faisait de solides recettes et disposait d'une belle somme d'argent en banque. Les dépenses semblaient raisonnables, en dehors des salaires du personnel. Seul Philippe, le chef, gagnait correctement sa vie. Tous les autres étaient scandaleusement sous-payés. Et le plus scandaleux était le fait que Claudia prélevait pour son propre compte deux gros chèques chaque mois.

— Je ne suis pas folle, vous touchez tous des salaires de misère, non ?

— Terry, les serveurs et les garçons de salle prennent de solides pourboires et donnent un pourcentage à Julio.

— Tout de même. Vingt cents en plus du minimum horaire, ça me paraît un peu maigre. Je suis sûre que chez McDonald's on est plus généreux que nous.

— C'est probable. Mais comme je vous l'ai dit, le personnel restait quand même pour l'argent. Un bon week-end peut rapporter plus de cent dollars par soirée aux serveurs et près de soixante aux garçons de salle.

— Sans avantages sociaux.

— Exact.

— Vous auriez une calculatrice à me prêter un moment ?

— Certainement.

Ian fouilla dans un tiroir, lui tendit l'objet, puis il se cala sur son siège pour fumer une cigarette en la regardant faire ses calculs et griffonner des notes en marge des listings.

— Bon, dit-elle enfin. Voilà ce que je pense : pour commencer, nous allons doubler le salaire de Julio.

— D'accord.

— Ensuite, nous augmentons tout le personnel de salle d'un dollar par heure.

— Ce n'est pas moi qui m'y opposerais.

— Jill recevra une augmentation de soixante-dix dollars par semaine.

— Excellent.

— Et vous devriez avoir un supplément de cent cinquante dollars par semaine au minimum.

— Ecoutez, je ne...

— J'insiste. Ces nouveaux chiffres entament à peine ce que Claudia se versait à elle-même et laissent une bonne marge pour couvrir une assurance médicale collective. Si nous continuons à faire recette, je prendrai une petite somme pour mes week-ends ici. Le reste sera investi. Ainsi, nous aurons de l'argent à offrir au personnel pour un pique-nique, le 1er mai par exemple, ainsi qu'un réveillon et des primes de fin d'année.

— C'est une proposition très généreuse, Rowena, mais cela va diminuer nos bénéfices.

— Certes. Il n'empêche que les marges resteront largement suffisantes. Nous avons une bonne équipe et je tiens à ce qu'elle soit heureuse. Je n'aimerais pas voir nos employés passer à la concurrence.

— Pas de danger. Surtout lorsqu'ils auront eu vent de votre proposition.

Il marqua une longue pause avant de reprendre :

— Vous êtes très différente de votre sœur, n'est-ce pas ?

— Très. Nous avions la même pointure et la même taille, mais c'étaient là nos seuls points communs.

— Hmm. J'avais cru remarquer que vous portiez ses vêtements.

— Elle n'en mettait pas les trois quarts, et franchement, ce serait dommage de les jeter, se défendit Rowena.

— Ce n'était pas un reproche. Je suis d'accord avec vous, s'empressa-t-il d'ajouter.

— Oh, pendant que j'y pense. Le Dr Reid m'a enfin contactée. Je dois le rencontrer demain.

Ian ne parvint pas à masquer son étonnement — à moins que ce ne fût plutôt du désarroi ? Mais il ne tarda pas à se ressaisir.

— Il a dû être surpris en apprenant la mort de Claudia.

— Il s'est montré poli, mais il ne m'a semblé ni surpris ni ému.

— Hmm. Voilà qui cache toute une histoire. Bon.

Il consulta ostensiblement sa montre, écrasa sa cigarette et reprit :

— Je ne vois pas de problème en ce qui concerne vos propositions. Le personnel vous en sera reconnaissant. Et moi aussi, bien sûr. J'ai contacté mon ami, le courtier d'assurances, pour qu'il nous prépare un contrat collectif. Maintenant, si vous voulez bien m'excuser, il faut que je passe déposer de l'argent à la banque.

Sur ces mots, il se leva et empocha ses cigarettes.

— Prenez les listings si vous voulez. Je préfère vous laisser le temps de revoir les chiffres avant de parler au personnel.

Pourquoi était-il soudain si froid et distant ? Qu'avait-elle fait ou dit pour justifier ce brusque changement d'humeur ?

— Inutile. Vous pouvez les en avertir dès maintenant. Je vais prendre un café au bar et filer à la maison. J'attends des entrepreneurs pour les devis de rénovation.

— Vous comptez vous y installer ? demanda-t-il avec un intérêt aussi vif que sincère.

— Sans doute.

Pourquoi cet homme soufflait-il alternativement le chaud et le froid ? Etait-ce la mention de Tony Reid qui l'avait contrarié ? Et pourquoi était-elle incapable de lui demander franchement ce qui le chagrinait ?

Parvenu à la porte du bureau, il se tourna vers elle.

— Je vous vois vendredi ?

— Comptez sur moi.

— Alors, à vendredi.

Et il quitta la pièce sans lui laisser le temps d'en dire davantage.

Les bizarres sautes d'humeur d'Ian devenaient un problème récurrent qu'elle se sentait inapte à affronter. Elle s'en voulait de ne pas avoir pu clarifier la situation avec lui. Soucieuse, elle sortit du bureau. Le restaurant était désert. Seul dans la cuisine, Julio lavait le carrelage. Renonçant à son café, Rowena s'esquiva par la porte de secours et regagna sa Honda.

Très en avance pour son rendez-vous, Rowena passa vingt minutes dans la salle d'attente à lire un ancien numéro de *Psychology Today*. Elle terminait un article sur le syndrome d'alcoolisme fœtal et les effets de l'alcool sur le fœtus quand la secrétaire lui fit signe d'entrer.

Elle frappa, ouvrit la porte, s'avança dans le bureau et resta comme tétanisée à la vue de l'homme qui se levait pour l'accueillir. Sa tête bourdonnait, elle avait envie de pleurer, si bien qu'elle demeura figée sur place à le dévisager.

Il était si impressionnant avec son mètre quatre-vingt-dix et ses quatre-vingt-dix kilos. Mais Rowena fut saisie aussi par sa peau très blanche, ses épais cheveux noirs avec la raie sur le côté, ses yeux troublants d'un bleu cristallin. Cet homme-là était, à n'en pas douter, le plus beau qu'elle eût jamais vu. Par contraste, elle se sentit plus insignifiante et plus laide encore que d'habitude. Au bout d'un moment, remise de son choc, elle se présenta et lui tendit la main. A la réflexion, se dit-elle, s'il avait été un pays, ç'aurait été la Finlande : imposant, sombre, immaculé, austère. Sévère et massif, il était aussi intimidant, aussi bien charpenté que la célèbre église taillée dans le roc qu'elle avait visitée à Helsinki.

— Merci d'avoir accepté de me recevoir, déclara-t-elle lorsqu'ils se furent assis de chaque côté du bureau.

Il hocha la tête, sans sourire. Il paraissait l'observer avec méfiance, presque avec crainte, comme s'il anticipait quelque désagrément.

— Claudia parlait de vous avec beaucoup de chaleur, commença-t-elle. Nous nous voyions peu, mais elle me répétait qu'avec vous…

— Excusez-moi, dit-il d'une voix grave et douce en levant sa main de géant. Je préfère vous interrompre avant que l'un de nous se trouve embarrassé. Au tour que prend votre discours, je devine que votre sœur vous a tout simplement menti.

— Elle affirmait avoir une liaison avec vous, elle en parlait depuis des mois.

Pour la première fois, il sourit, devenant du même coup humain, chaleureux. Il lui donnait le sentiment d'être seul. Etait-ce possible ? Elle devait rêver.

— En trouvant votre message, j'ai su que cet entretien était inévitable. J'ai donc préparé des photocopies d'articles qui, je l'espère, vous aideront à comprendre.

— Vous n'étiez donc pas son amant, constata-t-elle posément.

D'autant plus posément qu'à la vue de cet homme, elle avait déjà mis en doute les déclarations de Claudia.

— Absolument pas. D'ailleurs cela faisait trois ou quatre mois que j'avais cessé de la recevoir en tant que patiente. Je lui avais recommandé plusieurs confrères, mais j'ignore si elle les a consultés.

Il examina ses paumes, croisa les doigts sur le sous-main du bureau. Puis il releva les yeux, plongea dans son regard.

— Après mûre réflexion, j'ai décidé de passer outre le secret professionnel. Claudia est morte, vous cherchez des réponses auprès de moi. Je ne vois aucune raison de ne pas vous aider.

— Je vous en remercie.

— D'un point de vue professionnel, je pense que votre sœur souffrait du syndrome de Clérambault plus connu sous le nom d'érotomanie. Le cas est assez rare et, par précaution, j'ai discuté de ses symptômes avec deux associés qui ont tous deux confirmé mon diagnostic. En essence, la malade vit dans l'illusion qu'un homme généralement beaucoup plus âgé qu'elle l'aime passionnément. Cet homme occupe le plus souvent une place importante dans la société. Il s'agit même parfois d'une personnalité. La patiente, votre sœur en l'occurrence, s'imagine que, sans elle, cet homme est malheureux, incomplet.

— N'est-ce pas ce qu'on appelle un transfert ?

— Vous avez suivi une thérapie ?

— Non, mais je connais les principes de base.

— Bien sûr. Disons que ce syndrome est beaucoup plus complexe que la dépendance excessive d'une patiente envers son analyste. Les études menées sur le sujet sont hélas trop rares, mais elles montrent que la patiente choisit souvent pour cible un médecin, un avocat, un professeur, une personne dont les attentions peuvent passer pour de l'amour. Convaincue que j'étais éperdument amoureux d'elle, Claudia a commencé par m'appeler plusieurs fois par jour au cabinet. Ma secrétaire a fait barrage, alors elle s'est mise à téléphoner chez moi. J'ai dû me résoudre à agir et, lorsqu'elle est venue en consultation ici, je lui ai expliqué que je ne pouvais plus la garder en tant que patiente. Comme je vous l'ai dit, je lui ai recommandé plusieurs de mes collègues. Et je ne l'ai jamais revue.

Rowena n'en croyait pas ses oreilles. Elle voyait mal sa sœur renoncer à l'objet de ses désirs quel qu'il soit, sans même s'être battue.

— Pourrions-nous revenir en arrière ? Quand et pourquoi vous a-t-elle consulté à l'origine ?

— Elle est venue me voir pour soigner une dépression, il y a environ un an.

Plausible. Claudia souffrait de crises de dépression depuis l'adolescence ; elle avait consulté de nombreux psychiatres.

— Et, si je peux me permettre, quel était votre diagnostic à l'époque ?

— Pour le détail, il faudrait que je consulte mes notes, mais en gros, j'ai trouvé qu'elle souffrait de légère anxiété assortie de dépression. Je soupçonnais aussi des troubles de l'alimentation, mais elle refusait d'aborder le sujet. Je lui ai prescrit des examens de sang afin de m'assurer qu'il n'y avait pas de déséquilibre d'ordre chimique. Les analyses étaient normales. Je l'ai mise sous antidépresseurs, et elle m'a semblé aller mieux pendant un certain temps. Puis ce syndrome est apparu. A l'évidence, je ne pouvais continuer à la soigner.

— Elle vous consultait depuis combien de temps quand ce… syndrome est apparu ?

— Cinq ou six mois.

— Combien de fois l'avez-vous vue avant de la diriger vers vos collègues ?

— Peut-être une douzaine de fois. Au départ, je la recevais deux fois par semaine, puis une fois seulement. Sans avoir à consulter mes fiches, je pense l'avoir radiée de mes listes au bout de deux mois.

Radiée, hein ? se répéta Rowena, sceptique. En un sens, tout ce discours lui paraissait invraisemblable. Cela dit, connaissant Claudia, elle l'imaginait sans peine lancée à la poursuite de cet homme. D'autant qu'il était superbe, et que Claudia n'aimait rien tant que d'attirer dans ses filets des êtres d'exception. Ce qui n'impliquait nullement qu'elle souffrît de cet étrange syndrome.

— Cela peut vous paraître incroyable, reprit-il avec un sourire d'excuse. Moi-même, je n'avais jamais été confronté à l'érotomanie. J'avais lu un article sur le sujet dans un mensuel de psychiatrie, et je l'avais vu mentionné dans un ouvrage spécialisé écrit dans les années soixante par une équipe britannique. Mais, avant votre sœur, je n'en avais jamais fait l'expérience directe. Il faut dire que le cas est vraiment rare, et j'ai même dû consulter un ancien professeur qui m'a fourni plusieurs études ainsi que les articles de journaux que j'ai photocopiés pour vous. Je regrette que votre sœur soit morte. Je ne la savais pas suicidaire.

Rowena sursauta. Elle n'avait jamais parlé de suicide ! Lorsqu'elle l'avait joint au téléphone, elle avait mentionné une overdose accidentelle, rien de plus.

— Je ne pense pas qu'elle l'ait été, dit Rowena, pesant ses mots.

— L'ingestion « accidentelle » de médicaments toxiques et d'alcool témoigne parfois d'une volonté inconsciente de suicide.

— Vraiment ? Ce diagnostic *a posteriori* n'est-il pas un peu facile ?

Les yeux bleus cristallins la considéraient avec une attention soutenue, comme si l'homme cherchait à l'évaluer, comme s'il était en train de réviser son jugement initial.

— Claudia m'avait bien dit que vous possédiez une intelligence supérieure.

— Je doute fort qu'elle l'ait dit comme un compliment. L'intelligence ne figurait pas au rang de ses valeurs.

— Qui étaient ?

Il avait croisé les bras sur le bureau, s'était penché vers elle, visiblement intéressé.

— La beauté physique, les conquêtes, la lutte. L'intelligence n'avait de valeur à ses yeux que dans la mesure où elle servait ses desseins. Tout lui était jeu, et elle jouait pour gagner. Elle était fine, rusée, et sans pitié. Pour elle, les scrupules étaient l'apanage des imbéciles. Elle pensait d'ailleurs que la plupart des gens étaient des imbéciles et aurait fait n'importe quoi pour le prouver. Ecoutez, docteur Reid, Claudia avait bien des défauts, mais elle n'était ni mythomane, ni suicidaire. Très sincèrement, votre histoire ne me convainc pas.

— Je sais bien que c'est difficile. Mais vous reconnaissez que vous n'étiez pas particulièrement proche de votre sœur. Et même des liens étroits ne permettent pas toujours de connaître les gens à fond.

— Je vous le concède. N'empêche que je vois mal Claudia s'imaginant qu'un homme était amoureux d'elle quand elle passait son temps à repousser les soupirants au bulldozer.

— Je ne suis pas infaillible. Mon diagnostic se fonde sur son comportement et, en consultation avec des collègues, j'en ai tiré les conclusions qui semblaient s'imposer. Je suis le premier à admettre que la psychiatrie n'est pas une science exacte. Hélas, nous n'avons pas encore trouvé mieux.

Il s'interrompit le temps d'ouvrir un tiroir et d'en sortir une grande enveloppe qu'il lui tendit.

— Permettez-moi de vous donner ces documents. J'espère qu'ils vous éclaireront. Je suis désolé de ne pas pouvoir faire davantage.

— En dehors des coups de téléphone, en quoi consistait au juste son « comportement » ?

— D'abord, elle téléphonait des douzaines de fois. A plusieurs reprises, elle s'est même présentée à mon domicile. Elle était convaincue que je l'aimais, mademoiselle Graham. Et elle agissait en conséquence. Les séances au cabinet ont pris un tour extrêmement déconcertant. Elle interprétait tout, voyait un signe dans la couleur de ma cravate, la position d'un dossier sur le bureau, comme s'il s'agissait là de messages codés. Si je ne répondais pas à ses avances dans mon bureau, c'était pour ne pas heurter la susceptibilité de ma secrétaire, qui serait jalouse si d'aventure elle découvrait notre passion mutuelle. Comme vous l'aurez peut-être constaté, ma secrétaire est une charmante grand-mère heureuse en ménage, qui me traite un peu comme un enfant de douze ans monté en herbe.

Il sourit, et Rowena amusée lui sourit en retour.

— Si je repoussais Claudia quand elle arrivait chez moi sans crier gare, poursuivit-il, c'est que mes voisins risquaient de découvrir notre liaison et d'en avertir mon ex-épouse. Une absurdité, bien sûr. Mais les personnes souffrant de problèmes émotionnels sont capables de créer leur propre réalité au mépris du bon sens. Quoi qu'il en soit, les situations de cet ordre étaient légion chez votre sœur.

— D'où tenait-elle votre adresse et votre numéro de téléphone personnels ?

— Allons, vous n'êtes pas tombée de la dernière pluie, que je sache.

De nouveau, il souriait. Cette joute verbale semblait le divertir.

— Vous êtes documentaliste, je crois ? Alors, vous n'ignorez pas qu'il existe toutes sortes d'annuaires, et qu'une personne décidée peut y retrouver l'adresse de n'importe qui ou presque.

— Certes.

— Pour mettre un terme au harcèlement de Claudia, j'ai dû menacer de porter plainte.

— Et elle a cessé de vous harceler ? demanda Rowena, incrédule.

Sa sœur n'était pas femme à renoncer à sa proie.

— Au cours d'une discussion dans ce bureau, je lui ai expliqué en détail les raisons qui me poussaient à interrompre sa thérapie. Elle a paru comprendre que, si elle persistait à me poursuivre, elle risquait l'internement. J'ai fait tout mon possible pour la ménager afin qu'elle ne se sente pas directement menacée ; j'ai fait valoir qu'une action en justice ferait du tort à son restaurant. Je me suis efforcé de la décourager avec tact et douceur. Cela n'a pas été facile, mais j'y suis arrivé. Une expérience pénible, croyez-moi.

— Je vous crois sans peine.

— Lisez ces articles, et rappelez-moi pour que nous en discutions.

Il se leva, contourna le bureau et ajouta :

— Je suis vraiment désolé pour la mort de votre sœur.

— Merci, j'en suis touchée.

Ils échangèrent une poignée de main et se sourirent. L'espace d'un instant, Rowena eut une nouvelle attaque de paralysie physique et mentale. Le ventre noué, marchant comme sur des œufs, elle quitta le bureau. L'air froid du dehors lui rendit bien vite toutes ses facultés et, tandis qu'elle traversait le parking pour regagner sa Honda, elle se demanda si le médecin s'était moqué d'elle ou s'il lui avait dit la vérité.

6

« Il est à noter qu'en ce cas, les fantasmes ne sont pas maintenus par un moi sain dans les limites du psychisme ; ils sont au contraire théâtralisés dans la vie réelle autour d'un homme de quelque importance auquel échoit, à son insu et souvent contre son gré, le rôle principal de l'amant…

» L'accent ne porte pas sur les sentiments de la femme envers son prétendu amant, mais sur ceux qu'il est censé éprouver pour elle, sur l'amour qu'il lui porte…

» Ce mode de pensée délirant qui peut induire des comportements anormaux résulte d'une modification ou d'une faille du moi. Le contenu spécifique des délires est cependant informé par l'expérience vécue de la malade et s'explique généralement par le sentiment de n'être pas aimée ou, pire encore, de n'être pas digne d'amour… »

Assise à la table de cuisine devant les documents d'Anthony Reid, Rowena revit soudain Claudia préadolescente les poings crispés, le visage cramoisi, déformé par la rage, pleurant et hurlant, déchaînée contre Jeanne : « Si tu m'aimais, tu ne m'obligerais pas à y aller ! » Contrariée mais résolue, Jeanne tenait bon, solide comme un roc.

Rowena se concentra davantage et, progressivement, les détails lui revinrent. Jeanne avait enlevé Claudia du collège voisin pour l'inscrire en milieu d'année dans une école préparatoire de Stamford. Claudia l'avait suppliée de n'en rien faire. Mais, pour une fois, Jeanne avait tenu bon. Elle était convaincue que Claudia travaillerait davantage dans une école privée pour jeunes filles, sans garçons pour la distraire et avec des professeurs triés sur le volet pour veiller de près sur ses études.

Claudia y avait été affreusement malheureuse. Elle y détestait tout en bloc, l'uniforme, la rigidité des méthodes d'enseignement, les autres élèves. Elle ne suivait pas, prenait du retard sur ses devoirs et pleurait constamment. Nuit après nuit, Rowena l'entendait sangloter dans la chambre voisine. Elle en avait mal pour sa sœur, et lorsque, bouleversée, elle tentait de la consoler, Claudia pleurait plus fort que jamais.

— Pourquoi elle me fait ça, pourquoi ? se lamentait-elle en se laissant aller contre Rowena.

— Allons, ce n'est pas si terrible, murmurait celle-ci avec émotion.

Etrange. Depuis que Claudia marchait, Rowena ne l'avait plus jamais tenue dans ses bras.

— Je déteste cette école ! Et elle, je la déteste de m'y avoir envoyée. Je voudrais être morte ! Ou alors qu'elle meure !

— Ça s'arrangera, tu verras.

Rowena se sentait mal à l'aise dans ce rôle de consolatrice. Mais il fallait que Claudia fût au désespoir pour s'abandonner ainsi à sa tendresse — ce qui ne lui était encore jamais arrivé. Cette fois, elle ne jouait pas. Elle souffrait pour de bon.

— Non ! Ça ne s'arrangera pas ! Ça ne s'arrangera jamais… Je veux mourir !

— Je peux essayer de lui parler, avait proposé Rowena, affolée.

— Oh oui, Ro, s'il te plaît ! Fais-le, je t'en supplie. Toi, elle t'écoutera. Dis-lui que je ne peux pas rester dans cette école ! Je vais mourir si j'y reste…

Rowena avait promis, et aussitôt était redescendue pour parler à leur mère.

Jeanne, occupée au téléphone, l'avait congédiée d'un geste de la main comme on chasse une mouche importune. Rowena s'était retirée à l'autre bout du salon pour attendre la fin de la conversation. Mais deux minutes plus tard, avisant Rowena, Jeanne avait demandé à son interlocutrice de patienter puis, la main sur le récepteur, elle s'était exclamée avec irritation :

— Qu'est-ce que tu fabriques encore ici ?

— J'attends pour te parler.

— Va donc attendre ailleurs. Tu ne vois donc pas que je suis occupée ?

— C'est important, avait insisté Rowena d'un ton posé.

— Cela attendra que j'aie terminé.

Jeanne n'avait repris le téléphone que lorsque Rowena s'était décidée à quitter la pièce.

— Excuse-moi, chou. Où en étions-nous déjà ?

Lasse, Rowena avait regagné sa chambre et s'était attelée à ses devoirs, se demandant comme toujours pourquoi leur mère s'intéressait plus à sa vie sociale qu'à ses enfants. Elle ne s'était vraiment occupée de ses filles que pendant quelques mois après la mort de Cary. Puis, apparemment guérie de ses blessures, elle avait renoué avec ses amis, et la ronde des déjeuners, des dîners et des excursions en ville avait repris.

Il s'était passé plus d'une heure avant que Jeanne ne monte la voir dans sa chambre.

— Tu voulais me parler ?

De crainte que sa sœur n'entende leur conversation, Rowena avait doucement refermé la porte.

— Oui, c'est à propos de Claudia.

— Mon Dieu ! Qu'est-ce qu'il y a encore ?

Avec un soupir exaspéré, Jeanne était allée s'asseoir sur le lit.

— Franchement, Rowena, tu ne peux pas arranger un peu tes cheveux ?

— Qu'est-ce qu'ils ont, mes cheveux ?

— Tu as l'air d'une sorcière avec cette raie au milieu et ces rideaux qui pendent de chaque côté. Tu devrais faire un effort pour te mettre en valeur. Tu me désoles !

— Maman, je te rappelle que nous sommes là pour parler de Claudia. Elle est très malheureuse, elle n'arrête pas de répéter qu'elle veut mourir. Il ne faut pas qu'elle reste à Brandon.

— Mais c'est une excellente école ! Claudia était si dissipée, et ses résultats désastreux… j'ai cru que cela vaudrait mieux pour elle, qu'elle progresserait…

Le front plissé, Jeanne contemplait ses fines chaussures italiennes.

— Eh bien, ce n'est pas le cas. Elle ne suit pas, elle a le sentiment d'être idiote et elle croit que les autres se moquent de sa sottise.

— Mais elle n'est pas sotte ! Bon, elle a des difficultés en math et une écriture épouvantable, mais elle est tout sauf sotte !

— Je sais bien qu'elle n'est pas sotte. Mais elle déteste Brandon, alors, pourquoi l'obliger à y rester ?

— C'est extrêmement décevant. Enfin, je ne veux pas qu'elle souffre. Il faudra tout de même qu'elle termine le semestre. J'espère que cela la calmera, qu'elle ne va pas se mettre à avoir d'autres exigences, qu'en penses-tu ? demanda Jeanne, comme si Rowena était une égale, une adulte dont l'opinion avait du poids.

— Si elle sait qu'elle n'y retournera pas en septembre, je crois que tout se passera bien.

— Dis-moi, pourquoi elle t'en a parlé à toi plutôt qu'à moi ? Et pourquoi lui sers-tu maintenant de porte-parole ? Cela ne vous ressemble pas beaucoup, ni à l'une ni à l'autre.

— C'est ma sœur, non ? Et je ne l'ai jamais vue aussi malheureuse.

— Tu as vraiment bon cœur. Méfie-toi quand tu seras plus grande, cela risque de te coûter cher.

Ne sachant trop que dire, Rowena s'était abstenue de répondre.

— Dommage, déclara Jeanne en soupirant. J'espérais tellement que ce changement d'école lui permettrait de s'épanouir. Visiblement, je me trompais.

— Tu as fait pour le mieux. Tout le monde peut se tromper.

— J'ai fait pour le mieux, en effet. J'y avais longuement réfléchi. Enfin, il faut se résoudre à ce qu'elle quitte Brandon. Dommage.

Pas pour Claudia, s'était dit Rowena qui, de son côté, aurait bien aimé avoir la chance d'entrer à Brandon, une école prestigieuse dont tous les élèves voyaient s'ouvrir les portes des meilleures universités. En fin de cinquième, elle avait abordé le sujet avec sa mère qui avait platement refusé.

— Tu es suffisamment douée pour réussir n'importe où. Tu iras à Brien MacMahon, un point c'est tout.

En tout cas, comme Rowena l'avait prévu, Claudia accepta de finir le semestre à Brandon, cessa d'y être malheureuse et s'y fit quelques amies qu'elle revit occasionnellement par la suite. Elle parvint même à obtenir des notes presque acceptables.

A la rentrée suivante, Claudia regagnait le collège voisin. Un abîme s'était cependant creusé entre elle et Jeanne, abîme insoupçonnable en apparence, aussi soigneusement camouflé qu'un piège en forêt et au bord duquel Claudia guettait le moindre faux pas de Jeanne, prête à bondir sur sa proie. Jamais elle n'avait pardonné à sa mère les mois de souffrance à Brandon.

« … Il n'en reste pas moins que les blessures narcissiques jouent un rôle déterminant dans l'érotomanie. On sait que même une femme séduisante peut avoir à lutter contre une mauvaise image d'elle-même et de son corps…

» Le sentiment d'être rejetée fait aussitôt remonter l'image négative à la surface… »

Fermant les yeux, Rowena se souvint d'une conversation qu'elle avait eue avec sa sœur à l'automne dernier. Elle entendait encore la voix triomphante de Claudia :

— Tony est fou de moi. Il affirme n'avoir jamais rien connu de mieux. Il est insatiable.

« De telles patientes peuvent perturber la vie de leurs victimes qui, en règle générale, ne font rien pour les encourager dans leurs illusions…

» Les récidivistes du premier type sont généralement des femmes agressives au quotidien… Ce sont le plus souvent des femmes ambitieuses, compétitives, qui éprouvent un mélange de rivalité, de ressentiment et de colère envers les hommes de pouvoir qui les entourent. Devenus inacceptables, ces sentiments peuvent alors se muer en admiration doublée de la certitude d'attraction mutuelle…

» Le second type (érotomanie proprement dite) regroupe des femmes plus saines, sexuellement actives, agressives et impulsives… »

Rowena se redressa sur son siège. Cela ressemblait davantage à Claudia.

« Elles jettent leur dévolu sur un homme haut placé et

puissant, s'imaginent aimées de lui pendant quelques mois puis renoncent à cet homme pour répéter le même schéma avec un autre... Peut-être cherchent-elles par là à intégrer le pouvoir et le succès à l'image qu'elles ont d'elles-mêmes.

» ... Dans leur enfance, ces malades ont souffert de la pauvreté des rapports avec leur mère... le symptôme leur permet d'échapper à la dépression et à la solitude par le truchement d'un monde intérieur peuplé d'hommes dominateurs à la tendresse nourricière et qui cependant les persécutaient... Pour elles, l'analyste-amant exerce un contrôle absolu sur leurs sentiments, leurs actes et même leur avenir... »

La tête pleine de souvenirs en images, Rowena prit enfin le dossier d'une conférence donnée en septembre 1985 dans un institut qu'elle ne connaissait pas. Sans doute était-ce là l'étude que Reid avait reçue de son ancien professeur.

« Toutes nos patientes poursuivaient activement l'objet de leurs fantasmes, l'impliquant dans leurs délires et l'obligeant à y faire face... Après s'être heurtées aux refus répétés de leur victime, elles finissaient cependant par reconnaître l'impossibilité de cet amour et répétaient le même scénario avec un autre... »

Rowena devait bien reconnaître que ces descriptions coïncidaient avec ce qu'elle savait de Claudia. Après avoir relu l'ensemble des documents, elle en vint à penser que le diagnostic de Reid était peut-être fondé.

Les troubles de Claudia prenaient sans doute racine dans leur enfance peu ordinaire. Jeanne n'était certes pas une mère attentive et s'intéressait avant tout à ses activités sociales. Les unes après les autres, des gouvernantes résolument excentriques avaient veillé sur les enfants et la tenue du ménage. Aucune n'était restée très longtemps.

Deux d'entre elles avaient laissé des souvenirs mémorables. La première était une jeune fille d'une vingtaine d'années pâle et diaphane, aux longs cheveux filasse. Elle semblait perdue, s'emportait facilement et ne savait pas cuisiner. Pendant trois mois, les enfants avaient vécu de sandwichs au beurre de cacahuète et de conserves. Affamé, Cary avait fini par se plaindre à leur père qui avait aussitôt congédié l'incapable. La seconde, une femme de près de soixante ans au visage rouge et sévère, était une véritable fanatique. Elle obligeait les trois enfants terrorisés à prier à toute heure du jour. Par un après-midi pluvieux, Jeanne était rentrée plus tôt que prévu d'un match de tennis gâché par les intempéries, pour trouver ses enfants et la gouvernante agenouillés sur le carrelage de la cuisine.

— Mais qu'est-ce qui se passe ici ? s'était-elle écriée.

Soulagés, les enfants s'étaient relevés aussitôt, tandis que la gouvernante à genoux rétorquait avec sévérité :

— Nous prions le Seigneur pour le salut de votre âme pécheresse.

— Dehors ! Je vous donne une heure pour faire vos valises ! avait aboyé Jeanne, furieuse.

Elle avait poussé les enfants hors de la cuisine, s'était versé un verre dans le salon en marmonnant :

— Vieille folle ! Le salut de mon âme, hein ? Elle est bien bonne !

Puis, le verre d'une main, une cigarette dans l'autre, grommelant toujours et arpentant la pièce de long en large, elle avait guetté l'arrivée du taxi qu'elle avait appelé pour emporter l'insolente créature.

C'en était fini de celle-ci, mais il y en avait eu une demi-douzaine d'autres qui ne valaient guère mieux.

Les enfants Graham avaient poussé tout seuls, environnés d'objets plutôt que de tendresse. Leur père avait du moins eu le mérite de leur manifester son affection en les sortant à l'occasion. Mais il était trop pris par son cabinet d'avocat pour se consacrer sérieusement à eux. Il s'épuisait au travail afin d'offrir à sa famille le standing qu'exigeait Jeanne.

Rowena se souvenait de lui comme d'un homme séduisant à l'air las, à la voix douce, au regard gris-bleu un peu perdu. Elle se souvenait aussi que, chaque soir en arrivant, il ôtait sa cravate, se versait un verre, et s'effondrait en soupirant dans l'un des fauteuils du salon. Bien que leurs sorties ne lui eussent pas laissé de souvenirs marquants, elle gardait de lui l'image d'un homme patient et doux.

Quant à Jeanne, elle était beaucoup trop occupée pour faire preuve de patience et de douceur. Elle passait encore moins de temps au foyer que son mari mais, généreuse, elle était toujours prête à satisfaire la passion de Claudia pour les vêtements ou celle de Cary pour la voile et les sports. Et si le caractère introverti de sa fille aînée la chagrinait, elle n'avait cependant jamais refusé de lui acheter des livres. Les besoins affectifs de sa famille la laissaient confondue ; cédant à la facilité, elle donnait le change en cadeaux. Enfant, Rowena était néanmoins convaincue que sa mère ne l'aimait pas et ne lui offrait des livres que pour avoir la paix.

La mort de Cary avait temporairement effacé ses doutes sur l'amour que leur portait leur mère. Jeanne s'était retranchée derrière sa douleur, tenant le monde à distance pour se consacrer aux deux enfants qui lui restaient. Une fois le cercueil mis en terre, elle avait tourné le dos à la tombe et serré ses deux filles dans ses bras, le corps rigide, secouée par de muets sanglots. Claudia elle-même était restée pétrifiée devant ce débordement d'émotion. Et Rowena, qui aurait tout donné pour que son frère revienne, n'avait pu s'empêcher de s'abandonner à cette étreinte en se répétant : « Elle nous aime ! »

Son père était venu à l'enterrement de Cary. Il se tenait à l'écart, et Rowena ne l'avait aperçu qu'au moment de quitter le cimetière. Malgré l'ordre de sa mère qui lui criait de revenir, elle s'était précipitée vers lui, le rattrapant tout près de sa voiture. Trop bouleversée et hors d'haleine pour articuler un seul mot, elle avait tiré les pans de sa veste pour attirer son attention. Il s'était alors retourné et aussitôt agenouillé pour la prendre dans ses bras.

— Tu me manques tellement, papa ! Tu vas revenir bientôt ? avait-elle murmuré en s'accrochant à lui.

Doucement, il l'avait éloignée pour la regarder. Il avait les larmes aux yeux et l'air si malheureux que Rowena en avait été accablée de tristesse, de peur, de solitude.

— Tu me manques aussi, ma chérie. Mais je ne reviendrai pas. C'est impossible.

— Pourquoi, papa ? Tu ne nous aimes plus ?

— Bien sûr que si, je vous aime. Mais ta mère et moi, nous ne nous entendons plus comme autrefois. Ce sont des choses qui arrivent, tu sais. Les gens changent et découvrent un beau jour qu'ils ne peuvent plus vivre ensemble. Mais je serai toujours ton père, et je t'aimerai toujours. Ne l'oublie jamais, d'accord ?

— D'accord.

— Si tu as besoin de quelque chose, demande-moi.

— Bon.

— Et puis, Rowena…

— Oui, papa ?

— Surtout, ne va pas croire que tu es moins jolie que ta sœur. Ce n'est pas vrai. Tu es même beaucoup plus jolie qu'elle.

— Mais, maman dit…

— Ne t'occupe pas de ce qu'elle dit. Moi je te dis que tu es jolie, d'accord ?

— D'accord.

Il s'était relevé, lui avait caressé les cheveux.

— Je t'aime, ma chérie. Nous nous reverrons bientôt.

— Promis ?

— Je te le promets.

Rowena l'avait regardé s'éloigner, puis elle lui avait crié :

— Moi aussi je t'aime, papa !

Et il s'était retourné pour lui envoyer un baiser par-dessus son épaule.

Tandis que sa mère l'appelait frénétiquement, elle était restée clouée sur place jusqu'à ce que la voiture de son père eût disparu. Pendant des mois, elle se précipitait en entendant la sonnerie du téléphone, dans l'espoir que c'était lui. Mais il n'avait jamais appelé, il n'était pas venu la voir. Elle ne l'avait jamais revu.

Avec le temps, Rowena en était venue à penser que sa mère n'avait jamais reçu la moindre éducation sentimentale ; elle s'attachait donc aux apparences et n'éprouvait pas le besoin de creuser. Pleine de bonnes intentions, elle manquait d'intuition ; ses gestes généreux venaient souvent à contretemps sans qu'elle s'en rendît compte. Rowena avait fini par la respecter, par l'aimer d'une certaine manière, mais jamais elle n'avait éprouvé de réelle affection pour elle.

Vers la fin de sa vie, Jeanne avait cédé devant les incessantes manigances de Claudia et modifié son testament pour lui laisser le plus gros de ses biens. Quelques heures seulement avant sa mort, elle avait déclaré à Rowena :

— Toi, tu te débrouilleras toujours. Pas Claudia. Ne m'en veux pas, ma chérie. Elle a besoin de cet argent plus que toi. Tu le comprends, n'est-ce pas ?

— Oui, je comprends, avait répondu Rowena, qui n'en était pas moins blessée.

— Tu es bonne, tu sais. J'ai toujours été fière de toi.

C'était la première fois que sa mère lui témoignait ouvertement son approbation. Elles auraient pu être plus proches, plus intimes si les compliments étaient venus plus tôt. Aujourd'hui, il était trop tard. Rowena avait trop longtemps vécu dans l'ombre de Claudia sous les remarques cinglantes de sa mère. Depuis, elle s'était endurcie et menait maintenant une vie indépendante.

Claudia, elle, n'était jamais devenue autonome. Sans doute parce qu'elle était incapable de s'atteler à des tâches quotidiennes comme la cuisine ou le ménage. Non qu'elle fût paresseuse, mais elle ne voyait pas la nécessité de préparer ses repas quand elle pouvait aller au restaurant, ni celle de nettoyer sa maison quand elle pouvait payer des domestiques pour le faire à sa place. Jeanne n'avait peut-être pas été une mère très affectueuse, mais elle n'était pas sotte et connaissait sans doute sa cadette mieux que personne. Elle lui avait aussi consacré davantage de temps, et Claudia n'avait jamais quitté le domicile familial, passant d'une chambre à l'autre pour enfin s'installer dans la chambre maîtresse moins d'une semaine après la mort de Jeanne.

Accablée par ce deuil, Claudia s'était effondrée et, pour la seconde fois, avait trouvé refuge dans les bras de sa sœur, qui s'étonnait elle-même de la consoler si volontiers. Les liens du sang étaient bien mystérieux. Et puis, Rowena avait toujours cru qu'un jour, Claudia s'expliquerait sur ses actes et que toutes deux riraient alors ensemble de ses mauvais tours passés.

Rowena avait donc réintégré la maison de son enfance afin d'être auprès de sa sœur. Jusque tard dans la nuit, Claudia se confiait à elle, tentait de mettre de l'ordre dans ses sentiments. Sans maquillage, les yeux rougis par les larmes, elle faisait moins que ses vingt-cinq ans.

— Tu dois croire que nous nous disputions tout le temps, maman et moi, mais ce n'est pas vrai, Ro. Nous allions déjeuner ou dîner au club, nous faisions les magasins. Nous avions du plaisir ensemble.

— J'en suis sûre.

— Mais c'est vrai ! insistait Claudia en jouant avec la dentelle de son peignoir. Qu'est-ce que je vais devenir sans elle ? Je vais être toute seule maintenant.

Et elle jetait des regards apeurés dans les recoins obscurs de la pièce.

— Non, tu ne seras pas seule. Tu as des tas d'amis.

— Je serai toute seule quand je rentrerai à la maison.

— Nous nous verrons plus souvent, la rassurait alors Rowena, attendrie.

— Super, Ro ! Nous irons au spectacle en ville, nous dînerons au restaurant. Formidable !

Rowena s'était dit que si cela pouvait aider sa sœur, elle ferait l'effort de l'accompagner. Finalement, la mort de leur mère parviendrait peut-être à les rapprocher. Mais au bout d'une semaine de cohabitation, ayant égaré une bague de Jeanne qu'elle souhaitait porter pour un rendez-vous, Claudia était entrée dans la cuisine comme une furie, accusant sa sœur de l'avoir volée.

— Enfin, Claudia, tu sais bien que je ne porte jamais de bijoux ! Pourquoi aurais-je pris cette bague ? s'était exclamée Rowena, sidérée par cette absurdité.

— Qu'est-ce que j'en sais ? Je n'ai jamais pu te comprendre. En tout cas, la bague a disparu. Et personne d'autre ne peut l'avoir prise. Rends-la-moi.

Campée au milieu de la cuisine, les bras croisés sur la poitrine, Claudia tapotait le carrelage du bout de ses coûteuses chaussures italiennes.

Et soudain, tout s'éclaira pour Rowena. A l'évidence, Claudia s'en voulait d'avoir baissé sa garde, révélé sa fragilité quand elle n'avait que mépris pour les faiblesses des autres. Afin de redresser la situation en sa faveur, elle n'avait trouvé que cette ruse transparente, pitoyable.

Furieuse de s'être une fois encore laissé prendre, Rowena avait senti son sang bouillir dans ses veines.

— Tu veux que je te dise ? Cette bague, quand tu l'auras retrouvée — car tu la retrouveras —, eh bien tu peux te la mettre où je pense !

Sur ce, Rowena avait couru rassembler ses affaires à l'étage et quitté la maison. Claudia l'avait suivie jusqu'à sa voiture, regardée jeter son sac de voyage dans le coffre et ouvrir la portière.

— Tu fais toute une histoire pour rien, Rowena, avait-elle alors déclaré. Tu t'emportes trop facilement, tu devrais te méfier. Un jour, tu finiras par avoir une attaque. A ta place, je me ferais soigner.

Tremblant d'indignation, conduisant par à-coups, Rowena avait réussi à rentrer chez elle. Secouée par les sanglots, elle avait passé près d'une heure à exorciser sa rage sur d'innocents objets, à jeter bibelots et coussins dans tous les sens. Après un grand verre de vodka, elle s'était finalement calmée. Et elle s'était juré qu'on ne l'y reprendrait plus.

Sa lecture terminée, Rowena errait maintenant à travers la maison, réfléchissant au contenu des articles, aux paroles de Reid, tentant de réinterpréter à la lumière de ces données les souvenirs qui s'attachaient à chaque pièce de la demeure. Tout en haut, au grenier, où la poussière dansait dans le cône lumineux projeté par l'ampoule nue, elle sourit en se remémorant ces après-midi pluvieux que Cary et elle occupaient à jouer aux cow-boys et aux Indiens, à des jeux de société, à se lire des histoires. Cary qui était si gentil. Cary qui avait hérité la générosité de sa mère et la chaleur de son père. Cary qui avait tant d'allant, de joie de vivre, d'esprit d'aventure. Il était mort depuis plus de trente ans, et son rire, son énergie indéfectible, sa tendresse lui manquaient encore. La disparition de Cary avait été pour elle comme une amputation dont elle souffrait toujours.

Elle descendit du grenier et s'arrêta au seuil de la chambre d'enfant de sa sœur. Sans même fermer les yeux, elle revoyait Claudia à huit ans, onze ans, quatorze ans, Claudia sursautant quand elle se faisait surprendre à ourdir quelque ruse secrète. Cette chambre avait été pour Claudia une petite caverne d'Ali Baba où s'entassait tout ce qu'elle avait soutiré à Jeanne par ses cajoleries, et tout ce qu'elle avait dérobé dans les chambres de Rowena et de Cary. En devenant adulte, la fillette voleuse et sournoise s'était mise à collectionner les gens, jouant avec leurs émotions et les manipulant à sa guise.

Claudia avait réglé toute sa vie sur les désirs et les besoins qu'elle percevait si bien chez les autres. Son intuition lui permettait de repérer leurs faiblesses, et elle les sondait ensuite sans le moindre scrupule. Toute manifestation de sensibilité était chez elle superficielle. Elle manquait de recul, de cet humour qui fait qu'on peut rire de soi-même. Claudia n'avait jamais vraiment grandi. C'était une femme-enfant de huit ans d'âge mental, riche, séduisante, comédienne à souhait. Un profil qui semblait confirmer le diagnostic du Dr Reid. Peut-être, depuis la mort de Jeanne, Claudia vivait-elle sur les nerfs, peut-être avait-elle épuisé ses réserves et finalement touché le fond. Ce qui laissait bon nombre de questions en suspens mais paraissait plausible. Claudia s'était donc bien suicidée.

Soulagée d'en être arrivée à cette conclusion, Rowena dîna de bonne heure d'un sandwich et d'un Coca-light à la table de cuisine. Puis, afin d'oublier un moment la mort de Claudia, elle résolut de regarder un film au magnétoscope.

Elle passa en revue l'impressionnante collection de cassettes que sa sœur rangeait dans le salon. Il y en avait pour tous les goûts, pour tous les âges, du *Magicien d'Oz* à *Casablanca*. Rowena se décida pour *Le Faucon maltais* et se pelotonna sur le canapé avachi, munie de la télécommande. Après avoir fait défiler la bande vierge pendant plusieurs minutes en avance rapide, elle vit enfin des images apparaître et remit l'appareil en lecture. Le premier moment de surprise passé, un rire nerveux, gêné, s'échappa de ses lèvres. Là, sur l'écran, une femme nue se livrait à une fellation sur un homme tout aussi nu qu'elle. Puis le rire s'étrangla dans sa gorge lorsqu'elle se rendit compte que cette femme était Claudia. L'homme lui était inconnu.

Tout en ayant la déplaisante impression de se livrer au voyeurisme, Rowena continuait de fixer la scène, s'efforçait de comprendre. Ni Claudia ni son partenaire ne paraissaient conscients de la caméra qui, à en juger par l'angle de la prise, devait se trouver dans la penderie de la chambre. Quelqu'un était-il caché là avec un Caméscope ? Si oui, pourquoi ? Et comment diable Claudia avait-elle pu autoriser un tiers à observer ses ébats amoureux, à les enregistrer ? Savait-elle seulement qu'on la filmait ? Sans doute, puisque la cassette se trouvait sur ses étagères.

Le couple du film muet gagna le lit. Les joues en feu, la gorge nouée, le souffle court, Rowena fixait toujours l'écran. La caméra reposait probablement sur un trépied. Preuve que Claudia était l'auteur du film.

— Mais pourquoi je regarde cela ? s'exclama soudain Rowena à voix haute.

Mortifiée, elle coupa l'image et éjecta la cassette avant de l'examiner attentivement. L'étiquette du *Faucon maltais* provenant d'un film du commerce avait été collée sur une cassette Sony. Rowena retourna vers les étagères en se demandant si elles recelaient d'autres joyaux de ce genre, soigneusement masqués sous des étiquettes commerciales.

Elle prit *Parade de printemps* à tout hasard. Bientôt, les mises en garde habituelles apparurent sur l'écran, suivies du logo de la M.G.M. puis du générique. Rowena laissa défiler la bande en accéléré pendant quelques minutes puis, satisfaite, elle rembobina. Pour savoir s'il y avait d'autres enregistrements privés parmi les cassettes vidéo, il ne lui restait plus qu'à les visionner toutes. Ce serait vraiment trop dommage de jeter de bons films aux ordures.

Elle décida donc d'en visionner le plus possible avant les travaux de rénovation. Elle stockerait ensuite les cassettes à la cave. Prenant une demi-douzaine de titres au hasard, elle s'installa par terre devant la télévision et se mit à l'œuvre, regardant des bribes de film, passant de l'avance rapide à la lecture avant de rembobiner. A minuit, elle n'avait pas trouvé d'autre film pornographique, avec ou sans Claudia. Elle mit de côté ceux qu'elle avait vérifiés et, sans savoir pourquoi, elle remit la cassette de sa sœur dans l'appareil.

Claudia et son partenaire s'y livraient à des acrobaties sexuelles impressionnantes mais, tout au long de ce numéro de haute voltige, Claudia paraissait détachée et fixait le plafond d'un œil morne. Ce manque total d'émotion fascinait Rowena. Le film confirmait tous ses soupçons : sa sœur n'était pas normale. Depuis toujours, elle simulait devant les autres, incapable d'une réaction affective sincère tant elle était prisonnière d'elle-même.

Poussée par un démon qui sommeillait en elle, par un aspect inconnu et malsain de sa personnalité, Rowena ne parvenait pas à couper l'image, s'obstinait à étudier les secrets sexuels de sa sœur. Et plus elle regardait, plus elle se sentait mal, coupable, honteuse.

A côté de Claudia, ses propres expériences sexuelles manquaient d'inspiration comme de souffle. Ce film pornographique lui renvoyait d'elle-même l'image d'une femme ratée. Ce qui était parfaitement ridicule. Les prouesses sexuelles n'avaient jamais été preuve de valeur personnelle, elle le savait. La logique, la raison lui disaient qu'elle valait beaucoup mieux que Claudia. Et cependant, plus la bande défilait et plus il lui semblait être laide, indésirable. Même par-delà la tombe, Claudia lui faisait de l'ombre, la privait de son maigre mais précieux trésor, du peu de confiance qu'elle avait en elle.

Sur l'écran, le partenaire de Claudia était pris par les spasmes de l'orgasme, puis il s'effondrait sur elle, vaincu. Une minute encore, et il se retirait d'elle, se levait et disparaissait hors champ. Alors, sous les yeux de Rowena surprise, incrédule, Claudia se tourna vers la caméra et sourit. Quelques secondes passèrent, et l'écran redevint blanc.

Durant tout le rembobinage, Rowena resta là, le cœur battant, à se répéter qu'elle rêvait, que le sourire ne lui était pas destiné. Et pourtant, il en avait tout l'air. Une fois de plus, sa sœur la narguait.

Ebranlée, elle se rendit dans la cuisine et se versa une copieuse rasade de vodka qu'elle avala d'un trait. La brûlure de l'alcool lui arracha une grimace. Elle posa son verre, retourna dans le salon d'un pas décidé, prit la cassette et la rapporta dans la cuisine. Faisant basculer la partie mobile, elle glissa un doigt derrière la bande et entreprit de la dévider. Puis, armée de ciseaux, elle la tailla en menus morceaux, mit le tout dans un sac de plastique qu'elle noua solidement et alla jeter dehors, dans le container d'ordures. Revenue dans la cuisine, elle se versa une seconde vodka et monta se coucher. De nouveau, elle doutait du diagnostic de Reid, du suicide de Claudia. La cassette avait tout remis en question.

7

Par-dessus l'image de Claudia morte, se superposait à présent une autre image. Rowena voyait sa sœur se tourner vers elle et la narguer de son sourire triomphant. La vision lui apparaissait à l'improviste plusieurs fois par jour. De nouveau elle dormait mal, rêvait de Claudia nue entourée d'un essaim d'hommes, ou encore d'un inconnu qui maquillait la mort de sa sœur en suicide. Elle ne croyait plus au diagnostic de Reid, celui-ci ne correspondant pas à ses yeux au profil d'une femme capable de filmer ses exploits sexuels. Plus que jamais, elle était hantée par la bouteille de Chivas Regal incongrue sur la table de nuit de Claudia. Reid avait cependant vu juste en affirmant qu'il était toujours malaisé de connaître autrui en profondeur. Pour Rowena, Claudia demeurait en grande partie un mystère.

En fouillant la maison, elle découvrit le carton d'emballage d'un Caméscope, mais l'appareil restait introuvable. Au cours de ses recherches, elle avait rassemblé tout un fatras d'objets et de papiers inutiles qu'elle avait emportés à la décharge. Il lui avait fallu faire pour cela plusieurs voyages. Le Caméscope ne se trouvait pas non plus dans le coffre de la Mercedes, ni dans le bureau du restaurant qu'elle avait fouillé à la première occasion.

Elle mit à profit le peu de temps libre dont elle disposait pour passer en revue les cassettes de Claudia, et dénicha deux nouvelles séances pornographiques. Ravalant son dégoût — envers elle-même, envers sa sœur —, elle visionna les deux cassettes de bout en bout, jusqu'au sourire final que Claudia adressait à la caméra. Pourquoi s'infligeait-elle ce supplice, mystère. Ensuite, Rowena détruisit ce qu'elle en venait à considérer comme le journal visuel des conquêtes de sa sœur. Elle avait peine à surmonter sa répulsion pour cette créature sans cœur et sans scrupule qui filmait ses amants à leur insu et sans leur consentement. Claudia collectionnait les cassettes de ses exploits comme d'autres collectionnent les coupes.

Rowena se sentait toujours l'âme tourmentée quand elle passa contrat avec l'un des entrepreneurs après avoir examiné les devis. Puis elle contacta l'Armée du Salut pour faire enlever les vieux meubles et, dès que les ouvriers entamèrent le chantier, elle réintégra son appartement de Stamford. Le soir, en rentrant de la bibliothèque, et chaque week-end avant de se rendre au restaurant, elle passait à la maison pour voir où en étaient les travaux, ranger les quelques cassettes qu'elle avait visionnées et en prendre d'autres à la cave.

Elle avait beau se répéter qu'elle s'épargnerait du temps et des angoisses en portant toute la collection de films à la décharge, rien n'y faisait. Il lui fallait dénicher les trophées sexuels de sa sœur jusqu'au dernier. Avant leur destruction complète, elle ne pourrait pas vivre dans cette maison, s'y sentirait toujours mal à l'aise, étrangère. Cela manquait de logique, et même de bon sens, mais elle était incapable de renoncer à sa mission.

Les travaux de rénovation n'avançaient pas. Rowena recouvra pourtant son enthousiasme une fois la cuisine éventrée, les murs débarrassés de leur plâtre pour permettre la mise en place d'une nouvelle installation électrique, les planchers démontés en vue du remplacement de l'ancienne plomberie. Les quelques meubles restants étaient rassemblés sous des bâches dans un coin de la salle à manger, ce qui dégageait entièrement le salon et révélait son potentiel. Chaque nouvelle visite la confortait dans sa décision.

Et puis, quelle bonne idée de transformer en studio l'espace inutile au-dessus du garage. Habité autrefois par les gouvernantes successives, il était ensuite resté vide pendant vingt ans au moins. Dans son état de délabrement actuel, il fallait l'œil de Mark pour en déceler les possibilités. Le toit pentu dont l'isolation était restée en plan laissait voir la charpente. Le sol fait de panneaux d'aggloméré grossièrement assemblés gondolait sous l'effet des fuites répétées. Les murs fissurés avaient été enduits de fibre de verre et recouverts de carreau de plâtre aujourd'hui boursouflé et gauchi. L'unique cloison délimitait un cabinet de toilette rudimentaire avec W.C., lavabo, et un bac à douche rouillé. Trois étroites fenêtres donnaient sur l'allée et trois autres sur le jardin à l'abandon. L'immense pièce de neuf mètres sur vingt dégageait une telle impression de tristesse que Rowena se demandait comment ses parents avaient pu y loger leurs insolites gouvernantes.

L'ancienne installation arrachée, les sanitaires et les tuyaux de cuivre neufs posés, les étroites fenêtres remplacées par d'immenses baies vitrées, on comprenait mieux ce qui, dans cet espace, avait attiré Mark.

Soucieux de décorer l'endroit à son goût, il avait insisté pour payer les suppléments : un Velux dans le toit orienté au nord, des carreaux italiens peints à la main pour la salle de bains, un ais de boucher pour la cuisine, des rayonnages sur mesure et une cheminée centrale à la mode scandinave pour le salon.

*
* *

Trois semaines après le début des travaux, Mark dînait au Rendez-Vous avec Rowena et lui confiait :

— J'ai hâte d'emménager.

— Et moi donc !

Elle souriait. Mais elle regrettait de n'avoir pas le courage d'aborder avec lui la question des trophées vidéo de Claudia. Elle aimait Mark, lui accordait toute sa confiance et pourtant, elle avait honte à l'idée de lui avouer l'inavouable, craignant de perdre son estime.

— Le problème, ajoutait Mark, c'est que je passe par des phases d'enthousiasme et que je retombe dans le remords et la culpabilité. Je sais bien que Tim aurait voulu que j'avance. Je me le répète tous les jours. Je l'entends me dire : « Mon vieux, tu n'as que trente-six ans. Ce n'est pas parce que je suis mort que tu dois cesser de vivre ! » Jamais il n'aurait supporté que je me saborde sous prétexte que, sans lui, je n'ai plus goût à rien.

— Oui. Il t'encouragerait et il aurait raison, Mark, j'en suis sûre.

— Ce n'est pas plus facile pour autant. Je pense constamment à lui, je rêve de lui chaque nuit. Son absence fait un trou énorme dans ma vie. Et puis, je me dis qu'un de ces jours, je vais me réveiller séropositif et c'en sera fini de moi. Alors, à quoi bon se battre, hein ? Enfin, c'est peut-être passager. L'angoisse de celui qui reste. Si ce n'est que cela, ça passera.

— Ne te laisse pas aller, Mark. Ce n'est pas le moment de sombrer dans la déprime. Nous avons le devoir de profiter au mieux du temps qui nous est donné.

Comment pouvait-elle parler de la sorte quand elle perdait des heures précieuses à regarder sa défunte sœur forniquer ? Que Claudia eût enregistré ses ébats était déjà d'un goût passablement douteux. Mais elle, qui ne pouvait s'empêcher de regarder ces cassettes, n'était-elle pas perverse ? Accablée de honte, Rowena décida sur-le-champ de se débarrasser au plus vite des sordides trophées.

— Ce n'est pas si facile, Ro. Mais quand je vois le studio qui prend forme… C'est un pas en avant pour moi, et je tiens à t'exprimer toute ma reconnaissance.

Elle posa tendrement une main sur son bras.

— Je sais, Mark.

Il sourit, s'efforça d'alléger l'atmosphère.

— Et si j'achetais une de ces coquettes petites pancartes pour la porte, un truc kitsch du genre Ma Chaumière ou Villa Mon Rêve, qu'en penses-tu ?

— Pourquoi pas « Les Hauts de Hurlevent » ?

— Oh, excellent, ça. Quel humour, ma biche !

— Tout se passe bien ? s'enquit Ian en s'arrêtant près de leur table.

— Restez donc avec nous, prenez une chaise, proposa Mark.

— Plus tard peut-être, pour le café ?

Ian s'était tourné vers Rowena et, à son regard, elle comprit que jamais Claudia ne l'aurait autorisé à s'asseoir avec des clients. Sa sœur exagérait vraiment !

— Je vous en prie, Ian, asseyez-vous.

— Je vous remercie, Rowena, avec plaisir. La cuisine vous convient, Mark ?

— Une splendeur ! Vous embrasserez le chef de ma part.

Ian éclata de rire et Rowena se rendit soudain compte qu'elle l'entendait rire pour la première fois. C'était un bon rire franc, et elle se réjouit de ce que Mark eût su dérider le très britannique Ian.

— Les travaux avancent ? s'enquit ce dernier en les regardant tour à tour.

— Ça prend forme.

— Ce sera très bien, renchérit Rowena. Passez donc jeter un œil.

— Pourquoi pas. Bon.

Il rajusta ses poignets de chemise, promit à Mark qu'il transmettrait ses compliments au chef, fit un signe de tête à Rowena et reprit sa tournée des tables.

— Je me trompe, ou son humeur a viré à l'orage ? demanda Rowena à voix basse.

— Tu te trompes, répondit Mark. Il prend son travail à cœur, ce qui a sans doute contribué à sauver le restaurant. Il est gay, ce type, ou quoi ?

— Aucune idée. Je croyais que tu le saurais, que les homos avaient leur code…

Il haussa un sourcil surpris.

— Tu n'es pas naïve à ce point, rassure-moi !

— Peut-être pas. Tout de même, j'aimerais bien savoir à quoi vous reconnaissez un homo d'un hétéro.

— Au regard, mais c'est sans garantie. Il peut y avoir aussi les phéromones, les signaux olfactifs.

Il eut un large sourire et ajouta :

— Tu n'imaginais quand même pas que nous avions des codes secrets comme les espions, et des bagues à décoder façon James Bond ?

— D'une certaine manière, si, avoua-t-elle en rougissant.

— Quelle ingénue tu fais !

— J'ignore peut-être à quoi les homos se reconnaissent, mais je ne suis pas demeurée pour autant ! D'ailleurs, tu viens de dire que tu n'en sais rien toi-même. Alors, qu'est-ce qui te fait croire qu'Ian est gay ?

— Sa tenue. Je suis prêt à parier que son costume vient de Savile Row. Chic londonien. Et ses mocassins de chez Gucci. Il a du goût.

— Certes. Mais encore ?

— De l'argent qu'il n'a pas gagné ici, de toute évidence.

— Il fait terriblement aristocrate, hein ?

— Tout à fait.

Mark balaya la salle du regard, avala quelques pâtes et reprit :

— J'admets que tu n'es pas ingénue. Mais naïve, oui.

— Sans doute.

— Et sans prétention.

— Je ne vois pas de quoi je pourrais me vanter.

— C'est ton opinion.

— Non. La stricte vérité.

Mark prit son verre et la considéra attentivement.

— Tu m'attristes, Rowena. Et tu m'exaspères un brin, aussi. Tu es belle. Surtout avec tes cheveux courts.

Elle grimaça.

— Non ! Je ne mens pas, c'est vrai ! Mais je sais bien qu'il est inutile de chercher à t'en convaincre.

— Exact.

— Si tu as l'intention de jouer les huîtres, autant changer de sujet.

— Bonne idée. Inutile de te torturer les méninges pour me faire des compliments. Je sais bien que tu m'aimes, et c'est réciproque.

— Pour l'amour du ciel, Rowena, je ne me torture pas les méninges. Je te dis tout simplement la vérité. Depuis que nous nous sommes rencontrés, je t'ai souvent entendue répéter que Jeanne était belle, que Claudia était belle. N'ayant jamais vu ta mère, il faut bien que je te croie sur parole. Mais ta sœur, je la connais. Certes, elle attirait le regard. De là à incarner la beauté, certainement pas. Elle était trop dure, trop apprêtée, trop artificielle pour être vraiment belle. La première fois que je l'ai vue après t'avoir entendue parler d'elle, j'ai cru que tu plaisantais. Mais je t'ai regardée, et j'ai vu que tu ne plaisantais pas. J'en étais suffoqué. Ces deux vipères ont réussi à te convaincre que tu étais laide. C'est digne d'un conte de Grimm, tiens !

Rowena éclata de rire pour masquer son embarras.

— Ce n'est pas drôle, Ro. Tu ris par réflexe dès qu'il est question de ta famille, de ton enfance. Pourquoi ce mécanisme d'autodéfense ?

— Je préfère en rire. Si j'imaginais un instant que ma mère était sciemment méchante plutôt que superficielle, je devrais réécrire toute mon histoire. Je me souviens encore que grand-mère lui parlait exactement comme Jeanne me parlait. Elle m'a transmis ce qu'elle a reçu.

— L'argument serait plausible si la chère maman n'avait pas eu plus d'égards pour Claudia.

— Mais c'est parce qu'elles se ressemblaient. Elles avaient les mêmes intérêts. Moi pas. Et ce n'est pas faute d'avoir essayé. Je tombais d'ennui rien qu'à l'idée de devoir choisir une paire de chaussures ou un sac, alors que Claudia adorait cela. Et puis, Jeanne compensait par culpabilité. Claudia était un accident, une enfant non désirée.

— Ça, je peux comprendre.

Mark but une gorgée de vin et reprit :

— Ce n'est pas que je veuille changer de sujet, mais je me demande combien de temps tu penses pouvoir jongler avec tes deux emplois. Toute cette semaine, j'ai eu le sentiment de travailler avec la Sibylle.

Rowena fut prise d'un tel fou rire que les larmes lui montèrent aux yeux.

— Sans blague, insista Mark. Tu penses pouvoir tenir ce rythme ?

— Je n'en sais rien. Dès que je mets le pied ici, je me demande si je ne suis pas en train de jouer les doublures et j'en ai des sueurs froides. Alors je réfléchis, je me rends compte que je reste moi-même, que je fais un travail qui me plaît. N'empêche. Tout serait plus facile si je n'avais pas eu Claudia pour sœur.

— J'imagine.

— Et tu ne sais pas tout.

Elle était sur le point d'aborder le dangereux sujet des cassettes.

— En tout cas, tu te plais mieux ici qu'à la bibliothèque, ça saute aux yeux.

— Peut-être, oui.

— Non mais, écoute-toi ! s'exclama-t-il en se frappant le front d'un geste théâtral. On dirait que tu avoues avoir commis un meurtre ! Ce n'est tout de même pas un crime de changer de carrière, d'avoir envie de changer tout court ! Ce restau, c'est plus chic et plus rigolo que la bibliothèque. Je comprends que tu préfères ça. Je préférerais aussi. A condition de passer Grappelli à la trappe.

— Dois-je comprendre que cette musique ne te convient pas ?

— Chloroforme intégral, chou. A peine mieux que la musique en tube des supermarchés.

— J'en toucherai un mot à Terry.

— Qui, le barman ?

— Oui.

Mark pencha la tête de côté pour regarder vers le bar.

— Hmm. Joli garçon. Il y a une bonne équipe ici. Je l'ai vu tout de suite à l'enterrement. Des vrais braves, unis, soudés.

— Ian m'a laissée entendre qu'ils faisaient corps contre Claudia.

— J'aurais fait corps aussi dans la minute. Ils ont l'air plutôt contents de t'avoir pour patronne. Ils n'arrêtaient pas de te sourire quand tu es entrée.

— Ah oui ?

— Allons, Ro, pourquoi ne t'aimeraient-ils pas ? Tu es un chou à la crème, ce qui se fait de mieux.

Elle haussa les épaules et se concentra sur son poulet.

— Dans un mois, six semaines au plus, je te vois au centre d'une soirée d'adieux à Magnusson. Si je n'étais pas sur le point de devenir ton voisin, je bouderais. Et si tu ne veux plus de ta salade, je prends. La vinaigrette est géniale.

Ian vint les rejoindre pour le café. Tandis qu'il conversait aimablement avec Mark, Rowena s'excusa pour aller parler de la musique avec Terry. A la réflexion, Mark n'avait pas tort. Terry était vraiment joli garçon avec ses boucles brunes, ses yeux noirs et profonds, ses lèvres généreuses, toujours prêtes à sourire. D'elle-même, elle ne l'aurait pas remarqué.

— On pourrait essayer mes cassettes, proposa-t-il. Du cool-jazz, moelleux avec juste ce qu'il faut d'incisif.

— D'accord, essayons.

— J'en apporte quelques-unes dès demain.

Il baissa le ton pour ajouter :

— Et puis, Rowena, je vous remercie pour l'augmentation. Je suis, nous en sommes tous très touchés. Je sais bien que ça fait lèche-bottes, mais depuis que vous êtes ici, le restau est transformé. Cent fois mieux.

— Je veux que tout le monde soit content.

— C'est gagné, conclut-il en levant les deux pouces, avant de se tourner vers Mae pour prendre ses commandes de cocktails.

Au moment de partir, Mark insista pour laisser vingt dollars de pourboire à John qui les avait servis.

— J'apprécie ton sens de la justice, sans rire, dit Rowena.

— Et mon charme ineffable, donc ? Et ma classe, et mon intuition, ma sensibilité, mon esprit ?

— J'apprécie aussi. Demain, Terry apporte ses cassettes.

— Quel genre de cassettes ?

— Du jazz.

— Tant mieux. J'ai eu peur qu'il n'arrive avec Sépultura, Doom Metal et la suite. Mais il est un peu vieux pour ça.

— Sepultura ? Doom Metal ? C'est quoi ces trucs glauques ? Non… ne me dis rien. Je préfère ne pas savoir.

— Ça t'ennuie si je passe dans la cuisine féliciter Philippe ?

— Non, vas-y.

En l'attendant, elle jeta un coup d'œil sur les réservations et ne put s'empêcher de sourire en entendant les rires fuser de la cuisine. Tandis que Mark et elle regagnaient la voiture, elle lui demanda ce qui les avait tant amusés.

— Secret d'Etat, répliqua-t-il, un doigt sur les lèvres. En revanche, je peux te dire que j'ai demandé à Philippe la recette de sa vinaigrette. En bon Français, il a refusé avec une élégance incroyable. Mais il m'a promis de t'en donner une bouteille pour moi vendredi soir. Tu la gardes pour toi et tu es morte, Rowena !

— Au secours, j'ai peur ! s'exclama-t-elle.

Et, en riant, elle lui prit le bras.

Le contenu de son appartement fut dûment trié et emballé en vue du déménagement. Quant au mobilier, elle parvint à en vendre la majeure partie en plaçant une annonce sur le panneau d'affichage de la laverie de l'immeuble.

Puis, deux samedis après-midi de suite, Mark l'accompagna pour faire des courses. Elle commanda un élégant sofa neuf, plusieurs fauteuils profonds, des lampes, quatre chaises assorties à la table en marbre de la cuisine et un authentique tapis persan de soie pour le salon. Après avoir longuement hésité, Mark se décida de son côté pour une moquette de haute laine gris ardoise, un lit neuf et deux jolies tables de chevet en laque.

La cuisine installée, la salle de bains terminée, Rowena réintégra la maison. La fin du chantier n'étant pas prévue avant un mois, elle ne pouvait encore y emménager ses affaires personnelles. Mais elle préférait être sur place pour surveiller au quotidien l'avancement des travaux de rénovation et régler sur-le-champ les problèmes éventuels.

De fait, elle prenait plaisir à se lever à 6 h 15, bien avant l'arrivée des quatre ouvriers à 7 h 30. Café en main, elle regardait fondre la neige dans le jardin par la fenêtre de cuisine, laissant les souvenirs remonter à la surface de sa conscience. Souvenirs de la cabane qui se trouvait autrefois au bout de la pelouse ; souvenirs du vieux jardinier italien à la voix chaude qui venait deux fois par semaine tondre le gazon et ôter les mauvaises herbes des plates-bandes ; souvenirs du bonhomme de neige qu'elle avait fait avec Cary tandis que Claudia, enrhumée et cloîtrée à l'intérieur, les observait depuis la fenêtre du salon.

Lorsque Frank Reilly, l'entrepreneur, arrivait, elle prenait un second café avec lui tandis qu'ils passaient en revue le programme des travaux. Ensuite, elle partait pour la bibliothèque.

Au fil des semaines, elle s'aperçut qu'elle comptait les heures en attendant le moment de se rendre au restaurant. Mark s'était moqué d'elle mais, au fond, il avait raison. Comme la Sibylle, elle avait deux visages ; elle était à la fois la Miss Riz Complet aux vêtements informes qui travaillait à Magnusson et la femme sophistiquée qui portait des dessous de soie sous des robes de couturiers et travaillait au Rendez-Vous. Elle allait devoir quitter la bibliothèque. Le restaurant lui offrait l'occasion de briller, une chance qu'elle n'avait jamais eue auparavant.

Début avril, la rénovation avait pris un retard considérable. Il fallut renvoyer les placards de cuisine qui ne correspondaient pas au modèle commandé et attendre la livraison des nouveaux. Le lino choisi par Rowena n'était plus disponible et elle dut retourner au magasin pour en demander un autre, inévitablement plus cher et pas tout à fait à son goût.

Et puis, il y avait la poussière, les gravats, la pellicule de sciure qui recouvrait les surfaces après le ponçage des planchers. Chaque soir, avant même de penser à dîner, Rowena essuyait les plans de travail, nettoyait l'évier et balayait les miettes de plâtre, les bouts de fil électrique, les clous tordus, les copeaux de bois et même les emballages des plats à emporter que les ouvriers abandonnaient derrière eux. La benne à ordures installée en évidence au bout de l'allée attendait toujours d'être enlevée. Depuis quinze jours, Frank Reilly promettait de s'en occuper.

Elle commençait à se sentir déprimée par cette accumulation de tracas quotidiens. A quoi bon s'exhorter encore à la patience quand, chaque soir en rentrant, elle constatait le peu de progrès accomplis ? Elle en venait à se demander si, en gardant la maison, elle n'avait pas commis l'erreur de sa vie. Toutes ses économies passaient dans ces travaux interminables et coûteux. Et l'assurance n'avait pas encore déboursé un sou. Quant à la succession, le notaire lui avait dit qu'il faudrait compter sept à huit mois au moins avant de pouvoir disposer des fonds.

Vers le 15 avril, n'y tenant plus, elle appela Penny pour lui confier ses doutes.

— Je t'avais pourtant prévenue. Tu aurais dû vendre. Enfin, maintenant, il ne te reste plus qu'à t'accrocher. Les travaux ne dureront pas éternellement. Et ils avancent sans doute plus vite que tu ne le crois.

— Sans doute, oui.

Déçue du maigre soutien que lui offrait Penny, alors qu'elle avait toujours pu compter sur son aide, Rowena ajouta d'une voix triste :

— Bon, écoute, je te laisse. Il se fait tard et je suis vannée.

— Tu en fais trop. Au train où tu y vas, tu ne tiendras pas le coup, l'admonesta Penny.

— N'exagère pas. Je tiendrai bien le temps de prendre une décision.

— Quoi ? Tu vas quitter Magnusson ?

— J'y réfléchis très sérieusement.

— Ne fais pas de folies, tu pourrais le regretter. Regarde ce qui t'arrive avec tes travaux.

— Il ne m'arrive rien, Penny. La rénovation est plus longue que prévu, elle occupe la majeure partie de mon temps et, à la longue, c'est dur pour les nerfs de camper chez soi dans la poussière. Quant à la bibliothèque, très franchement, en dehors de toi et de Mark, elle ne me manquera pas. J'adore le restaurant. Chaque soir est comme une fête. Je m'habille bien, je rencontre des tas de gens. Cela faisait bien longtemps que je n'avais pas eu une telle envie d'aller au travail.

— Tu n'aurais pas plutôt envie de devenir Claudia ?

Rowena ne put s'empêcher de rire.

— Pen, comment peux-tu dire de telles absurdités ? Je n'en crois pas mes oreilles !

— Crois-moi, ce n'est pas absurde.

— Avoue plutôt que tu ne veux pas me voir quitter la bibliothèque.

— C'est vrai, je le reconnais. Et j'aimerais bien que tu réfléchisses à ce que tu fais.

— Je réfléchis, Penny. Je réfléchis très fort.

— Ecoute, ne le prends pas mal. Je suis ton amie, je t'aime, et tu m'inquiètes. Essaie de comprendre. Tu commences par passer quelques nuits à la maison pour régler la succession, et voilà que brusquement, tu te lances dans des travaux de rénovation gigantesques et tu t'y installes pour de bon. Pareil pour le restaurant, tu commences par donner un coup de main le week-end en dépannage, et maintenant tu songes à quitter un poste de premier plan pour en faire ta carrière. Tu portes ses vêtements, ses chaussures. Tu t'es même fait couper les cheveux.

Rowena s'efforça de garder son calme devant cette longue énumération de griefs.

— Une seconde, Penny. Souviens-toi que Claudia avait les cheveux aux épaules. Le dernier argument ne tient pas.

— Quoi qu'il en soit, tu as travaillé comme une malade pour devenir bibliothécaire en chef, et te voilà prête à jeter le poste par la fenêtre comme s'il ne t'avait rien coûté. Une si belle situation… Je te trouve bien inconséquente !

— Oh, que non ! A t'entendre, on croirait que je vous trahis, toi et la bibliothèque. C'est faux, et cela ne tient pas debout. J'ai parfaitement le droit de décider de ma vie, de vouloir du changement, et même de me tromper. Dieu sait que des erreurs, j'en ai fait, et j'en ferai d'autres. Franchement, ton attitude me sidère. Je pensais que tu me comprendrais, que tu m'encouragerais.

— Ne nous disputons pas, Ro. Tu m'inquiètes, tu sais. Tu vas trop vite pour moi.

— Tu n'as aucune raison de t'inquiéter. Je sais ce que je fais et j'avance à l'allure qui me convient. Bon, il faut que j'y aille maintenant. A demain.

Et, sans donner à Penny le temps de placer un mot de plus, elle raccrocha.

Les prétendues inquiétudes de Penny dépassaient les bornes, frisaient même l'insulte. Quitter la bibliothèque n'était tout de même pas la fin du monde ! A écouter son amie, Rowena avait l'impression d'être une sorte d'attardée mentale incapable de prendre une décision rationnelle. Eh bien, ce n'était pas le cas ! Et elle le prouverait !

Dans un état de rage avancé, elle prit un grand sac-poubelle, descendit à la cave au pas de charge et enfourna dans le sac le reste des cassettes de Claudia. Pas rationnelle, hein ? Et quoi encore ! Bon, elle avait peut-être déraillé un moment ; bouleversée par les étranges trophées vidéo de sa sœur, elle avait fait une sorte de fixation sur ces cassettes, les regardant pendant des heures au détriment de sa propre image. Mais c'en était fini. Elle avait recouvré toute sa lucidité, toute sa raison, la preuve ! Il n'y avait plus qu'à remonter le sac pour le mettre aux ordures, et voilà, le chapitre était clos !

Tout en se lavant les mains, Rowena tentait de se calmer. Penny était une amie de longue date, une amie précieuse. Son inquiétude partait d'un bon sentiment. Elle n'avait pas cherché à l'insulter…

Et puis non, c'était trop facile ! Penny s'était comportée en parfait rabat-joie, noircissant le tableau à plaisir. Pourquoi l'excuser, la ménager quand, à l'évidence, elle ne voulait pas comprendre que Rowena quitte un emploi qu'elle avait toujours convoité pour elle-même ? Elles s'étaient présentées toutes deux pour le poste. Et Rowena l'avait obtenu. Eh bien, elle le lui laissait, à présent. Sans regrets !

Le lendemain matin à la première heure, Rowena remit sa lettre de démission.

8

— Tu as démissionné dans un accès de rage parce que tu m'en veux, déclara Penny le lendemain, à l'heure du déjeuner.

Sa voix était nouée par l'émotion.

— La colère n'a fait que précipiter ma décision, reconnut Rowena. En fait, j'avais déjà résolu de quitter ce poste. Et puis, je ne t'en veux pas. Oh, écoute-nous, on dirait des gamines de huit ans qui se chamaillent !

Elle souriait à son amie dépitée, qui ébaucha en réponse un sourire forcé.

— J'espérais te faire changer d'avis. Je n'avais qu'à traverser le bâtiment pour te voir. J'en ai pris l'habitude… Ce ne sera plus comme avant… tu vas me manquer.

Elle hésitait, cherchait ses mots.

— Voyons, Pen, je ne pars pas au bout du monde. Nous nous reverrons.

— Mais ce ne sera plus comme avant, insista Penny.

Rowena resta silencieuse un moment. Ses rapports avec Penny, avec Mark, avec ses amis n'avaient en rien influencé sa décision. Elle était surprise par la dépendance que Penny affichait soudain à son égard ; légèrement irritée aussi. Elle s'était dit que leur amitié se poursuivrait, sur de nouvelles bases certes, mais sans que cela change rien à leur affection.

— La seule différence, c'est que nous ne travaillerons plus au même endroit. D'ailleurs, tu sais bien que, même ici, nous ne nous voyons pas tous les jours.

— N'empêche. Ce ne sera plus comme avant, répéta Penny avec obstination.

Rowena comprit alors que son amie était prisonnière d'une routine si rassurante que tout changement l'effrayait. Contrairement au reste du personnel qui s'était répandu en félicitations et encouragements, Penny ne se réjouissait pas pour elle. Peut-être avait-elle espéré que Rowena resterait à Magnusson jusqu'à la retraite, aussi inamovible que les sculptures de la façade. Peut-être était-elle vexée que Rowena ne l'eût pas consultée. Quoi qu'il en soit, son attitude négative, son égoïsme qu'elle tentait de faire passer pour de l'inquiétude avaient quelque chose d'étouffant. Rowena avait soudain l'impression d'être projetée en arrière au temps de son enfance, quand Claudia la harcelait pour obtenir un objet qu'elle s'imaginait lui revenir de droit. Jusqu'au jour où elle avait quitté la maison familiale pour l'université, Rowena avait dû déployer des trésors d'ingéniosité pour éviter que ses affaires ou même ses amis n'attirent l'œil de Claudia et n'éveillent son envie.

Claudia lui avait cependant appris que peu de gens, peu d'hommes en particulier, résistaient à l'attrait des apparences. Comme les poissons, ils mordaient à l'appât de tout ce qui brillait. Et Claudia savait briller. Elle consacrait d'ailleurs à cet art la majeure partie de son temps.

Oui, Rowena avait beaucoup appris au contact de Claudia et de Jeanne. Elle avait appris entre autres à ne compter que sur elle-même. A la longue, elle en était venue à faire davantage confiance à ses amis qu'à sa famille, et surtout à Penny dont le soutien et la loyauté ne s'étaient jamais démentis. Mais aujourd'hui, par pur égoïsme, Penny cherchait à la décourager, à l'empêcher d'avancer. Rowena en était déçue, mais elle ne se laisserait pas faire. A presque quarante ans, elle était fermement décidée à profiter de l'occasion qui s'offrait à elle pendant qu'il en était encore temps.

Elle consulta ostensiblement sa montre — ou plus exactement, la montre de Claudia, une Cartier de vermeil au cadran d'or pâle avec des chiffres romains noirs.

— Il est l'heure d'y aller ou nous serons en retard.

Le joli visage de Penny se plissa en une expression de tristesse.

— Tu me crois égoïste, n'est-ce pas ? C'est peut-être vrai. Mais je tiens vraiment à toi, Ro, et j'ai peur que tu ne tombes dans l'obsession, que tu te perdes en reprenant le rôle de Claudia.

— Penny, je t'en prie ! protesta posément Rowena.

Cette conversation l'écœurait. L'espace d'un instant, elle se représenta son amie comme l'Allemagne à la veille de la Seconde Guerre mondiale, imposante, belle, mais rigide jusqu'au fanatisme. Elle en eut un frisson d'horreur. Et pourtant, c'était la vieille amie qu'elle aimait tendrement. Elle devait à tout prix empêcher la situation de tourner à l'affrontement. Elle s'efforça de sourire, posa deux dollars sur la table pour la serveuse, et se leva.

— Viens, Penny. Il est l'heure.

Penny ouvrit la bouche pour parler et se ravisa. Sur le chemin de la bibliothèque, elles n'échangèrent plus un seul mot.

Lorsque les travaux de rénovation furent terminés — avec deux bonnes semaines de retard —, Rowena recouvra enfin sa joie de vivre. Les ouvriers mettaient encore la dernière main au studio du garage. Chaque matin, elle descendait l'escalier et s'arrêtait immanquablement dans le hall pour contempler le plancher fraîchement verni, les murs jaune pâle du salon, l'élégance discrète des meubles. Puis elle se rendait dans la cuisine, admirait les placards blancs aux battants vitrés mis en valeur par le vert soutenu des murs, les installations dernier cri, les plans de travail immaculés, le lino blanc cassé, la charmante vieille table de marbre, décapée et polie, que venaient rehausser les lignes fluides des quatre chaises tubulaires d'acier chromé.

Après avoir mis le café en route, elle relevait les coquets stores blancs et se délectait de voir la lumière entrer dans la pièce, éclabousser les surfaces de ses rayons, projeter des taches de couleur chaude sur les murs. En éventrant la pièce, on avait arraché tous les vieux souvenirs. Ils étaient partis à la décharge avec les gravats et les ustensiles d'un autre âge, de sorte que la pièce avait perdu toute résonance désagréable, était devenue sienne, accueillante, souriante. Elle aimait voir ses livres de cuisine et le service de table de sa mère rangés derrière les vitres des placards. Elle appréciait même la géométrie irrégulière des conserves et des boîtes sur les étagères. Enfin, elle était là chez elle. C'était sa maison, son foyer.

Deux jours avant que Rowena ne quitte Magnusson, elle déjeunait avec Mark. Le studio du garage était presque terminé et il s'en réjouissait.

— J'ai hâte d'emménager. Je me sens comme une jeune mariée ! Je ne me tiens plus à l'idée d'avoir enfin ma machine à laver et mon sèche-linge !

Il souriait, ravi.

— J'en sais quelque chose, renchérit Rowena. Plus de pièces de monnaie à collectionner, plus de montagnes de linge sale dans le hall.

— Oh, comme je me souviens de ces montagnes !

— N'exagère pas. Tu n'en as vu qu'une !

— Certes. Mais elle m'a impressionné. Dis-moi plutôt

ce qui se passe entre toi et Penny. C'est la rupture, ou une querelle passagère ?

— Je n'en sais rien, Mark. C'est un vrai éteignoir, ces temps-ci. Elle ne manque pas une occasion de me répéter que je cherche à devenir Claudia. A la longue, c'est lassant, alors j'ai décidé de prendre mes distances.

— Elle est peut-être jalouse.

— Jalouse de quoi ? D'une ex-Miss Riz Complet de quarante ans qui hérite enfin de biens qui lui revenaient de droit depuis des années ?

Mark agita tristement la tête.

— Une ex-Miss Riz Complet, hein ? Tu as un talent fou pour te déprécier. Au début, je croyais que tu cherchais les compliments, mais j'ai fini par comprendre que tu étais sérieuse. Tu n'as aucune idée de ce que les gens voient en toi.

— Oh que si !

— Désolé, chou, mais tu te trompes. Bon, et maintenant, un petit effort d'objectivité. Primo, Claudia passe l'arme à gauche, si bien que tu hérites de l'argent, de la maison, du restau, et de la Mercedes que, pour une raison mystérieuse, tu laisses pourrir dans le garage. Secundo, tu es mince. Rien que pour cela, Penny aurait dû te prendre en grippe dès le premier jour si tu n'avais pas eu le chic pour cacher ta ligne de sylphide sous des oripeaux… Sans blague, tes vêtements, un aveugle aurait pu les choisir dans un catalogue en braille.

Rowena ne put s'empêcher de sourire, ce qui encouragea Mark à poursuivre :

— Donc, tu es mince et aussi très élégante ces temps-ci. Et pour couronner le tout, voilà que tu fréquentes le gratin, que tu baignes dans le luxe. Ah, les feux de la rampe ! Tu rassembles ces atouts pour en faire un paquet et tu le mets sous le nez d'une femme qui a passé toute sa vie au régime, le verdict ne fait pas un pli : jalousie pure et simple, messieurs les jurés.

— Tu crois ?

— Ecoute, pour la première fois depuis que je te connais, tu affiches une certaine assurance. Ces robes haute couture t'ont fait le plus grand bien, mon lapin en sucre. Aujourd'hui, même dans un pull informe tu as de la classe. Les gens le remarquent, et ils en sont ravis pour toi. La plupart d'entre nous quitteraient de bon cœur la bibliothèque. Hélas, Penny ne le voit pas de cet œil. Pour elle, tu nous abandonnes tous à notre triste sort, elle en particulier.

— Depuis vingt-cinq ans que nous sommes amies ? C'est trop ridicule. Elle devrait me connaître !

— Chou, elle ne se connaît peut-être pas elle-même.

Rowena se cala dans son siège.

— Je n'y avais pas pensé.

— Elle non plus, j'imagine. Elle se laisse emporter par ses émotions. Mieux vaut attendre que cela se décante. Ce serait trop bête de gâcher une amitié pour de pareilles sottises.

— C'est bien mon avis.

— Bon. Alors calme-toi, reste amicale, et donne-lui le temps de faire le tri. Et puis, sois gentille et explique-moi pourquoi tu ne te sers pas de la belle mécanique qui moisit dans le garage ?

— Cela va te paraître stupide, mais dès que je m'imagine au volant de cette voiture, j'ai une peur affreuse de ressembler à Claudia.

— Allons ! Je vois bien que tu portes ses bijoux — les plus discrets, d'accord. Tu vis dans sa maison, tu mets les vêtements qu'elle achetait pour elle, tu quittes la bibliothèque pour reprendre son restau, alors pourquoi ne pas aller jusqu'au bout et conduire la Mercedes ?

— J'y réfléchirai, esquiva-t-elle, déçue de ne pas avoir d'explication plus convaincante à donner.

— Qu'est-ce qui te ronge, Ro ? C'est Penny qui te tracasse, ou tu me caches quelque chose ?

— Je voudrais bien savoir pourquoi toi tu n'es pas jaloux de ma prétendue bonne fortune.

— D'abord, je ne fais pas dans le travesti, donc les vêtements ne me sont d'aucune utilité. Ensuite, j'ai un faible pour les repas gratuits dans une cantine de luxe. Et puis, sans rire, la vraie raison, c'est que pendant deux ans j'ai regardé mourir à petit feu un homme que j'aimais de toute mon âme. Depuis, je ne juge plus. Fais, mange, porte ce que tu veux si cela peut te rendre heureuse, chou. Les contes de fées dont on nous a gavés en nous bourrant de petits pots ne sont qu'un leurre. Dans cette vie, il n'y a aucune garantie sur l'avenir et chacun peut mourir avant son heure, très prématurément. Alors, si tu veux ton dessert avant le plat de résistance, vas-y. Si tu veux changer de vie en milieu de parcours, je suis avec toi. Tant que tu ne blesses personne, agis comme ça te chante. Je serais le premier à manifester pour tes droits. Et surtout n'attends pas, fais-le tout de suite. Demain, il sera peut-être trop tard.

Elle lui prit la main et lui dit doucement :

— Je te remercie, Mark.

— Et mets-toi au volant de cette fichue voiture ou je la prends !

Elle sourit.

— J'y penserai.

A la fin du mois d'avril, un roulement avait été décidé avec Ian. Le restaurant étant fermé le lundi soir, il tenait la réception pour les dîners du mardi au jeudi, et elle prenait la relève pour le week-end. Du lundi au samedi, elle veillait sur les déjeuners, travaillant de 11 h 30 à 14 h 30, ce qui lui faisait une semaine de trente-deux heures — une sinécure en comparaison de ce qu'elle venait de vivre. Ils avaient de plus engagé un serveur à mi-temps pour les déjeuners du week-end et les remplacements éventuels.

Début mai, le samedi qui suivit le rapatriement de ses effets personnels dans sa nouvelle demeure, elle demanda à Scott, le nouveau, de la remplacer pour le service de midi, afin de pouvoir accueillir Mark dans son studio.

Une demi-douzaine de leurs amis communs, dont Penny et son fils Kip, avaient chargé les meubles et les cartons de Mark dans un camion de location et s'étaient entassés dans les voitures pour venir en convoi à la maison. Rowena les y attendait avec des rafraîchissements et une collation qu'elle avait préparée en début de matinée.

Très impressionnés par le studio, tous s'essuyèrent docilement les pieds avant de marcher sur la moquette neuve. Ils admirèrent le plafond haut et sa verrière, la cuisine américaine et son éclairage indirect, le lave-linge et le sèche-linge superposés. Radieux, en salopette de peintre d'un blanc immaculé, T-shirt jaune et baskets orange fluo, Mark leur montra la spacieuse salle de bains avec ses carreaux peints à la main, les placards sur mesure aux glaces coulissantes, la chambre en mezzanine que l'on pouvait fermer par des volets qui se rabattaient contre les murs.

En moins de deux heures, le camion était vide et le mobilier en place. Toujours distante depuis leur malentendu, Penny aida Rowena à dresser le buffet, mais ne répondit qu'évasivement à ses questions, évitant son regard. Quelque peu vexée, Rowena feignit cependant de n'en rien remarquer. Elle installa le percolateur géant qu'elle avait apporté de chez elle pour préparer le café. Le temps de le brancher et de vérifier qu'il fonctionnait correctement, Penny avait empilé de la nourriture sur une assiette et s'était installée dans un coin de la pièce avec Marcia, une collègue de Magnusson.

Rowena se servit à son tour et alla s'asseoir près de Mark qui fouillait dans une caisse de C.D. et de cassettes en quête d'une musique adéquate.

Une bière dans une main, une assiette bien remplie dans l'autre, Kip s'approcha d'eux.

— C'est super ton appart', oncle Mark. Supercool !

— Je suis content qu'il te plaise.

— Ouais, il me plaît bien, renchérit Kip, sincère.

Mark lui sourit, glissa une cassette dans le lecteur et dit :

— Voyons un peu ces assiettes !

— Bonne idée, répondit Kip en s'asseyant par terre.

La musique de *Sergeant Pepper's Lonely Hearts Club Band* se fit entendre, et tous hochèrent la tête avec approbation, à l'exception de Penny.

— Je me damnerais pour tes œufs à la diable, tante Ro.

— C'est ce que je vois, Kip.

Elle riait tandis que le garçon engloutissait une moitié d'œuf sans sourciller. C'était un adolescent de seize ans solidement bâti, aux cheveux d'or et aux yeux bleus, un jeune mâle dont la beauté physique parfaite se doublait d'une nature chaleureuse et ouverte. Inconscient de ses qualités, il estimait avoir beaucoup de chance car il aimait bien les jeunes filles, qui le lui rendaient bien. Contrairement aux adolescents de son âge, prompts à se précipiter dans des relations de couple sans lendemain et à recommencer à la première occasion avec un entêtement suicidaire, Kip sortait avec plusieurs jeunes filles et se montrait toujours attentif à ses compagnes. Parfaitement à l'aise avec des gens de toutes générations, il s'efforçait de mériter l'amitié qu'on lui offrait. Rowena ne l'aurait pas aimé davantage s'il avait été son propre fils et l'aurait volontiers inondé de cadeaux somptueux pour Noël et pour son anniversaire, si elle n'avait craint de vexer Penny dont le budget était limité. Une précaution qui, à la réflexion, lui semblait un peu excessive. Ses scrupules, ses efforts répétés pour ménager la susceptibilité de Penny l'avaient sans doute privée de grandes joies.

A l'autre bout de la pièce, Penny foudroyait Kip du regard, comme pour lui reprocher de préférer à la sienne la compagnie de ses oncle et tante d'adoption. Dans l'espoir de la dérider, Rowena lui fit signe de venir les rejoindre. Penny la gratifia d'un sourire de pure forme et fit non de la tête.

— Et puis zut à la fin ! grommela Rowena en replongeant le nez dans son assiette.

Elle ne laisserait pas l'humeur maussade de Penny lui gâcher la fête.

Avant de partir, tout le groupe voulut voir la maison et Rowena les emmena visiter les lieux. Chacun eut pour elle un mot gentil, à l'exception de Penny qui resta obstinément muette. A se demander pourquoi elle était venue si elle n'y prenait pas plaisir.

Cependant, au moment de sortir, elle prit Rowena dans ses bras et la serra avec emphase, un peu comme elle l'avait fait à l'enterrement de Claudia.

— La maison est superbe, dit-elle. J'espère que tu y seras heureuse.

Puis elle se détourna et s'empressa de regagner sa voiture, en criant à son fils de se dépêcher.

Kip haussa les épaules, embrassa tour à tour Rowena et Mark, donna le reste de sa bière à ce dernier et, sitôt en voiture, baissa la vitre pour leur lancer :

— Invitez-moi donc à dîner un de ces jours ! Ce serait sympa…

Sa voix se perdit dans un crissement de pneus. Penny

démarrait en trombe. Ils virent le garçon se retourner, furieux, vers sa mère qui regardait droit devant elle, le dos rigide.

— Tu ne trouves pas ça bizarre, Mark ? commenta Rowena. C'est à peine si Penny m'a parlé. Elle s'est conduite comme si j'étais une pestiférée et la maison un manoir hanté.

— Oui, j'ai remarqué, dit Mark avec une grimace. Et le numéro d'adieux qu'elle t'a fait, on aurait dit la méchante reine donnant la pomme empoisonnée à Blanche-Neige.

Ils regagnèrent le studio et entreprirent de ramasser les assiettes en papier et les gobelets dans un grand sac-poubelle.

— Tu as vu la taille de Kip, Ro ? C'est incroyable ! Je parierais qu'il a pris quinze centimètres en six mois. Et tu as vu ce qu'il a englouti ?

— Et Penny donc !

Mark roula des yeux.

— Oh, j'ai vu. Elle serait carrément boulimique si elle avait compris le truc et se faisait vomir après s'être goinfrée.

— Tu es horrible ! s'exclama en riant Rowena.

— Peut-être, mais c'est la pure vérité. Tu as remarqué les expressions de Kip ? Ce qu'il est drôle !

— Oui, « super-cool l'appart' », je me souviens.

— J'adore ce gosse. Il est vraiment chou. C'est ce qui me manque le plus, de ne pas avoir d'enfants à moi. J'aurais tellement aimé être papa. Tim et moi avions envisagé l'adoption, mais il aurait fallu rendre notre couple public et cela lui aurait coûté son emploi. Enfin, la question ne se pose plus.

— Vous auriez fait d'excellents parents, tous les deux.

— Je le crois aussi. Et toi, Ro, tu n'as jamais voulu d'enfants ?

Il remplit l'évier pour laver les couverts, tandis qu'elle essuyait le comptoir.

— Il y a mille ans de cela, je pensais que, quand je serais grande, j'aurais un mari et trois ou quatre enfants. Et puis, Claudia a séduit mon premier petit ami. Davey O'Connell, je m'en souviens encore. Il la suivait comme un toutou et elle se moquait de lui. Elle a séduit les deux suivants. Après cela, je me suis méfiée. Je donnais mes rendez-vous au bout de la rue. Seulement, j'avais perdu tout enthousiasme. Ce jeu-là me paraissait trop compétitif. Avec les années, les hommes sont progressivement passés au dernier rang de mes préoccupations. Tu te rappelles Gil ?

— Oui, je me rappelle, dit Mark avec une grimace.

— Bon. Eh bien, je me suis réveillée un matin, il n'y a pas si longtemps de cela, et il était trop tard. Pendant un mois, j'ai tourné en rond, comme si j'étais en deuil. Et puis j'ai réfléchi. Difficile d'être mère célibataire, sans parler des problèmes financiers. J'ai fini par comprendre que je regrettais un leurre, un mirage. D'ailleurs, j'aurais sans doute fait une piètre mère. Il faut avoir reçu de l'affection pour pouvoir en donner et, comme tu le sais, Jeanne n'était pas spécialement maternelle.

— Mais tu avais l'affection de ton père. Comme toujours, tu te trompes. Tu aurais été une excellente mère. Nous aurions été de bons parents tous les deux, hélas, nous n'aurons pas cette chance. La vie est dure, hein ?

— Très dure par moments.

— Bon, ce n'est pas fameux de déprimer ainsi. Prenons plutôt cette Mercedes pour aller faire un tour, qu'en penses-tu ?

Elle faillit protester, mais se ravisa.

— Pourquoi pas, au fond. Attends-moi une seconde, j'arrive.

Elle courut jusqu'à la maison et se dirigea vers le tiroir de cuisine pour y prendre les clés de Claudia. C'est alors qu'elle avisa le voyant rouge du répondeur. Elle mit l'appareil en lecture.

« Allô, mademoiselle Graham ? Ici Tony Reid. Je pensais que vous me rappelleriez après avoir lu les documents concernant le syndrome de Clérambault. Je vous appelais à tout hasard, au cas où vous seriez libre pour en discuter aujourd'hui à déjeuner, mais ce n'est apparemment pas le cas. Je pars ce soir pour une conférence à San Francisco. Je vous contacterai à mon retour. Au revoir. »

Au son de sa voix, elle eut un nouveau choc. Tétanisée, elle revoyait les fossettes danser sur ses joues pâles lorsqu'il souriait et, de nouveau, une douleur étrange lui tenaillait le ventre.

Lorsqu'elle rejoignit Mark avec son sac et les clés de la voiture, il plissa le front, soucieux.

— Qu'est-ce qui ne va pas, chou ?

— Tony Reid a appelé. Il voulait qu'on déjeune, pour parler. Tu ne trouves pas cela bizarre ?

— Peut-être que tu lui plais.

— Non. Il n'est pas net. Il a une idée derrière la tête.

— Et si c'était ton ravissant petit corps qui l'obsédait ?

Elle rit en lui donnant un coup de poing amical.

— Arrête de faire l'idiot !

— Idiote toi-même ! Essaie d'être un peu plus ouverte pour une fois. Tout peut arriver, tu sais.

Pensive, Rowena ouvrit la porte du garage. Entre les inexplicables sautes d'humeur d'Ian, le comportement pour le moins bizarre de Penny et l'ex-psy de Claudia qui l'appelait pour l'inviter à déjeuner, le monde tournait à l'envers. Comme lorsqu'elle était enfant, elle n'avait soudain plus qu'un désir : être seule.

9

Fin mai, Ian convoqua Rowena dans le bureau pour lui soumettre un projet. Il s'agissait de la possibilité de créer une terrasse à l'arrière du bâtiment.

— J'avais dans l'idée de rentabiliser cet espace depuis quelque temps déjà, mais Claudia ne voulait rien entendre. Vous savez à quel point elle redoutait le changement.

— Je sais, acquiesça-t-elle, un peu surprise.

Jamais elle ne s'était consciemment fait cette réflexion, mais à l'entendre ainsi formulée, elle en reconnaissait toute la vérité. Pour Claudia en effet, le changement constituait une menace qu'il fallait éviter à tout prix. Ce qui expliquait sans doute qu'elle n'eût jamais quitté la maison familiale et n'y eût jamais apporté la moindre modification.

— Pour un investissement modique, nous pourrions augmenter nos bénéfices de façon significative. Je vous donne le détail du projet tel que je le vois ?

— Je vous en prie.

— Eh bien, pour commencer, il faudrait acheter du mobilier pour l'extérieur, des plantes pour le décor. Et puis, délimiter l'espace. Je pense qu'une palissade de bois serait la solution la plus esthétique, et nous permettrait de créer une entrée sur l'allée. Nous n'y perdrions qu'un parking privé assez laid, et quelle importance puisque le parking public est à moins de cinquante mètres. J'ai fait quelques calculs.

Les coûts ne seraient pas prohibitifs. Si nous installions quatre tables de quatre et quatre tables de deux, nous aurions vingt-quatre couverts au maximum. Nous pourrions engager des étudiants pour l'été, un serveur, un garçon de salle et un aide-cuisinier. Scott serait intéressé par un emploi saisonnier à plein temps. J'ai revu les projections avec le comptable, qui s'est montré très favorable à ce projet. Mais, bien sûr, la décision finale vous revient.

Rowena jeta un coup d'œil rapide à ses calculs.

— Il nous faudrait aussi un devis pour un store. Ainsi, nous ne perdrions pas tous nos couverts s'il pleut.

— Excellente idée ! Je n'y avais pas pensé.

— Mais vous aviez pensé à tout le reste. Il faudrait commencer les travaux au plus vite. Et je connais quelqu'un qui serait ravi d'être notre garçon de salle pendant l'été. Je vais l'appeler, et puis je vous fais signe. En attendant, vous pouvez nous chercher un serveur et un aide-cuisinier.

— Sans problème. Je suis heureux que mon projet vous plaise.

— C'est un projet en or, Ian. Je serais la dernière des sottes si je le rejetais !

Le jour même, elle appela Kip.

— Ce serait super-cool, tante Ro ! Voilà plus d'un mois que je cherche du travail comme un fou. Résultat, *niet*, rien du tout. Même que ça commençait à m'inquiéter sérieux. Je veux ce job. Je commence quand ?

— Dans trois semaines, pour les vacances scolaires. Il te faudra un pantalon noir, une chemise blanche, et des chaussures noires confortables parce que le métier est dur pour les pieds. Nous fournissons la cravate et le tablier.

— Ça m'explose, ce truc ! Je te remercie. Je serai le meilleur garçon de salle que tu aies vu.

— Je te fais confiance, Kip.

— Tu es une vraie brave, tante Ro !

— Toi aussi, tu es un brave, Kip. Prends soin de toi et à bientôt.

A 18 h 10 ce soir-là, Rowena vérifiait les calculs d'Ian à la table de cuisine quand le téléphone sonna.

Sans préambule, Penny lui lança, furieuse :

— Qu'est-ce que c'est que ces façons d'appeler mon fils ? A quoi tu joues ?

Rowena en resta médusée.

— Je ne joue pas, Pen. J'ai proposé à Kip un emploi pour l'été. Nous ouvrons une terrasse, et nous avons besoin de personnel supplémentaire.

— Tu essaies de l'amadouer pour le mettre dans ton camp.

— Tu dérailles, Pen. Je n'ai pas à l'amadouer, et il n'y a pas de camp. Ce n'est pas une guerre de tranchées mais le marché de l'offre et de la demande. J'ai besoin de personnel, il a besoin d'un job.

— Non, tu cherches à lui en remontrer, à étaler devant lui la vie brillante que tu mènes à présent.

— Ne sois donc pas ridicule. Ma vie n'est pas plus brillante qu'elle n'était et je ne vois pas ce que j'ai à lui remontrer.

— Quoi qu'il en soit, il n'est pas preneur.

— Je t'en prie, Pen, ne lui fais pas cela !

— Mais je ne fais rien, c'est toi qui manigances !

— Penny, tu le prives d'un emploi dont il a grand besoin, sous prétexte que tu es en colère contre moi pour je ne sais quelle raison. C'est injuste envers ton fils. D'ailleurs j'aimerais bien savoir ce que tu me reproches. Il est temps de vider cet abcès. Si je t'ai offensée en quoi que ce soit, dis-le-moi et finissons-en.

— Tu sais parfaitement ce que je te reproche, et je ne

suis pas d'humeur à revenir sur l'histoire ancienne. Mon fils ne travaillera pas pour toi, un point, c'est tout.

— Ecoute, d'abord je n'ai aucune idée de ce que peut être cette histoire ancienne dont tu parles, mais je te prie de m'excuser si je t'ai blessée. Ensuite, laisse Kip en dehors de tout cela, ne te venge pas sur lui, s'il te plaît. Il n'a rien fait pour mériter d'être pris entre deux feux.

— Je n'ai pas besoin de tes conseils pour élever mon fils ! Tu aurais mauvaise grâce à donner des conseils dans ce domaine, toi qui traites si mal les gens ! Il ne prendra pas cet emploi, et ne reviens surtout pas l'appeler derrière mon dos !

Sur ce, elle raccrocha brutalement.

Sidérée, Rowena resta un moment assise à trembler de tous ses membres. Elle se sentait aussi coupable que si on l'avait surprise à regarder les vidéos privées de Claudia. Pire, elle ne comprenait pas pourquoi elle se sentait aussi coupable quand elle n'avait absolument rien fait de mal. Se ressaisissant, elle se leva, empoigna ses clés de voiture et fit un saut au tabac le plus proche pour s'acheter des cigarettes. De retour à la maison, elle s'installa dans la cuisine avec un cendrier et en alluma une première.

Le vertige s'empara d'elle dès la première bouffée. Elle avait des fourmis dans les mains, dans les pieds. Elle se raidit, se concentra pour rester droite sur sa chaise. Au bout d'une minute, le malaise était passé. Elle tira une nouvelle bouffée, se prit la tête dans les mains et fondit en larmes. Elle s'efforçait au mieux d'avancer dans la vie et d'être heureuse, elle avait voulu aider un jeune homme qu'elle aimait de tout son cœur, et sa plus vieille amie l'accusait sans raison et lui raccrochait au nez…

Que se passait-il donc ? Et surtout, pourquoi ? Dès qu'elle esquissait un pas en avant, quelque chose la retenait, l'obligeait à refaire trois pas en arrière. Bizarrement, ce n'était pas elle mais Penny qui se conduisait comme Claudia. Comme Claudia dans ses pires moments, quand elle se lançait dans d'absurdes diatribes et montait en épingle un vague désaccord. Cependant, alors que Claudia avait un charme inné et cette faculté de souffler à volonté le chaud ou le froid, Penny avait toujours été solide, constante, raisonnable. Et voilà que, du jour au lendemain, Penny se retournait contre elle, la mettant dans une position détestable où elle ne pouvait ni se défendre ni gagner.

Sa cigarette consumée, elle se versa un verre de vodka, le but, et fuma deux autres cigarettes. L'alcool et la nicotine lui donnaient une sensation de flou, qui tempéra sa douleur et raviva son appétit. Elle se fit cuire des œufs brouillés, râpa du fromage dessus et mangea le tout à même la poêle. Enfin, un peu ragaillardie, elle monta se changer à l'étage.

Assise par terre dans la chambre, elle enfilait ses chaussettes en songeant que la rage de Penny aurait glissé sur Claudia comme sur une toile cirée. L'orage passé, Claudia aurait déclaré tout net : « Bon, maintenant que tu as vidé ton sac, si nous allions dîner demain soir ? » Ou encore : « Si tu crois que tu m'impressionnes ! » Claudia avait un talent enviable pour rester de marbre en toute circonstance. Et, en cet instant précis, son absence lui pesait cruellement. Sa sœur avait des moments d'enthousiasme contagieux, des moments où on ne pouvait que l'aimer. Par exemple ce fameux soir où Rowena elle-même avait emmené Marcia dîner au Rendez-Vous. C'était peu après l'ouverture du restaurant.

Claudia s'était précipitée pour les accueillir. Son sourire était chaleureux.

— Ro ! Quelle joie de te voir ! s'était-elle exclamée en la serrant dans ses bras. Je voulais t'appeler pour te demander de venir, mais c'est l'affolement ici…

Souriant toujours, elle avait tendu la main à Marcia.

— Bonsoir. Je m'appelle Claudia. Je suis ravie que vous soyez venue. Je vais vous trouver une bonne table.

Les ayant escortées jusqu'à leur place, elle avait appelé la serveuse.

— Mae, voici ma sœur Rowena et son amie Marcia. Prenez soin d'elles.

Puis, posant une main sur l'épaule de Rowena, elle s'était penchée pour lui souffler à l'oreille :

— Essayez le poulet, il est divin. Amusez-vous bien, je repasserai.

Mae avait pris leur commande et leur avait apporté une bouteille de vin offerte par la maison. Elles dégustaient un premier verre en attendant leur repas, et Marcia regardait Claudia bavarder avec animation à une table voisine.

— Ta sœur est ravissante, Ro, et tellement chaleureuse !

Rowena n'avait pu qu'acquiescer. Claudia ressemblait à une adolescente saine et séduisante dans sa robe de crêpe noir, dont le décolleté et l'ample jupe soulignaient sa poitrine généreuse et sa taille de guêpe. Les joues roses d'excitation, elle évoluait dans la salle, passant d'une table à l'autre, s'arrêtant pour parler aux clients, offrant des liqueurs gratuites à un couple d'âge mûr, riant avec deux hommes d'affaires assis au bar. Vedette de son propre spectacle, Claudia était dans son élément, toujours souriante, toujours en mouvement. Rien ne lui échappait. Elle était impressionnante de professionnalisme.

Rowena et Marcia dégustaient leur café lorsqu'elle était revenue les voir, radieuse comme un soleil.

— Alors, c'était bon ? Le poulet vous a plu ? Il est génial, non ? Vous ne prenez donc pas de dessert ? Jill a confectionné une charlotte aux framboises dans une coque de meringue avec une sauce citron, une vraie merveille. Vous ne vous laissez pas tenter ?

— J'aimerais bien, mais je serais incapable d'avaler une bouchée de plus.

— Et vous, Marcia ?

— Désolée, mais j'affiche complet.

— Dommage. Vous ratez quelque chose ! Cette charlotte est tellement bonne que j'en ai mangé une grosse part en guise de dîner.

Claudia riait.

— C'est bien toi ! avait commenté Rowena avec un gentil sourire. Le repas était somptueux mais nous devrions penser à te payer.

— Voyons, Ro ! Tu es ma sœur ! Quand tu viens dîner dans mon restaurant, c'est la maison qui régale, d'accord ? Prenez votre temps, les filles. Il faut que je circule encore un peu mais je tiens à vous revoir avant que vous ne partiez.

Rowena et Marcia avaient laissé chacune cinq dollars pour Mae. Puis, comme elles rejoignaient le vestiaire pour chercher leurs manteaux, Claudia était venue serrer la main de Marcia une nouvelle fois.

— J'ai été ravie de vous rencontrer. Revenez bien vite, d'accord ?

— Je n'y manquerai pas, avait répondu Marcia, séduite.

Claudia avait pris alors sa sœur dans ses bras pour lui chuchoter :

— Je suis si heureuse que tu sois venue ! Tu m'appelleras, hein ?

Puis, se reculant d'un pas, elle avait ajouté :

— Appelle-moi. Nous irons déjeuner ensemble, faire des courses, un tour en ville.

Rowena avait promis.

— Je t'appellerai. Et merci pour le dîner. Tout était fabuleux.

— N'oublie pas de m'appeler, Ro. D'accord ?

Elle lui avait envoyé un baiser et, pivotant sur ses talons aiguilles, avait repris sa tournée des tables.

— Ta sœur est vraiment adorable, et tellement jolie ! s'était exclamée Marcia tandis qu'elles regagnaient la voiture.

Assise par terre dans la chambre, au milieu des affaires de Claudia, Rowena pleurait à chaudes larmes. Ce soir-là, au restaurant, elle débordait d'amour pour sa sœur. Hélas, avec le temps, cette Claudia chaleureuse s'était faite de plus en plus rare. Où était-elle passée ? Avait-elle seulement jamais existé ? Comment avait-elle pu se muer en une femme qui prenait plaisir à filmer ses exploits sexuels ? Pour quelle raison avait-elle progressivement changé jusqu'à tuer en elle toute amabilité ?

Après avoir mis un C.D. de David Oistrak dans le lecteur, Rowena s'était installée sur le canapé du salon pour tenter d'étudier les chiffres d'Ian pour la seconde fois ce soir. La sonnerie du téléphone vint interrompre le concerto pour violon de Tchaïkovski.

Priant le ciel que ce ne fût pas Penny, elle décrocha. C'était Kip qui appelait d'une cabine. Il était tout aussi furieux que sa mère, mais beaucoup plus rationnel.

— Je me fiche éperdument de ce qu'elle dit, tante Ro. Je prends ce job, j'en ai besoin.

— Je sais, Kip. Et je ne demande pas mieux que de t'employer. Mais ta mère ne veut pas que tu travailles pour moi, et cela, je n'y peux rien, répondit Rowena, le cœur serré.

— Je prends ce job ! insista Kip.

— Calme-toi, mon chéri. Regardons les choses en face. Si tu t'opposes à la volonté de ta mère, ce sera la guerre, j'en ai peur. Tu tiens vraiment à partir en guerre contre ta mère ?

— S'il le faut, oui. Je ne vais pas passer tout l'été assis à ne rien faire quand je pourrais travailler et mettre de l'argent de côté pour l'année scolaire. Franchement, tante Rowena !

J'aurai dix-sept ans en septembre, je ne suis plus un bébé. C'est insultant à la fin de se voir traiter comme un écervelé incapable de penser par lui-même. Je veux ce job !

Il s'interrompit, hésita et reprit :

— Evidemment, si tu as changé d'avis, je suis fait comme un rat.

— Par curiosité, Kip, tu peux me dire comment tu comptes t'en tirer ?

— Facile ! Je fais semblant de chercher du travail pendant une semaine ou deux, puis je lui raconte que j'ai trouvé un truc au Caldor ou au Grand Union. J'ai mon compte en banque, et maman ne verra pas mes chèques. Je les mettrai en dépôt au guichet automatique le jour même, elle n'y verra que du feu. S'il te plaît, tante Ro, donne-moi ce job !

— J'aimerais bien te le donner, mais si ta mère découvrait le pot aux roses, hein ? Elle t'accuserait de perfidie et me reprocherait de t'avoir employé derrière son dos pour des raisons inavouables.

Il y eut une nouvelle pause, puis :

— Inavouables ? Tu veux dire sexuelles ?

Rowena éclata de rire.

— Non, Kip. Je veux dire abjectes, pas bien jolies.

— Inavouables, hein ? C'est super, ce mot. Ecoute, tante Ro, je m'en arrangerai, ne t'inquiète pas. Je voudrais bien savoir quelle mouche l'a piquée. Quand je lui demande ce qui se passe, elle répond que ce ne sont pas mes affaires, que je ne comprendrais pas. Comme si j'étais un complet demeuré. Vous ne vous êtes pas disputées au moins ?

— J'ignore ce qui la ronge, Kip. Elle refuse de m'en parler.

— Oncle Mark est sur sa liste noire, lui aussi. Elle peste contre lui depuis deux jours.

— Incroyable ! Mais qu'est-ce qu'il est censé lui avoir fait ?

— Mystère. De toute façon, on ne peut pas lui parler. Je crois qu'elle déraille sévère cette fois. Bon. Tu me prends quand même pour ce job ?

Une boule d'angoisse dans la gorge, Rowena réfléchit pendant quelques instants.

— Cela risque de nous valoir les pires ennuis à tous les deux, mais c'est d'accord, chéri, je te prends.

— Super ! Je te remercie. Je savais bien que tu serais juste avec moi. Et surtout, ne t'inquiète pas, je me débrouillerai. Tout se passera bien, tu verras.

— Je l'espère pour toi.

Lorsqu'elle eut raccroché, elle alluma une cigarette en songeant que cette affaire ne manquerait pas de lui causer des déboires.

Comme après la mort de Claudia, Rowena dormit mal cette nuit-là. A la lisière du sommeil, empêtrée dans sa conscience qui faisait le commentaire, elle affrontait Penny pour tenter de venir à bout de leur différend. La scène se répétait inlassablement. Et Penny demeurait intraitable, implacable. Les arguments tournaient en rond, se mordaient la queue, l'emprisonnaient dans un cercle vicieux dont elle ne parvenait pas à sortir. Finalement, elle se dit qu'elle pouvait y passer la nuit ou se réveiller pour de bon. Au prix d'un effort de volonté, elle s'obligea à refaire surface.

Dans l'obscurité, elle descendit l'escalier à pas lents, avant d'être arrêtée par une fulgurante image mentale : un des partenaires filmés de Claudia tenait un oreiller sur le visage de sa sœur jusqu'à ce qu'elle étouffe, cesse de respirer. La main protégée par un mouchoir, il vidait le tube de somnifères dans sa poche et le posait sur la table de nuit. Ensuite, prenant la première bouteille de Chivas venue, il en emplissait un verre avant de reverser précautionneusement l'alcool dans la bouteille. Enfin, il plaçait la bouteille, puis le verre, dans la main sans vie de Claudia et, pour parachever son œuvre, portait le verre à ses lèvres peintes de rose nacré avant de le déposer sur la table.

Le scénario était parfaitement plausible. Bien sûr, une autopsie aurait révélé l'absence éventuelle de somnifère et d'alcool dans le sang de Claudia. D'où l'insistance de Rowena pour garder le corps de sa sœur intact. Des années après l'enterrement, il pouvait être exhumé et examiné.

Bâillant à en pleurer, elle alla dans la cuisine, se versa un verre d'eau fraîche et s'assit à la table en songeant qu'elle sombrait dans le grotesque. Peut-être pas, finalement. Et même si elle ne découvrait jamais ce qui avait causé la mort prématurée de Claudia, il lui faudrait se résoudre à accepter les faits.

Le lendemain matin, pour se changer les idées, elle prit la direction du centre de Stamford. Au rayon cosmétiques du magasin Macy, une jeune esthéticienne enthousiaste lui donna une leçon de maquillage impromptue. Et quand le miroir lui renvoya le reflet de son visage métamorphosé, Rowena eut un moment de surprise. A en juger par cette nouvelle image, elle n'était peut-être pas aussi laide qu'elle le croyait.

— Vous êtes très jolie, déclara judicieusement la jeune femme. Et il ne faut pas grand-chose pour vous mettre en valeur. Un peu d'ombre à paupières, du mascara, du blush, un soupçon de rouge à lèvres, et vous voilà une autre personne.

Une autre, se répéta mentalement Rowena en sortant sa carte de crédit. L'idée n'était pas mauvaise, au fond. Elle se sentait plus sûre d'elle en sortant du magasin munie du petit sachet de cosmétiques, et elle comprit du même coup pourquoi Claudia adolescente prenait tant de plaisir à s'essayer au maquillage. Les fards étaient comme un déguisement subtil, un masque presque intangible, qui permettait de se cacher même en public.

Le samedi soir, tandis qu'elle rentrait de New Canaan au volant de la confortable Mercedes, elle ne pensait déjà presque plus à Penny et établissait une liste de tâches à accomplir. Il lui fallait prendre rendez-vous pour faire évaluer les tableaux qu'elle avait stockés à la cave avant les travaux. Il lui fallait aussi remettre de l'ordre dans le jardin à l'abandon où son père trouvait autrefois la paix et le réconfort. Elle ne connaissait rien au jardinage, mais elle s'y attellerait.

Tôt le mardi matin, elle se mit à l'œuvre. Elle tailla les bordures des anciens parterres pour leur redonner forme, puis elle passa des heures à en ôter les mauvaises herbes. Tandis qu'elle arrachait pissenlits et autres indésirables, assise sur les talons, elle revoyait son père en pantalon de coton et manches de chemise déposant tendrement les jeunes plants dans la terre, tassant amoureusement le sol sur leurs fragiles racines. Elle se revit, elle, accroupie près de lui par une belle journée d'automne, l'écoutant attentivement pendant qu'il expliquait que les oignons plantés aujourd'hui dormiraient tout l'hiver avant de percer le sol de leurs feuilles au début du printemps. Année après année, jonquilles et narcisses refleurissaient indéfectiblement au milieu des mauvaises herbes et, tout en arrachant ces fleurs vivaces, Rowena songea qu'elle rendait ainsi hommage à un homme qui avait laissé derrière lui une impression de douceur et de tendresse aussi impérissable que ces fleurs qui refusaient de mourir.

Elle avait pris un immense plaisir à ces moments passés avec son père. Mark avait raison, son père leur avait donné de l'affection. Ces conversations à mi-voix dans le jardin de leur enfance les avaient réchauffés, Cary et elle. Hélas, Claudia était alors trop jeune pour bénéficier de son influence. Elle avait tout juste quatre ans quand il était parti.

Sept ans sous le signe des tendres attentions de George

Graham avaient été profitables à Rowena. Elle avait appris de lui que toute chose s'épanouissait dès lors qu'on en prenait soin. Et les patientes explications paternelles d'autrefois guidaient ses mains tandis qu'elle arrachait, plantait, taillait les buissons, en dégageait le pied à la bêche et regardait les vers de terre s'enfoncer dans le sol, les scarabées s'enfuir. A mesure qu'elle avançait dans son travail, l'image de son père se faisait plus claire. Peut-être était-il encore en vie ? Elle l'espérait. Peut-être avait-il fondé une nouvelle famille, eu d'autres enfants, des enfants auxquels il avait enseigné la sagesse toute simple des jardins. Et, s'il vivait encore, peut-être parviendrait-elle à le retrouver.

10

Rowena, qui détestait pour sa part dîner en plein air, s'étonnait du nombre de clients demandant à s'installer à la terrasse. Ils étaient même prêts à attendre au bar qu'une table se libère ! Au bout de quinze jours, il leur fallut instaurer un système de réservation pour les tables en terrasse. Les recettes augmentaient. L'idée d'Ian était un coup de génie.

Et puis il y avait Kip, que tout le monde adorait. Il travaillait sans relâche, remplissant les corbeilles de pain, débarrassant les plats et les assiettes vides, proposant un supplément de café, allant chercher de la crème, du sucre, une cuillère, accédant aux moindres désirs des clients. Serviable sans être obséquieux, il était toujours prêt à donner un coup de main et avait l'œil à tout. Dès que le niveau baissait dans la cafetière, il préparait du café frais ; si les serveurs étaient occupés et qu'une table attendait qu'on encaisse, il se chargeait lui-même de faire passer la note et le paiement à Terry. Il avait même apporté une bouteille d'engrais liquide pour les plantes en pot de la terrasse sans qu'on lui eût rien demandé.

— C'est un amour, je le mangerais tout cru ! avait déclaré Mae.

Très satisfaite de Kip, Rowena se sentait pourtant un peu coupable de l'avoir employé contre la volonté de sa mère. D'instinct, elle savait que Penny ne manquerait pas de l'apprendre et de leur causer des ennuis.

Kip travaillait au Rendez-Vous depuis trois semaines quand, un lundi soir, elle confia ses inquiétudes à Mark qui l'avait invitée pour un repas de pâtes. Ce dernier, l'ayant écoutée, agita la tête d'un air triste.

— C'est vraiment moche, Ro. Tu rends service à un brave gosse qui le mérite bien, et te voilà à te ronger les sangs par crainte des représailles. Représailles qui risquent fort de te tomber dessus, hélas. Tu sais, moi aussi je suis sur la liste noire de Penny. Ce qui me serait égal si elle ne recrutait pas activement des alliés contre nous deux.

— Ne me dis pas qu'elle fait part de ses griefs à Magnusson ! s'exclama Rowena, horrifiée.

Elle avait pour principe de ne jamais mêler ses collègues de travail à ses problèmes personnels et avait toujours cru qu'il en allait de même pour Penny.

— Le pire, c'est que sa campagne de dénigrement se retourne contre elle. Les gens le prennent mal. Si bien que Penny déjeune souvent seule ces temps-ci. J'aurais pitié d'elle si elle ne se conduisait pas comme une vraie teigne.

Rowena soupira.

— Si seulement je savais ce qui la ronge !

— Si seulement tu me croyais, oui ! Pour la centième fois, je te répète qu'elle est jalouse. J'ai deux grandes sœurs, je connais les signes.

— Oh, je te crois, mais je ne comprends toujours pas. C'est totalement absurde.

— Va donc en convaincre les Israéliens et les Palestiniens.

— Eux, c'est différent puisque c'est religieux.

— On prétend que la plupart des conflits mondiaux sont d'origine religieuse, mais personnellement, je ne vois que des gens jaloux qui luttent pour dominer les autres.

— Je ne sais pas si je suis d'accord, mais l'idée est intéressante. En tout cas, mon chaton, ta sauce est délicieuse, commenta-t-elle en essuyant son assiette avec un morceau de pain.

— Merci. D'après moi, une majorité de gens partent du principe souvent erroné que ce qu'ils possèdent vaut mieux que ce qu'a le voisin — qu'il s'agisse de race, de religion ou d'autre chose. Ajoute à cela que le voisin ne mérite pas ce qu'il a, donc je le prends, tu vois où je veux en venir ? Et jette un œil au dictionnaire des synonymes, chou. Méfiance, rivalité, ressentiment… La description exacte du comportement de Penny. Imagine qu'elle est serbe, et toi musulmane.

— Tu es horrible, Mark !

— Peut-être, mais je vois juste. J'ai eu de longues conversations téléphoniques avec Kip depuis qu'il travaille au restaurant. Il vit un méchant conflit. Il est convaincu que sa mère a tort, mais elle reste sa mère et le gosse est loyal. Il voudrait que tout le monde s'embrasse et se rabiboche, que tout redevienne comme avant. J'ai tenté de lui expliquer que cela avait peu de chances de se produire — sans incriminer Penny, bien sûr. Mais il est comme toi. Il ne comprend pas.

— Il ne m'en a rien dit, remarqua Rowena, attristée.

— Ro, tu t'es vraiment mouillée pour lui, il le sait, et il ne veut pas te charger de ses soucis domestiques.

— Mais il sait bien qu'il peut se confier à moi !

— Cette fois, c'est différent. Il a un problème d'adulte et il tient à le résoudre en adulte plutôt que de courir pleurer dans le gilet de tante Ro.

— Tu as peut-être raison.

— J'ai raison. Bon, pour changer de sujet, j'aimerais amener un ami à dîner vendredi soir. Tu affiches complet ou tu peux me réserver une table ?

— Je vous prends. Quel genre d'ami ?

— Quelqu'un que j'ai rencontré dans le groupe de soutien. Il y a peut-être une chance de ce côté-là, et peut-être pas. C'est un type bien en tout cas. Nous avons pris quelques cafés ensemble. La semaine dernière, il a proposé que nous sortions et je lui ai suggéré de dîner dans ton restau. Tu pourras jeter un œil et me dire ce que tu penses de lui.

Rowena sourit. Après toutes ces années passées avec Tim, Mark devait avoir le trac à l'idée d'entamer de nouvelles relations.

— Tu le présentes à ta mère, c'est cela ?

— En quelque sorte.

— Vous viendriez vers quelle heure ?

— 20 heures ?

— Pas de problème. La réservation est acquise. Tu ne veux pas me parler de lui ?

— Non. Je tiens à ce que tu juges par toi-même.

— D'accord. Et tes sentiments sur la question ?

Mark grimaça.

— J'ai un trac d'enfer. Et je me sens un peu coupable. Mais en gros, ça va. Il est grand temps que je me rebranche sur l'extérieur. Oh, à propos, et le psy ? Il t'a recontactée ?

— Il m'a laissé un message la semaine dernière, mais je n'ai pas rappelé.

— Pourquoi ?

— La vérité ?

— Oui. Je veux savoir ce qui t'arrive, Ro. Dessert ?

— Plus tard, Mark. Mais je prendrais bien un café.

— Tes désirs sont des ordres, chou.

Elle se leva pour l'aider à débarrasser la table.

— Non, non, non. Va t'installer sur le canapé, je m'en occupe. Tu peux nous remettre un C.D., si tu veux.

Rowena sélectionna un disque de Frank Sinatra, puis elle se lova sur le sofa et observa Mark qui, avec une belle efficacité, avait en un clin d'œil chargé le lave-vaisselle et mis la bouilloire à chauffer.

— Tu étais sur le point de m'expliquer pourquoi tu n'avais pas rappelé le psy, la relança-t-il en sortant deux chopes du placard.

— Tu te souviens que, d'après Claudia, ces deux-là formaient le couple du siècle, non ?

— Et, réels ou fictifs, tu ne veux pas des restes de ta sœur, c'est cela ?

— Exactement. Et si ce type n'a pas une idée derrière la tête, c'est qu'il cherche à me ménager par compassion. Je n'ai vraiment pas besoin de ses simagrées.

— Tu crois qu'il te prend pour une pauvresse ?

— Quelque chose de ce genre, oui.

— Mais pourquoi, Ro ?

Elle haussa les épaules.

— Tu es trop petite, laide, et il ne peut pas s'intéresser sincèrement à toi, hein ?

Nouveau haussement d'épaules.

— Tu me désoles, chou. Tu vas revenir sur terre un jour ? Qu'est-ce qui te prouve que ce psy n'a pas décidé au premier coup d'œil que tu étais à son goût ?

Rowena éclata de rire.

— Ça, mon chaton, j'en doute !

— Ro, je déteste ton numéro de dénigrement ! Je ne plaisante pas. Tu es beaucoup plus belle que ne l'était Claudia dans ses rêves les plus fous. Et tu as sur elle le mérite du naturel. Si tu vivais à Manhattan et pas dans une banlieue bourgeoise infestée de familles idéales, tu aurais tous les hommes à tes pieds. Mais bon, je renonce. Je vois bien que tu vas me sauter à la gorge.

— S'il rappelle, je déjeune avec lui, d'accord ?

— Eh, tu n'as rien à me prouver, Ro ! Pourquoi ne pas rencontrer ce type pour voir ce qu'il a derrière la tête ?

— De toute façon, il ne rappellera pas.

Mark soupira et leur versa le café.

— Chou, ton attitude me sidère.

Richard, l'ami de Mark, avait un peu plus de quarante ans. Grand, solidement bâti, il portait un élégant costume gris ardoise, une cravate de soie assortie sur une chemise blanche à fines rayures bordeaux. Il avait le nez un peu long et ses yeux bruns avaient une expression mélancolique derrière ses lunettes finement cerclées d'or. Il plut immédiatement à Rowena qui aimait son regard franc et son sourire timide.

— Je suis ravie de vous connaître, Richard, déclara-t-elle avant de les conduire à leur table près de la fenêtre.

— Moi de même. Mark parle beaucoup de vous.

— N'exagère pas, protesta Mark. Elle va prendre la grosse tête.

Rose de plaisir, il semblait cependant plus heureux qu'elle ne l'avait vu depuis des mois. Et sa joie redoubla quand Kip vint à eux.

— Hé ! Salut, oncle Mark ! Je ne savais pas que tu venais... C'est supercool !

Mark lui présenta Richard, et ils échangèrent une poignée de main.

— Bon, il faut que je desserve une table, mais je repasserai, d'accord ? Heureux de vous rencontrer, Richard.

Kip disparut ; Rowena leur tendit des menus, la liste des vins, et jeta un coup d'œil vers l'entrée où un couple attendait.

— Choisissez ce qui vous fait plaisir, tout est bon, et surtout, prenez votre temps. Je reviendrai vous voir dès que j'aurai une minute.

Elle les observait à intervalles réguliers et, lorsqu'elle

les vit tous deux éclater de rire, elle ne put s'empêcher de sourire. A l'évidence, Richard ne manquait pas d'humour, une qualité que Mark appréciait chez ses amis. La situation devait être délicate pour eux, handicapés qu'ils semblaient encore par le souvenir d'un amour perdu, mais Rowena espérait bien qu'ils surmonteraient cette difficulté. Mark n'était pas fait pour vivre seul. Et Richard non plus, selon toute vraisemblance.

Lorsque Doug leur porta une bouteille offerte par la maison, les deux hommes se tournèrent vers Rowena et levèrent leur verre dans sa direction. Elle leur sourit, puis son regard fut attiré par la porte d'entrée : Tony Reid venait de franchir le seuil, accompagné d'un homme plus âgé.

Elle demeura quelques instants tétanisée par le choc. Que venait-il faire ? Et pourquoi avait-il choisi de venir un soir où Mark se trouvait là ? Une douleur sourde lui nouait le ventre et elle transpirait à grosses gouttes, mais elle s'efforça de sourire.

Reid s'avançait déjà vers elle, la main tendue. Il souriait sans peine, lui.

— Mademoiselle Graham, comment allez-vous ? Permettez-moi de vous présenter Colin Innes, un collègue venu de Londres. Nous n'avons pas réservé, mais j'espère que vous nous trouverez une petite place.

— Appelez-moi Rowena.

Prise au dépourvu, elle leur serra la main. Elle n'avait pas de table, mais elle parcourut la salle du regard, mettant ce temps à profit pour tenter de reprendre pied.

— Nous sommes au complet, mais si cela ne vous gêne pas de vous installer au bar, je vous y servirai.

— Cela me convient parfaitement, déclara Innes en souriant à son tour.

Il avait un accent anglais des plus chic.

— Vous êtes très aimable, Rowena, remercia courtoisement Reid.

— C'est tout naturel.

Elle les escorta au bar puis, ayant demandé à Ian de veiller sur la salle pendant quelques minutes, elle descendit aux toilettes. Là, elle se passa les poignets sous l'eau froide, se rafraîchit la gorge et la nuque. Enfin, elle examina son reflet dans le miroir et ne reconnut pas immédiatement la femme aux cheveux courts et aux yeux agrandis par le maquillage qui lui faisait face. Elle admira cette femme pendant quelques secondes, puis tout se remit en place, et elle ne vit plus que le hideux visage habituel qui la guettait dans toutes les glaces.

Pourquoi Reid était-il venu ? Que cherchait-il ? Oh, et quelle importance ! Elle n'avait rien qui pût l'intéresser, et donc aucune raison de le craindre. Reid venait seulement dîner. Après cela, elle n'entendrait plus parler de lui.

Lorsqu'elle remonta, elle s'arrêta pour prévenir Mark à mi-voix de l'arrivée inopinée du psychiatre.

— Passionnant, il faut que je le voie ! Où se cache-t-il, ce psy ?

— Au bar. L'homme aux cheveux très noirs.

Mark se pencha légèrement de côté, jeta un bref coup d'œil au bar et se recala sur son siège en haussant les sourcils.

— Eh bien, je comprends mieux pourquoi Claudia fantasmait comme une bête à son propos. Il est à tomber raide, ce monsieur. Et regarde-toi, mon lapin en sucre, tu en es toute retournée ! Je veux un rapport détaillé dès demain.

— Mark, tu es infernal ! Je ne suis pas toute retournée, seulement prise de panique !

— C'est vrai. J'oubliais qu'il ne t'intéresse pas.

— Mark, je t'en prie ! protesta Rowena.

Les joues lui brûlaient et la douleur qui lui tenaillait le ventre s'intensifiait.

— Vous avez raison, ne vous laissez pas faire, intervint Richard. Mais reconnaissez tout de même, Rowena, que ce monsieur est très bel homme.

— Continuez ainsi, et je vous assassine tous les deux. Dessert à l'arsenic, c'est promis !

— Richard, j'ai peur… Elle va nous faire du mal, au secours !

Devant cette comédie, Rowena haussa les épaules en riant et quitta leur table.

Reid se montra extrêmement cordial à son égard. Il s'interrompit pour lui sourire lorsqu'elle vint prendre leur commande et l'écouta attentivement tandis qu'elle leur décrivait les spécialités au menu.

— Tout me paraît délicieux, remarqua-t-il. Que me conseillez-vous ?

— La daurade est excellente. Pour ma part, j'aime par-dessus tout l'assiette de cheveux d'ange avec du poulet fumé, des tomates séchées, des olives noires et des cœurs d'artichaut arrosés d'une sauce au vin blanc.

— Je prends votre plat préféré.

Clouée sur place par son regard, troublée par le soupçon de sous-entendu qui perçait dans sa voix grave et chaude, elle sentit le sang lui monter aux joues et garda prudemment les yeux fixés sur son carnet de commande.

— Eh bien, puisque votre plat préféré est déjà pris, déclara Innes, j'essaierai la daurade.

— Vous ne serez pas déçu.

Elle transmit leur commande en cuisine, s'arrêtant au passage pour demander à Ian de leur faire porter un verre de vin offert par la maison.

De retour dans la salle, elle circula parmi les dîneurs, désastreusement consciente de la présence de Reid. Il était beaucoup trop encombrant pour qu'on pût l'ignorer. Elle avait chaud et transpirait malgré l'air conditionné. Claudia ne se serait pas laissé intimider, mais Rowena, elle, n'avait jamais été poursuivie par un homme. Et si, effectivement, il la poursuivait, elle trouvait cela bien déplaisant, débilitant même. Elle serait volontiers allée se cacher n'importe où pour pleurer.

Vers 22 heures, les derniers dîneurs s'attardaient en sirotant café et liqueurs. Rowena en profita pour aller rejoindre Mark et Richard.

— Alors, le repas vous a plu ? s'enquit-elle.

— Tout était excellent, dit Richard. J'ai une petite question à vous poser. Il est vraiment psychiatre, ce monsieur ? Il n'a pas le physique de l'emploi.

— Il est psychiatre. Il m'a reçue dans son bureau.

— Où, bien sûr, on ne doit pas se sentir à l'étroit, ironisa Richard.

Rowena le dévisagea pendant une fraction de seconde, puis elle fut prise d'un fou rire incontrôlable.

— Oh non, il ne t'intéresse pas, hein, chou ? Vilaine petite menteuse, persifla Mark à voix basse. Et je peux te dire qu'il ne t'a pas quittée des yeux de toute la soirée. Lapin en sucre, je crois que la compassion n'entre pas en ligne de compte.

— Mark, arrête, s'il te plaît !

— Arrête toi-même. Pourquoi ne pas en profiter ?

— Parce que je ne le peux pas, c'est clair ?

— La musique s'est bien améliorée ici. Tu diras au barman que j'approuve ses choix.

— Je n'y manquerai pas.

— Alors, et mon rapport détaillé ?

— Mark !

— Tu me déçois. Moi qui espérais de l'action !

— Laisse-la tranquille, Mark. Rowena ne trouve pas cela drôle.

— Merci de prendre ma défense, Richard.

— De rien. Et Mark peut toujours parler. Je suis certain que si le beau psychiatre vous enlevait, il en ferait une attaque.

— Il y a des chances, oui, confirma ce dernier. Rowena et moi sommes liés depuis mon arrivée à Magnusson : ce jour-là, une femme est venue, avec un tas de livres qu'elle avait depuis plus d'un an. Elle s'est mise à hurler quand je lui ai annoncé le montant de ses amendes. Ro et moi nous sommes regardés, et nous avons filé déjeuner ensemble.

— Grand Dieu ! s'exclama Rowena. Je me souvenais du déjeuner, mais j'avais oublié le pourquoi. C'était d'un pénible, cette histoire !

— Qu'est-il advenu de cette femme ? s'enquit Richard.

— Je crois qu'ils l'ont laissée partir pour la moitié de la somme due, répondit Rowena.

Mark consulta sa montre.

— Nous devrions rentrer. Richard travaille demain.

— Ah ? Que faites-vous, Richard ?

— Rien de très passionnant. J'ai un magasin de prêt-à-porter masculin à Southport.

Tous trois s'étaient levés et se dirigeaient vers la porte.

— Un magasin très chic, commenta Mark. Je passais juste dire bonjour et je lui ai laissé une fortune. Alors, maintenant, on se dit bonjour par téléphone.

Il sourit à Richard, puis se tourna de nouveau vers Rowena.

— Trêve de plaisanteries, Ro, le dîner était exquis.

— Et merci pour le vin. Une charmante attention, renchérit Richard.

— C'est la moindre des choses. J'espère vous revoir bientôt.

Elle offrit sa main à Richard, puis elle serra Mark dans ses bras.

— Toi, je te vois demain.

— T'as intérêt, oui. Je veux le compte rendu détaillé.

— Va te coucher ! lança-t-elle en riant avant de leur ouvrir la porte.

Elle serait volontiers partie avec eux. La douleur qui lui nouait le ventre s'était brusquement ravivée. Mark se pencha à son oreille et lui chuchota tout bas :

— Courage, chou. Tâche d'y prendre plaisir !

— Je crois que je n'en suis pas capable, souffla-t-elle en retour.

— Mais si ! Surtout, ne te braque pas.

Elle demeura immobile dans l'encadrement de la porte pendant plus d'une minute à les regarder s'éloigner puis, rassemblant ses forces, elle inspira profondément, referma le battant et se dirigea vers le bar pour inviter Reid et son compagnon à s'installer à une table où ils seraient plus à leur aise.

— Restez donc prendre un verre avec nous, proposa Innes. J'aimerais pouvoir vous donner mes impressions sur votre restaurant.

— C'est très gentil à vous mais…

— Restez, Rowena, s'il vous plaît, insista Reid, la perçant de son regard bleu.

Incapable de trouver une excuse pour s'échapper, elle céda.

— D'accord. Je vous rejoins dans cinq minutes.

Elle envoya Kip prendre leur commande de dessert et se rendit à la terrasse, puis en cuisine. Tout se passait bien. Personne n'avait besoin d'elle. Dommage. Elle n'avait d'autre choix que de s'asseoir à table avec Reid et tenter de s'intégrer à la conversation. Ayant grand besoin d'un remontant, elle s'arrêta au bar et demanda un Cointreau avec des glaçons puis, munie de son verre de courage liquide, elle alla rejoindre les deux hommes.

De concert, ils se levèrent à son arrivée, une marque de courtoisie désuète que Rowena trouva charmante. Innes, qui avait bien la soixantaine et cet air de léger laisser-aller qu'arborent les célibataires endurcis, se lança aussitôt dans un flot de compliments sur tout ce qu'il avait dégusté.

Douloureusement consciente de la présence de Reid, elle sirotait son Cointreau à petites gorgées en écoutant. Levant les yeux, elle croisa le regard cristallin de Reid, dont le sérieux la surprit. De quoi s'inquiétait-il ? Quelques secondes encore, et ses traits se détendirent. De nouveau, il souriait.

— Colin est un fanatique de cuisine, expliqua-t-il. Les restaurants le fascinent. Il adore en tester de nouveaux, goûter des plats inhabituels.

— Je préférerais qu'on me taxe de gourmet, remarqua Innes avec une grimace. Fanatique de cuisine est un tantinet vulgaire.

Rowena décida sur-le-champ que cet homme était le portrait même de son pays. Innes était l'Angleterre : courtois mais cordial, solide et mûr. Elle rit, ce qui parut le surprendre.

— Un tantinet vulgaire me plaît bien, commenta-t-elle.

— Ah oui ?

Innes semblait plus surpris que jamais.

— Dans une vie antérieure, Rowena était bibliothécaire.

— Ah, je comprends mieux. Voilà qui explique son goût pour les mots.

Elle rit de nouveau. Elle aimait son accent, sa manière de parler, ses voyelles arrondies et ses consonnes claires. Il avait une élocution merveilleuse, une voix de radio.

— Et peut-on vous demander comment vous avez rencontré notre géant ?

Kip vint fort à propos servir les desserts et le café. Sentant que, dans la situation présente, quelques gouttes d'alcool suffiraient à l'étourdir, Rowena lui demanda un café pour elle.

— J'y cours, Ro ! déclara Kip avec enthousiasme avant de se précipiter vers le bar.

— Dois-je dire Dr Innes ? demanda-t-elle au compagnon de Reid. Vous êtes psychiatre ?

— Oui, mais je ne pratique plus. J'enseigne depuis plusieurs années.

— Une chose m'intrigue dans votre métier : analysez-vous les gens en continu ou seulement pendant les heures de travail ?

— Une question intéressante.

— Très, renchérit Reid.

Kip, de retour, glissa une tasse devant Rowena, qui le remercia.

— Je pense, expliqua Innes en attaquant son gratin de fruits rouges, que la tendance à l'analyse est donnée au départ. Ensuite, qu'on exerce ou non le métier de psychiatre, la machine à décrypter fonctionne en continu, mais à différents niveaux. L'attention est toujours présente, mais son degré varie. C'est là le critère déterminant. Pour répondre à votre question, je vous propose la métaphore de la lampe avec variateur d'intensité. Celle-ci éclaire plus ou moins, à volonté, et il en va de même de la faculté d'analyse.

— En d'autres termes, la réponse est oui, dans une certaine mesure.

— Bien vu, Rowena. Et Colin, cela t'apprendra à brouiller les cartes en jouant les Professeur Tournesol. On ne peut donc plus répondre simplement par oui ou par non ?

Pour le plus grand plaisir de Rowena, Innes éclata de rire et devint écarlate. Il paraissait soudain beaucoup plus jeune, et elle pouvait voir en lui l'enfant vif et facétieux qu'il avait été. Et puis, Tony Reid était finalement bien sympathique, et elle se demandait pourquoi elle s'était tant méfiée de lui.

— Hélas, lui confia Innes, plus je vieillis et plus je deviens pompeux, doctoral. J'ai bien peur que ce ne soit exponentiel.

— J'ai bien peur que ce ne soit de la fatuité, le corrigea Reid. Il est toujours ainsi avec les jolies femmes. Sous ses grands airs de professeur, c'est un tendre et un séducteur.

— Voyons, tu vas gâcher la bonne impression que cette jeune personne a de moi ! Il a tout gâché, n'est-ce pas ?

— Mais pas du tout ! s'exclama Rowena.

Discrètement, elle s'efforçait de détendre ses abdominaux qui s'étaient crispés lorsque Reid avait parlé d'elle comme d'une jolie femme. Il lui faudrait réviser l'image qu'elle avait de lui. La Finlande ne lui convenait pas. Le Danemark lui allait mieux. Les Danois avaient de l'humour, contrairement à leurs voisins finnois qui se complaisaient dans le sinistre — tout comme, de l'avis de Jeanne, sa grand-mère s'était complue dans la maladie. Cette association d'idées la fit rire.

— Vous semblez d'excellente humeur, remarqua Innes.

— C'est l'effet de la liqueur. J'ai une tolérance à l'alcool extrêmement variable. Parfois, je peux boire impunément plusieurs verres de vin et parfois, quelques gouttes suffisent à me rendre gaie. Nous sommes ce soir, je le crains, dans le second cas de figure.

— Excellent ! Mon ex-belle-mère était comme vous, dit Innes. Nous ne lui autorisions qu'un dé à coudre de vin doux pour Noël. Un peu plus, et elle récitait des vers coquins en faisant de drôles d'ombres chinoises sur les abat-jour.

— Vrai ? s'enquit Rowena.

— Absolument faux.

Il partit d'un nouveau fou rire, et Rowena en fit autant.

Mark avait raison. Elle était parfaitement capable de se détendre et de s'amuser.

— Si vous n'êtes pas déjà fiancée, reprit Innes qui riait toujours, vous accepterez peut-être ma main en mariage. C'est une main un peu vieille et fanée, j'en conviens, mais elle vous appartient si vous le désirez.

Sans réfléchir, elle posa une main sur la sienne et déclara spontanément :

— C'est l'offre la plus charmante qu'on m'ait faite aujourd'hui. Je vous promets d'y réfléchir très sérieusement.

— N'en faites rien, vous le regretteriez, l'avertit Reid. Il a toutes sortes d'habitudes déplaisantes. Vous seriez très malheureuse. Et puis, ce n'est pas juste. Vous ne m'avez pas donné la moindre chance. Je n'ai même pas pu vous inviter à déjeuner !

— Dieu que ce garçon a le sang chaud ! J'imagine que nous allons devoir nous battre en duel à l'aube.

— Vous êtes fous comme des lapins, tous les deux ! s'exclama Rowena, joyeuse. Je suis désolée de vous abandonner, mais il faut que je reprenne ma tournée.

— Réfléchissez à ma proposition, chère âme, lui lança Innes.

— Surtout n'en faites rien ! menaça Reid en souriant.

Quelques minutes plus tard, ce dernier la rappela à leur table.

— Excusez-moi, Rowena, mais je crois qu'il y a une erreur. Le vin n'a pas été facturé.

— Ce n'est pas une erreur. La maison vous l'offre.

Elle lui tendit la main et ajouta :

— Merci d'être venu. Ce fut un plaisir de vous revoir.

Puis, se tournant vers Innes :

— Enchantée d'avoir fait votre connaissance, professeur. Revenez me voir à votre prochaine visite.

— Je n'y manquerai pas, promit-il en serrant chaleureusement sa main entre les siennes.

Elle les quitta pour faire l'ultime tournée. Dehors, la terrasse avait été balayée ; Mikey et Kip entassaient les chaises sous l'auvent tandis que Luke rapportait les chandelles à l'office. Tout se passait bien. Personne n'avait besoin d'elle.

Reid et Innes étaient près de la porte quand elle regagna la salle. Reid quitta son ami pour venir à elle.

— Venez déjeuner avec moi la semaine prochaine.

Sa gorge se serra. Elle aurait voulu dire que tout n'était qu'une plaisanterie, un jeu qui ne devait pour rien au monde devenir réel. Jamais elle ne saurait se protéger contre lui. Elle tomberait amoureuse et se ridiculiserait…

— Je travaille tous les jours à l'heure du déjeuner, déclara-t-elle d'un ton qu'elle espérait posé.

— Alors, dînons ensemble.

— Pourquoi ? demanda-t-elle, osant pour une fois fixer ses yeux translucides.

— Pourquoi pas ?

Elle n'avait pas de réponse à cela.

— Eh bien, appelez-moi, et nous verrons.

— Vous êtes toujours aussi difficile à épingler ?

— Je le crains.

Il rit, posa un bref baiser sur sa joue et conclut :

— Ce fut très amusant. Le Cointreau vous réussit. Alors, je vous appelle, et nous verrons.

Sidérée, elle le regarda s'éloigner et rejoindre Innes. Celui-ci se retourna pour lui envoyer un baiser avant de sortir du restaurant.

— Qui était ce type ? lui demanda Mae, un plateau à la main, les yeux fixés sur le dos de Reid.

— Le psy de Claudia.

— Pas vrai !

— Tout ce qu'il y a de vrai.

— Pas possible ! insista Mae. Les psy sont des affreux jojos d'une laideur achevée avec des pellicules plein les cheveux et des costumes qui datent de Cro-Magnon. En plus, ils sont tous tordus dans la tête. Mais ce type est superbe !

Rowena haussa les épaules.

— Vous ne le trouvez pas superbe ? s'étonna Mae, les yeux écarquillés.

— Il n'est pas mal, je suppose.

— Pas mal ? Vous plaisantez ! Que ce type m'embrasse sur la joue et je le suis jusque chez lui. Bon. N'en parlons plus.

Mae emporta son plateau d'assiettes sales dans la cuisine et Rowena poussa un soupir, soulagée que la soirée soit enfin terminée. Elle était plus épuisée que si elle avait couru le marathon. A la réflexion, elle se dit que si Reid l'appelait, elle dînerait avec lui. Mais il n'appellerait pas, elle en était certaine. Il avait simplement voulu se montrer gentil.

11

En rentrant chez elle cette nuit-là, elle songea qu'il existait un moyen simple de vérifier certaines affirmations de Tony Reid concernant Claudia.

Elle descendit à la cave pour examiner un tas de cartons contenant les papiers personnels de sa mère et de sa sœur. Incapable de les jeter aux ordures sans les avoir triés, elle reculait de jour en jour cette échéance qui, elle le savait, serait d'un ennui mortel.

En vérifiant le contenu des cartons les plus neufs, elle repéra vite le bon, le monta dans la cuisine et le déposa sur la table. Après une douche rapide, elle revint s'installer en pyjama devant le carton, avec une tasse de thé et le carnet d'adresses de Claudia, pour examiner ses factures de téléphone.

D'après Reid, Claudia s'était mise à l'appeler trois ou quatre mois avant sa mort, soit entre la fin de l'été et le début de l'automne de l'année précédente. Rowena rassembla les notes de téléphone, les classa par ordre chronologique et les étudia une à une.

Les appels extérieurs à la zone locale, dont ceux pour Greenwich, étaient facturés séparément, ce qui lui facilita la tâche. Entre janvier et août, il n'y avait que très peu d'appels au numéro professionnel de Reid — sans doute ceux passés par Claudia pour prendre ses rendez-vous. En août, il y avait trois appels à son bureau et deux à son numéro personnel ; en septembre, quatre à son bureau et quatre chez lui ; en octobre, neuf à son bureau, et onze chez lui. Un nombre appréciable, certes, mais pas les douzaines de coups de fil dont Reid s'était prétendu assailli.

Elle alluma une cigarette et réfléchit. Claudia avait commencé à parler de sa liaison avec Reid courant août ; elle l'avait mentionnée en passant, durant l'une de leurs rares conversations téléphoniques. Puis, contre toute attente, elle s'était mise à appeler une ou deux fois par semaine, ce qui avait laissé Rowena perplexe. Elle soupçonnait sa sœur d'avoir élevé la vantardise au niveau de l'art, mais en même temps, les monologues enthousiastes de cette dernière la divertissaient, et elle espérait confusément que ce soudain afflux de confidences marquait une amélioration de leurs rapports. Puis les appels s'étaient espacés, de sorte qu'à la mort de Claudia, plusieurs semaines s'étaient écoulées sans que Rowena décroche pour entendre la voix de sa sœur :

— Ro, Ro, Ro ! Quand vas-tu te décider à venir voir ta petite sœur ? Tu ne veux plus jamais venir jouer avec moi !

Puis elle riait de son rire cristallin et poursuivait :

— J'ai fait une orgie hier, chez Bergdorf. J'y ai laissé une fortune ! Ils avaient une petite robe ravissante qui aurait été très jolie sur toi. Superbe, couleur d'héliotrope. Bien sûr, jamais tu ne porterais cela, mais tu devrais. Tu devrais quitter tes vêtements de nonne et mettre de jolies choses. J'ai failli te l'acheter. Mais je savais bien que tu deviendrais pivoine, que tu m'obligerais à la rapporter au magasin, alors je l'ai laissée. Remarque, je l'aurais achetée si j'avais pensé un instant que tu la mettrais peut-être. Mais tu ne porterais jamais une robe pareille, n'est-ce pas ?

Une robe couleur d'héliotrope. Rowena écrasa les larmes qui roulaient sur ses joues, tira sur sa cigarette, et se remit à examiner les factures de téléphone. Son numéro de Stamford y figurait huit fois en septembre et quatorze en octobre. C'était donc vrai. A ce moment-là, elles s'étaient parlé plus souvent qu'elles ne l'avaient fait depuis des années. Ces appels de Claudia étaient-ils une manière détournée, maladroite, de crier au secours ? *Tu ne veux plus jamais venir jouer avec moi !* « Vrai aussi. Trop dangereux, Claudia. Tes jeux font toujours souffrir. »

Elle soupira, écrasa sa cigarette et but le reste de thé froid. A en juger par les factures, Reid avait exagéré le harcèlement téléphonique de Claudia. Mais peut-être que vingt coups de fil en un mois avaient suffi pour qu'il mît un terme à leurs rapports de patient à médecin. D'ailleurs, il n'y avait qu'un appel à son bureau en novembre, et plus aucun après cela.

Raisonnablement satisfaite, Rowena fourra les papiers en vrac dans le carton. Il était près de 2 heures du matin, et elle se sentait trop lasse pour s'interroger longtemps sur le nombre d'appels indésirables nécessaires pour justifier le nom de harcèlement téléphonique. Cela ressemblait trop à ces affreux problèmes de math où des trains lancés en sens inverse à des vitesses différentes se croisent en un point qu'il faut calculer. Laissant le carton devant la porte de la cave, elle monta se coucher.

Le sommeil la fuyant, elle resta les yeux clos à écouter le ronronnement de l'air conditionné, à songer aux instants de légèreté vécus sous l'effet du Cointreau, à la panique et l'excitation que Reid suscitait en elle, symptômes d'une attirance qu'elle avait la ferme intention d'ignorer. Elle n'avait guère envie de remettre en jeu pour un homme le peu de sérénité qu'elle avait acquise. Les liaisons n'allaient jamais sans une part d'angoisse et, après les trois ans de montagnes russes que lui avaient valu ses relations avec Gil Parker, elle s'était juré de ne jamais plus compromettre sa tranquillité d'esprit pour une idylle. Depuis deux ans qu'ils s'étaient séparés, elle voguait sur des eaux calmes. Puis, à la mort de Claudia, sa vie avait pris une direction nouvelle. Aujourd'hui, elle était aux prises avec les objets qui symbolisaient la vie de sa sœur, aux prises avec des souvenirs oubliés depuis des lustres, et elle désirait ardemment recouvrer sa placide existence de naguère.

Cette existence-là, elle la retrouvait au jardin, pendant les après-midi qu'elle passait à lire, à écouter de la musique. Mais la vie qu'elle menait à présent n'était plus aussi sûre, aussi protégée qu'à la bibliothèque. Les gens, les hommes avaient accès à elle. Il leur suffisait d'entrer au restaurant comme Reid l'avait fait, de se mettre bien en vue et d'exiger son attention. Il y avait les sourires, les rires, les compliments, les petits baisers sur la joue. Il lui faudrait être prudente. Et surtout, pas de relations intimes.

Il était tard dans la soirée. Pelotonnée en pyjama sur le canapé, elle regardait la télévision. Quand on sonna à la porte, elle traversa le hall pieds nus et ouvrit, s'attendant à voir Mark. Devant elle se tenait Tony Reid, en large pantalon de coton et chemise marine au col ouvert. Muette de surprise, elle s'effaça pour le laisser entrer.

Il referma la porte, apparemment troublé, et déclara :

— Vous ne pouvez pas m'éviter éternellement.

— Mais je ne vous évite pas, mentit-elle. Je ne vous connais pas.

— Bien sûr que si, vous me connaissez. Réfléchissez.

Elle regarda ses yeux clairs que le bleu sombre de sa chemise rendait plus exotiques, puis elle abaissa le regard sur ses lèvres. Il avait raison. Elle le connaissait. Et, plus extraordinaire encore, il la connaissait aussi. Alors, pourquoi cherchait-elle à l'éviter ? Elle n'en avait aucune idée. Prenant soudain conscience qu'elle était nue sous son pyjama de coton, elle croisa pudiquement les bras sur sa poitrine.

Il esquissa un triste sourire.

— Ce geste est bien inutile, Rowena. Personne ne va vous attaquer.

— Il est tard, je suis fatiguée. Que me voulez-vous, docteur Reid ?

— Ce que nous voulons tous deux, répondit-il tout naturellement.

Dieu, quelle catastrophe ! Sans l'ombre d'un effort, il avait pris le contrôle de la situation, et elle ne savait pas comment le lui reprendre.

Il se rapprocha d'elle, lui effleura les cheveux, la joue, et sa main vint se poser sur sa nuque. La bouche sèche, le ventre noué, respirant à peine, elle laissa retomber ses bras le long de son corps et attendit la suite. Elle était immobile, pétrifiée. Elle avait tant lutté contre cette attirance irrésistible qu'il éveillait en elle, et maintenant, tous ses efforts se révélaient vains.

La main de Reid pesait, lourde et tiède sur sa nuque, et elle se délectait de cette sensation, en voulait davantage. Son cœur battait plus vite, plus fort. Elle releva la tête pour regarder ses yeux, pour goûter le contraste que produisaient ses cheveux noirs contre sa peau très blanche. Un frisson de fièvre lui parcourut le dos. Elle souhaitait ardemment sentir bouger la main posée sur sa nuque. Elle le désirait de toutes ses forces. Mais il devait en prendre l'initiative.

Il sourit, se pencha vers elle et posa un léger baiser sur sa joue. La main hardie se glissa sous son haut de pyjama et vint recouvrir son sein. Alors, elle perdit toute retenue, lui entoura le cou de ses bras et pressa ses lèvres contre sa joue, inspirant son odeur.

— Vous êtes si douce ! murmura-t-il.

Elle souriait aussi à présent, mais restait incapable de proférer un son. De ses doigts, elle caressait sa nuque lisse, à la base des cheveux noirs. Soudain, elle comprenait que Mark avait vu juste dès leur première rencontre, qu'elle se cachait depuis longtemps derrière des vêtements informes, rempart protecteur contre son propre instinct et ses appétits, lesquels n'avaient fait que croître au fil des années.

De sa main libre, il lui releva le menton, et elle sentit ses doigts se refermer sur sa gorge, la maintenant captive. Elle prit peur. La fièvre du désir tomba d'un coup. Elle avait froid et ses extrémités étaient comme engourdies.

— Lâchez-moi, dit-elle dans un souffle.

Cet homme avait-il tué Claudia ? Serait-il capable de la tuer aussi, de la tuer maintenant ? Il lui suffisait de resserrer l'étreinte de sa main gigantesque sur sa gorge, et elle étoufferait. Point besoin d'être très fort pour étouffer la vie dans le corps d'un petit bout de femme laide.

— Claudia était peut-être belle, expliqua-t-elle à voix basse, mais moi, j'avais un cœur.

— Pauvre Rowena, vous comprenez tout de travers, dit-il.

Et il sourit, de ce même sourire triste, avant de la relâcher.

La chaleur revint dans son corps, court-circuitant ses facultés mentales et libérant tous ses instincts. Sans cesser de fixer ses yeux d'un bleu glacier, elle ôta son pyjama puis s'enroula telle une liane autour de lui cependant qu'il la soulevait de terre.

Refoulant les images vidéo de sa sœur, elle s'abandonna, et ils firent l'amour sur le canapé. Elle prit place au-dessus de lui et, retenant son souffle, s'empala sur son sexe en une lente descente. Puis elle resta là, immobile, le cœur battant à se rompre, jusqu'à ce que son corps se détende et accepte. La télévision projetait sur eux des éclairs multicolores.

Dans la frénésie de son désir, elle ne se tenait plus, perdait le rythme, et il la maintenait aux hanches. Prise de vertige, elle chavirait et dut même fermer les yeux, espérant qu'il l'empêcherait de tomber.

C'était là la rencontre sexuelle qu'elle attendait depuis qu'elle était adulte. Jamais de toute sa vie elle n'avait connu excitation plus merveilleuse, plus exaltante, plus terrifiante aussi et, dans un dernier éclair de lucidité, elle se demanda s'il était possible de se perdre à ce point sans en mourir. Peu importait d'ailleurs qu'elle en mourût. Ses expériences précédentes n'avaient été que vaguement stimulantes, de pâles ombres d'un possible jamais atteint. Mais aujourd'hui, elle découvrait l'étendue gigantesque de ses appétits.

La chevauchée hallucinante s'acheva dans un spasme si violent qu'il la ramena brièvement au seuil du sommeil. Rouvrant les yeux, elle s'aperçut avec horreur qu'elle était étendue sur le dos, la main entre ses cuisses largement ouvertes, le corps tremblant encore des effets de l'orgasme. Elle ôta sa main, resserra les genoux et roula sur le côté avant de replonger, épuisée, dans le sommeil.

Le lendemain matin, sous la douche, tout lui revint. Adossée contre le mur, elle laissa l'eau ruisseler sur son corps et pleura, furieuse et humiliée de s'être si totalement révélée dans ce rêve sans provocation apparente. Quelle pauvre créature elle faisait, elle qui prétendait ne plus vouloir des hommes et se livrait à des orgies érotiques dans son sommeil !

Après un temps, le bon sens prévalut. Elle se redressa et empoigna le flacon de shampooing. Au fond, il ne s'était rien passé de si terrible. Et ce n'était pas la première fois qu'elle se masturbait. Combien de fois Gil n'avait-il pas quitté son lit pour rentrer chez lui, laissant le travail inachevé, la laissant finir pour elle-même ce qu'il avait commencé ? Elle seule savait ce qu'elle faisait dans l'intimité de sa chambre, dans le sanctuaire de ses rêves.

— Alors, que penses-tu de Richard, sincèrement ? Et qu'est-ce que c'est que ce carton ? demanda Mark en montrant du doigt la porte de la cave.

— Des factures de Claudia que j'ai examinées hier soir. Et toi alors, que penses-tu de Richard ? esquiva-t-elle en sortant les toasts du grille-pain.

Il but une gorgée de café avant de reprendre :

— Qu'est-ce que tu cherchais dans les factures de Claudia au milieu de la nuit ?

— Il n'y a que les enfants de cinq ans qui harcèlent ainsi leurs parents ! Je cherchais quelque chose, d'accord ? Et pas au milieu de la nuit.

— Oh, mais c'est qu'on semble de mauvaise humeur ! Tu as mal dormi ou tu t'es levée du pied gauche ?

— Au cas où tu aurais oublié, tu es censé me dire ce que tu penses de Richard.

— Je pense que c'est vraiment un type bien. Timide, mais honnête. C'est ce qui m'a d'abord frappé chez lui quand il a rejoint notre groupe de soutien. Il faisait de tels efforts pour se montrer ouvert, pour exprimer ses sentiments, et cela devait lui être pénible, mais il était conscient d'avoir besoin d'aide. Je l'ai trouvé admirable, d'autant que c'est un homme très secret.

— Je t'en prie, Mark. Je te dispense des lieux communs. Nous sommes tous très secrets ! Disons tout simplement qu'il est timide, d'accord.

— Hmm. On est de très méchante humeur, ce matin. Qu'est-ce qui s'est passé hier soir ?

— Excuse-moi. Je suis fatiguée. Si tu veux savoir,

Richard m'a plu. Il est sans prétention, il a de l'humour, et il s'habille avec élégance.

— Exact. Il me plaît aussi. Mais je ne sais pas jusqu'à quel point. Mes sentiments m'échappent. Je ne m'y retrouve pas. Tim et moi avons vécu treize ans en couple. C'est une éternité. Je connais beaucoup d'hommes qui donneraient la lune pour avoir la moitié de ce que nous partagions avec Tim pendant deux ou trois ans seulement. Là-bas dehors, le monde est grand, et je ne suis pas très sûr de savoir comment il marche.

— Tu m'as paru te débrouiller très correctement. Et lui aussi. Je crois que vous êtes bien assortis.

— Vraiment ?

— Vraiment.

— Tu ne dis pas cela pour me faire plaisir ?

— Mark ! C'est un homme très agréable. Et puis, vous aviez l'air de bien vous amuser, tous les deux. Tu as passé une bonne soirée ?

— En clair, oui.

— Mais le passé s'interpose, c'est cela ?

— Oui, et pas qu'un peu.

— Tu ne penses pas qu'il en va de même pour Richard ?

— C'est probable. Je n'y avais pas réfléchi.

— Il faut prendre le temps. Rien ne presse, que je sache ?

— Non, rien ne presse.

Il la considéra longuement puis ajouta :

— Tu sais que tu es fine mouche, lapin ?

— Par moments, oui.

— Alors, et ton psy ?

Elle revit son rêve de la nuit et but un peu de café pour humecter sa gorge nouée.

— Que s'est-il donc passé, hein ? Tes joues sont bien roses tout à coup.

Elle agita la tête en riant.

— Il ne s'est rien passé du tout. Ce type me rend nerveuse, c'est tout.

— Sans doute parce que tu le trouves attirant.

Les larmes lui montèrent brusquement aux yeux et elle crut qu'elle allait pleurer, puis cela passa et elle fut en mesure d'articuler :

— Tu seras ravi d'apprendre que j'ai réussi à me soûler avec un misérable petit verre de Cointreau. Du coup, tout m'a paru très drôle.

— Je regrette d'avoir raté ça. Tu peux être franchement comique après un demi-verre. Bon, je comprends mieux ton humeur maussade. Tu dois avoir mal aux cheveux.

Elle rit de nouveau. Mark prit le temps de manger une tartine avant d'insister :

— Alors, il t'a invitée à dîner ?

— Exact.

Une fois de plus, le feu lui montait aux joues et elle s'intéressa à ses toasts.

— Pourquoi tu es toute gênée, Ro ? Je voudrais savoir, sans blague. Qu'est-ce que tu lui as dit ?

— Sans blague, hein ? Je déteste tout ce cirque, être là comme en vitrine à attendre que quelqu'un vienne vous valoriser. C'est tout ce truc glauque de Jeanne qui trouvait si important de plaire. Ah, faire n'importe quoi pour attirer les hommes afin qu'on vous arrache à l'enfer du célibat ! Désolée, j'ai renoncé à cela après Gil.

— Si j'étais sorti avec un bœuf de son espèce, j'aurais renoncé aux hommes aussi. Je n'ai jamais pu comprendre ce que tu fichais avec lui.

— Personne d'autre ne voulait de moi. Ce n'est pas comme si j'avais le choix.

Il mâcha sa tartine pendant un bon moment sans la quitter des yeux.

— En somme, dit-il finalement, tu as envoyé le psy aux pâquerettes.

— En gros, oui.

— Attends un peu. Ce type fait tout le trajet de Greenwich à New Canaan avec un ami en remorque pour venir dîner dans ton restaurant. Il passe toute la soirée à te dévorer du regard, et tu penses qu'il a une idée louche en tête. C'est cela ?

— Plus ou moins.

— Bon. Dis-moi, Ro, de quoi as-tu peur ? Il ne peut rien t'arriver de bien grave.

« J'ai peur de me ridiculiser, peur qu'il s'en aille en se moquant de moi. »

— Je ne veux pas m'engager dans des relations intimes.

— Dîner avec un homme n'engage à rien, que je sache.

— Mark, je t'en prie ! Tu étais mort de trac à l'idée de dîner avec Richard.

— Peut-être, mais au moins, j'ai fait l'effort. Toi, tu ne prends même pas ce risque.

— Quand le revois-tu ?

— Dimanche prochain. Au programme, déjeuner et cinéma. Le problème, c'est que nous ne sommes pas sûrs de nos sentiments l'un pour l'autre. Enfin, nous sommes amis, et nous avons l'avantage de savoir tous deux ce qu'a vécu l'autre. Je crois d'ailleurs que si ton psy te rend nerveuse, c'est en partie parce que tu ignores tout de ce qu'il a vécu. Qu'en dis-tu ?

Elle plissa le front et réfléchit.

— Hmm, oui.

— As-tu déjà pensé qu'il te trouve peut-être si belle qu'il en a l'impression d'être un gnome ?

— Tu es gentil, mais je ne le crois pas.

— D'après moi, c'est la vérité, mais passons. S'il t'appelle pour t'inviter, tu iras ?

— Possible.

— Bon, c'est un progrès. Alors, qu'est-ce que tu fabriquais le nez dans les affaires de ta sœur, au milieu de la nuit ?

— Je voulais vérifier ce que Reid m'avait dit à son sujet. D'après lui, elle le harcelait de douzaines de coups de fil. Il n'y en avait pas des douzaines mais, en un mois, elle était quand même arrivée à vingt.

— Ecoute, chou, si tu ne tiens pas à ce que quelqu'un t'appelle, vingt coups de fil, c'est un paquet de trop !

— Certes.

Ils mangèrent en silence pendant quelques minutes.

— Excellent, ton café, dit Mark en se resservant.

— A propos, je me demandais si tu viendrais dîner mercredi soir.

— Sans problème. Je sais bien que c'est ton anniversaire, lapin en sucre, j'allais même t'inviter à fêter cela en ville, mais si tu préfères rester au calme, je comprends. Cela te fait quelque chose d'avoir quarante ans ?

— Cela me soulage. Trop heureuse de ne plus être jeune. Viens dès que tu rentres. Tu me tiendras compagnie pendant que je cuisine. Et surtout, pas de cadeau, hein ! Surtout pas, et je ne plaisante pas, Mark.

— Je te trouve bien bizarre ce matin, mon lapin en sucre fêlé. Qu'est-ce que tu me caches ?

— Et si je te disais que Claudia se filmait au lit avec ses amants ? demanda-t-elle d'une voix étranglée.

Il observa longuement ses yeux.

— Tu as trouvé des cassettes, c'est cela ?

Elle acquiesça de la tête.

— Quelques-unes, ou un gros tas ?

— Un certain nombre. Je ne les ai pas toutes vérifiées.

— Un type différent pour chaque cassette ?

De nouveau, elle hocha la tête.

— Et le psy, elle l'a filmé ?

— Grand Dieu, non !

Sans la quitter des yeux, il but une gorgée de café.

— Tu les as regardées, et maintenant, tu te crois devenue perverse, c'est cela ?

— Un peu, oui.

Ses lèvres s'étirèrent lentement en un sourire et il tendit la main, lui caressa la joue.

— Ne te vexe pas, mais tu es aussi adorable que naïve. Les gens gardent des souvenirs. Claudia faisait dans le genre visuel. Ce n'est pas la première fois que j'entends parler de cela. Toi oui, apparemment.

— Tu connais des gens qui enregistrent leurs ébats amoureux ?

— Oui, j'en connais. C'est un peu comme les miroirs au plafond. Du narcissisme. Il y a des gens que cela excite de se voir à l'œuvre. Ce n'est pas mon trip, mais il faut de tout pour faire un monde. Et les cassettes, tu les as jetées ?

— Coupées en petits morceaux, puis jetées.

Il éclata de rire.

— Alors, elles sont parties, n'en parlons plus.

— Mais elles étaient obscènes, Mark !

— Franchement, j'en doute. Il y avait des trucs sadomaso ?

Elle nia de la tête.

— Des fouets, des chaînes, des déguisements ?

Elle nia de nouveau.

— De la torture, des cris, du sang ?

— Mark !

— Je ne plaisante pas, tu sais. Certaines personnes sont vraiment bizarres à ce niveau-là.

— Je préfère ne pas savoir, merci.

— Donc, globalement, c'était la partie de jambes en l'air hétéro de base ?

— Je suppose, oui.

— Si c'est ce qui te met dans cette humeur, il n'y a pas de quoi. J'ai vu et entendu bien pire, tu peux me croire.

— Vrai ?

— Absolument vrai. Des tas de gens dans ce monde s'imaginent devoir être punis pour leurs préférences, quelles qu'elles soient. Et ils inventent des moyens pas croyables pour y parvenir.

— C'est bien triste.

— Entièrement d'accord.

— Cela me causait du souci, lui confia-t-elle.

— Oublie tout cela et ne t'inquiète plus. Tu as regardé ta sœur faire son cinéma, et peut-être même que cela t'a excitée ; mais tu n'es pas perverse pour autant, Ro. Tu es humaine, tout simplement.

Elle se prit le visage dans les mains pour cacher sa gêne, puis elle se redressa.

— J'aurais dû t'en parler plus tôt. Cela m'aurait évité bien des angoisses.

— Tu ne devrais pas tout garder pour toi. C'est malsain de ruminer. Ce truc te rongeait, hein, mais si je ne t'avais pas bousculée un peu, tu ne m'en aurais rien dit. Regarde-moi, je suis bien venu pleurer dans ton gilet à propos de Richard.

— D'abord, tu ne pleurais pas. Et puis, tu es passé par des moments durs.

— Toi aussi. Tu ne sembles pas t'en rendre compte.

— Mais pas du tout !

— Si, mais passons. La prochaine fois que tu as des

soucis, parle-m'en. C'est à cela que servent les amis, Ro. Je ne suis pas là pour le décor, tu sais.

— Tu es très bien pour le décor. De l'art vivant, avec un cerveau en état de marche.

— Tu m'insultes.

— Ne te vexe pas. Je t'aime tendrement.

— Moi aussi je t'aime, Ro. Et je suis sincère. Ne reste pas dans ton coin à te ronger, viens me voir, parle.

— D'accord. Je te remercie.

— Une dernière petite chose. Le psy te trouve tout sauf laide. J'étais là, souviens-toi, et j'ai vu qu'il ne te quittait pas des yeux. Crois-moi, ce n'est pas parce qu'il n'avait jamais vu une femme aussi hideuse, mais parce qu'il a des visées sur toi.

— Mark, je t'en prie, arrête ! supplia-t-elle, les yeux mouillés de larmes.

— D'accord, chou. Excuse-moi. Je me tais.

12

Lorsqu'elle arriva au restaurant le mardi matin, Ian lui expliqua qu'Amanda, leur serveuse de terrasse pour l'été, était souffrante.

— Nous allons être un peu juste, Rowena. Cela ne vous ennuie pas de la remplacer ce soir ?

— Mais pas du tout, Ian.

— Je suis vraiment désolé de vous imposer ce travail supplémentaire. Je ne vous aurais rien demandé si nous n'avions pas eu une foule de réservations.

— Ian, je vous le promets, cela ne me dérange pas.

— C'est très gentil à vous, dit-il, visiblement soulagé.

Touchée par ses hésitations, elle le regarda s'éloigner en direction des cuisines.

Après la presse du déjeuner, elle rentra chez elle pour se détendre en attendant le service du soir et s'installa dans une chaise longue avec un livre, sous le vieux chêne du jardin. L'air était chaud, humide, mais une légère brise rendait la température supportable. Au bout d'une demi-heure, les mots se brouillèrent sur les pages ; ses paupières se fermaient. Elle posa le livre ouvert sur ses genoux et s'endormit presque aussitôt.

Pour la seconde fois, elle eut un rêve torride où elle avait Tony Reid pour partenaire, rêve dont elle fut heureusement tirée par la sonnerie du téléphone. S'extirpant de la chaise longue, elle se précipita dans la cuisine. Trop tard. On avait déjà raccroché sans même laisser de message. Encore à moitié endormie, elle regarda le répondeur se recaler, puis elle prit un soda dans le réfrigérateur et retourna dans le jardin.

A en croire sa montre, elle n'avait pas dormi plus d'une heure, mais pendant ce bref laps de temps, les nuages s'étaient accumulés et la température avait fraîchi. Elle frissonna en buvant son soda, tandis que les nuages obscurcissaient le soleil. La brise avait forci, l'orage menaçait. Les yeux rivés sur le ciel de plus en plus plombé, elle songea à la réflexion de Mark sur sa naïveté et dut reconnaître qu'il avait raison.

Ayant toujours refusé d'écouter sa mère lorsque celle-ci tentait de lui expliquer sa conception des règles du jeu entre hommes et femmes, Rowena n'avait pas su s'y préparer toute seule. Elle ne comprenait pas ce qui motivait le désir, attirait certains hommes vers certaines femmes, vers Penny par exemple. Penny possédait certes un physique agréable et, curieusement, son embonpoint semblait rehausser sa beauté plutôt que le contraire. Elle était volumineuse, ronde, pourvue d'une poitrine généreuse et, comme un gros fauteuil bien rembourré, elle semblait promettre le confort. Peut-être était-ce là le secret de son charme. Et Claudia alors ? Qu'est-ce qui attirait chez elle ?

Adolescente, Rowena avait observé sa jeune sœur à l'œuvre, ce qui revenait à regarder un film japonais non sous-titré. Peut-être qu'avec leur fougue de jeunes mâles, les adolescents qu'elle fréquentait avaient été attirés par l'aura de danger qui émanait de Claudia, par ce qu'elle dégageait de volatil, d'imprévisible. Peut-être voyaient-ils en elle l'équivalent humain d'une voiture capable de les entraîner dans une course folle au péril de leur vie. Peut-être aussi devinaient-ils intuitivement que, s'ils y mettaient les formes, Claudia leur ouvrirait ses cuisses, leur faciliterait l'accès tant désiré au monde merveilleux du sexe. Qu'en était-il au juste, mystère. Et c'était précisément l'une des raisons pour lesquelles Rowena se méfiait tant de Reid. Il était pour elle un voyage de plus dans cette immense salle de bal psychologique où hommes et femmes s'appariaient pour des danses dont elle ignorait les pas. Ils exécutaient des menuets nouvelle mode et d'étranges rigaudons régionaux cependant qu'elle faisait tapisserie, admirait leur talent sans jamais être tentée de trouver un partenaire pour s'aventurer avec lui sur la piste. Son manque d'expérience et de compréhension la désavantageait par trop, handicap pour elle insurmontable. Elle s'était bien risquée dans cette danse une ou deux fois, mais elle s'était sentie gauche et timide. Son intérêt pour les hommes ne se manifestait plus guère qu'à l'occasion, dans des rêves gratifiants et sûrs.

Aux premières gouttes de pluie, elle rentra. Devant la penderie, cherchant une tenue pour la soirée, elle songea que, demain, elle aurait quarante ans. Cette pensée lui donna une sensation de chute vertigineuse, comme lorsqu'un avion tombe dans un trou d'air. Quarante ans ! Où donc étaient passées toutes ces années ? Elle entamait le déclin de sa vie, les signes étaient là. Indiscutablement, elle vieillissait.

De nouveau, sa sœur lui manquait terriblement. Claudia avait été un fascinant happening continuel dans un théâtre ouvert vingt-quatre heures sur vingt-quatre. Egocentrique, vaniteuse, blessante et parfois joueuse, elle pouvait être méchante et manipulatrice ainsi que totalement généreuse, mais jamais, jamais elle n'était ennuyeuse.

Rowena se tourna pour regarder le lit — le lit de Jeanne, puis de Claudia, et maintenant le sien, le lit dans lequel sa sœur était morte. Elle y revit Claudia comme elle l'avait vue pour la dernière fois, immobile, rigide, enveloppe vide de ce qui avait été une femme énigmatique et, finalement, inconnue.

Puis des scènes de la vie sexuelle de Claudia se mirent à danser sous ses yeux, tressautant comme de vieux films jusqu'au sourire final et, pour la première fois depuis qu'elle avait découvert ces cassettes, elle n'éprouva ni honte ni colère. Elle avait seulement pitié de cette femme qui avait besoin de preuves tangibles de sa séduction et de son pouvoir sur les hommes.

Pauvre Claudia ! Elle lui manquait davantage encore en l'absence de toute colère. Mais était-ce Claudia qui lui manquait, ou bien les drames qu'elle suscitait, les hauts et les bas qu'elle était capable de créer en l'espace d'une seule conversation ? Rowena n'avait jamais eu confiance en sa sœur, pas plus qu'elle n'avait eu pour elle d'affection ; pourtant, inexplicablement et malgré des circonstances peu propices, elle l'avait aimée. C'était une pâle émotion aveugle et souterraine, comme ces larves qui s'enfoncent dans la terre, et cette émotion avait survécu à toutes les attaques grâce à une vitalité tenace, indépendante de toute volonté.

Elle se souvenait d'être rentrée de l'école un jour en fin d'après-midi et d'avoir trouvé Claudia squattant sa chambre, assise à son bureau à lire son journal intime. Prise en faute, Claudia avait attaqué la première :

— Pourquoi faut-il toujours que tu espionnes les gens ? Je déteste que tu me fasses ça, Ro ! s'était-elle exclamée en rangeant le volume dans le tiroir.

Incapable d'articuler une parole, Rowena était restée là, bouche bée, tandis que sa sœur se levait en lui lançant :

— Il n'y a rien d'intéressant dans toutes ces pages. Même tes rêves sont assommants. Il y a des trucs plus rigolos dans le mien de journal. Je te le montrerai peut-être un jour.

Puis, comme si de rien n'était, Claudia avait ajouté :

— Maman a appelé pour prévenir qu'elle reste dîner

au club. Irma est de congé et elle nous a laissé un ragoût beurk que je refuse de manger. Si maman trouve un jour une gouvernante capable de faire la cuisine, je crois que le choc me tuera. Bon, qu'est-ce que tu en dis, Ro, si j'allais chercher des pizzas à bicyclette pendant que tu fais tes devoirs ? Ensuite, on pourrait regarder la télé toutes les deux. D'accord ?

Devant tant d'inconséquence, Rowena n'avait pu que rire et, ce faisant, elle avait découvert un moyen fort utile pour neutraliser sa sœur. Tandis qu'elle riait, Claudia perdait de sa superbe et l'étincelle de défi quittait son regard, remplacée par l'expression stupéfaite d'une fillette abandonnée.

— S'il te plaît, Ro, sois gentille ! Je m'ennuie en bas toute seule. Et quand tu verras la tête de ce ragoût, je te promets que tu n'en voudras pas non plus.

Remuée par une émotion qu'elle percevait chez sa sœur sans pouvoir la nommer et qu'elle reconnaissait aujourd'hui pour du désespoir, elle avait cédé.

— D'accord. Mais à l'avenir, que je ne te retrouve pas dans ma chambre.

— C'est promis, avait joyeusement acquiescé Claudia.

Le désespoir de Claudia, songea Rowena en regardant le lit. Si Claudia ne fouinait pas dans les affaires de sa mère ou de sa sœur, furetant dans les tiroirs et les penderies, si elle n'était pas devant le miroir à expérimenter divers maquillages, si elle n'était pas à bavarder au téléphone, elle ne supportait pas d'être seule. C'était pour elle une torture de devoir trouver à s'occuper. Elle aimait les livres de photos, les magazines de mode très illustrés, mais jamais elle ne s'asseyait pour lire. Elle était incapable de se concentrer et la lecture l'ennuyait. A l'école, elle détestait tous les cours en bloc, l'éducation physique en particulier parce qu'elle manquait de coordination et trouvait les sports d'équipe ridicules. Dans la mesure du possible, elle évitait de faire ses devoirs et le concept d'étude lui échappait entièrement.

— Etudier ? Mais pour quoi faire ? demandait-elle chaque semestre avant les examens. C'est rien que des âneries qui ne me serviront pas de toute ma vie alors, qu'est-ce que cela peut bien faire si je réussis ou pas ?

Son orthographe était très fantaisiste, son écriture laborieuse, torturée. Plutôt que de noter les points importants des leçons, elle utilisait ses cahiers de classe à griffonner et à échanger des messages avec ses camarades.

« Claudia, tu veux venir au ciné avec moi samedi soir ? Tu sais qui. »

« Chèr tu sais qui, je sai pas encore. Rendez-vou sur le parking à midi pour en parlé. D'ac ? »

« Claudia, Caroline a entendu Jed dire à Nick dans le couloir qu'il ferait mieux de ne pas te demander de sortir avec lui. Fallait que tu saches. Bises, Moi. »

« Chèr Moi, Caroline es tune c… et tout le monde le sai !! ! De toute fason, je m'en fiche. Appelle moi ce soir. Bizou, Claudia. »

Sa vie sociale avait toujours été très active, ce qui réjouissait Jeanne pour qui la popularité était tout. Et, en dehors du semestre qu'elle avait passé à Brandon, Claudia avait toujours été la plus populaire de sa classe. Elle était aussi incroyablement douillette et ne supportait pas la moindre douleur physique. Une seule fois elle s'était volontairement soumise à une épreuve douloureuse, celle de la chirurgie esthétique. Elle avait demandé à subir toutes les opérations d'un coup et avait vécu ensuite pendant quinze jours sous Valium, se plaignant à qui voulait l'entendre de souffrir atrocement.

Elle avait même ouvert son pyjama pour montrer à Rowena et à Jeanne les incisions cachées sous sa poitrine fraîchement gonflée au silicone.

— Regardez ! s'était-elle écriée d'une voix enfantine tandis que Jeanne grimaçait et détournait les yeux pour allumer une cigarette.

Fascinée, Rowena avait regardé les deux protubérances enflées à la peau trop tendue que sa sœur soulevait précautionneusement des deux mains pour révéler les deux méchantes entailles barrées de points de suture.

— Tu vois !

Enfant, Claudia était terrifiée par une simple visite chez le dentiste. Rowena se souvenait du jour où, jetant un regard sur sa sœur dans la salle d'attente, elle l'avait vue pâlir, se décomposer, et glisser de son siège, évanouie. Jeanne avait envoyé Rowena pour une visite de contrôle et, à sa sortie du cabinet dentaire, toutes trois étaient rentrées à la maison. Claudia avait échappé au dentiste pour le mois.

Aujourd'hui, elle s'était échappée pour de bon ; il n'y avait plus de douleur, plus rien à craindre. S'il y avait dans son suicide un élément plausible, c'était le moyen indolore choisi pour quitter cette vie. Mais pourquoi s'était-elle tuée ? S'était-elle vraiment tuée, ou quelqu'un l'avait-il fait pour elle ? Si seulement elle avait laissé une lettre, quelques mots griffonnés. En l'absence de toute explication, Rowena n'avait d'autre choix que d'en chercher une.

Dès qu'elle eut mis le pied au restaurant, la catastrophe lui parut imminente. Non seulement Amanda malade était absente, mais Ian était sans doute allé faire une course, si bien que Rowena dut demander à Mae de la remplacer dans la salle tandis qu'elle descendait à la cave chercher le vin pour les clients. Ne connaissant pas la disposition des bouteilles, il lui fallut plusieurs minutes pour trouver ce qu'elle voulait. Elle dut ensuite passer vérifier les commandes de chaque table et charger Kip de présenter le vin, de le faire goûter et de le servir, ce qu'il fit avec aplomb, comme s'il l'avait fait toute sa vie. Ravie de le voir si adaptable mais passablement stressée, elle courut accueillir les derniers arrivants pour les conduire à leur table.

Enfin, à son grand soulagement, Ian revint, absolument trempé.

— Désolé, Rowena. J'ai crevé au milieu de nulle part et j'ai dû changer ma roue sous la pluie battante. Tout se passe bien ? s'enquit-il en jetant alentour un regard anxieux.

— Tout se passe bien, Ian. Prenez le temps de boire un café et de vous remettre.

— Vrai ? Un café ne serait pas de refus.

— Allez-y. Kip joue les sommeliers et s'en tire à merveille.

— Brave garçon. Je vous rejoins dans cinq minutes.

Il passa la main dans ses cheveux ruisselants d'eau et se dirigea vers les cuisines.

La pluie tombait si fort que, malgré l'auvent, les quelques couples intrépides qui s'étaient installés à la terrasse se replièrent à l'intérieur. Heureusement, la salle n'était pas pleine. A 22 h 30, les derniers clients étaient partis et le nettoyage battait son plein. Aux cuisines, on préparait une légère collation pour le personnel, une idée qu'Ian et Rowena avaient lancée la semaine précédente et qui avait reçu un franc succès. Les trois garçons de salle préparaient les tables pour le déjeuner du lendemain. Au bar, Ian et Terry faisaient la caisse tandis que Mae et Doug répartissaient les pourboires.

Ils venaient d'achever leur repas lorsque les lumières s'éteignirent. La porte des cuisines s'ouvrit sur Amanda en parfaite santé portant un gros gâteau couvert de bougies.

Tous entonnèrent en chœur *Joyeux Anniversaire*, et Rowena ne put s'empêcher de revivre la déplaisante surprise que Claudia lui avait faite dans ce même restaurant quelques années plus tôt. Mais c'était différent aujourd'hui. Emue par les efforts du personnel, elle sourit et souffla docilement les bougies. Puis elle déballa son cadeau, un ravissant vase Lalique. Les larmes aux yeux, elle les remercia tous. Ian sortit deux bouteilles de champagne, Terry mit une cassette de jazz dans le lecteur et la fête commença.

A minuit, Ian donnait tous les signes de l'ivresse. Il avait perdu sa rigidité britannique et, après une danse endiablée avec Mae, il se laissa tomber hors d'haleine sur une chaise près de Rowena. Puis il leva son verre en s'écriant :

— A Claudia, reine des chiennes, où qu'elle soit !

Ayant vidé le verre, il se tourna vers Rowena, une main sur la bouche.

— Excusez. C'était de très mauvais goût. Je suis vraiment désolé. Un peu trop de vérité dans ce vin-là, hein ?

— Il n'y a pas de mal, Ian.

— Bon.

Il agita la tête, ferma les yeux quelques instants et reprit :

— Je sais qu'elle était votre sœur, mais quelle épouvantable créature. Elle profitait des gens. Pas l'ombre d'un scrupule. Pas de cœur. Oh, mon Dieu ! Ce que je peux être grossier, c'est impardonnable. C'est votre sœur, tout de même. Les liens du sang. Je n'aurais pas dû. C'est que je suis à moitié fait, voyez-vous.

— Je sais qu'elle était dure. Je n'ai aucune illusion sur elle, Ian.

Les yeux embués, il lui tapota affectueusement le bras.

— Vous êtes une bonne fille, Rowena. Je ne voulais pas vous vexer. Cela m'a échappé. Je sais bien que je n'aurais pas dû, mais bon. Les ruses les mieux ourdies des souris et des hommes, comme on dit…

Elle allait lui demander de quelles ruses il parlait quand Jill et Mae apparurent avec son imperméable.

— En route, Ian, dit Mae. Il est temps de partir. Jill et moi allons vous raccompagner.

Il se leva et, chancelant, se laissa vêtir.

— Bon anniversaire, Rowena, s'écrièrent en chœur les deux jeunes femmes tout en poussant Ian vers la sortie.

— Une vraie brave, cette Rowena ! lança Ian par-dessus son épaule. Vous êtes une star, vous savez. C'est vrai.

Vingt minutes plus tard, la fête s'achevait. Le personnel quitta le restaurant et Kip raccompagna Rowena jusqu'à la Mercedes.

— Tu t'es bien amusée, tante Ro ? C'était une vraie surprise ou tu avais deviné ?

— C'était une vraie surprise et je me suis amusée.

— Cool ! Et le cadeau, il t'a plu ?

— Il est très beau, chaton.

— J'étais sûr qu'il te plairait. Supersoirée ! A demain, tante Ro.

Radieux, il l'embrassa sur les deux joues et attendit qu'elle quitte le parking. Dans son rétroviseur, Rowena le vit partir en courant vers sa voiture.

En passant le seuil de sa porte, Rowena sentit intuitivement que quelque chose n'allait pas. L'atmosphère générale du lieu avait une résonance bizarre. Sans prendre le temps de fermer la porte, elle pénétra dans le hall et alluma ; puis, s'avançant jusqu'au salon, elle tâtonna le long du mur pour trouver le commutateur électrique et resta bouche bée devant le chaos de la pièce. Le contenu des étagères jonchait pêle-mêle le sol ; le petit buffet avait été déplacé, ses tiroirs renversés, ses portes ouvertes.

Plissant les yeux, elle s'efforça de se repérer dans la pénombre de la salle à manger et empoigna le téléphone pour appeler la police. La bouche sèche, la gorge nouée, elle déclara à la standardiste qu'un cambrioleur était entré chez elle et lui donna toutes les précisions d'usage, puis elle regagna sa voiture pour attendre dehors l'arrivée des forces de l'ordre.

Terrorisée, elle bloqua les portières de la voiture et alluma une cigarette. Les voleurs avaient probablement quitté la maison, mais elle ne tenait pas à y retourner avant que la police le lui confirme. Grand Dieu ! Des étrangers étaient entrés chez elle, avaient fouillé dans ses affaires, souillé de leur empreinte tout ce qu'ils avaient touché, pris ce qui leur plaisait… Elle se sentait aussi transparente que si elle était faite de verre. Tremblant de tous ses membres, elle ravala un impérieux désir de se mettre à hurler tout en suppliant mentalement la police d'arriver au plus vite.

Tandis que le cadran du tableau de bord égrenait ses minutes interminables, elle se demanda si l'un des anciens amants de Claudia était venu chercher les cassettes-trophées. Quelqu'un savait-il seulement qu'elles existaient ? L'un de ces hommes avait peut-être découvert leur existence, était venu pour les détruire. Mais pourquoi aujourd'hui, alors que Claudia était morte depuis des mois ? Et puis, il y avait Ian. Peut-être qu'il n'avait pas crevé, mais avait pris du retard en fouillant la maison ? Peut-être que lui aussi figurait sur l'une de ces cassettes ? Pourtant, là encore, pourquoi avoir attendu si longtemps ? Dans son état d'énervement, elle était incapable de réfléchir clairement, même si elle ne pouvait s'empêcher de penser que ce n'était pas là un cambriolage ordinaire.

Au bout de dix minutes, une voiture de patrouille vint se

garer derrière la sienne. Chancelante, elle quitta son véhicule pour aller parler aux agents. Tous entrèrent ensuite dans la maison et, tandis qu'elle restait dans la cuisine intacte avec l'un des deux hommes, l'autre vérifia les pièces une à une, de la cave au grenier.

— Ils ont concentré leurs efforts sur la chambre maîtresse et le salon, déclara-t-il à son retour. Vous devriez jeter un coup d'œil et nous dire s'il vous manque quelque chose.

Ses jambes la soutenaient à peine tandis qu'elle gravissait l'escalier, craignant à chaque pas de s'effondrer. Dans la chambre, tous les tiroirs avaient été vidés sur le sol et la penderie était dans un désordre effroyable. Quelques instants plus tard, elle redescendit en s'accrochant à la rampe, puis elle alla examiner de nouveau le salon saccagé.

— La stéréo, la télé et le magnétoscope sont toujours là. Ils n'ont pas l'air d'avoir pris de bijoux, mais je n'en jurerais pas. Je… Je ne sais pas.

Tous trois s'assirent à la table de cuisine pour remplir un constat.

— C'est pour l'assurance, dit le plus vieux des deux hommes. Au cas où vous découvririez qu'on vous a volé quelque chose.

Cela terminé, ils lui conseillèrent de faire installer un système d'alarme. Le plus jeune des policiers lui montra le petit carreau cassé de la porte de cuisine.

— Voyez, il n'y a plus qu'à passer le bras pour ouvrir. Un jeu d'enfant. Nous surveillerons l'endroit pendant deux ou trois jours, mais vous devez vous protéger au plus vite. Quelqu'un aura fait le guet et repéré vos horaires. Une maison vide quatre soirées par semaine, c'est une invitation au vol.

Sur cette remarque peu rassurante, ils la quittèrent. Rowena verrouilla la porte d'entrée derrière eux et regagna la cuisine. Le corps raide, elle considéra longuement la vitre cassée, les éclats de verre qui jonchaient le sol. Sa seule sécurité pour le moment consistait à verrouiller la porte à moustiquaire. Maigre protection ! Plus terrorisée que jamais, elle mit le café en route et monta se changer. Elle ne se sentait pas elle-même dans cette robe de soie d'un bleu électrique que Claudia avait achetée. Il lui fallait ses vieux vêtements sans prétention, les vêtements de l'ex-bibliothécaire.

Pleurant à chaudes larmes, elle fouilla la penderie en désordre, dont elle tira bientôt un pantalon de coton serré à la taille par un cordon, un T-shirt et ses mocassins avachis. Vêtue à sa convenance, elle retourna dans la cuisine, balaya le sol et examina longuement la porte. Elle pourrait la caler avec la table de marbre, laquelle offrirait au moins une certaine résistance si quelqu'un cherchait à entrer avant qu'elle n'ait eu le temps de faire installer une alarme.

Après avoir poussé le lourd meuble à travers la pièce, les muscles tremblant encore après l'effort, elle se versa du café, alluma une cigarette et se posta au seuil du salon, buvant et fumant tout en examinant le désastre et en se demandant quelles raisons Ian aurait bien pu avoir de pénétrer chez elle. Aucune, évidemment. Et elle ne l'imaginait pas à l'œuvre. Cette histoire de pneu crevé sonnait faux, mais peut-être était-il tout simplement allé chercher le champagne ou le gâteau d'anniversaire.

Mue par l'énergie du désespoir, elle remit le salon en ordre, ce qui ne lui prit pas beaucoup de temps. Rien ne semblait manquer. Les cassettes étaient au complet. Evidemment, puisque les vidéos de Claudia étaient toutes parties aux ordures ! Qui donc viendrait voler une collection de vieux films ?

S'étant resservi du café, elle monta à l'étage et s'attaqua à la chambre maîtresse, s'arrêtant de temps à autre pour boire quelques gorgées de liquide chaud. Lorsqu'elle en eut enfin terminé, ses bras et ses épaules étaient endoloris. Il était presque 5 heures du matin, et elle n'en pouvait plus.

Laissant toutes les lumières allumées, elle gagna sa chambre d'enfant et s'étendit à même le lit, ramenant autour d'elle le couvre-pieds molletonné.

Elle s'éveilla en sursaut sans savoir où elle était. Le premier mouvement de panique passé, les événements de la veille lui revinrent à la mémoire et la peur lui noua le ventre. Elle repoussa le couvre-lit, se redressa et consulta sa montre. 11 heures, mon Dieu ! Elle se précipita au téléphone pour appeler le restaurant. Ian décrocha et, en entendant sa voix, elle se demanda une fois de plus s'il n'était pas responsable du cambriolage.

— J'ai un problème, commença-t-elle. Je crains de ne pas pouvoir venir aujourd'hui.

— Rien de sérieux, j'espère ?

— Non, rien de sérieux. Un contretemps inattendu.

— Je vois.

— Vous vous en tirerez sans moi ?

— Bien sûr.

Il marqua une pause avant de reprendre :

— Hmm… Rowena ?

— Oui ?

— Je… hmm… Je voulais m'excuser pour hier soir. J'avais un peu trop bu.

— Ne vous excusez pas, Ian. Il n'y a pas de mal.

— J'y suis allé un peu fort.

— N'y pensez plus. La fête était très sympathique et j'ai passé une excellente soirée. Je vous vois demain, d'accord ?

— D'accord.

Elle raccrocha en songeant qu'elle le soupçonnait bien à tort.

Après une douche rapide pendant laquelle elle n'avait pas quitté des yeux la porte de la salle de bains, craignant à tout moment de voir surgir un agresseur quelconque, elle enfila ses vieux vêtements et descendit. Tandis que le café passait, elle prit les Pages jaunes de l'annuaire et appela une entreprise qui installait des systèmes d'alarme — celle qui avait l'annonce la plus voyante. On lui promit qu'un représentant passerait chez elle avant 14 heures. Elle contacta ensuite Frank Reilly et l'entrepreneur lui assura qu'il viendrait dans l'heure.

— J'entends à votre voix que vous êtes très inquiète, Rowena, et je m'arrangerai pour que la porte neuve soit posée dans la journée.

Ses tremblements s'étaient enfin apaisés, et elle respirait plus librement. Elle refit le tour de la maison à la lumière du jour pour vérifier que rien ne manquait. Peut-être le voleur avait-il été dérangé dans sa fouille. Peut-être qu'il avait entendu la voiture de Mark se garer et qu'il s'était enfui précipitamment, craignant qu'elle ne rentre chez elle. Il lui faudrait demander à Mark à quelle heure il était rentré.

Frank laissa son moteur en marche le temps de prendre les mesures de la porte.

— Je reviens dans deux heures avec un de mes hommes pour vous la poser, déclara-t-il avant de reprendre le volant de sa camionnette.

A 14 h 30, elle signait un contrat pour acquérir le meilleur système de sécurité dont disposait l'entreprise, non sans avoir reçu l'assurance qu'on procéderait à l'installation le lendemain matin à la première heure. Elle remit un chèque pour une somme rondelette au représentant, qui lui avoua :

— Vous êtes la cliente la plus conciliante que j'aie rencontrée de toute ma carrière. Jamais une vente ne m'a coûté moins d'effort. Mais je vous garantis que ce système est ce qui se fait de mieux. Désormais, vous dormirez en paix.

— Puissiez-vous dire vrai, soupira-t-elle.

Il la dévisagea sans comprendre. Elle le remercia et le raccompagna à la porte.

Tandis que Frank et son ouvrier rabotaient la nouvelle porte de bois massif sur la pelouse, Rowena entreprit de préparer du bœuf aux champignons pour le dîner. Tout en mettant les oignons hachés à blondir, elle songea que, si un ancien amant de Claudia cherchait les vidéos douteuses, il pourrait bien revenir. Si seulement il existait un moyen de faire savoir à tous que ces fichues cassettes n'existaient plus ! Elle envisagea même d'apposer un écriteau à sa porte : « Plus de cassettes. Inutile de les chercher. » Elle eut un rire amer. Quelqu'un était entré chez elle par effraction, et elle ne se sentait plus chez elle. Jamais elle n'aurait dû quitter son appartement de Stamford. Elle y était certes à l'étroit, mais s'y était toujours trouvée en sécurité. Désormais, il lui faudrait bien plus qu'un système d'alarme dernier cri pour qu'elle se sente de nouveau à l'aise dans cette maison.

13

— Pourquoi n'es-tu pas venue me chercher ? s'enquit Mark, attristé. Et pourquoi, pourquoi faut-il que tu t'entêtes à cuisiner dans ces circonstances ?

— Il était trop tard pour que je te réveille. Et si je cuisine, c'est que j'ai besoin de me distraire.

— Mais enfin, Ro, c'est ton anniversaire ! s'exclama-t-il, comme si ce seul fait devait suffire à influencer son comportement.

Rowena tenta de rire mais sans y parvenir.

— En tout cas, c'est un anniversaire que je ne suis pas près d'oublier !

— Je ne comprends toujours pas que tu ne m'aies pas appelé. Enfin !

Il s'interrompit pour jeter un regard circulaire sur le salon.

— Ils ne t'ont rien pris ?

— Pas que je sache, non.

A son tour, elle considéra le salon, apeurée, furieuse. Ses yeux s'arrêtèrent sur les roses jaunes que Mark lui avait apportées. Elle avait envie de détruire, de casser, de passer le pied à travers un mur, le poing à travers une vitre. Elle avait aussi envie de jeter ses vieux vêtements dans un sac, de prendre sa Honda et de filer vers le nord jusque dans le Yukon où l'air était si froid qu'il gèlerait ses pensées. Il lui suffirait de secouer la tête, et les morceaux de glace en tomberaient, lui vidant l'esprit, la laissant libre de repartir de zéro.

Depuis toujours, elle était une fuyarde déguisée et rêvait d'évasion dès que les gens se montraient déplaisants envers elle. Dans les pires moments, son esprit s'envolait ailleurs, abandonnant son corps dans la pénible réalité. Après des mois et des années passés sans nouvelles de son père, elle était partie loin, très loin dans ses pensées, jusqu'à un lieu où il l'attendait, toujours prêt à l'accueillir à bras ouverts. Il y avait nécessairement une raison à son silence. Jamais il ne l'aurait laissée ainsi. Mais Jeanne lui avait répété à l'envi qu'il l'avait bel et bien abandonnée, qu'il ne se souciait que de lui-même. Et lorsqu'elle prononçait ces mots, Rowena se mettait à fredonner pour couvrir la voix de sa mère, ne pas l'entendre tandis qu'elle ouvrait les gaz et faisait gronder le moteur de la machine à s'évader.

— Tout m'a semblé en ordre quand je suis rentré vers 18 h 15, disait Mark. Après cela, j'aurais entendu le bruit de verre brisé puisque mes fenêtres étaient ouvertes. Ce qui ne laisse qu'une quarantaine de minutes à notre cambrioleur entre le moment où tu es sortie et celui où je suis rentré.

— Ce qui confirme aussi l'hypothèse de la police. Quelqu'un surveillerait mes allées et venues.

Elle tira longuement sur sa cigarette et ajouta :

— Dieu que c'est effrayant.

— Et absurde. Les maisons sont si éloignées les unes des autres que nous aurions remarqué un rôdeur. Je trouve tout cela bien suspect, Ro.

— Moi aussi. Ian a un double des clés. C'est lui qui a découvert Claudia morte.

— Si c'était Ian et qu'il a les clés, pourquoi avoir cassé un carreau ?

— Pour faire croire à un cambriolage ?

— Pourquoi se donner tant de mal pour ne rien emporter ?

— Franchement, je ne vois pas ce qui aurait pu le pousser à entrer ici par effraction. Mais quelqu'un l'a fait. Et ce n'était pas le voleur ordinaire qui part avec le magnétoscope ou les bijoux, dit-elle en écrasant sa cigarette. Viens donc me tenir compagnie pendant que je prépare la salade.

En prononçant ces mots, elle revit sa sœur fillette lui demandant de lui tenir compagnie et lui répétant une fois de plus qu'elle avait horreur d'être seule.

« Qui étais-tu donc, Claudia ? se demanda-t-elle, le cœur serré. Pourquoi avais-tu ces hauts et ces bas, ces craintes et ces phobies ? Qu'est-ce qui t'avait attachée à cette maison au point de te pousser à y rester de ta naissance à ta mort ? Et pourquoi ai-je la conviction que cet étrange cambriolage te concerne, que quelqu'un est venu fouiner ici en quête de tes secrets douteux ? »

— Coucou ! fit Mark en agitant la main devant les yeux de Rowena. Reviens sur terre, lapin rose !

Elle lui prit la main et l'entraîna dans la cuisine.

— Excuse-moi, je n'ai pas beaucoup dormi hier soir et j'ai passé toute la journée dans le brouillard.

Il lui pressa gentiment la main avant d'aller examiner la nouvelle porte de cuisine.

— Hmm. Tu y as perdu en lumière, dommage. Mais, côté sécurité, c'est tout bon : il faut au moins un bélier pour enfoncer ce monstre.

— Justement, c'est l'idée. Assieds-toi, Mark. Détends-toi, dit-elle en allumant une nouvelle cigarette.

— Me détendre, alors que tu émets sur toutes les longueurs d'onde ? Ce cambriolage ne te réussit pas, Ro, je suis désolé pour toi. Dis-moi, tu te remets à fumer maintenant ?

— Aujourd'hui, oui. Demain, qui sait ?

Elle déposa sa cigarette sur le bord d'un cendrier, posa un poivron sur la planche à découper et s'arma d'un couteau.

— Tu veux que je débouche une bouteille ?

— Bonne idée. Oh, et avant de t'en aller ce soir, fais-moi penser à te donner la clé de la nouvelle porte.

— Ro, s'il te plaît, ne laisse pas ce cambriolage te gâcher le plaisir. La maison est toujours la même, et je sais combien tu l'aimes.

Elle posa le couteau, reprit sa cigarette et se tourna vers lui.

— Tu sais, quand nous étions petites, la télé était dans la salle de jeux. Claudia adorait la télé. Elle l'aurait regardée du réveil au coucher, mais elle avait peur d'être en bas toute seule. Elle me suppliait toujours de descendre la regarder avec elle. Et pourtant, elle a fini par vivre ici sans personne.

— Où veux-tu en venir ? demanda-t-il, interloqué.

— Hier soir, je détestais cette maison, et je ne pouvais m'empêcher de penser à Claudia enfant, à sa peur de ce qui se cachait dans les poches d'ombre, à sa rage contre cette maison qui la terrifiait.

Elle tira sur sa cigarette et l'écrasa.

— Je suis peut-être un peu lent, mais je ne vois pas le lien.

— Il n'y en a peut-être pas. A cela près que je ne crois pas au suicide de Claudia. Et quelque chose me dit que cette effraction n'est pas sans rapport avec sa mort.

— Rowena, mon chou, tu dérailles.

Le visage finement ciselé de Rowena se rida sous l'effet de l'inquiétude, et il l'entoura de ses bras.

— Tu cherches à te justifier parce que tu as eu peur. Il n'y a pas de honte à avoir peur.

— J'ai encore peur, confessa-t-elle en s'accrochant à lui.

— Ce n'est pas un crime, tu en as le droit, insista-t-il en lui caressant la nuque comme on caresse un animal familier. En revanche, ce qui est grave, chaton, c'est que tu sois encore obsédée par Claudia. Je croyais que tu avais surmonté cela, mais non, apparemment pas. Elle est morte, Rowena. Tu dois l'accepter.

— Je sais, j'essaie, mais c'est difficile. Je ne comprendrai sans doute jamais le fond de sa personnalité, mais ce que je sais avec certitude, c'est que ma sœur ne se serait pas tuée.

— Le médecin légiste a déclaré qu'il s'agissait d'une mort accidentelle par overdose. Cela devrait suffire à te convaincre.

— Désolée, mais cela ne suffit pas.

Elle se dégagea de son étreinte et ajouta :

— Je croyais que tu devais ouvrir une bouteille ?

Il la considéra pendant quelques instants puis haussa les épaules et alla prendre le tire-bouchon dans le tiroir.

Ils échangèrent à peine quelques paroles jusqu'au moment où ils s'installèrent à table devant des assiettes pleines de ragoût odorant. Dans l'espoir d'alléger l'atmosphère, elle déclara alors :

— Le personnel du restau m'a offert une fête improvisée hier soir.

— Aïe ! Le genre de surprise que tu n'aimes pas. Cela s'est bien passé ?

— Très bien. Je me suis beaucoup amusée. Ils m'ont offert un joli vase Lalique.

— Celui qui est dans le salon ? Je me demandais d'où il venait.

— Rien ne t'échappe, hein ?

— Pas les vases Lalique en tout cas. C'est un chouette cadeau, lapin rose. Tu finiras peut-être par croire que ces gens t'aiment bien.

Elle détourna les yeux quelques instants, puis reporta son attention sur lui.

— J'ai réussi à boire un verre de vin et une coupe de champagne sans rien perdre de ma lucidité. En revanche, Ian était soûl comme une bourrique.

— Pas vrai ? Sa très britannique majesté a pris une tache ?

— Une grosse. Il a dansé comme un possédé pendant vingt bonnes minutes, et il danse bien, ce qui m'a surprise. Il semble toujours tellement raide ! Ensuite, il est venu s'asseoir près de moi pour marmonner des trucs geignards et sans suite à propos de Claudia. J'étais crispée ; je craignais des gestes déplacés, des avances, quelque chose qui me ferait perdre le respect que j'ai de lui. Tu sais, le genre de remarque raciste qui risquerait de gâcher une amitié, qui t'obligerait à dire à quelqu'un que tu aimais cinq minutes plus tôt qu'il est le pire des crétins, tu vois de quoi je parle ?

— Oh, je vois très bien. Cela m'arrive tous les jours.

— D'accord. Donc, je commençais à me sentir vraiment mal quand Mae et Jill sont arrivées avec son manteau pour le reconduire chez lui. Elles étaient si gentilles, si attentionnées envers lui… Je ne comprends pas comment un homme qui suscite autant d'affection pourrait feindre un cambriolage.

— Coucou, nous y revoilà. Dis-moi, il est délicieux ton ragoût. Pourquoi ne lui fais-tu pas honneur ?

Elle but une gorgée de vin.

— Je n'ai pas très faim.

— Rowena, tu vas manger, s'il te plaît, déclara-t-il avec une sévérité inattendue. Le vin et la nicotine ne te nourriront pas. Et cela ne m'amuse guère d'être là à m'empiffrer pendant que tu nous joues les souffrances de Werther, que tu ressasses tes souvenirs de la défunte Claudia et que tu t'attendris sur un coincé d'Anglais qui s'est piqué le nez et s'est conduit comme un être humain ordinaire, peut-être pour la première fois de sa vie.

— Mark, tu exagères, murmura-t-elle, vexée.

— Je n'exagère pas, Rowena. Tu es en train de devenir toute bizarre et cela ne me plaît pas. Il faut que tu manges.

Elle songea aux efforts qu'il avait déployés pour nourrir Tim dans les derniers mois de sa vie, préparant ses plats préférés, écumant le comté pour lui trouver des mangues et des papayes mûres ; elle se souvint de l'angoisse qu'il tentait de cacher quand Tim vomissait les quelques bouchées qu'il avait réussi à avaler. Elle se rappela les dernières semaines, quand Mark soutenait Tim très affaibli pour l'aider à boire à la paille les repas liquides en boîte, quand Tim s'excusait entre deux spasmes douloureux et que Mark lui murmurait des paroles rassurantes…

— Excuse-moi, dit-elle en s'armant de sa fourchette.

Il la regarda pendant quelques minutes, puis il fit la paix :

— C'est bon, hein ?

Elle lui sourit, et ils mangèrent en silence pendant un long moment.

— Tu sais, reprit-elle enfin, j'ai l'impression d'être un faussaire, ces derniers temps.

— Ce qui explique que tu remettes tes vieilles fripes informes. Tu te cherches.

— Au moins, dans ces vieilles fripes, je me reconnais, je me retrouve.

— Mon doux minet, si tu cessais de te considérer en exclue dans ce restaurant, tu cesserais de l'être.

— Qui te dit que je me sens exclue ? demanda-t-elle, surprise.

— Allons, chaton. Je te connais depuis longtemps. Tu as enfilé les talons aiguilles de ta sœur et tu cherches ton équilibre après avoir passé toutes ces années dans de confortables chaussures de marche.

— Vous êtes très futé, Mark Daley.

— Non, c'est l'expérience. Quand on se découvre très tôt des instincts contraires à ce qui est acceptable, non seulement en famille mais dans la société tout entière, quand on se rend compte qu'en suivant ces instincts, on va au-devant de toutes sortes d'ennuis, on prend peur, on devient triste, puis on s'y résigne. Et on a beau regretter de ne pas être comme tout le monde, on ne peut pas changer pour autant. On peut cacher sa différence, mais pas la faire disparaître. Et on se sent toujours coupable de ne pas être comme les autres tout en sachant qu'on ne le sera jamais, quoi qu'il arrive. Ce qui rend cette souffrance supportable, c'est de pouvoir se confier à quelques amis. Je sais que parler n'est pas facile pour toi, que tu te retiens, comme si tu ne te jugeais pas digne d'être écoutée. Certains jours, comme aujourd'hui, j'entre ici et je vois bien que tu te bats contre ton ombre. J'aimerais tellement que tu parles. Je suis prêt à t'aider dans la mesure de mes possibilités. Mais tu ne dis jamais rien sans être poussée dans tes derniers retranchements.

Elle songea à son père montant dans sa voiture au cimetière, avant de sortir de sa vie pour toujours ; à Claudia âgée de douze ans, lui déclarant d'un air de défi que même ses rêves étaient assommants ; elle comprit pourquoi elle éprouvait tant de réticence à se confier. Et elle comprit qu'il lui fallait faire un effort. Elle raconta à Mark qu'elle avait trouvé Claudia dans sa chambre à lire son journal intime.

— Je l'aurais tuée ! s'exclama-t-il, indigné.

— J'ai seulement arrêté de tenir un journal. Je sais bien que tu as raison sur le fond, mais à cause du climat dans lequel j'ai grandi, ma première réaction en toute circonstance est de me dire que je suis seule et qu'il faut que je m'en débrouille. Si je ne t'ai pas appelé hier soir, c'est que cela ne m'est même pas venu à l'esprit. J'essaierai de faire mieux, je te le promets.

Il hocha gravement la tête.

— On ne t'en demande pas davantage, Ro. Et tu sais que je suis toujours prêt à t'aider.

— Je sais.

— Et puis, s'il te plaît, essaie donc d'oublier ta sœur, de vivre ta vie à toi.

— J'essaierai.

Mais elle ne s'était pas tue qu'elle revoyait la scène du lit de mort, en analysait chaque détail et s'arrêtait une fois de plus sur la bouteille de Chivas Regal incongrue. Un jour, il faudrait qu'elle découvre la vérité. Elle en aurait le cœur net.

Incapable de se défaire de sa peur, elle vérifiait les abords de la maison dès qu'elle entrait ou sortait. Le système d'alarme avait ses inconvénients — un numéro de plus à retenir, avec celui de ses deux cartes bancaires, de son permis de conduire, celui de sa voiture, de sa carte de Sécurité sociale. Cependant, entre l'alarme et les minuteurs qui allumaient et éteignaient la lumière dans diverses pièces en son absence, elle se sentait à peu près rassurée. Ses doutes concernant Ian s'étaient dissous depuis que, ayant appris la nouvelle du cambriolage, il insistait pour l'escorter jusqu'à sa voiture les soirs où elle travaillait.

Elle s'attendait toujours à découvrir qu'il lui manquait quelque chose mais, les semaines passant, elle dut se rendre à l'évidence : rien n'avait été volé. Elle occupait tout son temps libre à jardiner, et se répétait qu'elle devrait trier le contenu des cartons stockés à la cave, sans toutefois parvenir à s'y mettre.

Tony Reid ne s'était pas manifesté de tout ce temps et,

alors qu'elle commençait à croire qu'elle n'entendrait plus parler de lui, il laissa deux messages sur son répondeur. Rowena s'en réjouit, mais elle ne le rappela pas pour autant, fermement décidée à ne pas s'engager dans une aventure. Il était beaucoup trop séduisant, et elle trop sensible à son charme.

Il finit pourtant par la joindre en début d'après-midi, le dernier dimanche de juillet.

— Ah, Rowena ! Je m'attendais à parler à votre répondeur. Je m'étais donné une dernière chance avant de plier ma tente pour aller camper ailleurs.

— Je voulais vous appeler, mentit-elle, regrettant même d'avoir décroché. Seulement, pour être franche, je n'étais pas d'humeur très sociable.

Etant donné les rêves qu'elle avait faits, elle se sentait terriblement gênée de lui parler au téléphone. Et pourtant, quelle séduction il y avait dans sa voix grave et chaude, dans ce soupçon d'humour qui perçait à travers ses paroles.

— Pas très sociable ? Pourquoi ?

— Non seulement je travaille beaucoup au restaurant, mais j'ai été cambriolée il y a quelques semaines.

— C'est bien triste. On vous a pris beaucoup de choses ?

— Non, rien du tout.

— Bizarre. En tout cas, c'est une expérience pénible et déstabilisante. Je suis déjà passé par là. Ma voiture a été vandalisée deux fois. Vous avez certainement besoin de vous distraire. Si je vous invitais à dîner ce soir ?

— Merci, non. Désormais, les restaurants n'ont plus le même attrait pour moi.

Elle rit en priant le ciel qu'il en reste là.

— Je le conçois. En ce cas, que diriez-vous d'une promenade en bateau ?

— Vous avez un bateau ?

— Oui, un petit yacht. Il se trouve à la marina de Norwalk Cove.

— Pourquoi si loin de chez vous ?

— Parce que c'est moins cher. Les bateaux sont devenus un véritable luxe. Les frais d'entretien et d'ancrage sont exorbitants. Mais je possède le *Jiminy Cricket* depuis longtemps et je ne tiens pas à le vendre. Alors, depuis quelques années, je le laisse à Norwalk. La promenade en bateau vous tente ?

Elle jeta un coup d'œil par la fenêtre en songeant qu'il serait bien agréable de naviguer dans la baie. Et puis, un homme qui avait baptisé son bateau le *Jiminy Cricket* ne pouvait pas être si méchant.

— Cela me tente assez, dit-elle presque à contrecœur. Quand pensiez-vous partir ?

— Maintenant. Je suis à la marina. Je pourrais passer vous prendre.

— J'ai au réfrigérateur de quoi faire un petit festin. Voulez-vous que nous dînions sur le bateau ?

— Excellente idée. Votre adresse ?

Elle la lui donna.

— Je serai chez vous dans une vingtaine de minutes.

Elle aurait aimé se changer, mettre une tenue plus élégante que sa robe de coton d'un bleu passé et ses sandales, mais le temps de sortir la glacière et de la remplir, il sonnait déjà à sa porte. Crispée, convaincue qu'elle commettait une dangereuse erreur, elle se précipita pour ouvrir.

Pieds nus dans des dockside, vêtu d'un pantalon de sport kaki, d'une chemise blanche à manches longues, il lui souriait et paraissait plus grand, plus imposant que jamais. Et toujours aussi beau. Mentalement, elle se répéta qu'elle n'était pas laide, pas laide, pas laide. Elle n'en croyait pas un mot, mais ce mantra silencieux lui occupait l'esprit.

Il porta la glacière jusqu'à sa Chevrolet Blazer et la déposa sur le siège arrière.

— Je suis ravi que vous ayez accepté de venir. Ce sera très agréable, vous verrez.

— Comment faites-vous pour ne pas bronzer en mer ? Vous mettez un écran total indice deux cents ?

— Comme vous êtes drôle, dit-il en riant.

— Malgré le handicap de ma taille, je me défends, ironisa-t-elle, et il rit de nouveau.

Comment pouvait-elle donc sembler si détendue alors qu'il la rendait plus nerveuse que personne ? Le mantra silencieux devint : « Dieu, faites que je sois moi, faites que je sois moi, que je sois moi… »

— Indice trente. Et je porte toujours un chapeau. Je ne bronze pas, car la teinte écrevisse ne me va pas au teint.

— Je vous comprends. Mon frère Cary adorait la voile.

— Oui, Claudia m'en a vaguement parlé. Tout jeune, il avait un petit dériveur, n'est-ce pas ?

— C'est exact. A l'époque, nous étions inscrits à un club de loisir et Cary sortait en mer presque tous les jours. J'allais souvent en bateau avec lui, et je m'étonne encore de ce que ma mère ait laissé deux enfants aussi jeunes naviguer dans la baie. Mais Cary était un marin-né, et il était très prudent. Il m'obligeait toujours à mettre mon gilet de sauvetage.

— Mais lui ne portait pas le sien.

— C'est ma sœur qui vous a dit cela ?

Il acquiesça de la tête.

— Mais ce n'est pas vrai ! s'exclama-t-elle, sidérée. Il ne sortait jamais en mer sans son gilet de sauvetage. Pourquoi diable vous avoir menti là-dessus ? D'ailleurs, sans le gilet, jamais on n'aurait retrouvé son corps. Je ne comprends pas qu'elle vous ait raconté pareilles sornettes.

— Que s'est-il passé ?

— Il était assez loin au large quand un orage a éclaté. Sa voile s'est déchirée, le bateau a chaviré, il a pris un coup à la tête. Le garde-côte l'a découvert le lendemain matin, flottant sur le ventre. Je l'ai entendu dire à ma mère qu'il avait dû perdre connaissance et se noyer. Mon Dieu ! Mais pourquoi Claudia a-t-elle menti sur des faits dont elle ne pouvait pas se souvenir, vu son jeune âge ?

— Excusez-moi. Je n'aurais pas dû en parler. C'est terriblement indélicat de ma part.

— Ne vous excusez pas, il n'y a pas de mal. D'autant que c'est moi qui ai soulevé le sujet.

Rowena sentait sa belle humeur fondre comme neige au soleil. Son frère avait disparu. Comment avait-elle pu vivre sans lui si longtemps ? Enfant, elle avait surmonté l'épreuve par la fuite, s'échappant en esprit comme elle l'avait fait pour son père. Il était plus sage et plus sûr de fuir la douleur.

La main de Reid se posa sur la sienne, la ramenant au présent. Ils étaient garés le long de la marina. La main se retira, et Rowena se tourna vers son compagnon. Il lui sembla alors qu'elle était prise dans un rêve. Cet homme lui paraissait à la fois beau et terrifiant. Elle sentait encore le poids de sa main sur la sienne.

— Ne parlons plus de Claudia aujourd'hui, d'accord ? dit-il doucement.

— D'accord, répondit-elle, soulagée.

Elle avait recouvré la faculté de sourire.

Le petit bateau de neuf mètres avait plus de vingt ans, mais il était remarquablement entretenu et Reid le maniait avec autant d'aisance que de plaisir. Lorsqu'ils furent sortis de la baie, laissant les côtes de Long Island au loin, il coupa le moteur et s'assit en face d'elle sous le dais de toile.

— Alors, cela vous convient ? s'enquit-il.

— Tout à fait. Je pourrais me rouler en boule et dormir ici même.

Bercée par la légère houle, calmée par la brise marine qui agitait doucement le dais, elle succombait à la torpeur de cette fin d'après-midi sous les rayons obliques du soleil déclinant.

— Il m'arrive de faire la sieste en mer. Il m'arrive aussi de pêcher.

— Vous attrapez du poisson ?

— Un maquereau de temps en temps, mais je le remets à l'eau. Je ne me risquerais pas à manger un poisson sorti de cette mer.

— Moi non plus. Mais c'est tout de même dommage.

— L'eau est plus propre qu'elle n'était il y a dix ans, mais elle reste polluée.

Il contempla la mer qui s'étendait entre eux et les côtes du Connecticut, puis il étira ses longues jambes, les croisa aux chevilles et se tourna vers elle.

— Nous savons maintenant que j'ai un bateau. Et vous, quel genre de jouet possédez-vous ?

Elle lui sourit.

— Rien d'aussi voyant. Des livres principalement. Cet été, je me suis mise à jardiner, chose que je n'avais pas faite depuis l'enfance. Mon père adorait son jardin. Je me souviens qu'il y passait tout son temps libre. Nous l'aidions, Cary et moi.

Pensive, elle observa les pointes de lumière qui dansaient sur les vagues.

— C'est drôle, je n'aurais jamais imaginé à quel point c'était une activité obsédante. Parfois, je suis au restaurant, et il me prend l'envie de faire un saut chez le pépiniériste pour acheter un arbuste, un buisson pour un coin du jardin. Je comprends mieux la passion des Anglais. En Chine aussi, j'ai visité des jardins fabuleux.

— J'ai toujours rêvé d'aller en Chine. Enfant, j'accompagnais mes parents en voyage chaque été. J'étais fou des paquebots et j'ai longtemps regretté d'être né trop tard pour voguer sur le *Normandie* — le plus beau bateau jamais construit. Mais je suis allé sur l'*Ile-de-France* et sur quelques autres. Vous avez déjà voyagé en paquebot ?

— Non.

— C'est à ma connaissance le seul moyen civilisé de voyager. Je déteste l'avion, la cohue des terminaux, la bousculade pour les bagages. Quand je prendrai ma retraite, j'espère passer tout un an sur les mers du monde, faire les fjords, la Méditerranée, remonter la côte Ouest jusqu'en Alaska.

— En d'autres termes, vous rêvez en secret d'un jouet beaucoup plus gros.

Il rejeta la tête en arrière et éclata d'un grand rire. Elle aurait aimé être plus impliquée, ne pas se sentir spectatrice. Seule avec cet homme, elle s'était mise inconsciemment en représentation, s'efforçait de se montrer intelligente, de charmer, et elle se rendait compte avec horreur qu'à son insu, les leçons de sa mère avaient porté, qu'elles étaient inscrites en elle.

Il s'essuya les yeux du revers de la manche, puis il lui demanda :

— Et vous, Rowena, quel est votre désir secret ?

La question l'ébranla. « Vous ! C'est vous que je veux ! » songea-t-elle aussitôt. Il lui fallut attendre quelques instants, se reprendre avant de pouvoir lui répondre :

— Ce que j'ai toujours désiré ? Qu'on me laisse en paix.

— Vous vous sentez harcelée ?

Elle pencha la tête de côté, l'examina d'un air interrogateur.

— Vous jouez au psychiatre avec moi ?

— Non. Je suis curieux.

— Je ne suis pas très intéressante, dit-elle avec un haussement d'épaules.

Et elle osa croiser son regard si remarquable, plus clair et plus bleu que jamais dans la lumière marine.

— Oh que si, Rowena. Malgré le handicap de votre taille.

De nouveau, il éclata de rire et s'essuya les yeux du revers de la manche.

— J'aime votre compagnie, Rowena. Il y a peu de gens qui me fassent rire.

— Oui, moi aussi. Quand on me prête des livres soi-disant désopilants, ils m'amusent si rarement que je me demande toujours si ma tête fonctionne normalement.

Il hocha la tête en signe d'assentiment.

— Vous êtes une femme de contrastes. Peu de gens sont à la fois francs, directs… et timides.

— Mais vous en êtes.

— Exact. Et vous êtes très fine, très pénétrante.

C'était à l'évidence un compliment. Son regard clair exprimait l'approbation, et il y avait dans ses yeux quelque chose qui ressemblait à de l'affection.

— Erreur. Je ne discerne que les problèmes des autres. En ce qui concerne les miens, je suis absolument nulle.

— Cela n'enlève rien à votre perspicacité. Quoi qu'il en soit, si nous explorions le contenu de la glacière ?

— Bonne idée. J'ai une petite faim.

Tandis qu'il dressait la table, elle déballa la nourriture.

— Hmm ! Cela m'a l'air bien bon. Bien supérieur au sandwich que je grignote habituellement en mer.

— Qu'allez-vous faire de celui que vous avez emporté pour ce soir ?

— Je me le servirai au petit déjeuner.

Elle lui sourit en agitant la tête.

— Quoi ? Vous ne me croyez pas ? Je n'étais pas sûr que vous viendriez au point de renoncer à me préparer un en-cas.

— Oh, je vous crois.

— Jambon à l'os sur pain complet, avec de la moutarde et de la mayonnaise. Vous voulez que je vous le montre ?

— Non, non, je vous crois.

Il la charmait, la désarmait, et elle prenait un plaisir douloureux à le regarder. Si seulement la vie était plus simple ! Si seulement l'on pouvait suivre sans crainte ses instincts. Mais c'était trop dangereux. S'attacher à cet homme serait une folie. Elle ne se trouvait ici aujourd'hui que parce qu'elle était la sœur de Claudia et, tôt ou tard, il lui ferait savoir ce qu'il cherchait vraiment.

14

Pendant tout le trajet entre la marina et chez elle, Rowena se demanda si elle devait ou non inviter Reid à prendre un café. Elle craignait de lui manifester trop d'intérêt et s'en voulait aussi de manquer à ce point de spontanéité. Finalement, elle se décida :

— Est-ce qu'une tasse de café vous tenterait ? J'ai aussi un morceau de gâteau divin que j'ai rapporté hier soir du restaurant.

Il sourit et ses fossettes s'animèrent.

— Du café et un reste de gâteau divin, hein ? C'est une offre qu'on ne refuse pas.

Glacière en main, il attendit sous le porche qu'elle eût tapé le code du système d'alarme, puis il la suivit dans la cuisine. Là, Rowena le débarrassa de son fardeau et l'invita à s'asseoir tandis qu'elle préparait le café.

— C'est une bien jolie maison. Cela vous ennuie si je visite ?

— Allez-y. Vous pouvez mettre de la musique si vous voulez.

Il gagna la salle à manger et poursuivit son chemin jusque dans le salon.

— Ce sont de grandes belles pièces avec des plafonds hauts, et du brave plâtre honnête plutôt que des pierres apparentes, commenta-t-il de loin. Si vous vendez, je suis preneur !

Amusée, elle sourit. Quelques instants s'écoulèrent, et les premières mesures de la *Fantaisie écossaise* de Bruch se firent entendre. Il avait choisi l'un de ses C.D. préférés, ce qui la laissa confondue.

Tandis que le café passait, elle tira le gâteau au chocolat du réfrigérateur, le posa sur la table avec un couteau et sortit des assiettes, des fourchettes et des tasses. Elle vida ensuite la glacière, qu'elle nettoya d'un rapide coup d'éponge, et la déposa près de la porte de la cave avant d'aller rejoindre Reid.

Il étudiait les cassettes vidéo sur les étagères et sursauta au son de sa voix.

— Vous aimez les films ? Oh, je suis désolée de vous avoir fait peur.

— J'aime les vieux films, confirma-t-il. Vous êtes très silencieuse. Je ne vous avais pas entendue venir.

— J'étais chat dans une vie antérieure.

Il émit un petit rire et reporta son attention sur les cassettes.

— Elles appartenaient à ma sœur. Claudia aimait les vieux films elle aussi.

Surtout les emballages, songea Rowena, amère.

— Pas vous ?

— Si, mais je n'en achète pas. Je préfère louer.

Elle se cala contre le mur, croisa les bras et l'observa tandis qu'il soulevait le vase Lalique pour l'admirer.

— Il est superbe.

— C'est le cadeau d'anniversaire que m'ont offert les employés du restaurant.

— Zut ! J'ai raté votre anniversaire ?

— De plusieurs semaines, oui.

— Dommage. Si j'avais su, je vous aurais envoyé une

carte. A l'évidence, le personnel vous apprécie. Mon ex-épouse collectionnait les Lalique. Une passion coûteuse.

— Vous avez été marié longtemps ?

— Neuf ans.

— Et, vous, en dehors des gros jouets, vous collectionnez quelque chose ?

— Des livres et des C.D., comme vous. Je n'ai jamais été un fanatique des objets. Vous avez été mariée ?

— Non.

Elle décroisa les bras, se redressa et ajouta :

— Venez. Le café doit être prêt. Et vous allez goûter ce merveilleux gâteau.

Il lui emboîta le pas tandis qu'elle retournait dans la cuisine. En présence de cet homme, la maison lui semblait soudain plus petite. A moins que la conscience aiguë qu'elle avait de lui n'occupât en fait la majeure partie de son espace mental.

Ils prirent place à la table et elle leur versa le café.

— Vous savez, c'est l'une des rares maisons où je n'ai pas le sentiment d'étouffer. Vous avez fait refaire la cuisine récemment, n'est-ce pas ?

— Comment le savez-vous ? s'enquit-elle, soupçonneuse.

— A l'odeur de neuf.

Elle prit le temps de humer l'air.

— Ah ? Je ne sens rien. En dehors du café.

— Les placards sont visiblement nouveaux. Joli travail de décoration. Vous auriez aimé vous marier ?

— Oui, quand j'avais douze ans, que j'étais encore jeune et innocente.

Comme sur le bateau, il rejeta la tête en arrière et partit d'un grand rire.

— Quand avez-vous cessé d'être jeune et innocente ?

Elle haussa les épaules.

— C'est venu en cours de route.

— Vous êtes courageuse d'avoir résisté aux pressions sociales.

— C'est sous-entendre qu'on me proposait le mariage.

— On ne vous le proposait pas ? s'enquit-il, sceptique.

Vaguement honteuse, elle se sentit rougir.

— Non. Mais je ne faisais rien pour qu'on me le propose.

— Pourquoi cela ?

— Peut-être que l'exemple de ma famille m'en a découragée.

— Vous pourriez préciser ?

Rowena, qui prenait jusque-là plaisir à le regarder déguster le gâteau, se rembrunit. Claudia avait bien dû lui parler de leur famille !

— Pourquoi ?

— Parce que cela m'intéresse.

Il paraissait ouvert, attentif. Avec courage, elle répondit :

— Mon père avait épousé une femme qui, à ce que j'en ai vu, le tolérait plus qu'elle ne l'aimait. Elle le considérait comme un cavalier à demeure, dont le rôle consistait à l'emmener danser au club le samedi soir et à payer les factures de ce que sa rente ne pouvait lui acheter. Il travaillait cinquante et jusqu'à soixante heures par semaine pour lui offrir ce qu'elle souhaitait, et je suis convaincue qu'il n'était pas heureux. Quand je pense à lui, ce qui est fréquent ces temps-ci, je vois un homme seul, sensible, affectueux envers les enfants. La dernière fois que je l'ai croisé, c'était à l'enterrement de Cary. Il était resté à l'écart et s'apprêtait à partir sans même nous dire un mot. Pour moi, il avait peur que Jeanne ne fasse une scène, ce qu'elle aurait sans doute fait. J'ai dû lui courir après pour le rattraper avant qu'il parte. Nous avons bavardé quelques minutes et il a promis de me contacter, mais je n'ai plus jamais entendu parler de lui.

— C'est bien triste, en effet.

— Nous formions une triste parodie de famille. Et vous, Reid, votre famille ?

— Il n'y avait pas de drame chez nous. Mes parents étaient universitaires tous deux. Ma mère enseignait la littérature et mon père l'histoire. J'étais fils unique et j'ai eu une enfance honteusement heureuse. Nous voyagions beaucoup, et je présume qu'ils me gâtaient. Ils encourageaient toutes mes curiosités, m'offrant des panoplies de chimiste, des jouets créatifs, des livres par valises entières. Je me plaisais en compagnie de mes parents, et je m'y plais toujours. Nous nous parlons au téléphone une ou deux fois par semaine et je leur rends visite dans le Maine une fois par mois. Depuis qu'il est à la retraite, mon père se passionne pour la pêche au lancer. Ma mère s'est mise à faire de l'aquarelle. Ils vivent à une demi-heure de Portland, sur la côte, et ils sont ravis d'être sortis des tracasseries de la politique universitaire.

— Vous avez bien de la chance, dit-elle en s'intéressant enfin à sa part de gâteau.

En quelques traits, il avait brossé le portrait d'une famille unie, heureuse, idyllique, et elle lui enviait ces souvenirs radieux.

— Oui, j'ai de la chance. Cela a dû être pénible pour vous de perdre votre père et votre frère.

Incapable de lui répondre, elle se leva pour aller chercher la cafetière et les resservir.

— Excusez-moi. Je vous ai fait de la peine, reprit-il.

— Ne jouez pas au psychiatre avec moi quand j'essaie d'avoir une conversation normale, dit-elle d'un ton posé.

— Une conversation normale implique des réactions, des réponses, non ?

— J'ai un sérieux handicap, Reid. J'ignore ce que ma sœur vous a déjà dit de notre famille. Claudia était votre patiente, que je sache.

— Certes. Mais pas vous. Je ne vous considère pas comme une patiente.

C'était le moment idéal pour lui demander comment il la considérait, mais elle en fut incapable, laissa passer sa chance. Finalement, Reid consulta sa montre et déclara comme à regret :

— Je suppose que je devrais songer à rentrer. Lundi matin, le monde recommence.

— Alors, pendant le week-end, le monde s'arrête pour vous ?

— Je vois mes patients le samedi matin, mais du samedi après-midi au dimanche soir, le monde s'arrête, oui. Cela vous ferait plaisir de repartir en bateau dimanche prochain ?

— Je ne sais pas. Appelez-moi et nous verrons.

— Etes-vous toujours aussi réticente à vous engager, ou est-ce seulement avec moi ?

— Est-ce un engagement que de prendre rendez-vous pour une promenade en mer ?

Il sourit.

— Finement joué. Répondre à une question par une autre est un vieux truc du métier. C'est un engagement mineur, il n'y aurait pas lieu de traîner le contrevenant devant un tribunal pour manquement à la parole donnée.

— Un point partout, dit-elle en lui rendant son sourire. Pourquoi avez-vous divorcé ?

— Parce que je n'étais finalement pas l'homme dont Susan rêvait.

— Elle était la femme de vos rêves ?

— Au début, oui. Mais les gens changent. Nous nous imaginons tous plus forts que les autres, nous nous croyons immunisés contre les désillusions. Mais nous ne sommes qu'humains, donc faillibles.

— C'est juste. Vous avez des enfants ?

Ses traits se crispèrent brièvement en une expression douloureuse.

— Nous avons eu une fille. Elle est morte à quatre mois d'une défaillance immunitaire. Notre couple n'a pas survécu à la mort d'Annie. Nous nous sommes efforcés de surmonter cette épreuve, mais nous avions perdu bien plus que le bébé. Au bout d'un an, nous avons résolu de nous séparer.

— Je suis désolée pour vous, murmura-t-elle, une boule d'émotion dans la gorge.

— Ce sont des choses qui arrivent.

Son stoïcisme rappelait à Rowena la philosophie de Mark, si chèrement acquise. La sagesse ne s'acquérait-elle donc qu'au prix de la souffrance ?

— Je crois que j'aimerais bien venir dimanche prochain. Appelez-moi dans la semaine pour en discuter.

— Je n'y manquerai pas.

Elle l'escorta jusqu'à la porte, lui ouvrit, jeta un coup d'œil dehors et se retourna vers lui.

— Vous avez peur ici toute seule ? lui demanda-t-il avec sollicitude.

— Votre sens de l'observation a quelque chose d'effrayant. Non, je n'ai pas peur. J'ai grandi dans cette maison. J'en connais tous les recoins de la cave au grenier. Ce qui m'inquiète un peu, c'est que, d'après la police, on aurait surveillé mes allées et venues. Il me faudra du temps avant de recouvrer mon insouciance d'avant le cambriolage. Si je la recouvre un jour.

— Ne soyez pas si dure pour vous-même, Rowena.

— Qu'entendez-vous par là ?

— Vous avez une manière détournée de vous déprécier,

comme si vous préfériez vous assener les coups avant que quelqu'un d'autre ne le fasse.

— C'est sans doute le cas. Une vieille habitude.

— Les habitudes ne demandent qu'à être brisées. Qu'est-ce qui vous a poussée à quitter la bibliothèque pour le restaurant ?

— Oh, le choix n'a pas été bien difficile. En tant que bibliothécaire en chef, mes fonctions étaient presque uniquement administratives. Je baignais dans la paperasse à n'en plus finir et le public me manquait. Naturellement, j'ai bondi sur l'occasion de renouer le contact humain.

— Vous êtes très douée pour cela. Je l'ai remarqué le soir où nous avons dîné au Rendez-Vous avec Colin.

— Pourquoi êtes-vous venu ce soir-là ?

— J'avais envie de vous revoir.

— Mais pourquoi ?

— Pourquoi ? répéta-t-il, décontenancé.

— Oui, pourquoi ?

— Parce que vous me plaisez. Et, comme vous l'aurez remarqué, vous avez plu aussi à Colin.

— Certes. Il m'a même proposé le mariage.

— Oui, et souvenez-vous, j'ai tout fait pour l'en dissuader.

— Je m'en souviens, en effet. Et je ne suis pas certaine de vous le pardonner. C'est qu'on ne me propose pas le mariage tous les jours, vous savez.

Il rit, posa un baiser sur sa joue, lui serra doucement le bras, puis il s'éloigna en disant :

— Je vous appellerai.

Elle attendit que sa Chevrolet Blazer disparaisse, puis elle tapa le code pour enclencher l'alarme. Après quoi, elle rentra à la maison tout en passant en revue la journée écoulée. Lorsque, un peu plus tard, elle posa son livre de chevet sur la table avant d'éteindre la lumière, elle était déjà impatiente de le revoir. Et, lorsque de nouveau elle rêva qu'ils faisaient l'amour, elle s'abandonna sans arrière-pensée.

Le vendredi suivant, Tony Reid n'avait toujours pas appelé. Déçue, Rowena se dit qu'elle l'avait sans doute découragé par son attitude. Son orgueil — cet organe gigantesque qui prenait tant de place dans le crâne des hommes — avait été blessé. Peut-être aussi que, comme cela lui arrivait souvent à elle, il avait le sentiment de s'être trop dévoilé. En tout cas, quelle qu'ait été la raison de son silence, elle aurait préféré qu'il s'abstienne de promettre. Quelle sotte elle faisait ! Un jour, il faudrait qu'elle apprenne à ne pas prendre le discours des gens à la lettre.

Le vendredi soir, le Rendez-Vous affichait complet, dedans comme en terrasse. Quelques minutes seulement après son arrivée, Rowena se laissait porter par le rythme plaisant de la soirée. D'un jour à l'autre, l'atmosphère changeait en fonction des clients. Ce soir, les conversations étaient bruyantes, animées, et les rires fusaient à la table de huit qui fêtait les cinq ans de mariage d'un jeune couple venu du Brésil. Terry avait mis une cassette de sambas, soulevant les applaudissements du groupe. Leur joyeuse humeur était contagieuse, et les serveurs dansaient presque entre les tables, le bar et les cuisines.

Avec le café, Rowena leur offrit des liqueurs, et toute la tablée se répandit en compliments sur les plats, le service et l'ambiance du restaurant. Elle avait regagné la réception pour jeter un coup d'œil au livre des réservations quand la porte s'ouvrit. Elle releva la tête, sourit machinalement, s'attendant à voir entrer les derniers clients attendus.

Là, dans l'encadrement de la porte, tel un gros chérubin monté en graine, en survêtement rose fluo et Reebok, les cheveux tirés en queue-de-cheval, se tenait Penny, visiblement folle de rage.

Le cœur battant, Rowena comprit que la scène était inévitable. Elle avait besoin d'aide, mais rien ne venait. Le scandale allait éclater.

Les traits crispés en un masque haineux, Penny s'avança sur elle.

— Je t'avais dit que mon fils ne travaillerait pas ici. Je t'avais prévenue ! Et il a fallu que tu t'opposes à ma volonté.

Elle avançait toujours, acculant Rowena contre le mur.

— Pour qui tu te prends, hein ? Tu vas cesser un jour de semer la zizanie dans notre vie ?

— Penny, je…

— La ferme ! coupa celle-ci en brandissant son poing à quelques centimètres du visage de Rowena. J'ai bonne envie de te flanquer une raclée, alors, s'il te plaît, ne me tente pas !

— Penny, écoute-moi une seconde, ce n'est ni le lieu, ni le moment…

— Je t'ai dit de la boucler !

Penny haussait le ton de manière alarmante.

— Je viens rechercher mon fils. Il rentre à la maison. Et je ne veux pas entendre un mot de toi, c'est clair ? Pas un mot.

Elle jeta un regard aveugle alentour, sans même remarquer les yeux braqués sur elle.

— Où il est, hein ? Où est mon fils ?

— Penny, nous ne pouvons pas en discuter ici…

— Tu es sourde ou quoi ? Tu ne comprends donc rien ?

Elle gifla Rowena et lui assena un coup de poing dans le gras du bras.

— Je me fiche pas mal — coup de poing — de ce que tu

as à dire — nouveau coup. Va me chercher Kip — nouveau coup — et tout de suite ! — deux coups de poing pour bonne mesure.

— Arrête ! souffla Rowena à mi-voix.

Où était donc Ian ? Pourquoi personne ne venait à son secours ? Oh, mon Dieu ! Comment en était-elle arrivée là ? Cherchant à se protéger, à rétablir une distance raisonnable entre elle et son adversaire, elle tenta de repousser Penny, qui interpréta le geste comme une agression et la bourra de coups de poing. Atterrée, les larmes aux yeux, Rowena croisa les bras sur sa poitrine. La chair meurtrie irradiait de chaleur sous ses paumes moites, et Penny la menaçait toujours de son poing.

— Je pourrais te tuer, toi et tes grands airs. Tu te crois si supérieure, hein ? Va me chercher mon fils, et tout de suite, ou je te flanque la trempe de ta vie !

Au même moment, les portes battantes de la cuisine s'ouvrirent sur Kip, qui s'écria :

— Maman ! Mais tu es complètement folle !

Il se précipita pour saisir le bras de sa mère, qui le repoussa d'une pichenette comme un bambin inoffensif. Mais Kip ne céda pas, la saisit à deux mains.

— Arrête-moi ça tout de suite !

Sous le regard d'Ian qui sortait du bureau, Penny se retourna, furieuse, vers son fils.

— Tu vas me le payer ! Va chercher tes affaires, on rentre à la maison !

— Que se passe-t-il ici ? demanda Ian, sévère.

Ses paroles tombèrent comme des pierres dans le silence qui s'était abattu sur la salle de restaurant.

— Occupez-vous de ce qui vous regarde, lui cria Penny.

— On se calme, maman, supplia Kip à voix basse.

— Je t'ai demandé ton avis à toi ?

— Vous allez venir avec moi maintenant, dit calmement Ian en empoignant Penny par l'autre bras.

Tandis que Kip et Ian entraînaient Penny écumante à l'abri des regards, Rowena incrédule se répétait qu'elle rêvait, que c'était impossible. Il lui semblait que cette altercation durait depuis des heures, que le silence gêné de la salle s'étirait à n'en plus finir, et pourtant, dans le silence, elle remarqua que la stéréo diffusait toujours le même morceau. La scène n'avait pas duré deux minutes. Cherchant son souffle, elle jeta un regard sur son amie de toujours : le visage de Penny était figé en une expression de colère qui la faisait paraître hideuse.

— Conduisez-la dans le bureau. Je vous y rejoins et nous discuterons tout cela en privé.

Penny était toujours prête à se battre, mais Ian et Kip la propulsèrent fermement le long du couloir. Rowena regarda le trio disparaître à l'intérieur du bureau et, se dégageant du mur, redressa les épaules. Mortifiée à l'idée que tous les dîneurs avaient été témoins de cette scène déplorable, elle parvint cependant à trouver la force de sourire et s'avança jusque dans la salle.

— Veuillez nous excuser, déclara-t-elle à l'adresse des clients. C'est un malentendu regrettable et j'espère que vous ne nous en tiendrez pas rigueur.

Dans une sorte de brouillard, elle fit demi-tour et se dirigea vers le bureau. Elle avait les jambes raides, les articulations nouées et chaque pas lui était pénible. Sa joue et le haut de ses bras lui cuisaient. Derrière elle, les conversations reprirent en une sorte de bourdonnement interrogateur. Morte de honte, elle retenait ses larmes. Elle aurait voulu disparaître dans un trou de souris, se refermer en boule sur sa douleur et pleurer tout son soûl. Il n'en était, hélas, pas question.

Elle ouvrit la porte du bureau et se vit aussitôt confrontée à une dispute d'une intensité saisissante.

— Mais tu es folle, maman, qu'est-ce qui t'a pris ?

— Tu ne t'opposes pas à ma volonté, Kip. Tu m'obéis ! insistait Penny dont l'énergie semblait cependant faiblir.

— Rien ne vous autorise à faire du scandale où et quand l'envie vous en prend, déclara Ian, froid et dédaigneux.

— Mêlez-vous de ce qui vous regarde, aboya Penny. C'est entre mon fils et moi. Viens, Kip. On rentre à la maison !

— Pas question ! Je ne suis même pas certain de vouloir vivre sous ton toit.

— Kip, déclara posément Rowena. Retourne à ton travail, s'il te plaît. Nous en discuterons tout à l'heure. Pour le moment, j'aimerais parler avec ta mère.

— Quelle merde ! grommela le garçon, effondré.

— Je t'avais pourtant dit de laisser mon fils tranquille ! reprit Penny en s'avançant, poing levé, vers Rowena.

Ian s'interposa entre elles.

— A votre place, madame, je prendrais un siège. Faute de quoi, quel que soit l'avis de Rowena, j'appellerai la police et je porterai plainte.

Penny s'apprêtait à relever le défi, mais quelque chose dans le regard glacial d'Ian lui fit baisser les bras. Elle s'approcha d'une chaise, mais ne s'assit pas.

— Allons, Kip, au travail, il y a du monde ce soir, insista doucement Rowena.

Le garçon leva les yeux sur elle, avant de se tourner vers sa mère. Puis, à regret, il quitta la pièce, refermant la porte derrière lui.

Le regard rivé sur Penny, Rowena dit alors :

— Ian, soyez gentil et allez nous chercher deux cognacs.

— Mais certainement, répondit-il, fixant lui aussi Penny jusqu'au moment de sortir.

Epuisée, vaguement nauséeuse, en proie à une colère glaciale, Rowena s'assit dans le fauteuil, derrière le bureau.

— Assieds-toi, Penny, ordonna-t-elle sèchement.

A sa grande surprise, Penny obéit sans broncher.

— Et maintenant, tu vas me dire quel était le but de cette agression ? Tu te sens libérée ? Cela a résolu tes problèmes ? Est-ce que le fait de t'être attaquée à beaucoup plus petit que toi te donne un sentiment de pouvoir ?

Elle attendit la réponse, qui ne vint pas.

— Alors ? insista-t-elle.

Penny ne bougeait pas, posée sur son siège comme un bébé géant et buté, mais elle fixait Rowena d'un regard plein de haine.

Frémissant de colère, celle-ci ouvrit le dernier tiroir du bureau, trouva son sac et, d'une main tremblante, en tira une cigarette. L'ayant allumée, elle se cala dans le fauteuil et inspira longuement la fumée, sans cesser d'observer son ancienne amie. Enfin, Ian revint avec deux verres de cognac.

— Vous parviendrez à maîtriser cette créature, ou vous préférez que je reste ? s'enquit-il en regardant Penny avec mépris.

— Tout ira bien, Ian, je vous remercie.

— Madame, permettez-moi de vous dire que vous avez des manières de sauvage.

— Je n'ai que faire de votre opinion, lui rétorqua Penny.

— De celle des autres non plus, je présume. On devrait vous enfermer en lieu sûr. Rowena, si vous avez besoin de moi, je ne serai pas loin.

— Je vous remercie, Ian.

Dès que ce dernier fut sorti, Rowena prit un verre et en vida la moitié d'un trait. La brûlure de l'alcool se frayant un passage à travers son corps glacé lui arracha un frisson. Elle posa le verre, tira sur sa cigarette et déclara :

— Bois ton cognac, Penny, et arrête ton cinéma. Dis ce que tu as à dire, et fiche le camp d'ici.

Penny la dévisagea, médusée.

— Même ta façon de parler a changé. On ne te reconnaît plus.

— Tu m'attaques devant une salle de restaurant bondée, et tu t'étonnes de ne pas me reconnaître ? Mais tu perds la tête, ma parole !

Rowena ponctua sa remarque d'une sorte de rire, un bizarre croassement. Il lui semblait soudain avoir plus de deux mille ans. L'énergie lui manquait. Cette folie l'irritait.

— Ce n'est pas juste, geignit Penny. Tu n'as pas le droit de monter Kip contre moi !

— Cesse de dire des sottises, veux-tu, je ne suis pas d'humeur.

Après avoir tiré une dernière bouffée de sa cigarette, Rowena l'écrasa, prit son verre, l'entoura de ses mains comme s'il pouvait la réchauffer, et se recala dans le fauteuil.

— N'empêche, ce n'est pas juste, insista Penny.

Elle prit son verre elle aussi, en vida bruyamment le contenu d'un trait, le posa sur le bureau et reprit :

— Claudia meurt, et voilà que tu as tout, ses vêtements, son argent, la maison, le restaurant. Cela ne te suffit donc pas ? Il faut encore que tu t'appropries Kip, hein ?

Mark avait raison depuis le début. C'était de la jalousie. Et c'était ridicule. Personne ne l'avait jamais enviée. Il n'y avait jamais eu de raisons de le faire, et il n'y en avait toujours pas.

— Tu déraille complètement ! Je ne m'approprie pas Kip, je lui donne du travail. C'est un employé, un excellent employé qui est très apprécié. Un point, c'est tout. Et, au cas où cela t'intéresserait de le savoir, je ne possède pas encore les biens de ma sœur. La succession n'est pas réglée. Je gère le restaurant par intérim en collaboration avec le notaire et la banque. Les travaux effectués ici et la rénovation de la maison ont été financés par une prime d'assurance-vie que Claudia avait souscrite depuis si longtemps que la clause de suicide était devenue caduque. Certes, j'ai ses vêtements, et je conduis sa voiture. La belle affaire ! Quand la succession sera réglée, j'hériterai du bien, mais pas les milliards que tu imagines. Il n'y a rien d'injuste à cela. Sauf dans ta tête.

— Mais tu as changé…

— C'est mon droit, que je sache ! s'emporta Rowena en abattant son poing sur la table. Tu débarques ici comme en pays conquis et tu m'humilies devant des douzaines de gens sous prétexte que, de ton misérable point de vue, les choses ne sont pas justes ? Mais la vie n'est pas juste ! Elle ne l'a jamais été. Et qu'est-ce qui te donne le droit de me juger ? Tu as perdu l'esprit, ma parole !

— Moi ? Et toi alors ?

— Moi quoi ? contra Rowena qui se demandait si cette femme avait jamais été son amie.

— Tu as changé. On ne te reconnaît plus. Tu n'as plus de temps pour les gens de ton ancienne vie.

— Tu te trompes, Penny. Je suis toujours la même. Pour le moment, c'est plutôt toi qui sembles avoir changé. Au point que je me demande vraiment si je te connais. Tu me bats froid depuis que Claudia est morte. J'ai tout essayé pour faire la paix, mais apparemment, cela ne te convient pas. J'ignore ce que tu veux. Mais c'est sans importance désormais, parce que je m'en fiche. Tu es allée trop loin, il est trop tard. Au nom du bon vieux temps, je te donnerai tout de même un conseil, laisse Kip tranquille ou tu le perdras. Si ce n'est pas déjà fait après ton numéro de ce soir. Kip n'est plus un enfant, et tu ne peux pas le manipuler à ta guise.

Penny s'extirpa de son siège et se leva en déclarant d'un ton tragique :

— J'ai bien vu que tu te transformais en sosie de Claudia. J'ai essayé de te mettre en garde, mais tu n'as pas voulu m'entendre et tu n'écoutes toujours pas. Arrivera ce qui arrivera, mais qu'on ne vienne pas s'en prendre à moi. Claudia était la plus belle salope que je connaisse et tu es devenue exactement comme elle.

— Oh, et puis va te faire voir ! s'exclama Rowena, exaspérée.

— Kip ne remettra pas les pieds ici, et que je ne te voie pas tourner autour de lui, reprit Penny d'une voix étranglée. Tu n'achèteras pas mon fils comme tu as acheté Mark et les autres !

Sur ces mots, elle quitta la pièce, laissant la porte ouverte derrière elle.

— Bon sang de bonsoir ! Mais ce n'est pas vrai… Cette bonne femme est complètement dingue ! gronda Rowena entre ses dents.

Tandis que les pas pesants de Penny s'éloignaient dans le couloir, elle vida le reste de son cognac et resta là, le regard rivé sur la chaise vide en face d'elle. Ses émotions trop longtemps contenues s'échappèrent de ses yeux en des torrents de larmes.

Après de longues minutes, elle se souvint que la réputation du restaurant dépendait d'elle, qu'il lui fallait reparaître aussi fraîche et digne que si rien ne s'était passé. Elle se tamponna les yeux avec un Kleenex, retoucha son maquillage, puis elle se leva et, avec un sourire décidé, elle sortit faire son tour de salle, s'arrêtant à chaque table pour rassurer les clients sur cet incident regrettable mais sans gravité. Consciente que Kip et Ian veillaient sur elle du coin de l'œil, elle leur souriait de temps à autre et poursuivait sa ronde. Le temps se traînait, mais la soirée interminable finit par prendre fin.

Tandis que le personnel s'attaquait au ménage, elle demanda à Kip de la suivre dans le bureau.

— Pas question de rentrer chez moi ce soir et pas question que je lâche ce boulot. Je me fiche éperdument de ce qu'elle raconte, déclara d'emblée celui-ci.

Rowena le regarda, compatissante. Elle l'aurait si volontiers installé chez elle dans l'une des chambres vides !

— Chaton, il faut que tu rentres. Si dans une semaine ou un mois tu décides d'aller vivre ailleurs, tu devras consulter un avocat pour savoir quels sont tes droits. Tu n'as pas dix-huit ans, tu es encore mineur.

Il soupira et s'affala sur la chaise.

— Elle est complètement timbrée depuis Noël dernier, et ça s'aggrave de jour en jour !

— Pourquoi ? Que s'est-il passé ? s'enquit Rowena, avide de comprendre l'étrange comportement de Penny.

— Papa m'a donné la voiture.

— Attends, je ne te suis pas.

La révélation était d'importance. A la connaissance de Rowena, Kip n'avait pas revu son père depuis qu'il était tout petit.

— Maman ne voulait pas, mais je l'ai appelé quand même pour lui demander de m'aider à acheter mes roues. Il avait l'air drôlement content que j'appelle. Il m'a dit qu'il projetait d'acheter une nouvelle voiture à sa femme et, du coup, il m'a donné l'ancienne. Je suis allé chez lui. On avait le trac tous les deux. Et tu sais quoi ? Il a dit qu'il se sentait fichtrement mal de ne pas avoir fait davantage pour moi, mais qu'il avait deux autres enfants et que c'était dur pour lui de trouver l'argent de la pension alimentaire tous les mois.

— Quelle pension alimentaire ? s'étonna Rowena. Je croyais qu'il n'avait jamais rien payé.

— Ouais, ben ça, c'est elle qui le disait. Mais pour payer, il a payé. Même qu'il m'a montré le talon des chèques et ses relevés de banque. Quatre cents dollars par mois pendant treize ans, cent cinquante-six chèques, tous encaissés, ça fait soixante-deux mille quatre cents dollars si je sais compter.

Il se mordilla la lèvre pendant quelques instants, puis il reprit :

— Je te raconte pas la scène quand je lui en ai parlé à elle ! Le salaud ne m'a jamais donné un sou, qu'elle répétait. Attends un peu, j'ai dit, j'ai vu les preuves de mes yeux ! Alors, elle m'a fait le même genre de numéro qu'à toi tout à l'heure, comme quoi il essayait de m'impressionner, de m'acheter ou je ne sais quoi, et elle me criait dessus comme si c'était ma faute, et avec quoi je croyais qu'elle avait payé l'appartement, mes vêtements, mes livres et tout le reste, hein ? Elle avait complètement pété les plombs. Alors, j'ai dit bon, bon, ça va bien, désolé d'avoir ouvert la bouche, j'aurais pas dû, désolé d'exister, excuse-moi, maman. Après, ça s'est calmé un temps, et puis ta sœur est morte et maman s'en est prise à toi. J'essayais de rester au large pour ne pas l'entendre déblatérer, surtout qu'elle s'en est prise aussi à oncle Mark. A croire que tout le monde était méchant, qu'elle seule avait le droit de vie ou de mort sur les autres. Je sais pas, mais ce soir, c'était moche, hein. La haine. Et tu sais quoi, tante Ro ? demanda-t-il, le regard mouillé de larmes.

— Non, quoi ?

— Papa m'a dit qu'il avait demandé à me voir des centaines de fois. Et elle lui répondait qu'il avait vu jouer ça en rêve, avant de lui raccrocher au nez.

Une larme roula sur sa joue.

— Pourtant, ça aurait été chouette. J'ai ces deux demi-frères, des mignons petits mômes, et je ne savais même pas leur nom ! Elle me répétait qu'il ne voulait pas entendre parler de moi. Ça me faisait mal, tu sais. J'aimais bien oncle Tim et oncle Mark, et oncle Tim me manque toujours, mais lui, c'était mon père !

Tandis qu'il parlait, Rowena se demandait si Jeanne n'avait pas agi de même avec son père à elle. Peut-être qu'il ne l'avait jamais abandonnée, qu'on l'avait éloigné d'elle…

— Je sais, Kip. Je suis désolée pour toi. Jamais je n'aurais imaginé cela.

Il écrasa une larme et regarda en direction de la porte.

— Je devrais être dans la salle à les aider.

— Ne t'inquiète pas, va. Pour l'instant, la question est de savoir ce que nous allons faire.

— Ben je ne sais pas. Je suis viré ?

— Certainement pas. Tu es un employé de valeur et je ne tiens pas à te perdre.

— Je te remercie, tante Ro, dit-il avec un sourire humide.

— Pour le moment, je te conseille de rester chez toi. On trouvera une solution, je te le promets.

Avant de quitter le bureau, Kip prit Rowena dans ses bras, la serra tendrement, affectueusement.

— Je suis désolé pour toutes ces horreurs, tante Ro.

— Ce n'est pas ta faute, chaton.

— Peut-être, mais je me sens quand même coupable.

— C'est bien pour ça que je te le dis. Tâche de t'en souvenir, d'accord ?

— Je tâcherai. N'empêche que j'aimerais bien savoir d'où vient tout ce truc tordu.

— Moi aussi, Kip, j'aimerais le savoir, dit Rowena avec ferveur.

15

Ereintée et distraite, il lui fallait constamment reporter son attention sur la route durant tout le trajet qui la ramenait chez elle. Sans cesse, Rowena revoyait en esprit l'altercation avec Penny. Et elle avait beau se dire qu'elle avait eu raison, que devant tant de barbarie sa conduite était justifiée, elle se sentait néanmoins coupable, retournait la situation en tous sens, cherchant à voir si elle aurait pu agir différemment. Cet effort l'épuisait, rendait les vingt minutes de trajet interminables. Elle aurait tant aimé se mettre au lit ! Mais il y avait aussi cette tristesse qui s'était emparée d'elle, une tristesse semblable à un fauve échappé de sa cage qui la tenait dans ses griffes, l'étouffait sous son poids. C'était une émotion très ancienne qu'elle avait réussi à contenir pendant toutes ces années et qui, libérée maintenant, menaçait de l'engloutir.

Des scènes oubliées de son enfance apparaissaient sur l'écran de sa pensée, y restaient éclairées l'espace d'un instant avant de laisser place à la suivante. Elle ne parvenait pas à en fixer une seule assez longtemps pour l'examiner. Dès qu'elle se concentrait, l'image se dissolvait, changeait. Au bord des larmes, la gorge douloureusement nouée, elle luttait pour accepter le fait qu'elle avait perdu l'amitié de Penny et cherchait à comprendre pourquoi leurs rapports s'étaient à ce point détériorés.

Telle une clé liquide, la tristesse se coulait dans une serrure interne, libérant un flot de deuils, de pertes successives. Tim, sa gentillesse et son humour lui manquaient ; son père et son frère lui manquaient ; sa mère aussi, finalement. Le souvenir de Jeanne lui rappela les cartons entassés à la cave, ce qui accentua encore sa lassitude. Dans son désir impérieux de rentrer, elle appuya à fond sur l'accélérateur.

Parvenue devant sa porte, elle tendit machinalement la main pour taper le code de l'alarme et se rendit compte avec horreur qu'elle n'était pas enclenchée. Le témoin vert clignotait, et pas le rouge. Elle s'immobilisa, la bouche sèche, le cœur battant à se rompre. Il lui sembla entendre un robinet couler. Puis le bruit cessa, et une silhouette sombre se dessina au bout du couloir contre la lumière de la cuisine. Son cœur manqua s'arrêter. Elle ouvrit la bouche pour crier mais aucun son ne sortit de sa gorge. Pour la seconde fois, on était entré chez elle, on allait lui faire mal, peut-être la tuer. Sa vie n'était pas pourtant censée finir ainsi ! Elle n'avait que quarante ans ! C'était trop tôt, trop jeune. Elle s'ordonna de bouger, de crier, de courir mais, comme dans les cauchemars, elle restait pétrifiée et muette. Et la tristesse l'étouffait tandis que, par avance, elle déplorait la perte de sa vie. Elle ne voulait pas mourir, c'était trop injuste. Et pourquoi, pourquoi était-elle incapable de faire un geste ?

— Ça va ? s'enquit Mark, inquiet, en la prenant par les épaules, en plongeant dans ses yeux. Kip m'a appelé pour me dire ce qui s'était passé et je suis venu t'attendre ici.

Sous le choc, soulagée aussi, elle demeura un moment bouche bée à le fixer. Puis elle s'abandonna contre lui en tremblant.

— Oh, Mark, j'ai eu si peur !

Et elle se lança dans un flot de discours incohérent ponctué par des sanglots.

— Ma chérie, je ne comprends pas un mot de ce que tu

me racontes. Tu vas monter te mettre en pyjama pendant que je prépare à dîner.

Elle renifla en cherchant un mouchoir dans sa poche.

— Je n'ai pas faim.

— S'il te plaît, ne discute pas. Je sais que tu n'as rien mangé, cela devient une habitude et je n'aime pas beaucoup cela. Nous allons grignoter quelque chose tous les deux, avec une bonne tasse de thé, et parler de ce qui ne va pas. Ensuite tu prendras un bon bain et tu iras te coucher.

Lorsqu'elle redescendit, il avait mis le pain, le fromage et les fruits sur la table, ainsi que la moitié d'une tarte aux pêches de Jill. Il fronça les sourcils en la voyant allumer une cigarette.

— Je n'aime pas beaucoup non plus que tu te remettes à fumer, mais pour ce soir, je te pardonne.

Il posa une chope de thé devant elle.

— Et maintenant, tu vas tout me raconter en détail.

Tout en lui faisant le récit de la soirée, elle parvint à avaler un morceau de fromage et une minuscule part de tarte. Tandis qu'elle lui parlait des révélations de Kip concernant son père, elle prit conscience que sa tristesse s'était éloignée, même si elle la sentait encore, tapie dans l'ombre, à la guetter, prête à bondir.

— Je comprends mieux ta confusion maintenant. Mais qu'est-ce qui se passe dans le crâne de cette femme ?

— La première fois que je suis allée voir Tony Reid à son bureau, il a insisté sur le fait qu'il est très difficile de connaître les gens, même les plus ouverts. Depuis, je n'ai pas cessé de me demander si je connaissais vraiment Penny, et j'ai l'impression que non. C'est pénible, Mark, très déstabilisant. Je me sens furieuse, impuissante et stupide. Je trouvais cette crise bien soudaine et incompréhensible, jusqu'à ce que Kip me raconte cette histoire sur son père. Tu te rends compte qu'elle ment à son fils depuis le début ? Qu'elle lui a toujours répété que Ken ne voulait pas de lui ? Et qu'elle a menti à tout le monde en prétendant que Ken ne lui avait jamais versé un sou de pension ? Mais pourquoi, grand Dieu, pourquoi ? Pourquoi ne pas avoir dit la vérité ?

— Elle aurait ainsi évité bien des souffrances. Mais je suppose qu'elle avait besoin de se faire plaindre.

— Je regrette presque d'avoir renvoyé Kip chez lui. Mais je ne voulais pas non plus aggraver la situation.

— Tu as bien fait, lapin.

— Mark, est-ce qu'on peut connaître les gens ? Est-ce que je te connais ?

— Cette histoire t'a vraiment secouée, hein ?

Il posa tendrement une main sur son bras.

— Tu me connais, Ro. Et je suis plus proche de toi que je ne l'ai jamais été de personne en dehors de Tim. Je te connais.

— Mais tu ne croyais pas connaître Penny ?

— La vérité ? Je la connaissais, disons, à quarante pour cent. Mais je l'acceptais parce qu'elle était ton amie. C'était toi le lien entre nous. Toi, et Kip aussi, parce que j'ai aimé ce gosse dès le départ. Mais j'ai eu d'emblée le sentiment que Penny traînait derrière elle un train de casseroles affectives qu'elle cachait aux yeux de tous.

— Pourquoi ne m'en as-tu jamais parlé ?

— Ro, la soirée t'a ébranlée et tu penses tout de travers. Est-ce que tu aurais critiqué Tim devant moi ? Non. A moins que je ne te tende la perche, tu te serais abstenue. Pour ne pas me blesser, pour ne pas altérer mon jugement. Il en va de même pour moi en ce qui concerne Penny. Si tu avais exprimé un doute, je t'aurais révélé aussitôt mon sentiment.

— Tu me le dirais si tu trouvais soudain mon comportement bizarre ? Si tu estimais que je déraillais ? Ou bien tu attendrais que je te tende une perche ?

— Je n'attendrais certainement pas. Je te le dirais carrément.

— Est-ce que tu penses que je suis en train de devenir la copie conforme de Claudia ?

— Mon lapin bleu ! C'est cela qu'elle t'a reproché ?

— C'est ce qu'elle soutient depuis le début.

— Quelle sotte ! Sotte et méchante. Ecoute-moi bien, lapin en sucre. Si je percevais en toi ne serait-ce qu'un soupçon de Claudia, je te sauterais à la gorge, pire qu'un doberman. Là-dessus, tu peux me faire confiance. Ta sœur était la créature la plus tordue que j'aie jamais rencontrée. Elle manquait totalement de sincérité, elle était sans cœur et s'en prenait à tout ce qui passait. Elle s'en est même prise à moi dans le temps.

— Tu plaisantes ?

— Oh, que non. Elle m'a appelé un soir, tout sucre tout miel et roucoulante, pour m'inviter à prendre un verre.

— Ah oui ? Et quand cela ?

— Dans le temps, juste après mes débuts à la bibliothèque. Elle croyait que nous formions un couple toi et moi, et elle voulait le briser. C'était tellement transparent que c'en était risible, mais j'ai pu voir comment elle fonctionnait, et ce n'était pas drôle, crois-moi. Je l'ai envoyée promener. Cela ne lui a pas plu, mais elle a joué les indifférentes. Deux ou trois ans plus tard, quand je suis allé au restaurant avec Tim, elle a compris que j'étais homo, et elle a fait celle qui ne me connaissait pas.

— Tu me sidères ! Je n'arrive pas à croire qu'elle ait pu agir de la sorte.

— Moi, je n'arrive pas à croire qu'elle était ta sœur. Mais plus je te connais, et mieux je comprends toutes sortes de choses.

— Quelles sortes de choses ?

— Un autre jour, Ro. Il est tard et tu es vannée.

— Non, dis-moi.

— C'est toujours ce même vieux truc, Ro. L'abîme qu'il y a entre ton apparence physique et l'idée que ta mère et ta sœur t'ont donnée de toi-même. Ce n'était pas Claudia la beauté de la famille, c'était toi, lapin. Et regarde-toi ! Tu ne me crois pas, et je ne vais pas chercher à t'en convaincre maintenant. Mais réponds-moi tout de même sur un point, pourquoi ne m'écoutes-tu pas alors que tu es prête à écouter une brute qui vient d'auditionner pour le rôle principal dans *Massacre à la tronçonneuse*, version féminine ?

Elle éclata de rire, mais il poursuivit :

— Je ne plaisante pas, tu sais. Je me tue à te répéter depuis des mois que Penny est malade de jalousie.

Rowena acquiesça d'un hochement de tête. Son rire avait achevé de l'épuiser.

— Il faut que tu te couches, chaton. Je t'ai apporté un Valium à tout hasard.

Il déposa le petit comprimé sur la table et ajouta :

— Tu tiendras le coup, ou tu veux que je campe dans une de tes chambres d'amis ?

— Ça ira, marmonna-t-elle faiblement. Merci pour tout, Mark.

— Prends un bon bain, et puis dodo, d'accord ? Et n'oublie pas de mettre le réveil.

— C'est promis.

Il posa un baiser sur son front et se dirigea vers la porte.

— Je t'aime, Rowena. Tout s'arrangera, tu verras.

Trop émue pour parler, elle lui offrit l'ébauche d'un sourire tandis qu'il lui envoyait un dernier baiser avant de sortir.

Elle resta assise un moment à finir sa cigarette en imaginant Claudia en train d'essayer de séduire Mark. Sa sœur en était bien capable. Mais que se passait-il donc dans sa tête quand elle se lançait dans de telles entreprises ? Que cherchait-elle à prouver, et à qui ? En proie à une nouvelle bouffée de tristesse, Rowena se leva et alla rebrancher l'alarme, puis elle se traîna jusqu'à l'étage.

Tandis que le bain coulait, elle se dévêtit et découvrit avec effroi les marques violettes en haut de ses bras. Elle effleura doucement les meurtrissures et revit une fois de plus la scène de l'affrontement.

Pendant toute la durée de l'agression, elle s'était trouvée entraînée dans une zone où l'intelligence et la raison n'avaient plus cours. Seule comptait la force physique, et celle-ci lui faisait défaut. Elle s'en voulait de sa faiblesse, et elle en voulait à Penny qui l'avait dépouillée du peu d'estime qu'elle avait d'elle-même.

Elle avala le comprimé de Valium et se plongea dans l'eau chaude. Lorsque ses paupières lourdes menacèrent de se fermer, elle sortit du bain, s'essuya et se mit directement au lit pour sombrer aussitôt dans un sommeil profond et sans rêve.

Le lendemain matin, elle avait les bras douloureux et un début de migraine. Ayant mis le café en route, elle alla écouter son répondeur. Il n'y avait qu'un seul message, de Tony Reid, dont la voix mélodieuse et chaude déclarait :

« Je sais que c'est une piètre excuse, mais si je ne vous ai pas appelée, c'est que je n'ai pas eu une minute à moi de toute la semaine. J'espère que vous êtes toujours d'accord pour dimanche. Appelez-moi dès que vous le pourrez pour me le faire savoir. A bientôt.

Heureuse qu'il ait finalement téléphoné, Rowena ne se sentait cependant pas la force de lui parler. Se souvenant qu'il travaillait le samedi matin, elle composa son numéro personnel et laissa un message sur le répondeur.

« Coucou, c'est Rowena. Je ne suis pas sûre pour dimanche. Il faut voir. Je rentre du restaurant vers 15 heures demain, nous en reparlerons alors. »

Elle prit deux cachets d'aspirine vitaminée et passa près de quarante minutes à boire son café tout en fumant et en s'interrogeant sur ce qu'elle pourrait faire pour Kip. Etant donné l'état d'esprit de sa mère, le malheureux garçon allait finir l'été dans des conditions pénibles, sans parler de l'année scolaire à venir. Mais le plus déplorable, c'est qu'elle, Rowena, ne pouvait absolument rien pour lui.

Toute action de sa part ne servirait qu'à aggraver la situation. Et d'ailleurs, rien ne l'autorisait à intervenir. Pour être juste, elle devait reconnaître que Penny avait toujours été — jusqu'ici — une mère dévouée. Si Kip était devenu un si brave garçon, ce n'était pas un effet du hasard. Rowena ne pouvait que le soutenir dans cette épreuve et prier de toutes ses forces que Penny eût suffisamment de bon sens pour ne pas le harceler.

Son mal de tête passé, elle descendit à la cave pour affronter la pile de cartons entassés contre le mur de ce qui avait été autrefois la salle de jeux. Avec un soupir, elle se mit à la tâche, rangeant d'un côté les cartons qui contenaient les papiers de Claudia et, de l'autre, ceux de Jeanne. Une heure plus tard, elle était en nage et couverte de poussière, mais le tri initial était fait. Elle installa la table de bridge et une chaise pliante, descendit une lampe dans l'une des chambres inutilisées et un rouleau de sacs-poubelle, puis elle attaqua le premier carton.

Les papiers de sa mère y étaient dans un désordre épouvantable, jetés là en vrac par Claudia après la mort de Jeanne. Il y avait des factures payées, des cartes de crédit expirées depuis des lustres, des relevés bancaires, et un nombre considérable de cartes de vœux. Durant la dernière année de sa vie, Jeanne avait fait de nombreux séjours à l'hôpital, où ses amies l'avaient couverte de vœux et de fleurs.

Rowena examinait tout, un travail long et fastidieux, mais qui ne manquait pas d'intérêt. Jeanne avait toujours dépensé des sommes prodigieuses, et ce jusque dans les derniers mois de sa vie, mais il y avait dans le carton des reçus provenant de magasins de Manhattan où elle n'était certainement pas allée dans l'état de faiblesse où elle était alors. D'où il découlait que Claudia avait utilisé les cartes de crédit de Jeanne pour acheter un sac Louis Vuitton, une demi-douzaine de robes d'une valeur moyenne de huit cents dollars pièce, autant de paires de chaussures dont les moins chères avaient coûté cent cinquante dollars et les plus chères la somme sidérante de cinq cent cinquante dollars. Elle avait acheté nombre de pulls en cachemire, de la lingerie de soie en quantité et plusieurs déshabillés. Elle avait ainsi dépensé près de quinze mille dollars juste avant la mort de leur mère. Rowena se demanda si Jeanne le savait, si elle s'en souciait. Sans doute pas. De toute façon, c'était désormais sans importance. Ayant jeté les reçus dans un sac-poubelle, ainsi que des factures d'eau et d'électricité, des devis de plombier, de vieux magazines et un programme de télévision datant du déluge, Rowena aplatit le carton vide et le mit de côté pour le container bleu du recyclage.

Au milieu du deuxième carton, elle trouva deux albums de famille et la photo de mariage de ses parents ; elle les avait cherchés en vain après avoir emménagé, et avait fini par conclure que Claudia s'en était débarrassée. Ravie de sa trouvaille, elle monta le cadre et les deux volumes reliés de cuir dans la cuisine, où elle s'installa avec un café et une cigarette pour regarder ces photos qu'elle n'avait pas revues depuis plus de vingt ans.

George Graham avait tenu une sorte de journal visuel de la famille, qui commençait avec la lune de miel et s'achevait à la mort de Cary. Le premier album s'ouvrait sur des tirages en noir et blanc des mariés, alors incroyablement jeunes et beaux, prenant des cocktails dans le patio d'un hôtel de Nassau. Jeanne riait dans sa robe à l'ample jupe, ses cheveux blonds élégamment coiffés, le verre d'une main et une cigarette dans l'autre ; en smoking, George contemplait avec amour sa femme légèrement plus âgée et de loin plus sophistiquée que lui. On les voyait encore tous deux jouant au tennis, prenant le soleil sur une plage déserte, à bicyclette.

Venaient ensuite les photos des enfants. D'abord Cary, dont l'heureuse nature éclatait dans ses sourires de bébé ; puis Rowena, une petite chose joyeuse et replète, blottie dans les bras de son père ; Claudia enfin, âgée de six mois sur les genoux de sa grand-mère, le visage tout fripé, les bras tendus vers sa mère distraite, laquelle était assise un peu plus loin avec une cigarette, le regard perdu dans le lointain.

Rowena étudia longuement ce cliché qui lui semblait emblématique. Il y avait l'attitude de Jeanne, qui tournait partiellement le dos à sa mère et à son enfant ; il y avait le visage douloureux du bébé... Cela lui rappelait... Quoi, au juste ? Elle ferma les yeux, se concentra, mais le souvenir refusait d'apparaître. Détachant soigneusement la photo de ses quatre coins dorés, elle la mit de côté pour y revenir plus tard et poursuivit, tournant lentement les pages de l'album, souriant machinalement devant son frère qui faisait ses premiers pas, devant l'enfant dans son parc entouré par ses jouets, devant le même à trois ans en chapeau de marin et ciré, tenant la main de son père sur le pont d'un voilier où tous deux offraient des sourires identiques à la caméra. Le cœur de Rowena se serra. Ils lui manquaient, ce père patient et aimant et ce frère si gentil qu'elle avait perdus. Elle referma l'album et alla se réchauffer au soleil, près de la fenêtre, en regardant le jardin de son père de nouveau entretenu, en imaginant que Jeanne lui avait fait à elle ce que Penny avait fait à Kip. A l'idée que sa mère ait pu la séparer sciemment de son père, elle sentit s'éveiller en elle un instinct meurtrier. Heureusement, Jeanne était morte.

Lorsque, vers 18 heures, elle arriva ce soir-là au Rendez-Vous, Kip s'y trouvait déjà. Il ne semblait pas très en forme et elle le prit à part pour lui demander de ses nouvelles.

— Moi ? Ça va, tante Ro.

— Oh non, mon chéri. On dirait que tu as dormi dans une valise.

— J'espérais que ça ne se verrait pas. En fait de valise, j'ai dormi dans la voiture. Je ne voulais pas rentrer à la maison, alors j'ai appelé et j'ai annoncé à ma mère que je passais la nuit chez Luke. Je ne lui ai pas laissé le temps de se mettre en colère, je lui ai déclaré tout net que je ne lâcherais pas mon travail et que, si cela ne lui plaisait pas, j'irais vivre ailleurs pour de bon. J'étais prêt à me battre sérieux, mais elle a dit d'accord, comme tu voudras. Il faisait un peu chaud dans la voiture, et c'était pas très confortable. Je me suis garé tout au fond du parking et j'ai dormi sur le siège arrière. J'ai acheté quatre trucs au drugstore à l'ouverture, puis je suis allé faire ma toilette à la station-service, j'ai mangé un morceau au McDo' et je suis venu ici pour midi. Je sais que je suis un peu fripé mais…

Il lissa sa chemise des deux mains.

— … ça va quand même, non ?

Il était si jeune, si franc, si innocent que Rowena sentit son cœur se gonfler d'amour et de pitié pour lui. Si seulement elle avait pu le prendre chez elle, lui donner l'espace dont il avait besoin pour se développer. Mais Penny considérait d'un mauvais œil les sentiments qu'elle nourrissait pour son fils et le lui avait fait comprendre en termes clairs. Dommage. Elle se voyait impuissante à l'aider.

— Tu ne peux pas dormir éternellement dans ta voiture, Kip. Et ton père ? Tu ne pourrais pas vivre chez lui ?

— C'est tout petit, tante Ro. Je suis sûr qu'il serait d'accord, mais ils n'ont pas la place.

— Dieu que tout cela est ridicule ! J'ai une maison énorme, avec quatre chambres vides — ce serait si simple que tu loges chez moi. Mais rien n'est simple en ce moment ! En tout cas, tu ne peux pas continuer à vivre dans ta voiture. Tu n'es pas à la rue. Il y a des tas de gens qui t'aiment et ne demandent qu'à te loger. Ta mère pour commencer. Elle est un peu bizarre ces temps-ci, mais elle t'aime, et tu le sais.

— Oui, je le sais. Et elle péterait tous ses boulons si j'habitais chez toi. C'est comme si elle te détestait, tout à coup. Et oncle Mark aussi. Ça fait peur, ce truc. Je ne comprends pas. Vous ne lui avez pourtant rien fait !

— Elle s'imagine que moi je lui ai fait quelque chose — je ne sais pas quoi, mais vu de sa fenêtre, c'est comme si je l'avais fait.

— Ouais, c'est dingue. Ce soir, je vais rentrer à la maison, histoire de voir comment elle est. Elle sera peut-être calmée.

— Si tu sens que tu ne peux pas rester, appelle-moi, ou Mark, ou ton père. Appelle l'un de nous trois. Mais, s'il te plaît, ne dors pas dans ta voiture.

— D'ac.

— C'est promis ?

— Je te le promets, dit-il avec un pauvre sourire triste.

Puis, des doutes plein les yeux, il la quitta pour aller remplir les corbeilles de pain. Elle le regarda s'éloigner en priant de nouveau pour que Penny revienne à de meilleurs sentiments et le laisse en paix.

Le dimanche matin, elle fut réveillée par la pluie qui martelait les vitres. Ouf! Plus question de sortir en mer avec Tony Reid. Elle pourrait passer la fin de l'après-midi et la soirée à trier le contenu des cartons.

Ses bras étaient encore plus douloureux que la veille et, en ôtant son pyjama, elle se découvrit des bleus spectaculaires. Le jet de la douche était insupportable sur ses bras meurtris et, frissonnante, elle s'assit au fond de la baignoire, qu'elle laissa se remplir.

Elle s'attendait vaguement que Reid téléphone, mais il n'en fit rien. Avant de partir pour le restaurant, elle l'appela sur le répondeur et lui proposa de remettre la sortie en mer à un autre dimanche.

Un peu plus tard, ayant rangé son sac dans le tiroir de son bureau, elle se mit en quête de Kip, qu'elle trouva plus reposé que la veille mais tout aussi soucieux. Il lui apprit que sa mère dormait quand il était rentré.

— Et ce matin, à mon réveil, elle était déjà partie. Je ne sais pas où elle est allée, mais au moins, il n'y a pas eu de scène.

Rowena lui entoura affectueusement les épaules de son bras.

— Souviens-toi, mon chaton, si tu as besoin d'aide, tu ne manques pas d'amis.

— J'y penserai, ne t'inquiète pas. Et je ne dormirai plus dans la voiture. Tu es chic, tante Ro.

Malgré le mauvais temps, peu de gens annulèrent leurs réservations. Comme on ne pouvait servir plus de six couverts au bar, on proposa aux clients excédentaires de s'installer sous l'auvent de la terrasse. Trois groupes de quatre acceptèrent ; deux couples remercièrent en disant qu'ils préféraient chercher ailleurs et reviendraient un autre jour. La salle était bondée.

Peu après midi, au cœur de la presse du brunch dominical, Mae vint trouver Rowena et lui dit :

— Nous allons avoir des ennuis avec la table six.

— Ah ? Pourquoi ? s'enquit Rowena en jetant un bref coup d'œil en direction des quatre personnes assises à la table en question.

Mae fronça le nez.

— Vous voyez le gros, là ? C'est un râleur de première. Le genre jamais content. Cet abruti ramène ses cheveux d'une oreille à l'autre, met une tonne de laque par-dessus, et s'imagine que personne ne remarque qu'il est chauve comme un caillou sur le dessus.

Rowena éclata de rire en se couvrant discrètement la bouche.

— Il s'est déjà plaint ?

— Pas encore, mais ça va venir. Ceux de son espèce, je les renifle à cent pas.

— Bon, eh bien, nous verrons.

— Pour voir, nous verrons !

Rowena surveilla la table du coin de l'œil et, comme prévu, dès que les plats furent servis, l'homme rappela Mae d'un geste impérieux. Aussitôt, Rowena se présenta en personne.

— Il y a un problème ?

— Les œufs ne sont pas cuits. J'ai pourtant bien précisé que je les voulais à point ! s'exclama-t-il, belliqueux.

— Mais bien sûr, monsieur. Nous allons y remédier.

Elle fit signe à Mae de remporter l'assiette et la rejoignit en cuisine.

— Ce n'est qu'un début, s'écria la serveuse. Il va rouspéter à propos de tout et de rien parce qu'il ne veut pas payer son repas. Il se croit où, ce type ? On n'a rien pour rien. Oh, je les déteste ceux-là ! J'en aurais craché, dans ses fichus œufs Bénédicte !

— Allons, allons.

Rowena lui prit l'assiette des mains et la mit au micro-ondes, qu'elle programma au maximum pour deux minutes.

— Cette fois, ils seront cuits, ses œufs. Et pour le reste, Mae, c'est oui, monsieur, non, monsieur, café offert par la maison, point à la ligne.

— Fameux ça, patronne ! approuva Mae, la mine réjouie.

De son poste d'observation au bar, Rowena regarda le client dubitatif tâter du bout de sa fourchette le jaune solidifié, puis hausser les épaules, comme s'il concédait avoir perdu la première manche. Il engloutit le contenu de son assiette, avant de s'interrompre pour ordonner à Mikey de remplir leur corbeille de pain.

— Et rapportez-nous du beurre pendant que vous y êtes. On nous rationne ici ?

Mikey le toisa, méprisant, mais ne dit rien. Sur un signe de tête de Rowena, il ajouta à leur corbeille un petit pot de beurre.

Les quatre clients de la table commandèrent des desserts et des cafés. Lorsque l'addition arriva, on exigea la présence de Rowena.

— J'ai dû renvoyer mon plat, et vous me le faites payer ? demanda le client irascible.

— Mais, monsieur, vous l'avez consommé. Et vous remarquerez que les cafés ne figurent pas sur la note, dit aimablement Rowena.

La femme qui accompagnait l'importun était gênée à ne plus savoir où se mettre, tandis que l'autre couple, les yeux baissés, conversait à mi-voix.

— Dernière fois que je viens ici, gronda l'homme en

faisant claquer sur la table une carte Platine American Express.

— Je suis désolée, mais nous ne prenons pas American Express. Nous acceptons cependant MasterCard ou Visa.

— Vous ne prenez pas la carte Platine ? On aura tout vu ! Mais qu'est-ce que c'est que ce trou ?

Il reprit la carte et jeta une MasterCard sur la note. Rowena ramassa le tout, qu'elle tendit à Mae puis, avec un sourire, elle déclara :

— Je vous prie de nous excuser.

Et elle reprit sa tournée des tables.

Quelques minutes plus tard, le groupe sortit. Mae, qui se trouvait près de Rowena, lui murmura :

— Ce mufle ne m'a même pas laissé de pourboire. Je vous l'avais bien dit qu'il serait infernal.

Rowena s'apprêtait à répondre quand la porte s'ouvrit sur la femme qui était tout à l'heure si gênée. Elle se dirigea droit vers Rowena et Mae, mit un billet de dix dollars dans la main de cette dernière et dit :

— Je suis vraiment confuse. Je tenais à m'excuser. S'il n'était pas un de mes clients, je l'aurais planté là.

Puis, s'adressant à Rowena, elle ajouta :

— Cela vous ennuierait de m'appeler un taxi ?

— Mais bien sûr que non. Installez-vous au bar pour attendre la voiture.

Tandis que la femme allait s'asseoir, Rowena se tourna vers Mae.

— Demandez à Terry de lui offrir la boisson de son choix. C'est pour la maison.

— Une gentillesse en vaut une autre, c'est cela ?

— Cela même, acquiesça Rowena en prenant le téléphone pour commander le taxi.

Au même moment, la porte s'ouvrit de nouveau, et Tony Reid entra avec le *Sunday Times* sous le bras.

L'humeur de Rowena s'allégea aussitôt. Elle sourit et lui fit signe d'attendre pendant qu'elle commandait le taxi. Hmm. Mark la trouverait sans doute cynique, mais elle avait grand-peine à croire que Tony Reid ne venait la voir que pour ses beaux yeux. Il devait bien y avoir une raison cachée à sa ténacité.

16

Tony Reid accepta volontiers une table à la terrasse et s'y installa avec son journal. Rowena lui promit de revenir dès que le restaurant se serait désempli, puis elle retourna à l'accueil au moment où le chauffeur de taxi arrivait. Elle lui demanda de patienter quelques instants et alla quérir la cliente qui attendait au bar devant un café. C'était une femme blonde d'une quarantaine d'années, en tailleur et talons aiguilles, avec l'un de ces corsages à col montant d'apparence très inconfortable et un maquillage excessif.

— Le barman me disait que vous étiez la sœur de Claudia. La ressemblance m'avait frappée, déclara-t-elle d'un ton qui se voulait amical mais sentait le mépris.

— Vous avez connu Claudia ?

— Je suis avocate, reprit-elle en tendant sa carte à Rowena. J'avais coutume d'amener mes clients déjeuner ici, mais j'ai dû y renoncer. Vous savez peut-être que votre sœur considérait son restaurant comme un terrain de chasse personnel. Il y avait près du livre des réservations un aquarium dans lequel les clients étaient encouragés à déposer leur carte. Je me réjouis de constater qu'il a disparu.

Rowena se souvint de l'aquarium dont elle ignorait la fonction et n'avait pas même remarqué l'absence. Mais pourquoi l'avocate lui parlait-elle de cela ?

— Votre taxi est là, dit-elle avec un sourire poli.

— Très bien. J'ai découvert par la suite, poursuivit la dame d'un air de confidence, que Claudia avait appelé deux de mes clients. Tous deux étaient des hommes mariés et ont été pour le moins surpris de l'intérêt très... particulier qu'elle leur portait. J'ai songé un moment à lui en toucher deux mots, et puis j'ai résolu d'emmener mes clients ailleurs. Je ne serais jamais venue aujourd'hui si cet imbécile n'avait pas réservé.

Enfin, elle se leva et ajouta :

— Je sais que Claudia est morte récemment. J'espère ne pas vous avoir froissée. Mais vous m'avez l'air d'une femme raisonnable, vous deviez bien connaître votre sœur pour ce qu'elle était.

Irritée par les manières discutables de cette femme, pressée de la voir partir, Rowena jeta un rapide coup d'œil sur la carte de visite.

— Votre chauffeur attend, madame Brewer.

— Bon, j'y vais. Si vous avez besoin d'un conseiller légal, mon bureau est en ville, tout près d'ici.

— Merci, j'y penserai, déclara courtoisement Rowena en songeant que jamais elle ne confierait ses affaires juridiques à une personne manquant à ce point de tact et de sensibilité.

Sentant peser sur elle le regard de l'avocate, elle tourna les talons et se dirigea vers la cuisine. Finalement, la femme se décida à bouger ; la porte d'entrée s'ouvrit, puis se referma. Ouf, elle était partie !

— Odieux personnage, n'est-ce pas ? lui souffla Ian lorsqu'elle le rejoignit.

— Et comment ! acquiesça Rowena.

— Elle vous assassinerait sans ciller avec sa prétendue « franchise ».

— C'est aussi mon avis.

Ils se regardèrent, se sourirent dans un moment magique

de parfaite entente. Puis Ian acheva de boire son verre d'eau, et Rowena prit les deux salades pour les clients qu'elle servait au bar.

Vers 14 h 15, le calme était revenu et Rowena se rendit à la terrasse avec un café et ses cigarettes. Reid y était seul à présent, plongé dans les mots croisés du journal devant sa tasse vide. Il donnait l'impression d'être parfaitement heureux.

— Je pensais faire une petite pause avec vous si la fumée ne vous dérange pas, dit Rowena en s'asseyant face à lui.

— Mais je vous en prie, faites !

Posant son journal et son crayon, il poussa le cendrier vers elle.

— Le déjeuner vous a plu ? s'enquit-elle par habitude en allumant une cigarette.

La pluie tombait toujours, pianotant sur l'auvent tandis qu'elle l'observait, admirait ses yeux d'un bleu limpide, ses sourcils noirs au tracé précis, ses longs cils épais qui accentuaient encore la luminosité de son regard, le nez long, fort et droit, la mâchoire carrée. Avec un tel physique, il devait subir toutes sortes de sollicitations depuis toujours. La beauté avait quelque chose de magnétique, elle s'en était rendu compte avec sa sœur. Comme si, d'instinct, les gens imaginaient derrière cette apparence une personnalité d'une égale beauté, ce qui représentait un présupposé aussi sot que dangereux. Claudia attirait une foule d'hommes par sa beauté. Elle avait d'ailleurs passé la majeure partie de sa vie adulte à parfaire son apparence physique. Et pour quel résultat ? Pour une poignée de cassettes semi-pornographiques, avec des partenaires tirés au hasard parmi les cartes de visite déposées dans un aquarium. Il fallait qu'elle fût au désespoir pour en arriver là.

— La nourriture est toujours excellente ici. Le service aussi, du reste, dit Reid.

— Tant mieux. J'en suis ravie.

Elle ne pouvait détacher son regard de lui, enregistrait les plus infimes détails, l'ombre bleue de la barbe naissante sur la peau claire, la précision de sa coupe de cheveux. Il était aussi fascinant qu'un tableau dans une galerie, une œuvre d'art exécutée par un artiste à l'apogée de son talent. Et, tandis qu'elle le contemplait, quelque chose remuait en elle, comme un serpent qui s'éveillait, se déroulait au plus profond de ses entrailles.

— Grâce à vous, poursuivit-il, venir ici m'enlève cette horrible impression de prendre un repas en solitaire. Vous savez, comme lorsqu'on est en déplacement pour un séminaire ou en voyage, et qu'on emporte un livre pour se protéger des regards environnants.

Elle hocha la tête, observant le mouvement de ses lèvres tandis qu'il parlait. Elle se sentait presque sous l'empire d'une drogue.

— Quand je voyage, cela ne me dérange pas de prendre mes repas seule. Mais j'emporte toujours quelque chose à lire.

Il regarda la pluie tomber dehors, puis il se retourna vers elle.

— Dommage, ce temps. J'aurais tellement aimé sortir en mer. Je suppose que vous n'êtes pas libre pour dîner ?

— Pas ce soir, non.

Elle n'avait pas de projet pour la soirée, mais elle préférait refuser. Elle se voyait assise, nue, sur ses genoux ; un léger tremblement agitait ses mains et quelque chose se dilatait en elle. Ah, fermer les yeux, le toucher, se presser contre lui, l'absorber par la peau !

— Peut-être un soir dans la semaine ?

— Peut-être.

Il lui sourit.

— Je vous appelle et nous verrons, c'est cela ?

Elle sourit de retour.

— Cela même.

Savait-il seulement l'effet qu'il avait sur elle ? Sans doute pas. Elle cachait bien ses émotions ; elle avait l'habitude, après toutes ces années pendant lesquelles sa seule protection contre sa mère et sa sœur consistait à rester de marbre quoi qu'il arrive, malgré les pires provocations.

— Très bien. Marché conclu.

— Vous êtes toujours aussi conciliant, ou vous me faites une faveur ?

Il se cala contre le dossier de sa chaise, croisa les bras sur sa poitrine.

— Bonne question. Mon ex-épouse vous dirait sans doute que je suis un rustre sinistre et peu sociable. A la vérité, je suis comme tout le monde, je m'adapte en fonction de la compagnie. La réponse est donc oui et non.

Elle tira sur sa cigarette et inspira longuement la fumée.

— En clair, vous me faites une faveur.

— J'en profite aussi.

— Comment cela ?

— Vous me plaisez, Rowena. Simple comme bonjour.

— Pas aussi simple que cela.

— Mais si. On se conduit toujours bien envers les êtres qui vous sont agréables.

— L'adage veut qu'on fasse souffrir ceux qu'on aime. Et puis, je n'ai jamais rien tenté pour vous être agréable.

Il haussa un sourcil surpris.

— Les émotions n'obéissent pas à la logique. Elles ont leur vie propre.

— Les émotions ?

Enfin elle détacha son attention de lui, baissa les yeux sur le cendrier et écrasa sa cigarette. Son cœur battait plus vite, une soudaine sensation de chaleur liquéfiait son bas-ventre.

Si cette scène était un rêve, elle se lèverait, contournerait la table et retrousserait sa jupe pour s'installer à califourchon sur ses genoux.

— Quelles émotions ? dit-elle en portant la tasse à ses lèvres.

Elle observait Reid par-dessus le bord tout en goûtant le riche arôme du café.

— Je vous le répète, vous me plaisez. Et j'aime vous regarder.

Gênée, elle s'empourpra.

Il se balança sur sa chaise, se tenant à la table, et ajouta :

— Apparemment, vous partagez mon goût pour ce passe-temps.

— Vous devez être fou, murmura-t-elle. D'ordinaire, les gens se sauvent en me voyant.

— J'en doute. Vous êtes ravissante.

Il s'interrompit et pencha la tête de côté.

— Vous avez des yeux fascinants, des yeux intelligents, et qui changent de couleur. La semaine dernière, sur le bateau, ils étaient bleus. Aujourd'hui, ils sont verts.

Il s'interrompit de nouveau. Elle sentait la veine qui battait à son cou et espérait secrètement qu'il n'en avait rien remarqué.

— Une bouche délicate, presque enfantine dans son innocence. Personne n'aurait idée de se sauver en vous voyant. Personne.

Il se pencha en avant, posa le coude sur la table et se cala le menton au creux de la main. Il la regardait bien en face et lui souriait.

Elle demeura parfaitement immobile tandis que, dans son ventre, le serpent s'enflait, s'allongeait, rampait en boucles sinueuses, régulières, dansait. Il était bien étrange de s'entendre décrire en ces termes. Il lui semblait écouter un récit, une fiction, et elle s'intéressait davantage à l'intention qu'à ses paroles.

— Je sais bien que vous ne me croyez pas. Vous n'avez pas idée de votre beauté, et c'est regrettable. D'un autre côté, une personne belle qui se sait belle a quelque chose d'intimidant. Vous ne trouvez pas ?

— Je ne m'étais pas posé la question, mentit-elle.

— Allons, allons. Bien sûr que si.

Elle marqua une pause, le temps de fouiller ses archives personnelles en quête d'un précédent, sachant pertinemment qu'il n'y en avait pas. Rien, dans toute sa vie, ne l'avait préparée à cet homme.

Kip parut sur le seuil, cafetière en main. Elle lui fit non d'un léger signe de tête, auquel il répondit d'un salut militaire avant de tourner les talons. Alors, Rowena leva les yeux vers Reid.

— C'est de la sexualité verbale, déclara-t-elle. Vous trichez habilement.

— Je ne triche pas, je suis sincère, répondit-il, blessé par cette accusation. Et quant à la sexualité verbale — un sourire s'épanouit sur ses lèvres — le concept est intéressant. C'est ainsi que vous percevez mes remarques ?

— Ce ne sont pas de simples remarques.

Elle alluma une autre cigarette, cherchant à contenir le tremblement de ses mains. Tout son corps enfiévré émettait des vagues de chaleur. Le serpent en elle se tordait, balançait la tête, agitait sa langue fourchue, éveillant de minuscules spasmes dans sa chair. Il lui en coûtait de rester impassible, immobile. Elle mourait d'envie de le toucher, de le caresser, se demandait pourquoi elle ne pouvait aller s'asseoir à son côté, lui prendre la tête entre ses mains et l'embrasser. Sa vie entière reposait sur des contraintes, contraintes sociales, plus celles qu'elle s'imposait. A l'opposé de sa sœur qui ignorait jusqu'au sens de ce mot et prenait sans demander ce qui lui faisait plaisir, elle se sentait depuis toujours obligée de tout mériter. Si seulement, pour une fois, elle avait l'audace de suivre son instinct. Mais elle ne l'avait pas, et en restait au marivaudage.

— C'est exact, admit-il en fixant ses lèvres. Mais si cela vous gêne, j'arrête.

Elle émit un rire de gorge.

— Vous n'arrêterez pas, Reid. Vous y prenez trop de plaisir.

— Vous aussi, Rowena.

— Ce n'est qu'un jeu que vous connaissez bien, sans doute pour y avoir joué trop souvent.

Il y avait dans sa voix une nuance d'austérité, de censure, et elle comprit qu'elle venait de rompre le charme. Elle ne le regrettait pas d'ailleurs. Dans le silence qui suivit, elle entendit la pluie sur l'auvent de la terrasse, prit conscience du vent qui soulevait le bord du journal et lui rafraîchissait la peau.

Reid laissa retomber sa main sur la table. Toute gaieté s'était évanouie de ses yeux.

— Vous vous trompez, je ne joue pas. Je déteste les jeux. Mais je prenais du plaisir à cette joute psycho-sexuelle. C'était nouveau, excitant. Et nous étions deux à jouer, mais peu importe. Je n'ai jamais pu prendre le moindre plaisir aux dépens de quelqu'un d'autre. Je suis désolé de vous voir contrariée.

Il disait vrai. Elle n'en croyait pas ses oreilles.

— Quel âge avez-vous, Reid ?

— Quarante-quatre. Et vous ?

— Quarante. Et vous voulez me faire croire que vous avez vécu tout ce temps sans vous livrer aux jeux auxquels vous dispose votre physique ?

— Mon physique, hein ? C'est le genre de jugement superficiel que je vomis. Qui vous dit que je ne suis pas comme vous ? Je vis là-haut moi aussi, poursuivit-il en se frappant le front de l'index. A l'intérieur. Je ne suis pas dehors à admirer la façade. Et vous non plus. C'est pourquoi les compliments vous sont suspects. Vous soupçonnez la manipulation dès que quelqu'un s'intéresse trop à un aspect de vous-même que vous jugez sans grand rapport avec votre identité.

— Ne m'analysez pas, je vous prie.

— Je n'y peux rien, Rowena, je suis fait ainsi. Désolé.

Il lui sourit — d'un sourire moins ravageur.

— Excusez-moi, murmura-t-elle, sincère.

Si seulement la vie était plus simple, aussi directe que les rêves. Plus besoin d'appréhensions, d'explications, de justifications ! Hélas, les gens n'étaient pas simples, jamais, et rarement directs. Ils parlaient et agissaient pour des raisons qui demeuraient souvent obscures ; ils étaient mus par des forces si profondément enfouies qu'il fallait des années pour les déterrer. Et l'homme assis en face d'elle s'employait à cela tous les jours. C'était un archéologue du psychisme qui ôtait délicatement la poussière accumulée au cours des décennies dans l'espoir d'exhumer des fragments de vérité.

— Excusez-moi, répéta-t-elle. J'ai eu une sale expérience vendredi soir avec une ancienne amie. J'ai pris des coups et je me sens un peu fragile.

— Des coups ? Littéralement ?

Il s'était radouci, lui manifestait un réel intérêt.

— Littéralement, oui. Je dois reconnaître à sa décharge qu'elle ne savait plus trop ce qu'elle faisait.

— C'est bien triste. Que s'est-il passé ?

Elle haussa les épaules, peu désireuse d'entrer dans les détails.

— Un malentendu. La fin d'une longue amitié.

— Et vous êtes remise ?

— J'ai des bleus spectaculaires, mais pour le reste, je vais bien.

Elle soupira, consciente d'avoir orienté la conversation sur un terrain douloureux, puis elle reprit :

— Il faudrait que je retourne en salle.

— Dînez avec moi ce soir, la pressa-t-il. Nous en profiterons pour parler. C'est important.

Lassée, elle avoua brusquement :

— Je ne veux pas m'attacher à vous, Reid. Votre compagnie me rend sceptique. J'ai peine à croire ce que vous dites et les raisons que vous invoquez pour justifier vos paroles. Je ne vous connais pas.

— Bien sûr que si, vous me connaissez. Vous avez un instinct très sûr. Je l'ai remarqué dès notre première rencontre.

Envahie par un sentiment de déjà-vu, elle perdit le fil de la conversation. Le feu sexuel ne la réchauffait plus. Elle frissonna même en éteignant sa cigarette.

— Mon instinct n'est pas fiable ces temps-ci. Et, pour être franche, vous me faites peur. Vous dépassez par trop les limites étroites de mon expérience et, près de vous je ne sais même plus qui je suis moi-même. Je perds l'équilibre, je me décentre dès que vous me laissez un message ou que vous apparaissez à l'improviste. Jamais personne ne m'a attirée comme vous. Je n'aime pas me sentir dans cet état. Je ne veux pas m'attacher à vous.

Elle était sur le point de se lever, convaincue d'avoir commis une sorte de suicide en se dévoilant de la sorte. Par ses aveux, elle lui fournissait des armes dont il userait contre elle.

— Hé, doucement ! Qui vous dit qu'il ne s'agit pas d'amitié ?

Elle rit, amère.

— Je vous en prie, Reid, ne me prenez pas pour plus sotte que je ne suis.

— D'accord. J'admets que c'est un piètre argument, une forme d'autodéfense inspirée par mes inquiétudes personnelles. Mais pourquoi avez-vous décidé d'emblée que vous êtes seule là-haut, sur le fil, que le malaise ne concerne que vous ? C'est épuisant de s'intéresser à une personne qui cherche à vous décourager. Franchement, c'en est même humiliant. Vous m'attirez aussi plus que personne. Et j'ai tout aussi peur de l'admettre que vous. Se dévoiler, c'est prendre des risques. Mon expérience est peut-être moins limitée que la vôtre, et encore… mais passons. Voulez-vous que je me retire, Rowena ?

La question, et la douleur anticipée qu'elle causait à Reid, qui s'exprimait clairement sur son visage, lui donnèrent envie de le réconforter.

— Je ne veux faire souffrir personne, répondit-elle. Et je ne veux pas souffrir.

— Personne ne veut souffrir. Mais si nous permettons à la peur de décider de notre conduite, nous ne vivons qu'à moitié. Personnellement, cela ne m'intéresse pas. Il est peut-être trop tôt pour vous. Il faut du temps pour faire son deuil.

— C'est curieux, dit-elle, s'engouffrant dans la brèche, Claudia me manque parfois, un peu comme lorsqu'on remarque que les cachets ont enfin fait effet et que la migraine a disparu. Parfois, ce sont les drames qui me manquent. Parfois aussi, elle me manque tout court, et je n'arrive pas à croire qu'elle a quitté ce monde pour toujours. J'aimais ma sœur, Reid. Peut-être n'était-ce qu'une habitude, un réflexe conditionné. Allez savoir. Malgré tous ses défauts, elle éveillait de la tendresse en moi. Je l'aimais vraiment. Et j'ignore pourquoi elle est morte. Vous avez peut-être raison. Peut-être qu'il est encore trop tôt. Ou alors, je suis une froussarde congénitale qui ne vivra qu'à moitié. Il faut vraiment que je retourne voir ce qui se passe en salle.

De nouveau, elle s'apprêtait à se lever. Il l'arrêta en lui prenant le poignet.

— Je vous demande encore une minute, d'accord ?

Elle resta donc assise. Son bras lui semblait maigre dans cette immense main. Immense, mais douce, attentionnée, un peu comme les gestes affectueux de Kip.

— Vous n'avez pas répondu à ma question. Souhaitez-vous que je me retire ? La balle est dans votre camp. Dites oui, et je disparais. C'est aussi simple que cela.

— Mais je n'en sais rien ! protesta-t-elle.

Cette pression lui pesait. Evitant son regard, elle se dégagea et fila se réfugier à l'intérieur. Quand elle fut parvenue au milieu de la salle, la vieille tristesse s'abattit sur elle. Elle s'arrêta au bar, vexée par son incompétence à gérer la situation. Se contenterait-elle de ne vivre qu'à moitié ? Mais il ne cherchait peut-être qu'à la tenter, à l'appâter ? Un homme qui se reconnaissait des faiblesses était un phénomène, une rareté. Peut-être était-il supérieurement rusé ? Elle ferma les yeux et, de nouveau, elle éprouva le violent désir de le toucher, de se prouver qu'il était réel et non pas une création hors normes de son imagination enfiévrée. Au bout de quelques instants, elle rouvrit les yeux et revint sur ses pas.

Assis à sa table, il regardait dans le vide. Oui, il avait raison, elle savait le lire, sentait juste, mais seulement par moments, et surtout à distance. Elle le sentait blessé, accablé de solitude. Et par sa faute à elle en grande partie. Comme Kip, il manifestait là une fragilité troublante, surprenante. Elle eut envie de s'approcher doucement par-derrière, de poser délicatement les mains sur son visage pour l'explorer doucement, comme le ferait un aveugle, le découvrir du bout des doigts. « Danger ! lui criait une voix intérieure. Tu vas tomber ! Un pas de plus, et tu vas prononcer des paroles, faire des gestes que tu regretteras plus tard. »

— J'ai une peur bleue, mais je ne veux pas que vous vous retiriez, avoua-t-elle sans s'éloigner de la porte. Le problème, c'est que je ne peux rien promettre. J'ai une peur affreuse de me ridiculiser.

Elle s'interrompit, chercha ses mots en vain et ajouta :

— Je ne sais pas quoi dire de plus.

Il se retourna pour la regarder. Il paraissait soulagé, réjoui comme un enfant devant un cadeau.

— C'est déjà bien. L'idée de me ridiculiser ne m'enthousiasme pas non plus. Dommage qu'il n'existe pas de garantie sur les gens comme il y en a sur les voitures et les appareils ménagers, n'est-ce pas ?

— Effectivement, c'est dommage. Excusez-moi, mais il faut vraiment que j'y aille cette fois.

— Faites.

Liquéfiée de l'intérieur, elle soutint cependant son regard. Curieusement, ce contact visuel était plus intime que l'échange verbal. Il lui semblait qu'un courant électrique parcourait ses veines. Sur une impulsion, elle s'avança jusqu'à la table, lui encadra le visage de ses mains et posa un baiser sur ses lèvres. Puis, haletante, elle se précipita dans la salle, le laissant là, totalement décontenancé.

Elle alla tout droit prendre son sac dans le bureau et déclara à Ian en sortant :

— Je rentre chez moi.

— Souhaitez-vous offrir une partie du repas à votre ami ?

— Le café, dit-elle. A demain matin.

— Bonne journée, Rowena.

Ses clés de voiture en main, elle se dirigea vers la porte. Tout irait bien si elle échappait à Reid pour le moment. Elle était libre de faire comme s'il ne s'était rien passé.

Elle sortait quand Kip agita le bras pour lui dire au revoir. Prise de vertige, elle lui rendit son salut et fila, le cœur tambourinant contre ses côtes.

Elle arriva chez elle sans le moindre souvenir de la route ; elle avait fait le trajet sur pilote automatique. Dangereux. Il lui faudrait veiller à être plus prudente. Mais elle avait des ailes, elle planait là-haut, portée par un flot d'adrénaline. Elle chantonnait en montant à l'étage rassembler le linge sale pour le descendre à la buanderie. Les draps dans la machine, elle allait remonter se changer quand son regard fut attiré par les cartons qui trônaient au beau milieu de l'ancienne salle de jeux. Elle décida alors de jeter un rapide coup d'œil sur l'un des cartons de Jeanne et s'installa à la table de bridge. Il ne contenait finalement que des relevés de banque — plus de dix ans de relevés qui allèrent droit dans le sac-poubelle. Elle ouvrit un autre carton. Sur le dessus, elle trouva une enveloppe brune gonflée dans laquelle s'entassaient tous les bulletins scolaires qu'elle, Claudia et Cary avaient rapportés à la maison. Elle en resta confondue. Jamais elle n'aurait imaginé que sa mère se souciait assez d'eux pour conserver de tels souvenirs.

D'autres enveloppes contenaient des dessins que tous trois avaient faits, des cartes de Noël, d'anniversaire, de Saint-Valentin et de fête des Mères, des messages écrits par Cary en lettres d'imprimerie, griffonnés par Claudia, d'autres où Rowena reconnut sa propre écriture soignée. Apparemment, Jeanne avait gardé le moindre morceau de papier portant la trace de sa progéniture, depuis les coloriages de l'école maternelle jusqu'aux dessins de mode très acceptables que Claudia avait réalisés au lycée.

Rowena examina tout, et particulièrement les dessins de Cary. Quelle sorte de femme avait été sa mère pour traiter ses enfants avec tant de négligence et mettre de côté tout ce qu'ils avaient produit ? Pour inexplicable qu'elle fût, cette preuve d'attachement n'en était pas moins positive. Rowena s'attarda longuement sur les dessins, dont les couleurs étaient aussi fraîches et vives que si on les avait posées la veille. Elle se revoyait avec son frère, à quatre pattes dans le salon devant de grandes feuilles de papier, une boîte neuve de soixante-six Crayola à portée de main. Elle devait avoir sept ans, et Cary dix. Ils bavardaient en crayonnant. Elle avait dessiné une maison carrée avec une cheminée dont s'échappait de la fumée. Il y avait un gros soleil jaune, de petits nuages ronds dans le ciel et des oiseaux en V. Des fleurs poussaient au pied de la maison, et un sentier sinueux conduisait à la porte. Sur la pelouse, tout près du sentier se tenait la famille qui habitait là : un père et ses deux enfants.

Cary avait dessiné une vaste étendue d'eau bleue ondulée par des vagues, sur laquelle voguait un bateau avec une voile triangulaire. Lui aussi avait dessiné un gros soleil jaune et de petits nuages ronds dans le ciel. Dans le bateau, une main posée sur le gouvernail, il y avait un petit personnage sommaire au visage souriant, portant un pantalon bleu et un gilet de sauvetage jaune.

Elle plaça soigneusement les dessins à l'intérieur de leurs enveloppes, rangea le tout dans le carton, et alla transporter les draps du lave-linge dans le séchoir puis, ayant mis en route une seconde lessive, elle éteignit la lampe de la table de bridge et monta se changer. Elle chantonnait en ôtant sa robe de lin vert mousse, en la suspendant soigneusement sur un cintre. Elle se sentait merveilleusement bien en quittant ses dessous de soie pour un slip de coton. Des yeux, elle chercha sur l'étagère le T-shirt jaune trop grand qu'elle avait acheté des années-lumière plus tôt à la foire de South Norwalk. Elle se souvenait de l'avoir rangé là après le cambriolage. La douceur des lèvres de Reid lui revint à la mémoire, et un frisson de plaisir la parcourut. Non ! Elle alla prendre la chaise du bureau et grimpa dessus pour mieux examiner l'étagère.

La prochaine fois qu'il appellerait pour demander à la voir, ils finiraient probablement au lit ensemble. Elle ne pouvait continuer à le décourager éternellement après ce qu'ils s'étaient dit sur la terrasse. Après qu'elle avait commis l'unique acte d'audace de toute sa vie. Grand Dieu ! Elle lui avait vraiment encadré le visage de ses mains et l'avait embrassé ! Elle sentait encore le contact de ses lèvres, l'odeur de café et de cognac. Non ! Il lui fallait se ressaisir !

Le T-shirt se trouvait tout au fond, sur l'étagère de gauche. Elle tendit le bras pour le prendre et s'arrêta dans son élan. Elle examina l'étagère de droite, puis revint à celle de gauche. Etait-ce une illusion d'optique, ou bien l'étagère de gauche était-elle plus profonde ? Elle saisit le T-shirt et mit pied à terre pour étudier les étagères de dessous. Les deux côtés de la penderie étaient en apparence identiques — mais en apparence seulement. Elle enfila le T-shirt et un vieux short tout en s'interrogeant sur ce mystère.

Bien décidée à le résoudre, elle descendit dans la cuisine chercher un mètre pour prendre des mesures, et remonta l'escalier quatre à quatre. La surface des deux étagères était semblable mais, de dessous, l'étagère de gauche était moins profonde que celle de droite de vingt bons centimètres. Comment expliquer cette différence ?

Rowena écarta les vêtements pour examiner le fond de la penderie de plus près. Elle remarqua que la partie gauche était faite de bois peint et celle de droite de plâtre. Il y avait un léger interstice à l'endroit où le bois rejoignait le plâtre. Elle y glissa les ongles et tira. Le panneau de bois coulissa sans peine, révélant un compartiment secret à l'intérieur duquel se trouvait un trépied replié, la caméra vidéo correspondant à l'emballage qu'elle avait découvert au grenier, un petit appareil de programmation électronique. Et une cassette vidéo de marque Fuji.

17

La caméra était étonnamment petite, légère, aussi étrange entre ses mains qu'un pistolet à laser ou un livre en sanscrit. Elle l'examina attentivement, puis son regard fut de nouveau happé par la cassette. « Non ! protesta en elle la voix de la raison. Cette cassette va directement aux ordures. Pas question de la visionner, tu ne veux pas savoir ce qu'il y a dessus. »

Hélas, elle voulait savoir. La cassette l'attirait comme un aimant malgré l'alerte rouge déclenchée dans son esprit. Pour justifier ce besoin pressant, elle se disait que ce n'était qu'une occasion de plus de voir Claudia jouer les contorsionnistes, se faire pénétrer dans une position inédite. Sa sœur était apparemment prête à tout sur le plan sexuel, et ce avec une absence d'émotion plus troublante encore que l'usage qu'elle permettait aux hommes de faire de son corps. Sur les autres cassettes, Rowena ne l'avait vue réagir qu'une seule fois, grimacer de douleur tandis que son partenaire la sodomisait avec tant de vigueur et de rage qu'il devait la maintenir fermement aux hanches pour ne pas qu'elle s'effondre sous ses coups de boutoir. En voyant cette scène, Rowena avait été profondément choquée et cependant, elle n'avait pas pu en détourner les yeux. Il lui fallait comprendre pourquoi Claudia s'était soumise de son plein gré à ces outrages répétés, à ces assauts perpétrés sans ménagement sur son fragile corps sous-alimenté. Le seul enseignement que Rowena en avait tiré, c'est que les gens faisaient preuve d'une imagination aussi surprenante que cruelle dans la recherche du plaisir.

Elle mit la caméra de côté, prit la cassette et redescendit pour la jeter aux ordures. Après cela, c'en serait fini des trophées sexuels de Claudia. A la moitié du couloir, elle ralentit l'allure et s'arrêta. Elle pourrait mettre la cassette dans le magnétoscope et jeter un coup d'œil dessus en avance rapide. Au moins, elle saurait. Au pire, elle n'aurait pas de surprise. Elle en avait déjà tant vu !

Hmm. Pas sûr. Ce qu'elle verrait risquait fort de la bouleverser. Déjà, sa bonne humeur s'était évanouie. Agitée, hésitante, elle fit quelques pas en direction de la cuisine et s'arrêta de nouveau. Elle resta là un long moment, incapable de jeter la cassette comme de la visionner. Finalement, elle la déposa par terre et s'installa à la table de cuisine pour réfléchir en fumant une cigarette. Périodiquement, son regard revenait sur la cassette posée au milieu du couloir. Elle n'avait pas bougé. Aucune magie ne la ferait disparaître.

Après une seconde cigarette, elle se leva et alla contempler par la fenêtre le jardin sous la pluie. Grâce à ses efforts, les plates-bandes avaient recouvré leur forme, des bordures nettes, et la pelouse soigneusement entretenue était d'un beau vert sain. En plissant les yeux, elle revoyait son père agenouillé parmi les plantes, abrité du soleil d'été par un vieux panama cabossé tandis qu'il ôtait les mauvaises herbes, se redressait, se penchait en arrière pour admirer les hortensias touffus et leurs énormes fleurs blanches. Assise sur la balançoire avec Cary, elle le voyait lever les yeux vers Claudia qui s'avançait à travers la pelouse, tournoyant sur elle-même comme une toupie humaine, les bras tendus, riant à gorge déployée. Immobile, George Graham observait sa cadette avec tendresse et découragement cependant que, emportée par son élan, la fillette allait tournoyer dans un parterre, écrasant les fleurs sous ses pas pour s'effondrer ensuite parmi les primevères et les jacinthes, agitant bras et jambes, parachevant le massacre. Soudain las, comme prématurément vieilli, il soulevait la petite Claudia âgée de cinq ans et la déposait sur la pelouse en lui disant gentiment d'aller jouer ailleurs. Et la jeune tête sans cervelle filait, laissant son père seul, attristé devant le désastre qu'elle avait causé. Peu de temps après cet incident, il avait téléphoné pour prévenir qu'il ne reviendrait pas.

La destruction de la plate-bande et son départ étaient très probablement sans rapport. Mais, tout au long de sa vie, Claudia avait semé la ruine dans son sillage. Insouciante, elle poursuivait sa route, poussée par de nouveaux désirs. Inconsciente des causes et de leurs effets comme des sentiments d'autrui, elle s'étonnait lorsqu'on l'accablait de reproches. Elle ne comprenait pas. Combien de fois Rowena ne lui avait-elle pas vu cet air ébahi ? Des dizaines, des centaines de fois. Et c'était en grande partie pour cette raison qu'elle avait toujours tenu sa sœur à distance respectable tout en lui pardonnant ses fautes, persuadée que Claudia souffrait d'un défaut de caractère irrémédiable. Celle-ci était incapable de certaines émotions, ne pouvait compatir, concevoir qu'autrui éprouvait aussi des joies et des peines. Ce qui, par définition, faisait d'elle une sociopathe. Mettant à profit les ressources de la bibliothèque, Rowena avait étudié en profondeur la personnalité de sa sœur et en était arrivée à cette conclusion, mais jamais elle n'était parvenue à découvrir pourquoi Claudia était venue au monde avec ce handicap affectif. Il semblait n'y avoir à cela aucune explication. Comme sa mort soudaine, ce phénomène demeurait un mystère.

La difficulté venait de ce que les gens, habitués à compatir aux handicaps visibles, ne savaient pas en revanche dépister les handicaps éventuels chez M. ou Mme Tout-le-Monde. Et il fallait bien dire que Claudia, sous des dehors à peu près normaux, devait nourrir un sérieux handicap. Ce qui ramena Rowena à la cassette qui trônait par terre dans le couloir.

— Ridicule ! s'exclama-t-elle tout haut.

Elle avait faim. Trop obnubilée par Tony Reid pour songer à se nourrir, elle avait sauté le déjeuner. Toutes ses pensées étaient concentrées sur lui maintenant. Peut-être appellerait-il ce soir ? Non, sans doute pas. Les hommes n'agissaient jamais comme les femmes, dans des situations identiques. Ils avaient d'autres priorités. Elle aurait voulu qu'il soit différent, qu'il agisse en fonction de ces sentiments dont il se réclamait, en bref, qu'il l'appelle. Mais qu'importait qu'il l'appelât ou non ? Elle ne laisserait pas les caprices d'un autre décider de sa vie. Elle se préparerait à manger, regarderait la télévision pendant une heure ou deux, puis elle prendrait un bain et irait se coucher.

Elle ouvrit le réfrigérateur et en examina le contenu avec une vague sensation de nausée. Elle jeta ensuite un coup d'œil dans le congélateur. Là non plus, rien d'appétissant. Les conserves disposées sur les étagères ne l'attiraient pas davantage. Elle alluma une nouvelle cigarette et se mit à arpenter la cuisine de long en large, s'arrêtant de temps à autre pour faire tomber sa cendre dans l'évier ou dans le cendrier. Des pensées désordonnées s'agitaient dans sa tête. Tour à tour, son regard se posait sur la cassette dans le couloir et revenait se fixer sur le téléphone. Entre ses doigts, la cigarette brûla jusqu'au filtre, et elle la jeta dans le cendrier.

Reid n'appellerait pas sous prétexte qu'elle souhaitait être arrachée à la tentation de visionner cette bande. Il n'était pas télépathe, ne partageait pas ses pensées. « Vous me plaisez, c'est pourtant simple », avait-il déclaré. Des paroles convenues, un appât qui cachait un hameçon, sans doute. Il lui avait proposé de se retirer. Elle aurait dû lui dire : « C'est cela, retirez-vous. » Et elle ne serait pas là à attendre qu'il l'arrache à la tentation.

« Claudia, pourquoi as-tu gardé le témoignage visuel de tes conquêtes ? Pourquoi l'as-tu laissé derrière toi ? Pour me torturer ? Depuis toujours, dès que le bonheur est en vue pour moi, il est détruit par un de tes actes. Ma tête est comme un entrepôt où s'entassent les souvenirs déplaisants et les récriminations tues. »

Oh, qu'elle détestait cela, être prise dans un sac de nœuds quand son seul désir était qu'on la laissât en paix ! Pas de cassettes vidéo. Pas d'hommes. Elle avait cependant été touchée par l'aura de solitude qui émanait de Reid, et elle avait reçu ses compliments comme des dons. Mais, étant la sœur de Claudia, elle avait appris qu'il était préférable de ne vivre qu'à demi dans la tranquillité du connu plutôt que d'être entraînée dans la jungle imprévisible des besoins masculins ; mieux valait savourer les menus plaisirs quotidiens plutôt que de perdre un temps précieux à rêver d'une intimité par trop évanescente et toujours incomplète.

« Mais qu'est-ce qui me prend ? » s'interrogea-t-elle. La tête lui tournait d'avoir trop fumé, trop bu de café et pas assez mangé. Fermement résolue à ne pas laisser sa sœur briser le lien ténu qui la retenait à Reid, elle alla récupérer la cassette dans le couloir et la porta aux ordures. De retour dans la cuisine, elle se lava les mains, prit une boîte de V8 et des légumes dans le réfrigérateur. Elle boirait le jus de tomate et dégusterait une salade en regardant *60 Minutes*.

Tout au long de la soirée, elle eut la sensation déconcertante d'être extérieure à son corps, de s'observer. Flottant dans un coin de la pièce, près du plafond, elle se regardait, se voyait assise sur le canapé devant la télévision. Elle se vit se lever pour aller aux toilettes pendant la séquence publicitaire ; elle se vit jouer la comédie, jouer celle qui ne savait pas que la cassette était dehors, dans la poubelle.

Elle était dans un tel état de fébrilité qu'elle comprenait à peine ce qu'elle voyait. Les programmes se suivaient sans laisser de trace dans son esprit. Quand le téléphone sonna à 8 h 45, elle sursauta, puis sourit. Reid l'appelait, finalement ! Sa bonne humeur lui revint tandis qu'elle décrochait le combiné.

— Tu as une voix très sexy au téléphone, tu sais.

— Je ne savais pas, mais je suis contente que tu le penses.

— Je le pense et je le maintiens. Comment vas-tu ce soir, chaton ?

— Bien, et toi ? dit-elle en s'efforçant de cacher sa déception.

Son moral avait chuté si brutalement qu'elle en avait le vertige.

— Bien aussi. Besoin de compagnie ?

— C'est gentil, merci, mais je crois que je vais me coucher tôt.

Si Mark la voyait, il comprendrait immédiatement que quelque chose la troublait, et elle n'avait ni le courage ni l'énergie de s'expliquer.

— Ton après-midi avec Richard s'est bien passé ? ajouta-t-elle.

— Pas mal. Nous avons déjeuné à Westport avant d'aller au cinéma. C'est bizarre, Ro. Dans une autre vie, j'ai pu croire qu'il n'était pas mon type d'homme. J'ai vraiment dû changer. Richard n'est pas un boute-en-train, mais il est facile à vivre et, pour le moment, c'est exactement ce qu'il me faut. Je ne saurais pas m'y prendre avec quelqu'un de plus jeune, le genre tout feu tout flamme, toujours prêt à partir comme une flèche. Je n'aurais pas l'énergie pour suivre. C'est dur, non ?

— Pauvre toi, va. Ce n'est pas drôle de vieillir, hein ?

— C'est toujours mieux que l'inverse, commenta-t-il en riant. Bref, si tu vas bien et que tu n'as pas besoin de compagnie, je crois que je vais me préparer un sandwich et regarder la pièce de théâtre.

— Moi aussi.

— Tu as eu des nouvelles du psy ?

— Il est venu déjeuner au restaurant.

— Je t'avais bien dit que tu l'intéressais. Allez, je veux les détails croustillants.

— Il n'y en a pas. Et à ta place, je ne prendrais pas de paris sur lui.

— Serait-ce par hasard le triste roucoulement de la tourterelle déçue ?

— Non. C'est l'arrogant gloussement de la poule faisane hérissée. Va manger ton sandwich, nous discuterons plus tard.

— Prends soin de toi, poule faisane, conclut-il en riant.

Elle raccrocha, remplit la bouilloire pour se faire du thé et alluma une cigarette. Les yeux rivés sur le téléphone, elle se souvint qu'en classe de quatrième, elle avait passé des heures après l'école à consulter les annuaires à la poste pour retrouver l'adresse de son père. Elle avait appelé une foule de G. Graham à travers tout l'Etat, et avait même parlé à deux George Graham qui n'étaient pas son père. Lorsqu'elle était entrée à la bibliothèque Magnusson, elle avait effectué des recherches approfondies qui n'avaient pas donné plus de résultat. Elle en avait déduit que son père avait quitté l'Etat et avait renoncé à tenter de le retrouver.

Rowena entendait encore sa mère répéter qu'il ne voulait rien savoir de ses enfants. A la longue, elle avait fini par se dire que Jeanne n'avait peut-être pas entièrement tort puisque, après toutes ces années, il n'avait pas cherché à renouer le contact.

Thé en main et munie de son paquet de cigarettes, elle regagna le salon, s'installa sur le canapé et regarda l'écran en songeant qu'elle aurait mieux fait d'inviter Mark à la rejoindre. Mais elle craignait de lui paraître sotte si elle lui avouait qu'elle était dans cet état fébrile parce qu'elle avait retrouvé une nouvelle cassette. Il lui fallait se reprendre en main.

A 22 heures, elle éteignit la télévision, enclencha l'alarme et alla se plonger dans l'eau chaude additionnée de sels de bain parfumés. Là, environnée de vapeur, elle examina les bleus de ses bras meurtris en songeant que Penny avait jalousement gardé ses secrets pendant des années. Claudia aussi avait eu les siens. Il n'était pas bien difficile de tricher, de ne divulguer à autrui que des faits choisis avec soin. La franchise qui faisait tout l'attrait de Penny en tant qu'amie s'était révélée n'être qu'une illusion, et Rowena s'en voulait d'avoir été ainsi dupée par une femme à qui elle avait accordé toute sa confiance.

Reid la dupait peut-être, lui aussi. Un fond de désir qu'elle avait cru dompté la faisait rêver de cet homme, poussait son inconscient à échafauder scénarios et fantasmes, et elle ne savait pas comment étouffer ce désir, s'en débarrasser une fois pour toutes.

Les trois années passées avec Gil Parker lui avaient appris qu'elle était beaucoup mieux seule. Des années de vagues projets annulés à la dernière minute, avant même qu'ils n'aient pris forme, de mornes soirées au cours desquelles la conversation se languissait, des années passées avec le sentiment qu'elle s'était engagée envers un ensemble de règles plutôt qu'envers un homme. Depuis leur rupture, elle avait apprécié la liberté d'inviter des amis à dîner à l'improviste sans avoir à consulter d'abord un partenaire qui s'imaginait naturellement que ses projets à lui prévalaient sur les siens. Et elle préférait se passer de faire l'amour plutôt que d'assumer le rôle fastidieux de guide de son propre corps. Sans doute aurait-elle mieux fait de dire tout cela à Reid, mais à quoi bon maintenant ? Elle avait pris elle-même l'initiative de l'embrasser. Il était trop tard.

Une fois au lit avec un livre, elle tenta de se concentrer, en vain. Après avoir relu cinq fois le même paragraphe, elle referma le volume et éteignit la lampe, heureuse que cette longue journée soit enfin terminée. A l'aube, le camion de la voirie passerait, et c'en serait fini de la cassette.

Elle se redressa brusquement, prise de sueurs froides. Catastrophe ! Elle avait laissé la cassette sur le dessus de la poubelle. En soulevant le couvercle, les éboueurs la verraient immédiatement. Elle les entendait déjà :

— Hé ! Regarde-moi donc ça ! Comment peut-on jeter une cassette en parfait état, hein ?

— Va-t'en savoir !

L'un d'eux la mettrait dans la poche de sa combinaison de travail en agitant la tête, incrédule, devant le comportement étrange des gens. Il rapporterait la cassette chez lui, l'insérerait dans le magnétoscope pour vérifier qu'elle n'était pas défectueuse et…

Bondissant de son lit, elle dégringola l'escalier, prit tout juste le temps de taper le code de l'alarme et sortit à la hâte. Dix secondes plus tard, elle avait récupéré la cassette et revenait sur ses pas, le cœur battant, bien décidée à prendre les ciseaux pour en finir au plus vite dès qu'elle aurait repris son souffle.

L'horloge lumineuse de la cuisinière indiquait 23 h 12. Elle pressa le commutateur électrique et s'assit à la table, y posa la cassette. Ses mains étaient humides, et elle les essuya l'une après l'autre sur son pyjama. Il lui semblait être dans la maison branlante du Magicien d'Oz, portée dans les airs, s'élevant en spirale sous l'effet de forces indépendantes de sa volonté. Elle remarqua que, contrairement aux autres, cette cassette n'était pas étiquetée. Peut-être était-elle vierge et attendait-elle dans le compartiment secret de la penderie la prochaine séance de Claudia ?

Il n'y avait qu'une seule façon de le savoir. Elle se rendit dans le salon, brancha la télévision, inséra la cassette dans le magnétoscope et s'assit à même le sol, télécommande en main.

La neige brouilla l'écran l'espace d'une minute puis, avec une soudaineté qui la surprenait toujours, elle se trouva devant l'image de sa sœur nue soutenant ses seins à deux mains, les offrant comme on présente une paire de melons ronds et fermes à un acheteur potentiel. C'était l'un de ses gestes rituels mais, cette fois, il ne suscitait aucune réaction chez son partenaire entièrement vêtu qui tournait le dos à la caméra. Imperturbable, Claudia s'enroula autour de lui, l'enveloppa de son corps. Toujours pas de réaction. Il posa les mains sur ses épaules pour la tenir à distance. Pendant quelques instants, elle parut l'écouter puis, quoi qu'il lui eût dit, elle repartit à l'assaut, usant de toute sa séduction, insistant tant et si bien qu'elle finit par le faire pivoter de manière qu'il présente son profil à la caméra.

Rowena éprouva alors une douleur soudaine qui lui coupa le souffle. Repliée sur elle-même, elle entendit une plainte étrange d'animal blessé, et elle songea distraitement qu'une voiture avait dû heurter le chien ou le chat d'un voisin. La plainte s'amplifia en un cri primitif, et elle comprit soudain que le son provenait de sa propre gorge tandis que la douleur s'enflait, s'emparait de son corps tout entier. Il lui paraissait impossible de survivre à un tel paroxysme de douleur et d'angoisse. Les bras croisés sur la poitrine, basculant d'avant en arrière, elle pleurait en sanglots bruyants cependant que, sur l'écran, Claudia déchaînait tout son arsenal d'armes sexuelles contre Tony Reid.

Les minutes passèrent. A tâtons, elle chercha la télécommande, la trouva, appuya sur arrêt. Un documentaire animalier apparut sur l'écran. Des gnous ou des springboks, des bêtes exotiques en tout cas, couraient avec grâce à travers la prairie herbeuse, leurs croupes lisses exprimant leur puissance. Après le silence de la cassette, cette explosion de bruit insoutenable lui fit porter les mains à ses oreilles. Elle reprit la télécommande, baissa le son et laissa le boîtier retomber sur le tapis. Elle se sentait trahie, honteuse. La honte gonflait en elle, occupait tout l'espace, au point qu'elle se demandait si son corps pourrait la contenir.

Au prix d'un effort surhumain, elle se leva pour gagner la cuisine. Ses articulations, comme rouillées, grinçaient, lui faisaient mal. Elle avançait, courbée en deux, repliée sur la douleur qui lui nouait le plexus. Aussi brisée que si on l'avait rouée de coups, elle prit la première bouteille venue, dévissa le bouchon et avala une gorgée de vodka. La brûlure lui coupa le souffle. Elle dut s'agripper au comptoir, frissonnant tandis que le liquide de feu descendait jusqu'à son estomac. Puis elle en but une seconde gorgée.

S'affalant sur une chaise, elle prit ses cigarettes, en alluma une d'une main tremblante. Elle contempla ses mains un long moment, fascinée par le tremblement qui les agitait. Enfin, sa tête tomba sur son bras. Pourquoi, mais pourquoi avait-il fait cela ? Elle avait le cœur si lourd, si lent, qu'il semblait la tirer vers le bas. Pourquoi ? Pourquoi, grand Dieu, pourquoi ? Il avait joué de façon ignoble avec elle. Mais pourquoi ? Pourquoi s'était-il ingénié à la séduire ? Tout allait bien pour elle avant cela ; elle était presque heureuse. Oh, pourquoi n'avait-elle pas laissé cette fichue cassette aux ordures ? Trop tard. Tout était fini maintenant — encore un paquet de rêves d'occasion à remiser dans l'entrepôt. Elle se redressa, s'essuya les yeux sur sa manche, tira longuement sur sa cigarette et remarqua distraitement les éclairs de couleur que la télévision faisait danser sur le mur du couloir. Jolis, ces clignotements de lumière colorée. Elle les regarda en fumant puis, sa cigarette consumée, elle se leva et gagna le salon sur des jambes flageolantes. Se laissant tomber sur le sol, elle reprit la télécommande et appuya sur « marche » puis, lovée sur elle-même, les bras noués autour des jambes, le menton sur les genoux, elle regarda l'écran à travers ses larmes.

Là, Claudia avait réussi à baisser le pantalon de Reid ; elle fouillait dans la table de nuit, en tirait quelque chose qu'elle mettait dans sa bouche, puis elle se laissait glisser le long de son corps, passait les mains sous sa chemise. Toujours de trois quarts, Reid cachait en partie la scène, mais il n'était pas bien difficile de deviner ce que faisait Claudia aux mouvements de ses mains, de sa tête qui montait et descendait.

Il se dégagea, prit Claudia sous les bras et la renversa en arrière, sur le lit. Puis, avec des gestes furieux, il quitta ses chaussures et se débarrassa de son pantalon et de son slip en accordéon à ses pieds. Pendant ce temps, Claudia ajusta sa position, posa la tête sur l'oreiller, comme si elle voulait offrir la meilleure vue possible à la caméra. A genoux sur le lit, Reid était maintenant de profil. Son expression était crispée, sévère. Pourquoi semblait-il si courroucé ? Il souleva Claudia par les hanches, l'attira jusqu'à lui puis, ouvrant son sexe comme un curieux fruit trop mûr, il entra en elle sans autre préambule. Claudia souriait en arquant le dos, en écartant davantage les cuisses.

Rowena regardait, fascinée. Cette fois, Claudia ne contrôlait plus rien. Reid était aux commandes. Il dirigeait la partition, lui imposait le tempo, la maintenait à l'angle souhaité et scrutait son visage tandis qu'il allait et venait en elle, comme pour évaluer la justesse de ses coups. Pour la première fois, le visage de Claudia était aussi nu que son corps. Les yeux clos, les dents plantées dans sa lèvre inférieure, elle s'agrippait aux draps du lit et sa tête s'agitait frénétiquement d'un côté à l'autre. Soudain, tout son corps se raidit, sa bouche s'ouvrit, laissant échapper un cri muet tandis que les spasmes de l'orgasme la secouaient tout entière.

— Ça, c'est vrai, murmura Rowena en clignant des yeux.

Personne n'aurait pu feindre un tel paroxysme. Sans parler de la rougeur qui embrasait ses joues, son cou et sa poitrine.

Reid ne bougeait plus et maintenait Claudia, que des sursauts convulsifs agitaient encore. Lorsqu'elle retomba, inerte, il se dégagea d'elle, ramassa ses vêtements, les enfila, mit ses chaussures et s'éloigna du lit, cependant que Claudia se redressait pour lui dire quelque chose. Il l'ignora, quitta la pièce, et l'image devint floue, céda la place à la neige. Pas de sourire triomphal face à la caméra. Plus rien.

Rowena arrêta la cassette, éteignit la télévision et le magnétoscope, et resta un moment à fixer l'écran vide. Elle se sentait vide elle aussi, éviscérée. Sa poitrine n'était plus qu'un misérable abri de brindilles cassantes dans lequel battait faiblement son cœur malade. Elle éprouvait le même sentiment de solitude désespérée qu'à la mort de Cary. Mais c'était bien pire aujourd'hui car, dans son enfance, elle avait tout l'avenir devant elle et pouvait encore rêver qu'elle vivrait heureuse le reste de ses jours comme le promettaient tous les contes. Aujourd'hui, elle n'avait plus rien à espérer.

Elle avait accordé sa confiance à tort, non pas une fois, mais deux. A Penny d'abord, puis à Reid. Penny appartenait au passé. Il lui fallait décider de la conduite à adopter avec Reid. Mais les urgences d'abord. Chancelante, elle monta à l'étage, sortit la caméra de sa cachette et la descendit à la cave. Agenouillée sur le ciment froid de la buanderie, elle brisa la caméra à coups de marteau, rassembla les morceaux en un tas et continua de taper jusqu'à ne plus avoir la force de lever le bras. Puis, laissant tout en plan, elle se traîna jusqu'à la cuisine et but une énorme gorgée de vodka. Enfin, épuisée, elle monta se coucher comme une somnambule.

18

Une sonnerie aiguë lui vrilla le crâne. Tandis qu'elle faisait taire le réveil en gémissant, le mouvement trop brusque déclencha dans sa tête l'équivalent d'une avalanche. Ses tempes battaient. Elle avait la bouche sèche. Incapable du moindre mouvement, elle demeura pliée en deux sur le bord du lit à étudier ses symptômes — migraine, courbatures, fièvre, comme pour une grippe. Quel que fût son mal, il lui sembla fatal.

Puis, peu à peu, elle se souvint, la cassette, l'excès de cigarettes, la vodka. Elle n'en mourrait pas, certes, mais c'était abominable ! Son estomac menaçait de se renverser, ses mains tremblaient, sa tête lui paraissait avoir triplé de volume et prête à éclater sous l'effet de la terrible pression interne.

Repliée sur son mal, elle avait le sentiment de flotter au milieu d'un grand vide. Elle aurait voulu être morte. Plus de jeux, plus de conflits, plus de douleur. Rien que le merveilleux néant virginal. Mais pourquoi renoncer à vivre ? Devait-elle se supprimer parce que des personnes qui lui étaient chères s'étaient mal conduites envers elle, faisaient le mal comme si c'était dans leur nature ? N'était-ce pas plutôt eux qui devraient mourir ? Elle souffrait, certes, et par leur faute, mais elle ne mourrait pas, ne pouvait pas mourir.

Lentement, très lentement, elle parvint à se mettre

debout et se traîna jusqu'à la salle de bains. Elle alluma la lumière, qui l'aveugla et aggrava sa migraine. Aussitôt, elle l'éteignit et le mouvement trop brusque lui donna la nausée. Elle avala trois capsules de vitamines, sortit l'Alka-Seltzer de l'armoire à pharmacie et se dirigea péniblement vers la cuisine — un trajet périlleux qui manqua la briser et lui parut prendre des heures.

Il y avait des cendres de cigarettes partout. La bouteille de vodka ouverte trônait sur le comptoir. Un mégot flottait dans l'eau brune et malodorante de l'évier. S'efforçant de garder la tête droite tout en se déplaçant avec un maximum de précautions, elle jeta le mégot dans la poubelle, vida et rinça l'évier, mit le café en route et jeta les deux comprimés effervescents dans un grand verre d'eau.

Il n'était pas question de manger, et pourtant il le fallait. Des tartines grillées sans beurre, sans confiture, absorberaient peut-être une partie du poison qui la rongeait. La migraine martelait toujours ses tempes, s'acharnait à détruire la frêle coquille de son crâne. Elle aurait bien balayé, mais elle n'osait pas bouger. Avec un nouveau gémissement, elle s'assit prudemment à la table et fit l'inventaire de ses maux. Seuls ses orteils étaient épargnés. L'odeur du café qui passait effleura ses narines, lui souleva le cœur. Elle eut tout juste le temps de gagner le cabinet de toilette pour vomir dans le lavabo, qu'elle rinça ensuite, les yeux ruisselant de larmes. Après quoi, elle but deux grands verres d'eau.

L'effort avait encore aggravé son mal de tête. Elle regagna lentement la cuisine et, les yeux fermés, s'accrochant au comptoir, elle attendit que le pain soit grillé. Après avoir mangé un toast chaud avec une tasse de café, elle se dit qu'elle survivrait sans doute. Les cachets commençaient à faire effet, la migraine prenait des proportions humaines. Précautionneusement, elle se rassit à table avec un second café.

Au bout d'une quarantaine de minutes, elle put se déplacer jusqu'à la porte d'entrée. Le *Times* l'attendait sur son paillasson. Dessous, il y avait une enveloppe avec son nom écrit en grosses lettres d'imprimerie. Serrant les dents, elle se baissa pour les ramasser, se releva lentement et regagna la cuisine avec un léger vertige.

Inquiète, elle examina le pli, priant le ciel qu'il ne soit pas de Reid. Mais dès qu'elle aperçut la carte, avec sa colombe à l'aquarelle et le mot « Paix » au-dessus, en lettres arc-en-ciel, elle sut qu'il venait de Penny. C'était bien là son goût. Au dos, le message disait : « Je ne voulais pas te faire de peine et je suis *sincèrement* désolée de t'avoir blessée. Pardonne-moi, je t'en prie. Ce serait dommage de gâcher une si longue amitié. Appelle-moi ? Affectueusement, Penny. »

C'était tentant. Un coup de fil, et tout rentrerait dans l'ordre ; elle aurait de nouveau le soutien de Penny. Elle avait tant besoin du réconfort et de la compréhension que son amie était toujours prête à lui offrir ; elle sentait déjà la chaleur de son étreinte rassurante tandis qu'elle se blottirait contre ses rondeurs moelleuses. Puis elle réfléchit à la manière dont Penny s'était conduite depuis la mort de Claudia, de l'odieux scandale au restaurant, et elle comprit qu'elle n'appellerait pas. Comment pourrait-elle jamais faire confiance à une femme qui la dupait depuis des années ? Il était trop tard pour les regrets et les excuses. Les dégâts causés étaient irréparables. On n'humiliait pas quelqu'un publiquement pour réclamer ensuite son pardon. L'idée même était aberrante. Elle déchira la carte et, le cœur plein de tristesse, la jeta aux ordures.

La sonnerie du téléphone retentit et elle se retourna brusquement. Craignant que ce fût Reid, elle laissa sonner, se bouchant les oreilles pour se protéger du bruit qui lui vrillait le crâne. Mon Dieu, quelle torture ! Il lui fallait acquérir un système d'identification des appels. Ainsi, elle verrait immédiatement le numéro de son correspondant et n'aurait pas à attendre dans l'angoisse. Au bout de quatre sonneries, le répondeur se mit en route. Après le bip, s'éleva la voix hésitante de Penny : « J'espère que tu as eu ma carte. Je suis passée chez toi de bonne heure ce matin pour être sûre que tu la trouverais en te levant. Je regrette beaucoup ce qui s'est passé, Ro. J'ai été dépassée par les événements... Kip, le restaurant, tout ça. S'il te plaît, appelle-moi. Il faut vraiment que nous parlions. Il y a certaines choses que j'aurais dû te dire depuis longtemps. J'ignore pourquoi je ne l'ai pas fait. Je crois que je me suis laissé prendre à ma propre histoire. Et quant à l'autre soir, j'ai vraiment dépassé les bornes. J'en suis malade. Je le regrette sincèrement, je te supplie de me croire. S'il te plaît, il faut que nous parlions, alors appelle-moi, hein ? D'accord ? Bon, j'espère avoir très vite de tes nouvelles. Au revoir, à bientôt. » Lorsqu'elle raccrocha, la machine émit un nouveau bip et se recala.

Plus triste et bouleversée que jamais, Rowena se rassit, possédée par une soudaine envie de fuir. Elle n'en ferait rien, bien sûr. Elle n'avait jamais fui et ne fuirait jamais. Il fallait toujours qu'elle aille au bout des choses, qu'elle boive la coupe jusqu'à la lie. Mais elle pouvait tout de même se protéger. Dans l'après-midi, elle passerait au bureau du Snet et demanderait qu'on installe un système d'identification des appels chez elle et au restaurant. Puis elle chargerait Ian ou Terry de répondre si Reid ou Penny appelaient. En revanche, si Reid arrivait sans prévenir au restaurant, elle n'avait aucune idée de ce qu'elle ferait. Elle verrait bien le cas échéant. A peine capable de tenir debout, elle n'était pas en état d'élaborer une stratégie visant à éloigner les importuns.

Il était maintenant 9 h 30. Il lui fallait être au Rendez-Vous dans moins de deux heures. Elle n'y serait jamais si elle ne trouvait pas un moyen de dompter son mal de tête.

Dans la pharmacie, elle examina les nombreux flacons que Claudia avait eus sur ordonnance pour soigner tous ses maux : migraines, insomnies, angoisses, dépression... Rowena ne les avait pas jetés, pensant qu'un jour certains pourraient bien lui servir. Elle dénicha un tube de Fiorinal-C à peine entamé sur lequel était écrit « Migraine ». Elle en avala une gélule avec un verre d'eau et mit le tube dans son sac.

Une longue douche très chaude contribua à dérouiller ses articulations et, lorsqu'elle se fut vêtue, le Fiorinal avait déjà soulagé sa tête douloureuse. Ses mains n'étant pas assez sûres pour un maquillage complet, elle se contenta d'appliquer de l'anticernes sous ses yeux, un peu de blush pour se donner bonne mine et du rouge à lèvres. Un coup d'œil dans le miroir lui apprit qu'elle avait l'air en bonne forme, ce qui tenait du miracle. Avec un peu de chance, elle passerait l'épreuve du déjeuner sans incident.

Dans le parking situé à l'arrière du restaurant, elle laissa le moteur tourner, ainsi que l'air conditionné, tandis qu'elle tentait de se souvenir d'un détail enfoui dans un coin de sa mémoire. La douleur sourde qui persistait à la base de son crâne ne facilitait pas l'effort de concentration. Encore trois heures à tenir, et elle serait libre de s'asseoir au calme pour réfléchir aux diverses théories qui commençaient à germer dans son esprit, mais elle n'avait pas le temps de s'appesantir tout de suite sur le fait que Tony Reid avait très probablement eu une part dans la mort de Claudia.

Elle coupa le contact et sortit de voiture, accablée de chaleur, aveuglée par la réverbération du soleil sur les véhicules en stationnement. Ayant chaussé ses lunettes noires, elle traversa le parking. Le choc de chaque pas se répercutait dans ses os. Il lui semblait que son squelette ne tenait que par quelque heureux hasard et risquait de se disloquer au moindre geste malencontreux.

Kip, qui essuyait les tables de la terrasse, l'aperçut au moment où elle franchissait la grille. Il lui sourit avec tant de chaleur qu'elle en fut touchée et se sentit moins seule.

— Ça va, tante Ro ? Jolie, la robe.

Un pli soucieux lui barra le front et il reprit :

— Ça va ?

Ne se souvenant plus du vêtement qu'elle portait, elle baissa les yeux sur sa robe. Ah oui. Encore une robe de Claudia, en lin marine. Elle était un peu lâche à la taille et aux hanches. Avait-elle maigri ? Il lui faudrait faire attention à ses repas.

— Tu saurais garder un secret, mon chéri ?

— Evidemment.

— J'ai la gueule de bois. Je suis à l'agonie.

— Dur, ça. J'en ai eu l'expérience une ou deux fois. Une horreur. Tu veux que j'aille te chercher de l'aspirine et un café ?

— Non, merci, tu es gentil. Comment ça se passe chez toi ? s'enquit-elle.

Et elle se demanda si elle n'avait pas tort de refuser à sa mère une occasion de se justifier. Mais Penny avait déjà eu tout le loisir de s'expliquer. Pourquoi avait-elle attendu qu'il soit trop tard pour venir supplier qu'on lui redonne une chance ? Combien de chances faudrait-il encore lui donner ?

— Pas trop mal. Maman se comporte comme si de rien n'était, alors je suis le mouvement. Depuis la scène de vendredi soir, elle n'a plus dit un mot sur mon travail ici. Peut-être que ça lui a passé, le truc qui la rendait mauvaise.

— Peut-être. Ce qu'il fait chaud ici !

— Ouais. Trop chaud. Tu devrais rentrer. Il fait plus frais dedans.

— Hmm. Dis-moi, les plantes se portent rudement bien.

Il les balaya fièrement du regard.

— Oui. Elles se plaisent ici.

— Bon, j'y vais.

Elle se dirigeait vers la porte quand elle se souvint du détail qui lui échappait depuis le matin. Elle s'arrêta et se retourna vers Kip.

— Chaton ? Tu n'aurais pas remarqué ce que buvait le Dr Reid hier midi, par hasard ?

— Tu parles de ton ami ? Le grand type qui faisait les mots croisés du *Times* ?

— Oui.

— Je m'occupais de sa table. Cela devrait me revenir. Attends une petite seconde… Il a pris des œufs florentine, un café… il a pris un alcool aussi, mais lequel ?

— Un scotch peut-être ?

Le visage de Kip s'éclaira d'un sourire.

— Oui. Un Chivas avec de la glace.

Son sourire s'évanouit brusquement.

— Je n'ai pas fait de sottise, j'espère ?

— Non, chaton, rassure-toi. Je ne me rappelais plus la marque qu'il buvait. C'est tout.

— Bon. Rien de cassé. J'espère que tu te sentiras bientôt en meilleure forme.

— Moi aussi.

A l'intérieur du restaurant, l'air frais lui redonna un peu de tonus. Elle ôta ses lunettes noires et mit le cap sur le bureau, saluant le personnel au passage. Une fois assise dans son fauteuil, elle rangea son sac dans le tiroir habituel et alluma la première cigarette de la journée. Erreur. Le goût abominable réveilla sa nausée. Elle l'écrasa avec une grimace au moment où Ian entrait.

— Ah, Ian. Je me demandais si nous ne devrions pas

faire installer un système pour identifier les appels, qu'en pensez-vous ?

— Ce serait pratique pour les réservations. Nous aurions le numéro sous les yeux pour le noter. Excellente idée.

— C'est ce que je m'étais dit. Oh, et puis, je voulais vous le demander plus tôt, mais cela m'était sorti de l'esprit. Où rangez-vous les factures téléphoniques du restaurant, Ian ?

— A la cave. Elles sont archivées avec les autres factures, pourquoi ?

— J'ai une petite vérification à faire, déclara-t-elle sur un ton qu'elle espérait dégagé.

— Je peux vous aider peut-être ?

Elle le regarda se glisser sur le siège en face d'elle et allumer une Silk Cut. Curieux personnage. Insaisissable. Si seulement elle le devinait mieux.

— Peut-être. D'après Tony Reid, il y a eu une période à l'automne dernier, pendant laquelle Claudia l'assaillait de douzaines de coups de fil quotidiens. J'ai vérifié toutes ses factures, et je n'ai rien trouvé de tel. Alors, j'ai pensé que…

— Elle l'appelait d'ici, dit platement Ian avec une expression de dégoût ou de colère. Il n'a rien exagéré, je vous assure. Toutes les cinq minutes, elle quittait la réception et filait au bureau pour lui téléphoner. Très franchement, je ne sais pas comment il supportait cela. Sa secrétaire non plus, d'ailleurs. Claudia laissait pour lui des tonnes de messages à cette malheureuse, je l'ai entendu de mes oreilles.

Une expression de dégoût ou de colère, songea Rowena. Il parlait les lèvres pincées, comme s'il venait de mordre dans une nourriture avariée et, par pure politesse, ne recrachait pas le morceau.

— Elle le harcelait donc vraiment.

— Oh, oui. Les notes de téléphone prenaient des proportions astronomiques. Le comptable en était confondu.

— Cela a duré longtemps ?

— Environ deux mois. Je ne me souviens plus exactement. C'est important ?

— Au juste, je n'en sais rien. Cela me paraissait à peine croyable.

— Certes.

Il tira longuement sur sa cigarette et exhala une bouffée de fumée vers le plafond.

— A peine croyable, en effet. C'était terriblement gênant. On ne pouvait plus compter sur elle à l'accueil, et elle ne ménageait ni le personnel ni les clients.

Il eut un vague haussement d'épaules et inspira la fumée, pensif.

— Si vous ne craignez pas de vous salir un peu, vous trouverez les factures sans trop de difficulté. Ecoutez, Rowena, je sais bien que cela ne me regarde pas, mais pourquoi revenir là-dessus aujourd'hui ? A quoi bon ?

— Le problème, commença-t-elle, méfiante, c'est que je me pose encore des questions pour lesquelles je n'ai pas de réponse.

— A quel propos ?

— A propos de ce qui a causé la mort de ma sœur.

— Ah, fit-il en hochant la tête.

Il se cala dans son siège, joignit les mains sous son menton et reprit :

— Puis-je vous parler franchement ?

— Faites, je vous en prie.

— Au cours des deux dernières années, Claudia a irrité bon nombre de clients par sa conduite. Elle a même coûté de l'argent au restaurant. C'est bien triste, mais elle est morte, et c'en est fini à présent. Vous avez fait du beau travail et les affaires n'ont jamais été meilleures. Ne pourriez-vous pas laisser vos questions de côté ? Je sais bien qu'elle était votre sœur et que les liens familiaux sont difficiles à rompre, mais je pense sincèrement qu'il serait dans votre intérêt de vous souvenir des moments heureux et d'oublier le reste.

Rowena ne put retenir un rire sarcastique.

— Désolée, Ian, mais les moments heureux n'étaient pas une spécialité de la famille. Je pensais que vous l'aviez compris.

Il haussa les épaules.

— Admettons. Vous pourriez en ce cas considérer Claudia comme appartenant au passé. Au fond, ce n'est jamais que la vérité.

— Plus facile à dire qu'à réaliser.

— Pourquoi vous torturer à remuer un passé que nul ne peut changer ?

— Parce qu'il faut que je sache.

Il semblait prêt à répliquer, mais il se ravisa, consulta sa montre, écrasa sa cigarette et déclara en se levant avec un sourire d'excuse :

— Le devoir m'appelle.

— Je vous rejoins tout de suite.

— Rien ne presse.

Souriant toujours, il ajusta ses poignets de chemise et quitta le bureau.

Rowena était intriguée par la colère qu'il venait de manifester en mentionnant les coups de fil à Reid que Claudia passait du bureau. Colère qui n'avait finalement rien d'étonnant étant donné qu'il gérait le restaurant. Claudia était avant tout une vitrine. *En* vitrine, à la manière de ces femmes d'Amsterdam, songea Rowena, assaillie par une nouvelle vague de tristesse et de douleur en revoyant Claudia nue, encore frémissante de l'orgasme que Reid lui avait donné. Elle cligna des yeux pour chasser cette image et se concentra sur les faits, sur ce qu'elle savait maintenant avec certitude.

D'abord, Reid buvait du Chivas Regal. Ce qui impliquait qu'il était allé chez Claudia la nuit de sa mort, ou qu'il y était attendu. Ensuite, il n'avait pas menti sur le harcèlement téléphonique. Mais quelle importance, puisqu'il avait menti par ailleurs ? Et il avait menti, la cassette le prouvait.

Elle se leva pour aller dans la salle et s'arrêta devant la porte du bureau. Reid serait-il son cambrioleur ? Serait-il entré chez elle en son absence pour chercher la cassette ? Il connaissait ses horaires de travail, connaissait la maison pour s'y être rendu — au moins une fois. Mais connaissait-il l'existence de la cassette ? Claudia lui en avait-elle parlé — pour le faire chanter par exemple ? A tenter de démêler cet écheveau, la migraine lui revenait. Cela devrait attendre.

En sortant du bureau, elle manqua heurter Ian qui y revenait.

— Si vous permettez, Rowena ? J'avais encore une petite chose à vous dire.

— Je vous en prie.

— C'est à propos de Claudia et de ses mésaventures avec le Dr Reid. Elle était complètement obsédée par cet homme. Heureusement, cela n'a pas duré bien longtemps et tout est revenu ici à une apparence normale. Bref, ce que je voulais vous dire, c'est que, bien sûr, vous êtes libre d'éplucher les notes de téléphone et le reste. L'affaire vous appartient maintenant, et vous avez accompli des prodiges ces derniers mois. Vous avez été un tonique pour nous tous, et le personnel vous est très attaché. Cela étant, je ne vois pas quelle satisfaction vous pourriez tirer à remuer des tas de vieilles histoires qui ne sont plus aujourd'hui que des fonds de poubelle.

Il posa une main fraîche sur son bras et ajouta :

— Mieux vaut laisser tomber, mon petit. Fourrager dans le passé ne vous vaudra rien de bon. Je suis certain que le

Dr Reid ne vous a pas menti pour mentir. Il ne cherchait sans doute qu'à vous épargner en minimisant les faits.

— Sans doute, oui. Je réfléchirai à tout cela.

— Bon. Excusez-moi si j'ai passé les bornes.

— Non, non. Vous avez bien fait, je vous remercie.

— Bien.

Il donna une légère pression à son bras avant de s'éloigner.

En étudiant sa maigre silhouette qui s'éloignait vers la salle, elle se demanda dans quelle mesure son message n'en cachait pas un autre. Si seulement ses paroles étaient plus faciles à décrypter ! Il pouvait se montrer à la fois si direct, et si retors, contredisant ses phrases par ses gestes, ses mimiques. Une chose était cependant claire : il n'aimait pas Claudia. D'où ses mises en garde, dont elle lui était d'ailleurs reconnaissante. Mais elle ne pouvait s'arrêter en si bon chemin, au moment même où elle commençait à entrevoir des réponses. Certes, elle n'en serait peut-être pas plus heureuse mais, au moins, aurait-elle la satisfaction de savoir ce qui s'était passé.

19

Rowena sortit la cassette du magnétoscope et resta un moment à la retourner entre ses mains, indécise. Le second Fiorinal qu'elle avait pris pendant le déjeuner pour calmer un nouvel accès de migraine lui embrumait l'esprit. Elle tombait de sommeil et n'avait qu'une idée, faire la sieste.

Cassette en main, elle alla vérifier son répondeur et sursauta en entendant la voix de Reid, chaude, grave, séduisante :

« Je tenais à vous dire que j'ai pensé à vous toute la soirée d'hier. Pourquoi ne pas accepter que je vous invite à dîner demain ou mercredi soir ? Je serai à mon bureau aujourd'hui jusque vers 18 h 30. Appelez-moi pour me faire savoir quel jour vous convient le mieux. J'ai hâte de pouvoir bavarder avec vous. »

Le bip se fit entendre et elle demeura un moment à regarder clignoter le témoin rouge des messages.

« Voilà ce qui arrive aux petites femmes laides qui ont l'audace de rêver, songea-t-elle. Elles finissent ainsi, engluées dans le désespoir, victimes de leurs illusions et d'hommes sans scrupule. » La peur la tenaillait, la dépression aussi, et cette douleur dans le bas-ventre. Depuis qu'elle avait découvert la cassette, elle pensait à Reid au passé. Ignorant tout de sa découverte, il continuait à la poursuivre de ses assiduités et paraissait aussi sincère et enthousiaste que toujours. Inquiétant. Comment se tirer de ce mauvais pas ? Assurément, il désirait quelque chose d'elle. Serait-elle en danger s'il ne l'obtenait pas ? Risquait-elle de finir morte elle aussi ? Malgré tout ce qu'elle savait, elle avait pourtant peine à croire qu'il pût lui vouloir du mal, mais c'était uniquement à cause de l'attraction qu'il exerçait sur elle. Le son de sa voix l'avait bouleversée à lui donner la chair de poule, avait fait renaître en elle le souvenir et la sensation de ses lèvres sur sa bouche. Mon Dieu, où allait-elle avec ces stupides rêves de vieille fille dignes d'un roman gothique ?

Incapable de remettre ses pensées en ordre, elle monta à l'étage en bâillant. Le lit défait et les rideaux tirés lui parurent refléter son état de confusion. La veille, elle avait avoué à Reid son attirance pour lui, et elle allait devoir payer cette erreur.

Elle glissa la cassette dans le tiroir de la table de chevet, mit le réveil à sonner une heure plus tard, puis elle se dévêtit et se coucha. En dépit de sa fatigue, elle ne parvenait pas à dormir. Ses pensées revenaient inlassablement à Reid et à sa propre crédulité ; il n'avait pas eu beaucoup de mal à la convaincre de rendre les armes ! Ses défenses étaient bien plus faibles qu'elle ne l'avait imaginé. Après toutes ces années passées près de sa sœur, elle s'était crue capable de reconnaître à cent pas un adepte de la manipulation. Hélas, comme elle se trompait ! Reid était un virtuose du genre, et elle était tombée dans le piège. Ravalant le mépris qu'elle avait d'elle-même, elle ferma les yeux.

Le réveil la tira en sursaut du sommeil. Remise de sa surprise, elle resta étendue dans le cocon douillet du lit. Qu'est-ce qui l'empêchait de rester où elle était, de dormir jusqu'au lendemain ? Machinalement, cependant, sa main ouvrit le tiroir de la table de nuit et se referma sur la cassette. Aussitôt, elle était debout, allait à la penderie passer un T-shirt, un grand pull de coton informe et délavé et ses vieux mocassins blancs dont les perles étaient en partie arrachées.

Ayant mis de l'eau à bouillir, elle passa la serpillière dans la cuisine, essuya les surfaces de travail, effaça toute trace des débauches de la veille. Ensuite, elle s'installa devant une chope de thé fort avec du lait et du sucre, et elle lut le *Times* tout en fumant plusieurs cigarettes.

Le téléphone sonna. Elle se raidit, tendit l'oreille pour savoir qui appelait. Demain, le système d'identification des appels serait en fonction et lui épargnerait toutes ces angoisses !

— Ne te cache pas, Ro, je sais bien que tu es là ! disait la voix de Mark à travers l'appareil. La Mercedes est devant chez toi, alors sois gentille et décroche, hein ?

Soulagée, elle décrocha.

— Pourquoi fais-tu le mort, mon minuscule trésor ?

— Je suis complètement vannée et pas du tout d'humeur à bavarder avec qui que ce soit.

— Même avec moi ?

— Bien sûr que non. Tu seras toujours une exception.

— Tu me rassures. Que dirais-tu d'un restaurant chinois et d'un film ?

— Non, pas ce soir. S'il y avait le feu ici, je ne suis même pas sûre que je trouverais la sortie.

— Bon. Alors, plan de rechange numéro un : je vais au chinois chercher quelques plats à emporter et on mange ici. J'aimerais te mettre au courant des derniers événements.

— Il y a des siècles que je n'ai pas mangé chinois. J'ai bien envie de porc Moo Shu. Et il y a peut-être un film potable à la télé ?

— Non, j'ai vérifié. Rien que des trucs nuls. Il te reste du thé au jasmin ?

— Bien sûr. On peut savoir quels sont les derniers événements et le plan de rechange numéro deux ?

— Je vais chercher une pizza, on lui fait un sort, et je te mets au courant des derniers événements.

— Ah. Je préfère le numéro un. Quels événements ?

— Je te vois dans un moment et on en parle, dit-il avant de raccrocher.

Rowena se hâta d'aller cacher la cassette dans la penderie, puis elle redescendit pour vérifier que tout était en place dans le salon. Le téléphone sonna de nouveau tandis qu'elle mettait le couvert. Elle serra les dents, se couvrit les oreilles de ses mains et émit un bourdonnement afin de ne rien entendre. Pour la première fois depuis des années, elle faisait gronder le moteur de la machine à s'évader. Voyant le témoin rouge clignoter, elle alla jusqu'au répondeur et baissa le volume pour échapper à d'autres messages éventuels.

— Tu ne m'as pas l'air très en forme, chère poule faisane. Qu'as-tu donc fabriqué ? demanda Marc en prenant un rouleau de printemps.

— Je me suis couchée trop tard la nuit dernière, et en plus, je ne trouvais pas le sommeil. Mon cerveau s'était emballé et faisait des heures supplémentaires, tu vois le genre ?

— Très bien, oui. Je connais.

— Alors, quoi de neuf de ton côté ? s'enquit Rowena.

Elle se resservit un peu de porc et de riz avant qu'il ne proteste qu'elle ne mangeait rien. Son estomac était encore un peu fragile après ses excès de la veille.

— Eh bien, Mlle Pénélope et moi-même sommes allés déjeuner ensemble à midi.

— Sans rire ?

— Sans rire. Elle m'a invité et, comme j'étais curieux, j'ai accepté. Elle était très posée, réfléchie, pensive. Pour la première fois, j'ai eu l'impression d'entrevoir la vraie Penny. Sur la défensive certes, méfiante, mais gentille.

Elle m'a parlé de la carte qu'elle avait déposée chez toi ce matin. Tu l'as appelée ?

Rowena nia de la tête.

— Tu fais ce que tu veux, bien sûr, mais je crois que tu devrais.

— Pourquoi ?

— Ne joue pas celle qui ne comprend rien, Ro. Tu devrais l'appeler parce qu'elle essaie par tous les moyens de se racheter ; parce qu'elle tient à toi et que tu tiens à elle. Tu dis toi-même qu'on ne brise pas une amitié de vingt-cinq ans sur un coup de tête.

— Eh bien, elle aurait dû y réfléchir avant de faire un scandale public.

Il plissa le front.

— Je sais. C'était moche, mais elle s'est laissé dépasser.

— Ça, c'est l'euphémisme du siècle !

— D'accord, elle est allée trop loin, on le sait. Mais tu pourrais tout de même te montrer compréhensive. Rien n'est définitif ni gravé dans la pierre, que je sache.

— Je te rappelle que c'est moi qu'on a offensée. Et cela n'avait rien d'une plaisanterie, Mark. Voilà des mois qu'elle me cherche des poux. Vendredi soir, c'était le coup de grâce.

— De ton point de vue, je suppose que ça se défend.

— Parce qu'il y a un autre point de vue ? Bon, passons. Qu'est-ce qu'elle avait à dire ?

Il la considéra d'un air curieux mais ne releva pas.

— Elle s'est excusée pour sa conduite au travail. Elle était si sûre que je prendrais ton parti qu'elle m'a avoué s'être mise automatiquement sur la défensive sans même m'avoir parlé. Elle m'a avoué avoir proféré des remarques désobligeantes sur nous et, Magnusson étant un énorme accélérateur de rumeurs, tout a été déformé hors de proportions.

Elle jure que ses remarques n'étaient pas bien méchantes et je suis enclin à la croire. Quand je lui ai dit qu'elle aurait dû s'abstenir pour commencer, elle a acquiescé aussitôt. Mais elle prétend qu'elle avait peur, qu'elle avait besoin de soutien moral. Elle est, hélas, allée le chercher en dépit du bon sens. Du coup, en fait de réconfort, elle s'est vue traitée comme une pestiférée pour avoir clamé à tous vents ce que personne ne voulait entendre.

Rowena prit une bouchée de porc et but quelques gorgées de thé parfumé.

— Pas de commentaire ? s'enquit Mark.

— Pas encore. J'attends la fin de ton récit.

— Bon, alors j'ai accepté ses excuses. Je pense qu'il lui a fallu du courage pour venir vers moi. Elle a pris un risque, et cela mérite le respect. De plus, elle n'a pas cherché à justifier sa conduite. Elle n'a fait qu'exposer les causes et les effets, de son point de vue.

— Je suis certaine qu'elle a été la courtoisie même. Elle a mentionné Ken et la pension alimentaire ?

Mark termina son rouleau de printemps avant de lui répondre :

— Elle m'a dit qu'elle était tellement démoralisée par la séparation et le divorce qu'elle se refusait à lui concéder le moindre point. Elle l'a donc peint comme un parfait scélérat. Par la suite, quand Kip a été suffisamment grand pour réclamer son père, elle a pris peur : si elle autorisait Kip à le voir, la vérité finissait par éclater, et c'en était terminé de son influence sur son fils. Elle les a donc tenus à l'écart l'un de l'autre au prix de remords croissants. Au bout du compte, comme nous le savons, la vérité a éclaté pour Noël. Incapable de reprendre la situation en main, elle s'est résignée à voir Kip lui préférer son père. C'est d'autant plus stupide qu'elle se leurrait elle-même, convaincue que personne ne comprendrait ses raisons, à savoir qu'elle était mortifiée et terrifiée.

— Elle n'a jamais donné à Kip l'occasion de décider pour lui-même.

— Ro, elle avait perdu les pédales. Pour elle, Kip n'aurait vu son père que comme une victime dont elle était le bourreau. Ce qui aurait été parfaitement possible avec un gosse moins perceptif et moins intelligent.

— Kip, lui, aurait compris tout seul.

— Elle en est consciente à présent. Cet après-midi, elle a quitté le bureau de bonne heure pour aller le voir et lui en parler.

— Treize ou quatorze ans après avoir fait le mal, il était temps, non ?

— Qu'est-ce qui te rend si vindicative, Ro ? Cela ne te ressemble pas.

Elle tendit la main vers ses cigarettes.

— Peut-être que si, Mark. Peut-être que c'est bien moi, justement. Jamais je n'ai été dans une telle situation. Nous ne pouvons donc pas savoir comment je suis censée réagir, faute de précédent.

— Certes. Ecoute, je sais que tu as besoin de ta dose de poison, mais si je te le demande gentiment, pourrais-tu attendre que j'aie fini mon repas avant de fumer ?

— Bien sûr. Excuse-moi.

Elle s'apprêtait à remplir leurs deux tasses lorsque le téléphone sonna. L'ignorant, elle versa le liquide odorant en s'efforçant de contrôler le tremblement de ses mains.

— Tu laisses sonner ? Moi, ça me rendrait fou.

— Je ne plaisantais pas quand je t'ai dit que je n'étais pas d'humeur à bavarder.

Dans le silence qui suivit, ils entendirent le message d'annonce en sourdine. Puis une voix de femme s'éleva, à peine audible, une voix que tous deux reconnurent :

— Tu devrais lui parler, Ro. Elle a cessé de dérailler.

— Mark, pour l'amour du ciel ! Elle m'a accusée de lui voler son fils et de je ne sais quoi encore. Elle m'a agressée publiquement il y a tout juste quelques jours et je n'en suis pas encore remise… Que tu comprennes son point de vue, je veux bien, mais essaie de voir le mien. C'est moi la victime dans cette affaire, pas elle.

— Elle a semé une graine de mensonge qui s'est muée en Godzilla et a tout détruit sur son passage…

— Jolie métaphore.

— Ce n'est peut-être pas le moment d'en discuter. Tu ne me parais pas très réceptive.

— Effectivement. Je suis trop fatiguée pour y réfléchir posément.

Elle marqua une brève pause et ne put s'empêcher d'ajouter :

— Je présume qu'elle est repartie sur son rail imbécile et qu'elle t'a encore raconté que j'étais en train de devenir le portrait craché de Claudia.

— Tu as raison. Tu es trop fatiguée pour réfléchir posément. Voyons plutôt quel destin nous promettent ces biscuits chinois et ensuite, je rentrerai chez moi.

— Je suis désolée d'être si brusque avec toi. Mais tu ne crois pas que mon irritation est légitime ? Je devrais donc passer l'éponge sous prétexte qu'elle me demande poliment de lui pardonner ? C'est un peu léger, non ?

— Certes. Je pensais que l'armistice viendrait plus facilement.

— Je ne comprends pas très bien ce qui te pousse à te faire l'avocat du diable. Je croyais même que tu n'aimais pas Penny.

— Mais je n'ai jamais dit cela ! J'ai dit que je ne pensais pas la connaître vraiment, que pour moi, elle traînait tout un lot de casseroles affectives. Ce qui se révèle maintenant être parfaitement exact. Mais je n'ai jamais dit que je ne l'aimais pas, parce que ce n'est pas vrai, je l'aime beaucoup.

— J'ai dû mal interpréter tes remarques.

— Que se passe-t-il, Rowena ? Tu es sûre qu'il s'agit bien de Penny ? Tu ne me cacherais pas quelque chose ?

Il lui offrait une chance de se confier à lui, et elle était tentée de lui parler. Il la consolerait, lui dirait que la cassette n'était qu'un détail sans grande importance, que les choix mal avisés de Reid ne faisaient pas de lui un meurtrier. Mais elle demeurait incapable d'avouer qu'elle s'était attachée, certes brièvement, à cet homme qui avait couché avec sa sœur, le lui avait caché et puis l'avait courtisée, elle, après lui avoir menti. C'était par trop sordide et frisait le macabre.

Elle songea à *Cœur de ténèbres*, le roman de Conrad, à Marlow déclarant que son destin était d'être fidèle au cauchemar de son choix. Et, comme ce personnage, elle avait le sentiment qu'il lui fallait fatalement jouer son rôle jusqu'au bout, que le scénario l'obligeait à taire l'existence de la cassette, à ne pas avouer sa sotte crédulité.

— Penny a peut-être réussi à se libérer d'un coup de ses problèmes, mais il va me falloir du temps avant que je puisse en parler. Deux ou trois jours ne suffisent pas à digérer tout ce qu'elle m'a dit, ce qu'elle m'a fait. J'avais confiance en elle, Mark, et elle a trahi ma confiance. Si tu étais à ma place, tu n'apprécierais sans doute pas que je propose de passer l'éponge et d'oublier. Ce n'est pas très réaliste.

— Bon, d'accord. Tu as raison. Je n'avais pas étudié la question sous tous ses angles. Excuse-moi. Allez, les biscuits de la bonne aventure, et je rentre.

Il prit un gâteau chinois et lui tendit l'autre. Elle resta un moment à examiner la fragile pâtisserie au creux de sa paume, trop lasse pour tenter de réagir.

— La foi déplace les montagnes, mais uniquement quand cela lui chante, lut Mark. Le levier n'est peut-être pas la plus grande invention de l'homme. Ne jamais garer son buffle sur un parking payant. Le yak d'un homme est le dromadaire d'un autre…

Elle revint à la réalité présente, vit qu'il tenait devant lui le mince ruban de papier et plissait les yeux, comme pour déchiffrer une inscription microscopique.

— … Je te raccompagne chez toi, Nelly, après la pluie.

Rowena éclata de rire. Il lui décocha un regard faussement courroucé et poursuivit en retournant le papier :

— Veuillez ne pas interrompre. Les oiseaux bleus nicheront sur les falaises de Caen le jour où Caen dira thon.

Puis il sourit et ajouta :

— Alors, et le tien ? Qu'est-ce qu'il raconte ?

Incapable de contrôler son fou rire, elle sentit le moment où les larmes prendraient le dessus et, s'essuyant les yeux du coin de sa serviette, elle s'efforça de se calmer.

— Tu es fou à lier, Mark !

— Mais pas toi, Miss Crocodile 96. Alors, qu'est-ce qu'il dit, ton papier ?

— L'orgueil précède la chute.

Elle plissa le front et prit une cigarette.

— Tu parles d'un destin ! C'est un proverbe et pas une prédiction. On devrait demander à être remboursés !

— Le yak d'un homme est le dromadaire d'un autre ?

— Oui, bon, excuse-moi, mais l'improvisation, ça se travaille.

Il rassembla les emballages vides dans un sac de plastique.

— Je mettrai tout cela aux ordures en passant.

— Merci pour le dîner, Mark. Et puis, s'il te plaît, essaie de considérer les choses de mon point de vue. Les raisons de Penny sont sans doute logiques à ses yeux, mais elle m'a fait souffrir pendant près de cinq mois et c'est trop me demander de tout oublier en cinq minutes.

— A vous voir toutes les deux si malheureuses, j'ai voulu jouer les médiateurs. J'ai dû y aller trop fort.

— Mon chou, on ne peut pas contraindre les gens à être raisonnables. Avec ton expérience, tu es très bien placé pour le savoir.

— Effectivement.

— Le problème, Mark, c'est que c'en est fini pour moi. Comment pourrais-je rester amie avec quelqu'un en qui je n'ai plus confiance ? Quelqu'un qui m'a battue devant une salle de restaurant pleine. As-tu idée de ce que j'ai ressenti ce soir-là ?

Il grimaça.

— Mon pauvre chaton. Au temps pour mon zèle de missionnaire ! Je te promets de ne plus aborder ce sujet. Et maintenant, termine ta cigarette et va au lit.

Elle le raccompagna jusqu'à la porte de cuisine. Avant de sortir, il posa le sac d'ordures pour la prendre dans ses bras.

— Hmm. Tu sens bon ! C'est lequel celui-là ? Je ne le reconnais pas.

— Tocade, murmura-t-elle, blottie contre sa poitrine. Agréable, non ?

— Délicieux. Comme de la glace à la vanille avec des pétales de rose.

Elle rit et le repoussa doucement.

— Adieu, lapin bleu. Dors bien.

— Je t'aime beaucoup, beaucoup, Mark. Je ne sais pas ce que je ferais sans toi.

— Moi aussi, je t'aime beaucoup, beaucoup. Ne t'inquiète pas, essaie de dormir, et à demain.

Il lui embrassa le bout du nez, reprit le sac plastique et sortit.

Mark parti, elle nettoya la cuisine, chargea le lave-vaisselle et monta directement se coucher pour sombrer aussitôt dans le sommeil. Quatre heures plus tard, elle se leva pour aller aux toilettes et ne put se rendormir. Après avoir passé une heure à se retourner dans son lit, elle se releva, prit la cassette et descendit dans le salon.

Dans le noir, elle s'installa par terre avec ses cigarettes et un cendrier avant d'introduire la cassette dans le magnétoscope. Dégoûtée d'elle-même, elle voulait aussi être écœurée de Reid et n'y parvenait pas. Toutes ses émotions négatives se retournaient contre elle. Elle s'était illusionnée, conduite comme une sotte. Et lui ? Allez savoir ! Tandis que la cassette se rembobinait, elle se rendit dans le cabinet de toilette pour se rafraîchir le visage. Cette vidéo avait quelque chose de bizarre, quelque chose qui la troublait sans qu'elle sût pourquoi.

De retour dans le salon, elle s'installa sur le canapé afin de la regarder une fois de plus. Tandis qu'elle rembobinait pour la seconde fois, elle s'assoupit et rêva qu'elle était dans la penderie à regarder Reid et sa sœur dans la chambre. Parfois, c'était elle et non pas Claudia qui était étendue, nue, sur le lit, elle dont les cuisses largement ouvertes étaient maintenues par les immenses mains de Reid, elle qui sentait l'impact de cette première pénétration sauvage. Et, de nouveau, elle se trouvait dans la penderie et observait. Elle allait et venait du lit à la penderie, de la penderie au lit, elle était à la fois témoin et acteur, voyait chaque geste de l'extérieur et éprouvait aussi chaque sensation. Après l'avoir menée rageusement jusqu'aux convulsions de l'orgasme, il se retira d'elle si vite qu'elle en eut mal, que le sentiment de perte était comme une mort. « Ne m'abandonne pas, je t'en prie, ne t'en va pas ! s'écria-t-elle, le corps soudain glacé sans sa chaleur. C'est une erreur ! Une erreur ! » Mais il sortit, sans une hésitation, sans même lui jeter un regard.

Un bruit sourd, dehors, la tira du sommeil. Aussitôt, elle était debout et regardait à travers une fente des persiennes. Une voiture garée devant sa porte repartait. Apeurée, le cœur battant, elle s'avança à pas feutrés jusqu'à la porte, l'ouvrit, et trouva son journal sur le paillasson. Tremblante, elle laissa échapper un soupir de soulagement, ramassa le journal et referma à clé. Quelle sotte elle faisait ! C'était risible.

Il était à présent 5 h 47. Elle était sur le canapé depuis trois heures. Elle avait donc dormi sept heures en tout. Autant rester debout.

Elle gagna la cuisine, posa le journal sur la table et se prépara du café et des toasts, heureuse d'être levée si tôt, comme au temps des travaux. Elle aimait observer le jardin, lui voir reprendre ses couleurs à mesure que le soleil se levait, respirer l'odeur de terre humide qui entrait par les fenêtres sur la brise légère.

Avant de se rendre au restaurant, elle avait encore largement le temps de visionner la cassette deux fois. La bizarrerie de cet enregistrement l'obsédait, l'irritait. Elle ne parvenait pas à identifier le détail qui la troublait. Il lui faudrait étudier la cassette jusqu'à comprendre ce qui clochait. Cela l'occuperait d'avoir un problème à résoudre puisque, de toute façon, elle n'avait rien de mieux à faire.

20

A l'évidence, Kip l'attendait. Quand il la vit passer la grille, son visage s'éclaira d'un sourire radieux et il se précipita à sa rencontre.

— Salut, tante Ro ! Tu te sens mieux ?

— Beaucoup mieux, je te remercie.

— J'ai pensé que tu serais contente d'apprendre que maman et moi, on a eu une vraie bonne discussion hier et que ça a drôlement nettoyé l'air.

— Eh bien, tant mieux, chaton.

— Ouais, tant mieux. Pour une fois, elle a été claire, elle m'a raconté comment ça avait mal tourné avec papa et comment elle avait fini par s'enfermer dans ses mensonges jusqu'à ce qu'il soit trop tard pour revenir en arrière. Tu savais ?

— Mark m'en a touché deux mots hier soir.

— Ils avaient déjeuné ensemble. Alors, tu es au courant qu'elle s'est excusée et qu'ils ont réglé des tas de trucs eux aussi. C'est super, parce que moi, ça ne me plaisait pas trop qu'elle vous fasse la tête à tous les deux.

— Elle avait peur de te perdre, Kip. Les gens ne sont pas toujours très rationnels quand ils ont peur.

— Ça, c'est sûr. On en a même parlé, et ça m'a fait bizarre, comme si j'étais le parent et elle le gosse. Je la rassurais en lui expliquant que personne ne perdrait personne, que je pouvais parfaitement voir mon père sans faire de comparaison entre eux, sans qu'elle en sorte noircie. De toute façon, c'est pas les mêmes rapports entre lui et moi. Bref, maintenant on y voit enfin clair.

— Voilà une bonne nouvelle. Je suis heureuse pour toi, mon chaton.

Le sourire de Kip s'effaça.

— Tu sais, tante Ro, ça la fâcherait un max de savoir que je te l'ai dit, mais maman tient vraiment à te parler. C'est vrai quoi, toi et oncle Mark, vous êtes presque de la famille. Et maman se mord les doigts jusqu'à l'os à cause de ce qui s'est passé. C'est sûr qu'elle a un peu perdu la tête. Mais tu la connais, c'est pas son style de cogner les gens. Elle ne te ferait pas souffrir pour le plaisir, jamais. Elle t'aime, tu sais. On t'aime tous les deux.

— Kip, tu as le temps de t'asseoir avec moi cinq minutes ?

— Ouais, pas de problème.

Elle opta pour une table à l'ombre de l'auvent, se glissa sur une chaise et prit une cigarette dans son sac, consciente des yeux de Kip qui suivaient chacun de ses gestes.

— Il est très important que tu comprennes, chéri, parce que je t'aime, moi aussi. Tu comptes beaucoup pour moi. Le problème, c'est que je ne suis pas en mesure de parler à ta mère pour le moment. Pas après ce qu'elle m'a fait l'autre soir, devant une salle pleine, Kip. J'étais humiliée, mortifiée. Je crois bien que toi-même tu en étais gêné.

— Et comment ! Je n'arrivais pas à imaginer que ma mère pouvait se conduire comme une vraie dingomane. Pourtant, depuis cette conversation avec elle hier, j'ai l'impression que ce truc moche est arrivé il y a longtemps, et pas le week-end dernier.

— Pour toi, oui. Dans mon esprit, en revanche, c'est toujours très frais. Et il y a aussi le fait qu'elle m'a menti pendant des années et cela me pèse plus que tout. Je tiens donc à te dire que je serai peut-être en mesure de parler à ta mère plus tard, mais jamais plus je ne pourrai être son amie comme par le passé. Je sais que ce n'est pas là ce que tu espérais, mais c'est la vérité.

— Je n'étais peut-être pas très réaliste, hein, de croire que vous redeviendriez amies comme avant ? demanda-t-il, dépité.

— Tu as beaucoup de chance, mon chéri. Tu es ouvert et de nature heureuse. Il t'arrive un ennui, tu souffres et, une heure plus tard, la crise est passée. Je ne suis pas comme toi. Il faut que je rumine, que je ressasse les faits jusqu'à les comprendre. Je finirai sans doute par pardonner ta mère, mais plus jamais je ne pourrai lui faire confiance, parce qu'elle m'a trompée. Est-ce que tu comprends cela ?

— Ouais, je comprends. Elle s'est plantée, grave.

Il prit un cendrier sur une table voisine et le posa devant Rowena qui y écrasa sa cigarette.

— Tu sais, tante Ro, je suis pareil que toi. Moi non plus je ne pourrai plus jamais lui faire confiance à cent pour cent, parce qu'elle m'a menti aussi. Mais c'est quand même ma mère.

— Bien sûr.

— Et je te remercie de ne pas raconter les salades habituelles, comme quoi je suis trop jeune pour comprendre. C'est chic de ta part.

— J'ai trop de respect pour ton intelligence pour te considérer comme un gamin, Kip.

— Moi aussi je te respecte. Aussi loin que je me souvienne, tu as toujours été supercool avec moi. Tu m'as toujours traité comme une grande personne, tu ne m'as pas posé de ces questions idiotes sur l'école ou débité des platitudes. Je crois que je voulais vous voir réconciliées toutes les deux pour être sûr de ne pas te perdre.

Emue, Rowena sentit son cœur se serrer de tendresse. Posant la main sur la joue de Kip, elle plongea dans ses yeux.

— Tu ne me perdras pas, mon chéri. Je serai toujours là pour toi. Toujours. Si tu as besoin de quoi que ce soit, tu peux venir me voir. Tu le sais, non ?

— Je sais, répondit-il gravement.

— Autre chose, chaton. Tu n'es pas responsable de ta mère ou de moi. Ce qui survient entre nous deux ne te concerne pas. Chacune de nous continuera de t'aimer, que nous soyons amies ou non. D'accord ?

— D'accord.

— Sûr ?

— Certain.

Elle lui sourit.

— Bon, maintenant, il faut que j'y aille. Sauf si tu as encore quelque chose à discuter.

— Non, je crois que nous avons fait le tour.

— Et souviens-toi, chéri, quoi que tu dises, quoi que tu fasses, mes sentiments pour toi ne changeront pas.

— Moi pareil, déclara-t-il, sérieux.

Ils restèrent un long moment les yeux dans les yeux. Enfin, elle se leva et se rendit directement aux toilettes, s'y enferma et, une main sur la bouche, elle se mit à pleurer.

Une fois branché le système d'identification des appels, Rowena se sentit rassurée. C'était certes une protection illusoire, mais à voir le numéro du correspondant s'afficher sur l'écran, elle avait le sentiment d'échapper en partie aux caprices des autres. Et, lorsque vers 14 heures cet après-midi-là, un numéro de Greenwich s'afficha, elle demanda à Ian de prendre le Dr Reid sous prétexte qu'elle était occupée.

Elle fit le tour des quelques dernières tables où des clients achevaient de déjeuner et, lorsqu'elle regagna le bar, Ian lui tendit un morceau de papier replié. Elle le remercia. Il hocha la tête d'un air pincé et disparut en cuisine, visiblement irrité d'avoir à prendre ses appels personnels. Elle espérait qu'il n'y en aurait pas trop, car elle craignait de se l'aliéner.

Le message était bref, « Appelez Dr Reid, S.V.P. », mais ces quelques mots réveillèrent sa peur et sa mélancolie. Reid ne disparaîtrait pas comme par enchantement, malgré tout le désir qu'elle en avait. Elle jeta le feuillet à la corbeille et sortit sur la terrasse où, malgré la chaleur accablante, une bonne moitié des tables étaient encore occupées.

La chaleur lui rappela de nouveau *Cœur de ténèbres*. Il y avait plus de vingt ans qu'elle avait lu ce roman, et elle éprouvait à présent le besoin de le relire. Elle prit son sac dans le tiroir, avertit Ian qu'elle sortait faire une course et quitta le restaurant.

En entrant dans la librairie, elle heurta un monsieur qui en sortait. Tous deux se reculèrent en s'excusant. Elégamment vêtu, séduisant, l'homme avait entre trente et quarante ans et ses traits lui parurent vaguement familiers. Songeant qu'il s'agissait sans doute d'un client, Rowena lui sourit et lui demanda comment il allait.

L'homme sourit en retour, un peu surpris.

— Très bien, merci. Je... Je suis désolé, votre nom m'échappe.

Rowena s'empourpra, se souvenant alors qu'elle ne le connaissait pas, qu'elle l'avait vu sur l'une des cassettes-trophées de Claudia — l'une des rares à ne pas l'avoir fait frémir de dégoût. C'était là l'amant passionné à la beauté latine qu'elle avait surnommé Espagne en raison de son tempérament de feu. Contrairement aux autres partenaires de Claudia, il prenait un plaisir évident à faire l'amour et donnait l'impression de respecter les femmes. Pour l'heure, planté devant elle, il attendait patiemment qu'elle lui donne son nom.

— Excusez-moi, répondit-elle, affreusement gênée, c'est une erreur. Vous ressemblez à quelqu'un que je connais.

Il sourit de nouveau, révélant des dents d'une blancheur idéale. Rowena le dévisageait, fascinée, incapable de détourner les yeux.

— Vous ressemblez aussi à quelqu'un que je connais... j'ai le nom sur le bout de la langue... Donnez-moi une minute, ça va me revenir.

Prise de panique, Rowena ne songeait plus qu'à s'échapper, mais il lui barrait le passage.

— Désolée, je suis assez pressée. Si cela ne vous ennuie pas..., dit-elle en désignant la porte.

— Pardonnez-moi.

Il s'effaçait pour la laisser passer quand le lien se fit dans son esprit. La confusion se peignit aussitôt sur son visage.

— Vous... Vous ne seriez pas... ? commença-t-il.

Sans lui laisser le temps de terminer sa phrase, Rowena disparut à l'intérieur du magasin et se précipita au rayon littérature qui se trouvait tout au fond. Là, elle reprit son souffle en faisant mine d'examiner les titres. Un peu calmée, elle risqua alors un coup d'œil autour d'elle. L'homme était invisible, ouf ! Elle alla chercher le roman de Conrad, passa à la caisse et sortit de la librairie. Ayant vérifié que l'homme ne l'attendait pas dehors, elle regagna le restaurant à pas pressés.

A son retour, Ian était assis derrière le bureau à fumer une cigarette. Il lui proposa son siège mais elle déclina l'offre, alluma une cigarette elle aussi et resta debout, tendue, à inspirer profondément la fumée.

— Vous êtes bien pâle, Rowena. Il vous est arrivé quelque chose ?

— Je viens de manquer de peu la gaffe de ma vie, déclara-t-elle, les yeux rivés sur le mur. A la librairie, j'ai croisé un homme que j'ai cru reconnaître, je l'ai salué, il m'a répondu et m'a demandé de lui rappeler mon nom. Et soudain, je me suis rendu compte que je ne le connaissais absolument pas, que je l'avais reconnu pour l'avoir vu sur une des cassettes de Claudia.

Mon Dieu, elle venait de se trahir. C'était avec Mark qu'elle avait parlé des cassettes, pas avec Ian. Avait-elle perdu l'esprit ?

Derrière le bureau, Ian eut un sourire amer.

— Ah oui, les célèbres cassettes.

— Célèbres ?

— Non, bien sûr. Mais j'en ai si souvent entendu parler que, pour moi, elles le sont devenues. Cela a dû vous faire un choc de tomber par hasard sur l'une de ses victimes.

— C'est le moins qu'on puisse dire.

Il examina le bout incandescent de sa cigarette avant de reprendre la parole :

— Claudia chassait trop près de sa base et c'est regrettable.

Curieux, songea Rowena, l'avocate avait fait une réflexion semblable. Quel était le nom de cette femme, déjà ? Bon, elle l'avait oublié. Aucune importance.

— Tout le monde ici connaissait l'existence des cassettes ?

— Non, j'étais le seul. En tout cas, les vedettes masculines n'étaient au courant de rien. Notre Claudia avait bien des défauts, mais elle était loin d'être sotte. Elle préférait les hommes mariés et se réjouissait de posséder à leur insu des preuves flagrantes de leur infidélité.

— Vous les avez vues, ces cassettes ?

— Non. Mais elle m'en a parlé *ad nauseam.* Je suis désolé que vous soyez tombée dessus. J'espérais que vous ne les trouveriez pas. A ce que j'avais compris, elles étaient cachées, et il fallait vraiment savoir où les trouver.

Rowena acquiesça de la tête et tira longuement sur sa cigarette.

— En fait de cachette, elle les avait laissées en évidence parmi d'autres. Je les ai découvertes par accident et, quand j'ai vu ce que c'était, je les ai détruites. Pourquoi vous en a-t-elle parlé ?

La question était inutile. Elle en connaissait la réponse. Sa sœur avait besoin de se faire mousser auprès des autres, et Ian était l'homme idéal pour ce genre de confidences — un véritable Fort Knox humain. Avec lui, un secret était bien gardé.

— Comme vous le savez sans doute, votre sœur aimait se vanter de ses exploits. Ne l'amusait vraiment que ce qu'elle pouvait raconter, en long, en large et en travers. Elle prenait mon absence de réaction pour de l'intérêt. Elle me racontait ses sales petites magouilles, pour voir ce que j'en dirais — ou plus exactement, pour avoir un public. Oui, j'étais son public attitré. Le plus curieux, à propos de ces cassettes, c'est que Claudia était réfractaire à la technologie. Elle n'a jamais pu comprendre le fonctionnement de la caisse informatisée, au point qu'elle refusait de s'en servir. Pourtant, quand elle a acheté son premier Caméscope, elle était excitée comme une gamine le soir de Noël. C'était il y a six ou sept ans. Après quelques ratages, elle a appris à s'en servir et elle est devenue très compétente. Elle se tenait informée des avances technologiques et rachetait du matériel toujours plus perfectionné. Si je me souviens bien, Philippe a hérité de sa première caméra et Jill de la deuxième. Enfin, espérons que vous ne croiserez pas de sitôt un de ses petits camarades de jeux. Et puisque maintenant les cassettes sont détruites, nous voilà tranquilles. Détendez-vous, finissez votre cigarette, je vais aller regarder si les derniers clients du déjeuner sont enfin partis. Quelle foule, aujourd'hui !

— J'aimerais que nous reprenions cette conversation plus tard, Ian.

— A quoi bon ? Vous connaissez le pire à son sujet.

— Justement pas. Et vous étiez amis, tous les deux.

La remarque parut l'amuser.

— Voyons, mon petit, Claudia n'était l'amie de personne, vous le savez bien.

— Votre attitude vis-à-vis d'elle m'intrigue. Comment pouvez-vous parler d'elle avec tendresse et ressentiment dans le même souffle ?

— Je vous prie de m'excuser, déclara-t-il, guindé.

Une fois de plus, il se retranchait derrière cette courtoisie glacée qui lui servait de rempart lorsqu'il était gêné ou irrité.

— J'avais des sentiments très mitigés envers Claudia. Au début, son enthousiasme, sa jeunesse et son charme me semblaient tout à fait irrésistibles. Je l'aimais beaucoup. Mais je ne la connaissais pas vraiment. Aujourd'hui, je m'efforce au mieux d'oublier qu'elle a un jour existé. Et, à ma manière maladroite, j'essaie de vous encourager à faire de même.

Sa voix et ses traits se radoucirent, tandis qu'il ajoutait :

— Pour votre bien, mon petit, j'aimerais tellement que vous suiviez mon conseil et que vous cessiez de remuer le passé.

— Pourquoi me répétez-vous cela ?

Il soupira.

— A quoi vous sert de déterrer tous les sales petits secrets de Claudia ? Regardez l'état dans lequel vous êtes à cause de ce que vous savez déjà !

— Je serai en bien meilleur état quand j'aurai les réponses à toutes mes questions.

— La vie est rarement aussi complaisante et ordonnée, Rowena. En général, on peut s'estimer heureux d'obtenir quelques réponses, et encore, ce sont rarement les plus agréables.

— Certes. Mais j'ai tout de même besoin de comprendre ce qui a motivé certains de ses actes.

— Oh, je crois que vous le savez déjà.

Le savait-elle ? Une image lui traversa l'esprit : sa mère et sa sœur dans la cuisine ; Claudia folle de rage, Jeanne se protégeant des coups. Et l'image disparut comme elle était venue.

— Vous vous trompez, Ian. Je ne le sais pas.

Articulant chaque mot, comme pour parler à un enfant, il déclara :

— Vous êtes une femme remarquablement intelligente et sensible. Si vous y réfléchissez bien, vous verrez que vous le savez. Et maintenant, si vous voulez bien m'excuser, il faut que je fasse ma tournée.

Sur ce, il quitta le bureau, refermant doucement la porte derrière lui.

Pendant le trajet de retour chez elle, Rowena repassa mentalement la conversation. Ian prétendait n'avoir jamais vu les cassettes et elle n'avait aucune raison de ne pas le croire. Par conséquent, sans ignorer la passion de Claudia pour Reid, il n'était peut-être pas au courant de leurs rapports sexuels. Claudia ne s'était pas nécessairement vantée de cette conquête-là.

Sachant ce qu'il savait, Ian s'interrogeait probablement sur ce qui poussait Reid à la poursuivre, elle, et sur les raisons qu'elle avait de ne pas prendre ses appels. Mais il était impossible de deviner les pensées d'Ian. Sans doute était-il de ces êtres rares, entièrement dénués de curiosité, et ne s'était-il tout simplement pas posé la question. Mais qu'avait-il donc voulu dire en affirmant qu'elle savait déjà ce qui motivait les actes de Claudia ? De nouveau, la scène de la cuisine entre Claudia et sa mère lui traversa l'esprit à la vitesse de l'éclair, la laissant vaguement mal à l'aise et angoissée. Elle s'efforça de recouvrer le souvenir évanescent dans son intégrité. En vain.

Abandonnant le courrier du jour au pied de l'escalier, Rowena monta se doucher et se changer. Ensuite, munie de la cassette, elle redescendit prendre le courrier et se dirigea vers la cuisine. Une cigarette à la main, elle mit le répondeur en lecture et s'adossa au mur pour écouter ses messages. Il y en avait plusieurs de Penny qui dataient de la veille, puis un du cabinet dentaire lui demandant de confirmer son rendez-vous. Venait ensuite un message de Reid. Ce dernier semblait las, légèrement irrité.

« Je sais que votre emploi du temps est chargé, Rowena, mais prenez tout de même deux minutes pour me rappeler. De toute évidence, nous ne dînerons pas ensemble ce soir, mais qu'en est-il pour demain ? A moins que, pour une raison quelconque, vous n'ayez changé d'avis depuis dimanche. Quoi qu'il en soit, je vous serais reconnaissant de m'appeler. Il est maintenant 15 h 10. Je suis au bureau jusque vers 18 h 15. J'attends votre coup de fil, à plus tard. »

— Je vous en supplie, laissez-moi tranquille, murmura Rowena sur le bip du répondeur.

Chaque nouveau message la rendait plus fragile, la plongeait dans le doute, et elle avait déjà trop de raisons de douter.

« Salut, Ro ! C'est Marcia. Voilà des lustres que nous ne

nous sommes pas parlé et je meurs d'envie de te voir. La Mag n'est plus la même sans toi. Mais tu as eu une riche idée de filer d'ici. Appelle-moi et prenons date pour un dîner. Peut-être même avec ceux de l'équipe qui pourront, qu'en penses-tu ? Tout le monde te regrette et t'envoie des bises. A bientôt. »

Les trois messages suivants étaient encore de Penny, qui la suppliait de rappeler. Ces suppliques répétées lui donnaient un sentiment de culpabilité, comme si les torts avaient été de son côté. Il lui faudrait envoyer un mot à Penny pour lui demander de garder ses distances pour le moment.

Sa cigarette consumée, Rowena alla regarder par la fenêtre. Le jardin était à l'image de son humeur : tout y était immobile et vaguement fané. Pas l'ombre d'une brise sous le ciel d'un bleu délavé et uniforme, presque blanc. La chaleur semblait vouloir pénétrer dans la maison à travers le moindre interstice. Rowena sortit mettre en marche le jet tournant, puis elle regagna son poste d'observation, environnée par les fantômes du passé : son père tondant la pelouse, sa mère dans la cuisine parlant à une des gouvernantes, Cary sortant sa bicyclette du garage, et Claudia sautant à pieds joints les marches du perron pour le remonter de la même manière et le redescendre encore, le remonter, le redescendre, le remonter et le redescendre, inlassablement. Dans ce souvenir, elle apparaissait comme une jolie fillette au rire contagieux, comme une fillette presque normale, mais pas tout à fait. Il y avait déjà comme un vice subtil en cette enfant.

Regrettant de ne pouvoir faire resurgir intégralement le souvenir qui, périodiquement, traversait son esprit comme l'éclair et refusait d'y prendre forme, Rowena saisit un soda dans le réfrigérateur et descendit à la cave, humide et fraîche, pour y examiner le dernier des cartons contenant les affaires de Jeanne.

21

Rowena vit immédiatement que le carton avait été rangé par Jeanne. Il y avait là de nombreuses petites enveloppes contenant des avis de décès découpés dans des journaux. Rowena reconnut certains noms, ceux d'amis de sa mère, mais la plupart des autres lui étaient inconnus. Elle lut néanmoins avec intérêt toutes ces coupures, parmi lesquelles se trouvait l'annonce du décès de son grand-père, survenu en 1948. C'était un homme dont elle ne savait pas grand-chose, en dehors du fait qu'il était venu de Paris au début du siècle, s'était marié tardivement, avait réussi dans l'immobilier et laissé un héritage important à son épouse et à ses deux filles. Geneviève, la sœur aînée de Jeanne, était morte en 1949, un an après son père, « foudroyée par la maladie », disait l'annonce. Quant à la mère de Jeanne, elle avait été emportée en 1966 par une crise cardiaque : Rowena se souvenait encore du service funèbre interminable, du froid glacial du cimetière, et de Jeanne, rigide et silencieuse, les yeux secs et la fureur tangible, une attitude qui ne laissait pas d'étonner.

Dans une grande enveloppe brune, Rowena découvrit aussi des documents légaux divers : les certificats de mariage et de décès de ses grands-parents, les diplômes de sa mère depuis l'école primaire jusqu'à sa licence de Vassar, une photocopie de son acte de naissance, d'autres avis de décès et coupures de journaux sur des sujets divers ; il y avait plusieurs numéros de *Life* et de *Look* datant des années quarante et cinquante, que Rowena mit de côté pour les feuilleter plus tard ; plusieurs douzaines de cartes postales aux signatures indéchiffrables expédiées d'un peu partout, de Boston à Singapour ; il y avait également une poignée de recettes découpées dans des revues, ce qui était d'autant plus surprenant que Jeanne ne cuisinait jamais. Et, plus curieux encore, parmi toutes ces enveloppes, Rowena ne trouva pas un seul papier concernant son père ou sa famille en dehors des actes de mariage et de divorce.

Le dernier tiers du carton était tapissé d'une épaisse couche d'enveloppes non décachetées qui semblaient contenir des cartes de vœux. Rowena en prit une au hasard et vit avec étonnement qu'elle lui était adressée. Il y en avait d'autres adressées à Claudia, et aussi à Cary, mort depuis trente-deux ans. Inquiète, mais impatiente d'en savoir davantage, Rowena renversa le carton sur la table de bridge puis, d'une main tremblante, entreprit de trier la pile d'enveloppes. Deux seulement étaient adressées à Cary, douze à Claudia, et trente-quatre en tout portaient son nom à elle. Pas d'adresse au dos des enveloppes pour la réponse, mais Rowena n'en avait pas besoin. Elle savait déjà que ces cartes venaient de son père.

Ayant fait un tas de celles destinées à son frère et à sa sœur, elle classa les siennes en ordre chronologique à partir des cachets de la poste, de 1963 à 1979, seize ans de correspondance.

Elle avait besoin d'un remontant avant de poursuivre son enquête. Regagnant la cuisine, elle remit le soda dans le réfrigérateur, se versa un verre de vin blanc et redescendit avec ses cigarettes et un cendrier. De nouveau installée à la petite table, elle but une gorgée de vin, alluma une cigarette et considéra les deux piles d'enveloppes, preuve que sa mère avait lamentablement menti.

Comment une femme pouvait-elle ainsi refuser à ses enfants tout contact avec leur père et prétendre de surcroît qu'il ne les aimait pas et ne s'était plus jamais soucié d'eux depuis le jour où il était parti ? En entendant Kip lui parler de son père et de ses deux demi-frères, Rowena avait eu la soudaine intuition que Jeanne s'était conduite envers eux comme Penny envers Kip. C'était par trop affreux et, sur le moment, elle avait préféré ne pas s'appesantir sur cette hypothèse qu'elle devinait vraie, tout comme elle savait dans sa chair que son père ne les avait pas abandonnés. C'était un homme qui aimait ses enfants par-dessus tout et qui aurait remué ciel et terre pour rester en contact avec eux.

Kip était peut-être en mesure de pardonner à Penny qui, à sa décharge, avait toujours été une mère aimante et attentionnée, mais jamais Rowena ne pardonnerait à Jeanne qui avait fait une bien piètre figure parentale. Mais pourquoi diable avait-elle conservé toutes ces lettres si elle n'avait pas eu l'intention de les montrer à ses enfants ? Pourquoi ne pas avoir jeté les preuves de sa culpabilité ? Une question de plus qui resterait sans doute sans réponse.

Après une nouvelle gorgée de vin, Rowena prit la première enveloppe destinée à Cary. Elle contenait une carte d'anniversaire et cinquante dollars en liquide.

« Cher Cary, disait le message, Je ne suis pas encore installé, mais dès que je le serai, vous viendrez me voir, toi et tes sœurs. Vous me manquez et je pense beaucoup à vous. Je te souhaite un heureux anniversaire et je t'embrasse très fort.

Papa.

» P.S. : Voilà assez d'argent pour t'acheter le masque et les palmes dont tu rêvais. A très bientôt. »

La seconde enveloppe contenait aussi cinquante dollars, ainsi qu'une carte de Noël de George Graham rédigée ainsi :

« Mon chéri,

» J'espérais te voir pendant les vacances, mais ta mère et moi, hélas, n'avons pas réussi à nous entendre. Utilise cet argent pour t'acheter un cadeau qui te fasse vraiment plaisir. Souviens-toi que je t'aime, Cary. Je pense constamment à toi et j'espère te revoir bientôt.

Ton père. »

Sa cigarette s'étant consumée, elle en alluma une autre, but une gorgée de vin, mit l'argent de côté et rangea soigneusement les cartes dans leurs enveloppes. Les lettres destinées à Claudia regroupaient six années de cartes d'anniversaire et de Noël avec de petites sommes d'argent dans chaque enveloppe. Les messages étaient plus courts, plus sobres et moins affectueux que ceux de Cary. « Tu me manques. Je t'embrasse, Papa », ou encore : « Je pense à toi. Je t'embrasse, Papa. » Claudia devait avoir cinq ans lors du premier envoi, et à peu près onze ans quand Jeanne avait remisé la dernière enveloppe cachetée. Contrairement à Cary et à sa sœur, Claudia n'avait pas semblé souffrir du départ de leur père ; aussi espiègle et égoïste que toujours, elle n'avait pas paru remarquer son absence.

De nouveau, Rowena mit l'argent de côté, rangea les cartes dans leurs enveloppes et but le reste de son verre avant de s'attaquer aux lettres restantes. Un second verre aurait été le bienvenu, mais elle préféra s'en abstenir. Pour le moment. Plus tard, elle boirait peut-être un ou deux verres de plus pour s'anesthésier sans risquer une nouvelle migraine.

La gorge nouée, les mains tremblantes, elle prit la première enveloppe à son nom. Postée de Stamford le 10 juillet 1963, la carte lui avait été envoyée pour scs sept ans, avec un billet de cinquante dollars.

« Rowlie chérie,

» J'aurais tellement aimé être près de toi pour ton anniversaire, mais comme c'est impossible, je t'envoie tous les baisers du monde et je te serre très fort dans mes bras. Je te promets de venir te voir très bientôt. En attendant, achète-toi des livres, mon amour. Et quand tu les liras, j'espère que tu penseras à ton père qui t'aime. »

Emue aux larmes, elle porta la carte à son cœur. Comment avait-elle pu oublier que son père l'appelait Rowlie ? Le message venu du passé ramenait à la surface toutes sortes de souvenirs, souvenir d'être blottie dans l'abri de ses bras tandis que son père lui lisait à voix haute le chapitre nocturne de *Mon Amie Flicka*; souvenir du jour où Claudia s'était échappée pendant une visite au zoo du Bronx, de la panique à peine contenue de son père tandis qu'ils revenaient sur leurs pas pour découvrir enfin l'enfant, fascinée par un lion qui se léchait paisiblement la patte en la regardant; souvenir de ce matin de Pâques où, en ouvrant sa fenêtre de bonne heure, Rowena avait vu son père en pyjama cacher des œufs en chocolat dans les buissons du jardin.

Il faisait avec eux tout ce que Jeanne prétendait ne pas avoir le temps de faire : il les emmenait au théâtre à Broadway, leur confectionnait des costumes et leur peignait le visage afin qu'ils aillent tirer les sonnettes la nuit de Halloween, partait avec eux pour de longues promenades dans les bois dont ils rapportaient des fleurs sauvages pour leur mère, qui ne parvenait guère à déguiser sous son maigre sourire l'étendue de son indifférence; et puis, le samedi après-midi, il les emmenait parfois en voiture voir leurs « autres » grands-parents à Avon, Anne et Bixford Graham, qui se précipitaient sur le seuil en entendant la voiture se garer devant leur porte. Toute petite, Claudia les appelait Grandie et Pickle — encore un détail qui s'était égaré dans les dédales de sa mémoire.

Elle avait presque tout oublié de son enfance, aidée dans son amnésie par une mère égoïste et futile qui ne s'intéressait qu'à sa vie sociale, une mère pour qui les enfants n'étaient finalement qu'un bagage nécessaire, une obligation matrimoniale. Jeanne avait rempli sa part du contrat en menant ses trois grossesses à terme avant d'expulser les bébés hors de son corps. Nul n'était pleinement en mesure d'apprécier ce qu'il lui en avait coûté ensuite pour recouvrer sa ligne — des mois de régime strict et de pénible gymnastique afin de pouvoir rentrer dans ses tenues. Après de tels efforts, il eût été injuste d'exiger encore qu'elle leur consacre toute sa vie. Les petits étaient logés, nourris, vêtus. Et Rowena se souvint de l'avoir entendue demander à son père :

— Que veux-tu de plus ? Suis-je donc censée ne vivre que pour eux ?

Grand Dieu ! Comment avait-elle pu se conduire de la sorte ? Briser sans regret le lien qui les unissait à leur père ? Glacée d'horreur, Rowena alluma une cigarette, en tira plusieurs bouffées, puis elle lut les cartes une à une. Seize ans d'amour constant jetés dans un carton, enfouis sous les décombres de la vie de Jeanne Graham. Un trésor englouti.

« … Je suis un peu inquiet et crains que tu ne reçoives pas mes lettres. J'espère me tromper… J'ai enfin trouvé un appartement convenable avec une pièce pour t'accueillir quand tu viendras me voir. Je te donne mon téléphone chez moi et au bureau. Appelle-moi quand tu veux, ma chérie. Tu me manques. J'aimerais tant entendre ta voix, et vous voir, toi et ta sœur. »

« … Tu as dix ans, Rowlie. J'ai peine à croire que je ne

t'ai pas vue depuis si longtemps. J'ai une photo de vous trois sur mon bureau, mais vous étiez encore tout jeunes quand elle a été prise… Quand je te reverrai, il faudra que je prenne quelques photos pour pouvoir les encadrer et les avoir toujours sous les yeux… »

« … Depuis quelque temps, je songe à quitter l'Etat pour installer mon étude dans le Vermont ou le New Hampshire. La campagne m'attire. Je crois que le calme me conviendrait. Je te tiendrai au courant si je décide de déménager, Rowlie, et je te donnerai ma nouvelle adresse pour que tu puisses me joindre… »

« … Mon bureau est situé au centre de Brattleboro, une jolie ville, et je loue un chalet en rondins dans les bois, à quelques kilomètres de là. Il y a de la place pour toi, chérie, si tu viens me voir. J'aimerais tellement que tu viennes, Rowlie ! Il y a bien longtemps que je ne t'ai pas vue, mais je pense souvent à toi. Je t'imagine roulée en boule avec un livre, mâchant une mèche de cheveux. Tu mâches toujours tes cheveux ?… »

« … Depuis quelques mois, je vois une femme très gentille. Elle est avocate elle aussi. Nous nous croisions sans cesse au tribunal et nous avons fini par lier connaissance. Nous avons décidé de devenir partenaires et nous travaillons maintenant ensemble. Nous sommes aussi très bons amis. Je crois qu'elle te plairait, chérie. Rosemary aime la lecture presque autant que toi. Elle a toujours un livre dans son sac… Je lui ai bien sûr parlé de toi et de ta sœur. Elle aimerait beaucoup vous rencontrer un jour… »

« … Je tenais à ce que tu saches que Rosemary et moi nous marions le mois prochain. Voilà bientôt cinq ans que je vis seul, ma chérie et, pour être franc, j'en souffrais jusqu'à ce que Rosemary entre dans ma vie. Nous serions tous deux très heureux si Claudia et toi pouviez venir au mariage, mais je suppose que ce ne sera pas possible. Je me demande si tu reçois mes cartes. J'ai le sentiment que non, parce que je connais ma petite fille chérie, et si tu les recevais, j'aurais eu de tes nouvelles. Je continuerai à t'écrire malgré tout, au cas où l'un de mes messages te parviendrait et aussi parce que cela me rapproche de toi. Je t'envoie aussi un peu d'argent pour tes livres… »

« … Félicitations, Rowlie. Te voilà adolescente maintenant. Je parie que tu es la première de ta classe, et la plus jolie de toutes aussi. J'espère que tu es heureuse, ma chérie. J'essaie de t'imaginer telle que tu es aujourd'hui mais tu es toujours une fillette dans mon esprit. J'aimerais bien avoir une photo récente de toi et de Claudia. La vieille photo de vous trois est toujours sur mon bureau… Et j'ai une grande nouvelle aussi. Rosemary et moi attendons un bébé. Nous en sommes fous de joie. Tu pourrais peut-être nous aider à trouver des prénoms ? Tu as toujours eu de très bonnes idées et toutes tes suggestions seront les bienvenues… »

« … Je t'envoie une photo de Rosie, la petite Gwyneth et moi devant notre nouvelle maison. Le toit fuit et la famille de ratons laveurs qui habite le grenier n'est pas ravie d'être évacuée, mais c'est un bel endroit avec des tas de possibilités. Nous avons un demi-hectare de terrain et je commencerai le jardin au printemps. J'ai déjà commandé des plants et des arbustes sur catalogue… Il y a quatre chambres dans la maison et nous serions heureux que tu viennes nous voir, Rowlie. Gwyneth est comme toi quand tu avais son âge. Elle adore qu'on lui fasse la lecture et je pense que d'ici peu, on la trouvera comme toi roulée en boule dans un coin avec un livre. Ecris-moi si tu peux, je t'en prie, ou bien téléphone. Voici notre nouvelle adresse… »

« … Nous attendons un deuxième bébé et nous en sommes ravis. Gwynnie est excitée comme une puce ; elle joue déjà à la grande sœur avec ses poupées pour se préparer à l'événement. Un de mes amis de Norwalk m'a envoyé une coupure de journal où tu es mentionnée parmi les plus brillants bacheliers de Brien McMahon. C'est merveilleux, ma chérie, et je suis très fier de toi. J'ai parfois bien du mal à croire que tout ce temps se soit écoulé. Mais tu ne me quittes pas. Tu es dans mes pensées et dans mon cœur, et je sais qu'un jour nous nous reverrons. Souviens-toi, Rowlie, je serai toujours ton père et je t'aimerai toujours… »

« … Je suppose que tu es maintenant à l'université et j'aimerais bien pouvoir t'y écrire, certain enfin que tu recevras mes lettres. Je t'imagine jeune femme, vivant seule, et j'espère que tu apprécies toutes ces expériences nouvelles. Les amis qu'on se fait à l'université deviennent généralement les amis de toute une vie. L'indépendance que tu découvres à présent est une chose merveilleuse et enivrante qui te fera sans doute tourner la tête pendant un bon trimestre avant que tu t'installes dans ta nouvelle vie. Profites-en bien, Rowlie, et souviens-toi que je pense à toi. Tu me manques davantage à mesure que le temps passe… Je t'envoie des photos récentes de Rosie, Gwyneth et Derek et aussi un petit quelque chose pour t'acheter un cadeau… »

« … Rose et Gwinnie font des guirlandes d'airelles et de pop-corn pour décorer le sapin et Derek s'est endormi dans son parc. Je profite de ce moment de calme pour t'écrire. C'est drôle, mais chaque année à cette époque, je me souviens de vous, Cary, Claudia et toi, et de nos premiers Noël ensemble, quand vous dégringoliez l'escalier en pyjama pour voir ce que le Père Noël vous avait apporté. Je suppose que la saison pousse à la nostalgie, mais je voulais que tu saches qu'en ce moment, je pense à toi un peu plus que d'habitude… »

« … Tu as sans doute terminé ta licence à présent. J'en ai le vertige rien que d'y penser ! J'ai l'impression d'avoir achevé mes études d'avocat il y a cent ans… et trois mois après, j'épousais ta mère. L'année d'après, Cary est né. Je n'y avais pas réfléchi alors mais, avec le recul, je me dis que j'étais bien jeune pour être marié à vingt-deux ans, père à vingt-trois, et enseveli sous les responsabilités sans avoir rien vu venir. Prends ton temps, Rowlie, ne précipite rien avant d'y être préparée…

» Ayant mûrement pesé le pour et le contre, j'ai résolu de ne plus t'écrire. Je suis convaincu que tu n'as pas reçu une seule de mes cartes pendant toutes ces années, et puisque désormais tu vas voler de tes propres ailes, je ne vois aucune raison de poursuivre cette correspondance. Cela ne signifie pas que je veuille t'oublier. Je penserai toujours à toi, toujours. Plus tard, peut-être, tu trouveras ces lettres, et tu sauras alors que pas une minute je n'ai cessé de t'aimer tendrement. J'espère, ma chérie, que la vie te sera clémente. Et si un jour tu as besoin de quelque chose, je serai là à attendre que le téléphone sonne et que ta voix résonne à l'autre bout de la ligne… »

Rowena resta un long moment à regarder les photos de son père avec sa nouvelle famille. Elle était heureuse pour lui, et profondément émue par l'amour qu'il avait mis au fil des années dans ses lettres. Quel bonheur n'auraient-ils pas partagé tous les deux si seulement elle avait reçu une seule de ces cartes ! Mais elle les avait retrouvées maintenant, et peut-être n'était-il pas trop tard pour lui rendre enfin cette visite tant attendue. S'il était encore de ce monde. Elle recopia l'adresse du Vermont et le numéro de téléphone puis, prenant son verre vide et ses cigarettes, elle remonta dans la cuisine, épuisée.

Le vin ne la tentait plus. Elle déposa le verre dans l'évier avant d'allumer une cigarette. Puis elle se posta devant la fenêtre pour contempler le jardin de son père tel qu'elle l'avait connu, ou presque. Des larmes roulaient sur ses joues. Elle renifla et tira un mouchoir de sa poche en songeant que George Graham serait fier d'elle et du résultat de ses efforts.

22

Cette nuit-là, Rowena monta se coucher, lut *Cœur de ténèbres* jusqu'à ce que les mots se brouillent sur la page et s'endormit pour se réveiller trois heures plus tard. Jamais elle ne se rendormirait, son cerveau s'était emballé. Pourvu que son père, à la retraite, n'ait pas quitté les hivers rigoureux du Vermont pour des cieux plus cléments. Car alors il lui faudrait engager un détective privé pour retrouver sa trace. Qui sait, elle venait peut-être de perdre son père pour la seconde fois. Et puis, la mort de Claudia continuait de la hanter. Malgré les bons conseils des uns et des autres, il lui semblait qu'elle avait enclenché un mécanisme qu'elle était impuissante à arrêter. Elle ne renonçait pas à comprendre.

A travers la maison plongée dans l'obscurité, elle alla jusqu'à la cuisine, but un verre de jus de pomme puis se rendit dans le salon pour visionner la cassette une fois de plus. Cet exercice était devenu pour elle l'équivalent d'un devoir scolaire, devoir auquel elle ne s'était jamais dérobée, au contraire. Autrefois, l'étude lui avait fourni une excuse légitime pour s'enfermer, pour échapper à tout. Derrière la porte close de sa chambre, sous la douce lumière de la lampe, elle s'était plongée avec joie dans l'imagerie et la dramaturgie shakespearienne, dans les faits et les dates qui jalonnaient l'histoire du monde, dans la précision clinique des mathématiques et les merveilles des sciences naturelles. Elle avait recherché le savoir avec avidité, ayant lu ou entendu dire un jour qu'il apportait la liberté. Adolescente, elle avait le profond désir de se libérer, désir qui, ironiquement, ne l'avait pas désertée après toutes ces années. Jeune fille, elle avait cru qu'en quittant le domicile familial, elle laisserait derrière elle les chagrins et les peines qu'avaient entraînés la mort de Cary et le départ de son père. Le temps lui avait prouvé qu'il n'en était rien, qu'elle avait été bien naïve et, aujourd'hui, elle aspirait à une autre liberté, à la paix de l'esprit ; elle aurait aimé voir le grenier de son cerveau nettoyé de ce qui l'encombrait, débarrassé de ces paquets poussiéreux de questions sans réponses et d'émotions mal digérées.

Devant l'écran, une cigarette à la main et la télécommande dans l'autre, elle ne se concentrait plus sur les protagonistes de la scène silencieuse mais sur l'espace qui les entourait, sur les détails de la chambre, l'atmosphère de la rencontre. Et pourtant, ce qui clochait dans l'enregistrement lui échappait toujours. Car quelque chose clochait, elle en était certaine, même si elle ne parvenait pas à mettre le doigt dessus.

Pendant qu'elle revoyait la cassette pour la seconde fois, elle s'endormit sur le sofa et s'éveilla trois heures plus tard, pour voir les deux présentateurs pimpants — et fort heureusement muets — débiter avec une irritante exubérance le journal du matin. Fouillant entre les coussins, elle trouva la télécommande, coupa la télévision et se leva pour commencer sa journée.

Ayant récupéré le *Times* devant sa porte et mis le café en route, elle désactiva l'alarme et sortit en pyjama et pantoufles dans le jardin. Bientôt, le jet tournant arrosait copieusement la pelouse, et elle le regarda longuement, fascinée par l'arc de gouttelettes argentées qui allait et venait dans la fraîcheur de l'aube.

Après s'être préparée, elle prit le temps de visionner la

cassette une dernière fois avant de partir. Peu après, elle s'apprêtait à faire démarrer la Mercedes quand le même souvenir revint la narguer, lui traversant l'esprit comme la foudre, refusant de se laisser examiner. Le moteur ronronnait déjà quand une scène de son enfance lui apparut dans toute sa clarté — une dispute qu'elle avait surprise alors qu'elle n'avait pas cinq ans.

Elle se revit, tapie derrière la cloison coulissante qui séparait le salon de la salle à manger. Cary était en classe et la gouvernante avait monté la petite Claudia dans sa chambre pour la changer. De l'autre côté de la cloison du salon, sa grand-mère parlait avec sa mère. Rowena projetait de sortir de sa cachette pour se précipiter sur grand-maman qui, comme toujours, porterait ses mains à son cœur en s'exclamant qu'elle avait eu très peur. Puis elle sourirait en ouvrant son énorme sac qui sentait Shalimar et le chewing-gum à la menthe, et elle en tirerait un paquet de bonbons qu'elle échangerait contre « un bon gros câlin ».

Mais au moment où Rowena allait bondir sur sa grand-mère, elle l'entendit dire :

— Jeanne, je ne plaisante pas, ce n'est pas drôle.

Au ton de sa voix, Rowena comprit qu'elle était en colère. Quand maman avait cette voix-là, elle grondait, et Rowena n'aimait pas qu'on la gronde. Elle resta donc cachée, attendant l'occasion de sauter sur sa grand-mère pour lui faire une surprise.

Dans son souvenir, une légère brise courait entre les deux pièces, une odeur de gâteau venait de la cuisine ; accroupie contre la cloison, elle regardait le plancher, voyait les motifs différents de chaque latte de bois, et elle se demandait comment on fabriquait le plancher pour obtenir tous ces dessins. Son papa devait le savoir. Elle le lui demanderait ce soir à son retour. Papa connaissait les réponses à toutes les questions.

— Pour l'amour du ciel, maman, ce n'est qu'un verre de vin ! A t'entendre, on croirait que je me bourre d'héroïne !

— Mais tu sais bien que l'alcool va droit dans ton lait.

— Où vas-tu chercher ces inepties ?

Maman avait émis une sorte de rire, un rire comme un verre qui se brise, un rire qui faisait peur à Rowena quand elle l'entendait, et elle l'entendait souvent depuis que sa petite sœur était née.

— J'ai bu un verre ou deux chaque soir pendant toute ma grossesse, et tu vois bien que le bébé est en parfaite santé.

— Si tu insistes pour continuer à boire, mets Claudia au biberon. D'ailleurs, il est temps que tu la sèvres, elle est assez grande maintenant.

— Il n'en est pas question, c'est contre mes principes. J'ai nourri Cary jusqu'à deux ans et demi, et Claudia vient tout juste d'avoir deux ans. Evidemment, Rowena étant Rowena, elle n'en avait jamais assez et je n'y fournissais plus. Alors, je l'ai mise au biberon à trois semaines et on ne l'a plus entendue. En tout cas, tu peux voir de tes yeux que mes trois enfants sont absolument normaux.

— Tu ne buvais pas avec les deux premiers comme tu bois aujourd'hui et, pour ne rien te cacher, Jeanne, tu m'inquiètes. Je sais bien que George et toi traversez une mauvaise passe, et je sais aussi que tu ne voulais pas ce bébé, mais le problème n'est pas là…

— Où est-il alors, le problème ?

— Le problème, c'est que tu n'as pas encore pris ton petit déjeuner que tu bois déjà. Ce n'est pas sain, ni pour toi ni pour l'enfant.

— Je ne finirai pas ce verre, d'accord ? Regarde, je le pose, ça te va ? Tu es contente ?

— Non, je ne suis pas contente. Je ne serai contente que

quand tu cesseras de piétiner ce pauvre cher George et que tu feras attention à ce que tu bois.

— Pour ta gouverne, je t'informe que ce pauvre cher George est d'un ennui mortel. Il passe son temps à travailler et, quand il rentre le soir, il ne veut jamais sortir et s'amuser. Il ne pense qu'à jouer avec les enfants, dîner et aller se coucher. Ce n'est pas du tout ce que j'attendais de lui quand je l'ai épousé. J'ai tout de même le droit de m'amuser un peu, non ? Bon, passons. Puisque tu insistes, je serai plus gentille avec le pauvre trésor. Cela ne servira à rien, mais je le ferai si ça peut te rendre heureuse. D'accord ? Et maintenant, si nous changions de sujet ? Cette conversation commence à me taper sur les nerfs.

— Je croyais que tu ne finirais pas ce verre.

— Zut, à la fin ! Arrête de me traiter comme une gamine !

Il y eut un bruit de verre posé brutalement sur une surface dure.

— Tu es ma fille, Jeanne, et je suis la grand-mère de tes enfants. J'ai certaines responsabilités…

— Tu n'as aucune responsabilité en ce qui concerne ma famille !

— Ce n'est pas mon avis. Et je pense que tu as un sérieux problème d'alcool, que tu risques de nuire au bébé en buvant ainsi alors que tu l'allaites.

— Le bébé est en parfaite santé !

— Le mal est peut-être déjà fait. Je reconnais que l'enfant a l'air normal, mais quelque chose me…

— Bon, bon, je vais la sevrer. Ça te va ? Je la mets au biberon aujourd'hui même, tout de suite, tu es contente ?

— J'aimerais tellement que tu changes d'attitude…

— Si tu n'arrêtes pas cela immédiatement, je sors d'ici et je vais déjeuner seule au club. J'en ai par-dessus la tête de te voir mettre ton nez dans mes affaires ! J'en ai par-dessus la tête de George et de ces fichus enfants, et de tous ceux qui me disent ce que je dois faire ou ne pas faire. Et moi dans tout cela ? Quand est-ce qu'on se soucie…

Effrayée par les cris de sa mère, craignant d'être découverte, Rowena était allée se terrer dans sa cachette, à l'intérieur du petit placard aménagé sous l'escalier, et y était demeurée, dans le noir, à tenter de comprendre la scène qu'elle avait surprise, jusqu'à ce que la gouvernante vienne la chercher pour lui donner à manger.

Lorsqu'elle revint à la réalité, Rowena s'aperçut qu'elle était arrivée à New Canaan sur pilote automatique. C'était la seconde fois qu'elle conduisait en somnambule. Il lui faudrait faire plus attention à l'avenir. En tout cas, le souvenir qu'elle avait déterré valait de l'or. Il lui rappelait un article qu'elle avait lu récemment, un article important…

Elle gara la voiture, coupa le contact et resta un moment à se masser les tempes, réfléchissant à cet article dont le contenu ne lui revenait pas. C'était frustrant, exaspérant. Elle ne parvenait pas à découvrir ce qui clochait dans la fichue cassette de Claudia, elle ne se rappelait plus ce qu'elle avait lu, et elle avait fait un trajet de vingt minutes sans même s'en rendre compte. Son cerveau avait-il mis la clé sous la porte pour partir en vacances sans prendre la peine de l'avertir ? Etait-ce ainsi qu'on devenait fou ? Elle ne se sentait pourtant pas folle, mais à ce qu'on disait, les fous étaient les derniers à s'apercevoir de leur folie. Il n'était donc pas impossible qu'elle commence à dérailler.

Lorsqu'elle pénétra dans le bureau, Ian griffonnait quelque chose sur un bloc.

— Ah, vous voilà ! Excellent. Plus besoin de tout écrire.

Il arracha la page et la laissa tomber dans la corbeille.

— Votre amie Penny va faire sauter le standard.

Il lui tendit une poignée de messages et ajouta :

— Elle a appelé hier, peu après votre départ, et trois fois ce matin.

Il était furieux, plus rigide que jamais.

— Pourquoi me harcèle-t-elle ainsi ? murmura Rowena en lisant les messages qui lui demandaient tous de rappeler.

— Pourquoi, en effet ? fit Ian en écho. Vous pourriez peut-être la convaincre de ne plus vous importuner. Ses appels dérangent le service. La mère n'a visiblement pas le savoir-vivre de son fils. Elle ne semble pas comprendre que le restaurant est un lieu de travail.

— Je vais m'en occuper.

Le mécontentement d'autrui l'intimidait toujours. Dans sa colère, Ian ressemblait un peu à un directeur d'école sourcilleux et caustique, ce qui le rendait aux yeux de Rowena plus inabordable que jamais.

— Ce serait une excellente chose, articula-t-il avec une précision cassante, avant d'aller inspecter les tables une dernière fois avant le déjeuner.

Il était maintenant 11 h 10. Rowena composa le numéro du domicile de Penny, sachant qu'elle serait à la bibliothèque. Le souffle court, elle attendit que le répondeur se déclenche puis, soulagée, elle attendit le bip pour parler.

« C'est Rowena. J'ignore quand je serai en état de discuter avec toi, Penny, mais ce ne sera pas avant un moment, alors tu serais gentille de ne plus m'appeler au restaurant. Cela dérange le service et ne me met pas dans de meilleures dispositions. Je te remercie. Au revoir. »

Elle raccrocha et alla jeter un coup d'œil au livre des réservations puis, un café à la main, regagna le bureau pour fumer une cigarette en se demandant si son message n'était pas trop sec. Sec ou pas, avec un peu de chance,

Penny cesserait de la bousculer. Si seulement Reid en faisait autant, elle serait enfin libre de se concentrer et de régler certains problèmes.

De nouveau il faisait très chaud. Dès 12 h 30, la terrasse affichait complet et la plupart des tables à l'intérieur étaient occupées. Rowena s'apprêtait à conduire un groupe de quatre à sa place quand le téléphone sonna. Le numéro du bureau de Reid s'afficha sur l'écran de contrôle. Les quatre clients attendaient. Ian avait disparu. Terry était occupé au bar. Le personnel s'affairait en tous sens. Le téléphone sonnait toujours tandis qu'elle prenait les menus et demandait aux clients de la suivre. La sonnerie n'en finissait pas de se faire entendre, étrangement sonore et stridente. Enfin, elle s'arrêta.

Le groupe étant installé avec les menus, Rowena regagna la réception. En nage, elle extirpa un mouchoir de sa poche pour s'essuyer les mains, quand la porte s'ouvrit sur un groupe de trois hommes, parmi lesquels elle reconnut celui qu'elle avait croisé la veille à l'entrée de la libraire. Prise de panique, elle chercha un soutien du regard. En vain. Ian demeurait invisible. Terry préparait des cocktails. Le trio s'approcha, et le plus âgé des trois lui demanda en souriant si elle avait une table.

Trempée de sueur, accablée de chaleur, une migraine naissante à la base du crâne, elle consulta le livre des réservations.

— Il nous reste une table non-fumeur, déclara-t-elle, dans l'espoir qu'ils fumaient et seraient trop heureux d'aller chercher ailleurs.

Non, ils ne fumaient pas, c'était parfait. Elle leur sourit, prit les menus, et les conduisit à leur table en feignant de ne pas remarquer les tentatives désespérées de M. Espagne pour accrocher son regard.

Tandis que les deux autres s'asseyaient, l'homme resté

en arrière décochait à Rowena un sourire tout aussi radieux que celui de la veille.

— Ainsi, nous nous retrouvons.

— Effectivement. Vous êtes le bienvenu, dit-elle d'un air faussement détaché. J'espère, messieurs, que vous serez satisfaits de votre repas.

Sur ce, elle tourna les talons et s'éloigna à ce qu'elle espérait être une allure raisonnable, passa le bar et sortit sur la terrasse. Elle aurait bien demandé à Ian de couvrir la réception pour elle pendant quelques minutes, mais il devait être allé chercher du vin à la cave. Elle soupira, rentra à l'intérieur et avait presque atteint le bureau quand elle entendit des pas derrière elle.

— J'aimerais avoir deux mots avec vous si c'est possible, commença Espagne d'une voix posée.

Résignée, sentant sa migraine s'accroître, elle lui fit face.

— Venez dans le bureau, nous y serons tranquilles.

Elle s'installa dans le fauteuil, l'invita à s'asseoir et alluma une cigarette, redoutant une confrontation pénible.

— Vous êtes la sœur de Claudia, n'est-ce pas ?

— C'est exact.

— J'ai été un peu lent à réagir hier. J'ai appris qu'elle était morte récemment.

— En février.

Il secoua la tête.

— Une si jeune femme. C'est bien triste. Cela a dû être un choc pour vous.

Il la considéra pendant quelques instants puis, comme elle demeurait silencieuse, il reprit :

— Hier, vous pensiez me connaître. Votre visage ne m'était pas inconnu non plus car, je l'ai compris plus tard, vous ressemblez beaucoup à votre sœur. En revanche, je me suis demandé pourquoi je vous étais familier. Il y a deux bonnes années que je ne suis pas venu dans ce restaurant, depuis que j'habite Westport. J'ai des clients en ville. C'est ainsi que j'ai connu Claudia. J'amenais mes clients déjeuner ici. Quoi qu'il en soit, il y a un bail que je ne suis pas venu, et pourtant vous m'avez reconnu. J'aimerais comprendre pourquoi.

— J'ai dû vous voir quelque part, je ne sais pas.

Dieu qu'elle détestait mentir ! Elle était sûre qu'elle mentait mal, qu'elle se trahissait. Et cette migraine lancinante qui lui troublait la vue !

Il eut un sourire désarmant.

— Vous êtes une femme franche. Je l'ai vu tout de suite hier, quand vous vous êtes aperçue de votre erreur et que vous ne saviez plus comment rattraper la situation. Je suis désolé de vous contredire, mais je pense au contraire que vous le savez parfaitement. D'après moi, il doit y avoir des photos, quelque chose de cet ordre, et vous les avez vues.

Le cœur de Rowena manqua s'arrêter.

— Des photos ? Qu'est-ce qui vous fait croire une chose pareille ?

Elle tira longuement sur sa cigarette et la tapota au-dessus du cendrier. Le tabac semblait encore accentuer sa migraine.

Se calant dans son siège, l'homme dégrafa sa veste et croisa les jambes.

— J'ai eu une liaison avec votre sœur. Pas bien longue et pas bien fameuse. Faute de contact. Même dans les moments les plus intimes, je ne la sentais pas présente. Les deux ou trois fois où je l'ai rejointe chez elle, j'ai eu une désagréable impression de… de mise en scène. Je me suis même demandé s'il n'y avait pas quelqu'un qui regardait ou prenait des photos. Voyez-vous, elle se comportait comme si elle jouait devant des spectateurs dont elle avait connaissance et pas moi. Comme si ses attitudes, ses gestes, ses soupirs, ses orgasmes feints étaient destinés à une caméra.

Je suis désolé de vous embarrasser ainsi, ce n'était pas mon intention. Mais je tenais à vous parler, peut-être aussi à satisfaire ma curiosité.

— Bien sûr. Je le comprends sans peine.

— C'est ce que j'espérais. Voyez-vous, mon couple s'est brisé six mois avant que je rencontre votre sœur et, pour ne rien vous cacher, j'ai un peu abusé de tout pendant un certain temps : je buvais trop, je voyais toutes sortes de femmes. Claudia était l'une d'elles. Mais quelque chose chez elle me mettait mal à l'aise, me faisait même un peu peur... Elle n'était pas la même chez elle et chez moi... En fait, tout était différent, sa manière de parler, d'ôter ses vêtements, de se conduire au lit. J'étais à peu près sûr qu'on prenait des photos. Puis j'ai cessé de la voir et cela m'est sorti de l'esprit. Si photos il y avait, elles ne pouvaient être utilisées pour me nuire. C'était donc sans importance. Et puis, en vous voyant hier, tout m'est revenu et j'ai recommencé à m'interroger.

Rowena tira une dernière fois sur sa cigarette en silence. Toute son attention était concentrée sur la migraine qui lui vrillait le crâne, s'enfonçait comme un pic à glace dans son cerveau.

— Je vois bien que c'est très déplaisant pour vous. Répondez-moi, et n'en parlons plus. Il y a des photos ?

— Une cassette, avoua Rowena d'une voix à peine audible. Elle avait installé un Caméscope et un programmateur dans la penderie.

— J'en étais sûr ! Et c'est pour cela que vous m'avez reconnu.

Elle acquiesça de la tête, les joues en feu.

— Vous l'avez regardée sans vous douter de ce qui vous attendait, c'est cela ?

— Je les ai regardées, toutes, corrigea-t-elle. Il y en avait un certain nombre. Ensuite, je les ai détruites.

— Cela a dû vous faire drôle de tomber sur ces cassettes. Mais quel genre de femme était-elle pour jouer à ces petits jeux-là ? demanda-t-il comme pour lui-même.

— C'est précisément ce qui m'intrigue depuis qu'elle est morte, monsieur… ?

— Delgado. Simon Delgado. Au fait, vous ne m'avez toujours pas dit votre nom.

— Rowena.

Il la gratifia d'un nouveau sourire radieux.

— Comme dans Ivanhoé. Dieu que j'ai aimé ce livre quand j'étais gosse !

— Moi aussi.

Enfin, elle put lui rendre son sourire. Puis, s'efforçant d'ignorer sa migraine, elle ajouta :

— Je suis désolée si je vous ai mis dans l'embarras, Simon. Je n'ai pas été très brillante hier, mais, franchement, je ne savais pas quoi vous dire. En tout cas, vous avez ma parole, ces cassettes ont été détruites et, en dehors de ma sœur, je suis la seule à les avoir vues.

Etait-ce seulement vrai ? Claudia n'avait-elle pas partagé ses vidéos-trophées comme elle partageait certains morceaux choisis de ses messages téléphoniques ? Horreur ! Comment n'y avait-elle pas pensé plus tôt ? Et maintenant, en plus de la migraine, voilà qu'elle transpirait !

— Oublions tout cela, déclara-t-il, magnanime. J'ai obtenu la réponse à ma question, et à présent je ferais bien de rejoindre mes associés avant qu'ils ne s'inquiètent.

Sur ce, il se leva et lui tendit la main.

— Je vous remercie de m'avoir dit la vérité, Rowena. J'apprécie la franchise. Vous êtes vraiment charmante et je reviendrai vous voir quand je passerai en ville.

— J'en serai très heureuse.

Il quitta le bureau et elle demeura collée à son fauteuil,

remerciant en silence les puissances supérieures qui avaient fait de Delgado un homme ouvert et raisonnable.

Ian n'avait en revanche rien de raisonnable lorsque, quelques instants plus tard, il entra au pas de charge dans la pièce, exigeant de savoir pourquoi elle n'était pas à l'accueil et pourquoi elle laissait le téléphone sonner sans répondre.

— Cela fait très mauvaise impression, j'espère que vous vous en rendez compte. Et pour couronner le tout, c'était encore ce médecin !

Il jeta un message en travers du bureau et ajouta :

— Rappelez donc ces gens une bonne fois, Rowena, et qu'on en finisse ! Cela ne peut plus durer !

A son grand désespoir et sous les yeux horrifiés d'Ian, Rowena ouvrit la bouche pour parler et fondit en larmes. Elle se faisait l'effet d'une sotte, d'une ratée. Désarçonnée par l'arrivée de Simon Delgado, elle avait négligé ses responsabilités.

Devant son désarroi, Ian se radoucit, lui tendit un mouchoir.

— Je vous en prie, ne pleurez pas. Je suis désolé, je n'aurais pas dû.

Il prit son paquet de Silk Cut, se laissa tomber sur le siège que Delgado venait de quitter et alluma une cigarette.

— Non, ne vous excusez pas, balbutia-t-elle en s'essuyant les yeux avec le carré de lin frais qui sentait la lavande. C'est ma faute. J'aurais dû décrocher. J'aurais dû être à l'accueil. J'ai l'impression d'être débordée…

Peut-être était-elle victime de ce qu'il est convenu d'appeler une dépression nerveuse ? Et si oui, ce n'était pas le bouleversement cataclysmique qu'elle imaginait. C'était plutôt une perte de contrôle progressive, insidieuse, sournoise. C'était ne plus se souvenir d'une chose, puis d'une autre, conduire en somnambule, succomber à ses émotions, et c'était passer son temps libre à tenter de rassembler en un tout cohérent une vie de souvenirs fragmentaires qui refusaient de tenir ensemble.

— Vous allez me prendre pour un tyran, dit Ian sur un ton désolé. Mais je vous en prie, essayez de comprendre. Tout cela a des allures fâcheuses de déjà-vu. Claudia jubilait de nous voir tous prendre ses messages, éloigner ses amants échaudés, faire ses commissions et ses quatre volontés, rapporter comme de bons petits toutous et donner la papatte. Je suis conscient que vous avez eu quelques petites, hmm… difficultés ces temps derniers, et j'ai eu tort de ne pas en tenir compte. Hélas, c'est très mauvais pour l'image de marque d'un restaurant comme celui-ci quand le téléphone sonne et que personne ne répond.

— Je sais, Ian. Vous avez raison. J'ai laissé mes soucis personnels prendre le pas sur mon travail…

Peut-être n'était-elle pas à sa place, finalement. A la bibliothèque, elle avait l'avantage de comprendre les règles, alors qu'ici, depuis le premier soir, elle flottait au hasard, se cognant de temps à autre contre d'obscurs règlements tacites que personne n'avait pris le temps de lui exposer.

— … Je suis désolée, Ian, tout est ma faute.

— Non. C'est moi qui vous demande d'accepter mes excuses. Je n'aurais pas dû m'emporter.

— Merci. Vous n'êtes pas obligé de vous excuser, mais c'est gentil de votre part.

— Maintenant, pour le téléphone, je propose un arrangement. S'il s'agit d'un appel que vous ne souhaitez pas prendre et que je suis occupé, Terry décrochera au bar à la troisième sonnerie, d'accord ?

— D'accord. Et j'ai déjà laissé un message à Penny pour qu'elle cesse de m'appeler ici.

— Excellent.

Il acheva sa cigarette puis, la regardant droit dans les yeux, il reprit :

— Je suppose que des vacances ne nous feraient pas de mal, à vous comme à moi. Personnellement, il y a des lustres que je n'ai pas pris de congés et vous-même travaillez sans relâche depuis des mois.

— Vous pourriez prendre une quinzaine de jours.

— Oui. Si vous vous sentez capable de tenir le restaurant seule, cela ne serait pas de refus. Fin août peut-être ? C'est une période tranquille en général.

— Cela me paraît bien.

— Et vous, mon petit ? Quand pensez-vous prendre des vacances ?

— Il faudra que j'y réfléchisse.

Il tendit le bras en travers du bureau et recouvrit sa main de la sienne.

— Des désaccords surviennent parfois, même entre les meilleurs amis, mais cela ne signifie pas que tout est fini entre eux. Je vous aime bien, Rowena, et je suis désolé de vous avoir fait de la peine.

— Moi aussi, je suis désolée.

Il plissa le front, perplexe, comme s'il n'était pas sûr du sens de sa remarque, puis il ôta sa main.

— Il vaudrait mieux que je retourne voir ce qui se passe en salle.

— Oui. Je vous rejoins dans une minute ou deux.

— Prenez votre temps, dit-il avec un sourire conciliant.

Lorsqu'il eut quitté la pièce, Rowena lut le message : « Dr Reid a téléphoné. Inutile de rappeler. »

Posant sa tête douloureuse sur le bureau, elle sanglota dans le mouchoir brodé d'Ian puis, calmée, elle se rendit aux toilettes, avala deux cachets contre la migraine, se refit une beauté et, sans oser se regarder davantage dans le miroir, elle regagna la salle.

De retour chez elle deux heures plus tard, Rowena se prépara une vodka-tonic faiblement dosée, qu'elle monta à l'étage pour la boire dans son bain. Ses bras meurtris avaient viré au jaune. Elle regarda son corps, l'effleura paresseusement de la main et se souvint d'un soir où Claudia avait fait irruption dans sa chambre tandis qu'elle se dévêtait. Alors âgée de quinze ans, sa sœur l'avait examinée de la tête aux pieds avant de s'écrier :

— Ce n'est pas juste ! Non seulement tu es une tête, mais tu as de la poitrine !

Une fois de plus, Rowena s'était étonnée du gouffre qui séparait leurs valeurs respectives. Mais elle avait été touchée aussi, touchée de constater que Claudia était également en quête de liberté — une liberté accessible par une sorte de perfection physique qui attirerait sur elle l'attention et l'admiration dont elle avait besoin comme d'une drogue. Après avoir enfilé son pyjama à la hâte, elle avait pris sa sœur dans ses bras et lui avait dit :

— Si tu veux vraiment de la poitrine, un jour, tu pourras t'en acheter une toute neuve selon tes goûts.

Plus tard, Claudia s'était effectivement offert quelques modifications esthétiques mineures avec les seins de son choix. Un investissement durable, finalement, puisque ces seins resteraient désormais hauts et fermes pour l'éternité.

Tandis qu'elle sirotait sa boisson dans son bain, l'eau chaude achevait de dissoudre les tensions laissées par la migraine. Réfléchissant à la proposition d'Ian, elle songea qu'elle pourrait prendre une semaine en septembre. Elle irait dans le Vermont pour y chercher son père qu'elle mourait d'envie de revoir. Elle voulait également rencontrer les enfants de ce dernier — ses demi-frère et sœur qui devaient avoir plus de vingt ans maintenant. Sa belle-mère aussi, cette femme qui avait offert à son père l'amour et le respect qu'il méritait et dont il avait si longtemps été privé.

Ayant vidé son verre, elle sortit du bain à peine tiède et passa un vieux bermuda, un T-shirt trop grand et ses mocassins, puis elle coupa la sonnerie des téléphones et baissa le son du répondeur. Après avoir mis de l'eau à chauffer pour le thé, elle se confectionna un sandwich avec du jambon, du gruyère, de la laitue et de la moutarde au champagne sur du pain de seigle noir. Au son de la radio qui diffusait un concerto pour vents de Vivaldi, elle engloutit une moitié de sandwich et relut lentement toutes les cartes de son père. Une seconde tasse de thé et une cigarette, puis elle fourra l'argent dans une enveloppe, qu'elle rangea dans le tiroir fourre-tout sans trop savoir ce qu'elle ferait éventuellement de cette somme. Elle déposa les cartes sur le comptoir dans l'idée de les relire avant de se coucher. Enfin, elle sortit dans le jardin pour s'installer dans une chaise longue avec le roman de Conrad mais, en moins de dix minutes, elle entrait de nouveau dans la maison et se dirigeait vers le magnétoscope, irrésistiblement.

A 21 heures, elle avait revu la cassette cinq fois et la visionnait pour la sixième fois quand une voix courroucée s'exclama :

— Ah, c'est donc là que tu te caches ! Mais qu'est-ce qui t'arrive, Rowena ?

Elle se retourna dans un sursaut et vit Mark, poings sur les hanches, dans l'encadrement de la porte. Honteuse, le cœur battant à se rompre, elle agrippa la télécommande dans un effort désespéré pour couper l'image.

— Non, laisse ! dit Mark, glacial.

Il vint s'asseoir près d'elle sur le canapé, lui prit la télécommande des mains, regarda l'écran pendant quelques instants, mit l'appareil sur pause et se tourna vers elle.

— Voilà plus d'une heure que je t'appelle toutes les dix minutes. Je savais que tu étais là et j'ai d'abord cru que tu étais sous la douche. Mais comme tu ne décrochais jamais, j'ai fini par m'inquiéter. Je t'imaginais morte ici, alors je me suis décidé à prendre ma clé pour venir vérifier que tu n'avais rien de cassé.

— Tu aurais pu frapper. Et puis, pourquoi serais-je morte ?

— Si tu ne répondais pas au téléphone, qu'est-ce qui me prouvait que tu ouvrirais, hein ? Tu aurais pu t'assommer en glissant dans ton bain. Tu aurais pu te coincer l'orteil dans le robinet comme Marilyn, qu'est-ce que j'en savais, moi ? En tout cas, je m'inquiétais.

— Rassure-toi, tout va bien, murmura-t-elle en allumant une cigarette.

— Arrête tes salades, ma chérie, et regarde l'écran. Tout ne va pas bien, loin de là. Et tu n'as pas détruit les cassettes. C'est bien ce que je craignais.

— Mais si, je les ai détruites, Mark. C'est vrai ! Je viens de trouver celle-ci…

Elle tremblait de tout son corps. La honte semblait rétrécir ses muscles qui, à leur tour, étranglaient ses organes, vidaient ses poumons d'air, de sorte qu'elle avait peine à respirer, peine à parler.

— Ro, s'il te plaît, ne me mens pas.

— Mais je ne mens pas ! Je ne mens pas !

— Bon. Jetons un coup d'œil là-dessus, veux-tu ?

— Mark, non ! Je ne veux pas que tu voies cela !

Mais il était trop tard, il avait remis le magnétoscope en lecture.

— Ben merde alors ! Le psy…

Il appuya de nouveau sur pause et se tourna vers Rowena, visiblement attristé.

— Tu as découvert ça, et maintenant tu es toute malheureuse parce que tu tenais à lui. Et ne viens pas prétendre le contraire, parce que je sais que c'est vrai.

A quoi bon nier, en effet ? Accablée par un sentiment de futilité, elle détourna les yeux et écrasa sa cigarette à peine entamée.

— Tu n'as pas à te sentir gênée, Ro. Je comprends. Je te promets que je comprends.

— Mark, je me sens suffisamment sotte comme cela, n'aggrave pas les choses.

— Je n'ai pas l'intention de rentrer chez moi comme si de rien n'était. Comme si je ne t'avais pas trouvée à te morfondre en regardant les cassettes pornos de ta sœur.

— Mais pourquoi ? Je le ferais pour toi si tu le désirais.

— Peut-être. Mais je ne suis pas toi, lapin bleu. Je refuse de fermer les yeux, pour la simple raison que cela ne te sera pas profitable.

— Donne-moi la télécommande, s'il te plaît.

— Ro, tu as besoin d'aide, et je ne peux pas t'aider tant que j'ignore d'où vient le mal.

— Je n'ai pas besoin d'aide.

— Oh, que si ! Depuis la mort de Claudia, tu files un mauvais coton. J'aimerais bien savoir ce qui te rend folle pour que nous puissions en parler.

— Tu penses que je suis folle ?

— Non, mais tu le deviens, chaton. Coucou, Ro, c'est moi. Je te connais. Et tu es au bord du précipice.

Ses yeux se remplirent de larmes, et il ajouta :

— Je t'aime, Rowena, et je ne resterai pas là sans rien dire pendant que tu sombres dans le gouffre. J'ai déjà perdu Tim. La moitié de mes amis sont morts, ou alors mourants.

Je ne tiens pas à te perdre toi aussi et je ne te perdrai pas sans me battre.

— Tu ne me perdras pas, protesta-t-elle faiblement. J'ai toutes sortes de problèmes à régler et je reconnais que je souffre à cause de Reid, mais, je t'en prie, ne dramatise pas encore la situation.

— Ro, je te vois disparaître sous mes yeux. Tu as tellement maigri que tu n'as plus que la peau sur les os ! Tu as l'air hantée depuis quelque temps, et voilà que tu coupes le téléphone pour ne pas être dérangée pendant que tu te poignardes à répétition en regardant cette cassette de cul que ta saleté de sœur a enregistrée. Alors, sois gentille et ne me demande pas de ne pas m'inquiéter. J'ai de bonnes raisons de le faire, ça saute aux yeux, d'accord ? Et maintenant, nous allons visionner cette cassette tous les deux, et puis nous en discuterons.

Sur ce, il lui prit fermement la main et remit le magnétoscope en marche. Au bout de quelques minutes, il commenta :

— J'avais entendu parler de ce truc, mais je ne l'avais jamais vu faire.

— Quel truc ? demanda-t-elle d'un ton morne, engluée dans sa haine d'elle-même.

— Le truc de la capote, expliqua-t-il en rembobinant pour revenir à la scène. Regarde, elle la prend sur la table de nuit, elle la met dans sa bouche, et la voilà à genoux. Elle la lui enfile sans les mains. Intéressant, ce petit talent.

— Moi, je ne saurais pas faire.

D'une secousse, elle dégagea sa main et se leva.

— Je vais préparer du café.

— Bonne idée, dit-il sans se détourner de l'écran. Et tu sais, Ro, tout s'arrangera, je te le promets.

Réprimant son envie de hurler, elle s'en fut précipitamment dans la cuisine. Sa migraine revenait en force.

D'un geste mécanique, elle versa l'eau dans la cafetière, mit du café dans le filtre et brancha la machine. Hésitant à retourner dans le salon chercher ses cigarettes, elle ouvrit un nouveau paquet et en alluma une. Tout en fumant, elle se mordait nerveusement l'intérieur des joues et arpentait la cuisine de long en large.

— Dis donc, Ro, qui a filmé ça ? lui cria Mark au bout de cinq minutes.

— Claudia, pourquoi ?

— Certainement pas, mon petit oiseau des îles. Viens voir un peu ici, j'ai quelque chose à te montrer.

Malgré ses réticences, elle le rejoignit dans le salon.

— Assieds-toi et regarde bien.

Il pressa la touche lecture. Sur l'écran, Reid quittait le lit, enfilait ses vêtements à la hâte et sortait de la pièce.

— Tu as vu ? demanda Mark.

— Vu quoi ?

— Il y avait quelqu'un dans la pièce, Ro. Les caméras ne bougent pas toutes seules.

— Oh, mon Dieu !

Enfin, enfin, elle savait ce qui la gênait depuis le début. Au moment où Reid sortait au pas de charge, la caméra se déplaçait pour le suivre.

— Je savais bien que quelque chose clochait dans cette cassette, mais je n'arrivais pas à mettre le doigt dessus. C'est pour cela que je la regardais sans arrêt.

— Au cinéma, à la télévision, nous devenons la caméra. Nous acceptons les images sans réfléchir parce que nous sommes habitués aux mouvements de caméra.

Il coupa la lecture et éteignit le magnétoscope.

— Tu as déjà vu cela sur ses cassettes ?

Rowena réfléchit et dut admettre que non.

— Eh bien, en l'occurrence, Claudia avait un complice.

Sidérée, Rowena restait là, bouche bée, tandis que quelques pièces du puzzle se mettaient en place.

23

Blottie entre les bras de Mark, elle pleura comme une enfant, pleura tout son soûl, jusqu'à ce que ses larmes se tarissent. Il la tenait serrée contre lui, la réconfortait avec douceur, lui caressait le dos. Lorsque le pire de la crise fut passé, il lui demanda à voix basse :

— Ro, qu'allons-nous en faire maintenant ?

Elle se dégagea de son étreinte et s'essuya les yeux avec le bas de son T-shirt trop grand.

— De quoi tu parles, Mark ?

— De la cassette. Que veux-tu en faire ?

— La jeter. Je t'ai dit que je n'arrêtais pas de la regarder parce que je n'arrivais pas à comprendre ce qui clochait.

— Et peut-être aussi parce que cela renforçait la piètre opinion que tu as de toi-même.

Elle chercha une réplique et n'en trouva point car Mark venait d'énoncer une vérité. Elle aurait voulu fuir, se cacher quelque part, mais il ne la laisserait certainement pas faire.

— Bon. Si nous en causions ? proposa-t-il en se reversant une tasse de café tiède.

Il tendit la cafetière vers elle comme pour la resservir, mais elle déclina l'offre de la tête. Alors il se tourna vers elle, la regardant dans les yeux.

— Voilà ce que je pense : tu n'as aucun moyen de savoir

quand cette vidéo a été filmée. Restons simples et disons que c'était à l'automne dernier. De toute façon, cela n'a pas grande importance. Maintenant, ce que cette cassette prouve, c'est que ce type a eu des rapports sexuels avec ta sœur une fois. A l'évidence, ce n'était pas l'un des meilleurs moments de sa vie. Il est donc très peu probable qu'il s'agisse là d'une liaison amoureuse. Tu es d'accord jusque-là ?

— Même si je suis d'accord, Mark, qu'est-ce que ça change puisqu'il m'a menti ?

— Ma petite chatte, je sais bien que tu es vexée et furieuse, mais réfléchis une seconde. Si tu étais un homme que Claudia avait traîné à son corps défendant dans son lit, est-ce que tu serais prête à l'avouer ? Personnellement, je ne le crois pas. Il n'y a pas là de quoi se vanter. Ce qui paraît évident sur cette vidéo, c'est que le toubib aurait largement préféré être ailleurs. Pour moi, il l'a sautée par pure gentillesse. Et pour être gentil, il l'a été bien plus que d'autres ne l'auraient été à sa place. Il n'a pas cherché à se venger du mauvais tour qu'elle lui a joué, il ne l'a pas humiliée non plus. Je trouve personnellement qu'il a été tout ce qu'il y a de correct, et je le comprends. Maintenant, ce qui compte, c'est d'abord que tu es tombée amoureuse de lui et que tu t'en veux parce que tu ne vois plus que le mensonge qu'il t'a raconté. Ensuite, c'est qu'elle a embrigadé quelqu'un pour filmer cette petite séance — sans doute parce qu'elle n'était pas très sûre de coincer son psy et que, si elle y arrivait, elle ne savait ni quand ni comment. Cela étant, aurais-tu une idée de la personne en question ?

— Je n'ai pas envie d'y réfléchir pour le moment.

Elle alluma une cigarette et inhala profondément la fumée, qui lui brûla la gorge.

— Si j'y repense, je vais encore craquer.

— Pourquoi ? Parce qu'il y a de grandes chances que ce soit Ian ?

— Qu'est-ce qui te fait dire cela ? se rebiffa-t-elle.

— Qui pourrait être notre inconnu si ce n'est lui, Ro ? Elle jouait si serré avec tellement de gens qu'elle ne pouvait risquer de demander ce service à un de ses petits camarades de jeux. Il lui fallait quelqu'un en qui elle eût confiance, quelqu'un qui n'allait pas vendre la mèche. Ian t'a déjà avoué qu'il était au courant pour les cassettes. Donc, cela ne peut être que lui, non ?

Elle demeura un moment la tête entre les mains, puis elle se redressa, tira sur sa cigarette et dit :

— Bon, puisque tu insistes, imaginons qu'Ian soit son homme. Pourquoi aurait-il accepté d'entrer dans un scénario aussi sordide ?

— Justement, c'est bien là la question : pourquoi ?

Elle le dévisagea, incapable de répondre.

— Chantage ? suggéra-t-il.

— Possible. Je ne sais pas.

— Je pense qu'il y a un chantage là-dessous. Pourquoi aurait-il supporté ses crasses pendant toutes ces années ? Voilà un homme compétent, éduqué, qui porte des vêtements de luxe et promène un accent de la haute. Et je te parie qu'il est diplômé d'une école hôtelière de premier plan. Toutes les portes lui sont ouvertes, il peut aller où il veut. S'il est resté chez elle, il faut qu'il y ait une bonne raison. Et je suis sûr que ce n'est pas le charme du Rendez-Vous.

— Il est resté après…

— Après quoi ?

— Après la mort de Claudia. Peut-être qu'il ne la supportait plus. C'est pour cela qu'il l'a tuée.

— Attends une petite seconde, chou, je ne comprends plus très bien. Est-ce que, par hasard, j'aurais raté le début du film ? Qui a parlé de tuer quelqu'un ici ?

— Jamais Claudia ne se serait tuée, Mark, jamais ! Le

suicide était bien la dernière chose qui lui serait venue à l'esprit.

— Effectivement. C'est même la dernière chose qu'elle ait faite. Tu es complètement à côté de la plaque, chou. Personne ne l'a tuée.

— Ma sœur ne se serait jamais tuée ! répéta-t-elle avec véhémence.

— Alors, c'était donc ça. Depuis des mois, tu te mets dans la peau de ta sœur, tu fais une obsession sur ses cassettes, et tu travailles au restaurant pour tenter de découvrir son assassin.

— Je ne me mets pas dans la peau de ma sœur ! Et si tu veux savoir, je me plais bien plus au restaurant qu'à la bibliothèque. Mais c'est vrai que je cherche à retrouver le coupable.

— Mais personne n'est coupable puisque personne ne l'a tuée.

— Tu te trompes. Ian et Reid avaient tous deux de bonnes raisons.

— Ah ? Tu pourrais m'éclairer ?

— A l'évidence, non.

— Admettons. Mobile inconnu. Mais franchement, tu ne crois pas que le médecin légiste aurait exigé une autopsie s'il avait soupçonné un truc louche ?

— Cet homme a passé tout au plus dix minutes à examiner le corps.

— Ce qui suffit largement à décider si une mort est suspecte ou non, quand on a l'expérience.

— Mark, permets-moi de te contredire.

— Tu peux me contredire jusqu'à la semaine des quatre jeudis, cela ne prouve pas qu'il y ait eu meurtre. Et tu voudrais me faire croire que tu travailles quotidiennement avec l'un de tes principaux suspects et que l'autre te fait les yeux doux ?

— Peut-être.

— Pour le moment, tout ce que Reid sait, c'est que tu te fais tirer l'oreille et que tu ne réponds pas à ses appels. Quant à Ian, il te bat froid parce que tu commences à lui jouer des tours qui lui rappellent un peu trop ceux de Claudia. Ni l'un ni l'autre ne sait que tu le soupçonnes. Tu as un plan ?

— Non, je n'en ai pas. Et je ne joue pas de tours. J'ai fait installer un système d'identification d'appel pour ne pas avoir à parler à Penny ou à Reid pour le moment.

— Rowena, est-ce que tu te rends compte de ce que tu racontes ? Des vrais trucs de dingue !

Il lui prit la main, la serra.

— Tu devrais peut-être prendre des vacances. Partir pour un de tes grands voyages. Ça déraille sévère ici en ce moment. Franchement, tu ne penses tout de même pas sérieusement qu'Ian est un assassin ? Si tu le croyais, tu serais morte de peur et tu n'irais plus au restaurant. Et tu penses sincèrement que Reid est un homme violent ?

— Possible. Qu'est-ce que j'en sais ?

— Tu n'en sais rien, admettons. Mais je viens de voir ce type se faire manipuler par ta sœur, et il m'a tout l'air d'être un grand tendre. Je crois que cet homme n'a pas une once de violence en lui. Qu'est-ce que tu fabriques, Ro ? Qu'est-ce que tu racontes ? Tu prétends à la fois que ces deux hommes sont des assassins potentiels et le contraire.

— Ian est coléreux et Reid ment comme il respire. J'essaie de m'y retrouver, de comprendre.

— Tu parles ! Ian pique sa colère de temps en temps, et nous savons que Reid ne dit pas toujours toute la vérité. Cela ne fait pas d'eux des assassins pour autant. Tu peux me dire, s'il te plaît, ce que tu essaies de comprendre ?

— Claudia... Ma mère... Je... Je commence à... hmm... à me rappeler des choses.

— Quel genre de choses ?

— Des choses.

Elle dégagea sa main, écrasa sa cigarette et en alluma aussitôt une nouvelle. Un fragment du souvenir qui la narguait s'éclaira un instant, puis tout redevint noir.

— Je t'en supplie, Rowena, parle ! Si tu savais comme je m'inquiète pour toi…

— Je sais. Et je te parle. Mais apparemment, tu ne veux pas entendre ce que j'essaie de te dire.

— Si tu savais comme tu te trompes. J'aimerais te voir à ma place cinq minutes, à entendre ta plus chère amie soutenir les versions les plus saugrenues. Et ta conduite aussi me donne du souci. Tu as laissé tomber tous tes anciens amis, tu ne vas plus nulle part en dehors du restaurant. Tout le monde à la Mag me demande de tes nouvelles, Marcia en particulier. Je ne sais plus quoi leur dire.

— Il n'y a rien à leur dire.

— Excuse, mais là, je fais comme si je n'avais pas entendu. Je ne veux pas dévier du sujet. Tu me racontes que quelqu'un a tué ta sœur et que tu suspectes deux personnes sans vraiment les soupçonner. Ro, je t'aime tendrement, mais il faut que tu te ressaisisses. Pourquoi ne pas parler à Reid, histoire de voir ce qu'il a à dire ? Et pourquoi ne vas-tu pas trouver Ian pour lui demander franchement ce qui se passait entre Claudia et lui ? Qu'est-ce que ça te coûte ?

— Tu sais bien que j'ai horreur des scènes ! gémit-elle en fondant en larmes. Tu ne peux pas me laisser tranquille ? Me laisser gérer ça à ma façon ?

— Tu ne gères rien du tout et c'est bien là le problème.

— Tu crois vraiment que je suis en train de craquer ?

— J'ai bien peur que oui, suggéra-t-il prudemment.

— Mais elle ne s'est pas tuée, Mark. Je perds peut-être les pédales et, par moments, j'en suis même sûre, mais tu vas avoir l'air bien nigaud quand tu découvriras que j'avais raison depuis le début.

— Si tu as raison, mon petit chou en sucre torturé, je veux bien rester dans ta cuisine et manger dans ta main jusqu'à la fin de mes jours. Et, à propos de manger, je parie que tu n'as rien avalé de la journée.

— J'ai déjeuné tard.

— Moi, j'ai dîné tôt.

Il consulta sa montre et ajouta :

— Il est bientôt 23 heures et j'ai comme un petit creux. Je vais nous préparer une salade et une omelette. Nous poursuivrons cette discussion à table.

Elle était tentée de refuser, mais il se méprendrait sur ses raisons. Elle accepta donc, en précisant cependant qu'elle n'avait pas grand-faim.

Une fois de plus il lui prit la main, la regarda dans les yeux.

— Je ne suis pas dupe, chaton rose. Je sais que tu meurs d'envie de m'envoyer promener, mais tu détestes toute forme de conflit. Si tu acceptes de manger, c'est aussi un compromis. J'en suis parfaitement conscient. Et rappelle-toi que j'ai bien l'intention de rester ici jusqu'à ce que, d'une manière ou d'une autre, tu recommences à tenir un langage sensé. C'est clair ?

Vaincue, n'osant plus ouvrir la bouche, elle acquiesça de la tête.

Après qu'ils eurent dîné et discuté de ses soupçons, se renvoyant les arguments sans que ni l'un ni l'autre gagnent ou perdent une once de terrain, Mark insista pour mettre Rowena au lit.

— La cassette vient avec moi, c'est moi qui la jetterai. Maintenant tu vas enfiler ton pyjama et je vais te border.

Tandis qu'elle se changeait, il s'assit au pied du lit et poursuivit la conversation par la porte de la salle de bains entrouverte :

— Que comptes-tu faire pour régler ce problème, Ro ?

— Parler à Ian, sans doute.

— Ce serait une bonne idée. Et pour le psy ? Tu comptes lui donner une chance de s'expliquer ?

— Je ne crois pas.

Elle se brossa les dents, éteignit la lumière et revint dans la chambre pour trouver le lit défait et Mark qui l'attendait, prêt à la border comme il l'avait promis.

— Tu es si petite et si mignonne que j'ai presque envie de te lire une histoire.

— Je suis petite, c'est un fait, mais je n'ai jamais été mignonne.

— Tu as toujours été mignonne, Ro. Arrête un peu de te croire laide, s'il te plaît. Ça t'ennuie si je m'allonge près de toi ?

En guise de réponse, elle tapota l'espace vide auprès d'elle. Ayant ôté ses mocassins, Mark se coucha sur le côté, calé sur son coude pour la regarder.

— Finalement, je vais te raconter une histoire, alors sois gentille, éteins et installe-toi.

Elle obéit et se lova sur elle-même, les mains sous l'oreiller.

— Il était une fois deux princesses qui étaient sœurs, commença-t-il. Elles vivaient dans un grand château avec leur mère, la reine. Toutes trois auraient dû être heureuses, car elles ne manquaient de rien, mais elles ne l'étaient pas. L'aînée des deux princesses était malheureuse parce que son père, le roi, était parti et, au fond de son cœur, elle était convaincue que c'était sa faute à elle s'il les avait quittées. La plus jeune des princesses était malheureuse par nature. Elle ne pouvait être heureuse que lorsque toutes les attentions étaient concentrées sur elle et qu'on vantait inlassablement sa beauté. Elle était jolie, certes, mais si désagréable que les gens de la cour cherchaient surtout à l'éviter et ne lui faisaient guère de compliments. L'aînée des deux princesses, elle, était intelligente, jolie et bonne, et cela rendait sa mère malheureuse parce qu'elle-même n'était plus jeune ni jolie et qu'elle n'avait jamais été bonne ou intelligente. Sa fille aînée lui faisait de l'ombre et, pour la punir, la reine lui répétait en toute occasion qu'elle était laide et peu aimable, que malgré son intelligence, elle ne trouverait jamais de prince charmant pour l'aimer. Et comme la plus jeune des princesses jalousait sa jolie aînée, elle était méchante avec elle et cherchait toujours à lui voler ses amis…

— Mark, s'il te plaît, arrête ! protesta Rowena en écrasant une larme.

— D'accord, j'arrête. Et toi, ferme les yeux. Je vais rester avec toi jusqu'à ce que tu t'endormes.

Il la prit dans ses bras, la cala contre sa poitrine.

— Je t'aime, Mark, murmura-t-elle.

— Tu aurais envie que je sois hétéro et que je te fasse l'amour ?

— Non, et toi ?

— Parfois. Mais ça gâcherait tout. Le sexe a ce genre d'effet pervers.

— De toute façon, ce que j'éprouve pour toi n'a rien de sexuel. Tu es ma famille, et je t'aime comme tu es.

— Moi aussi je t'aime. Dis-moi la vérité maintenant, tu étais amoureuse du toubib ?

— Tu connais déjà la réponse.

— Exact. Bon, tu fermes tes yeux et tu dors, d'accord ? Tout ira beaucoup mieux demain matin, tu verras.

— Je l'espère.

Les yeux clos, un bras en travers de sa taille, elle écouta les battements lents et réguliers de son cœur en respirant l'odeur de Canoë, jusqu'à glisser doucement dans le sommeil.

Le lendemain matin, au moment de partir au travail, elle se sentait effectivement beaucoup mieux, plus calme. En démarrant la Mercedes, elle reconnut qu'elle n'avait jamais vraiment cru Ian coupable d'avoir tué sa sœur, mais il était à sa connaissance la seule personne à avoir pu filmer la séquence entre Claudia et Reid. A la vérité, elle ne voyait pas non plus le médecin en meurtrier. Elle demeurait cependant convaincue qu'Ian en savait beaucoup plus qu'il n'en disait et se sentait toujours trahie par Reid. Il lui faudrait dominer ses réticences et demander à Ian aujourd'hui même de passer aux aveux. Quant à ce qu'elle ferait au sujet de Tony Reid, elle n'en savait encore rien.

Elle conduisait le long de Post Road en direction de la Route 124 quand le souvenir qui la narguait depuis quelque temps lui traversa l'esprit. Au prix d'un rude effort de concentration et de volonté, elle parvint à le retenir, à l'immobiliser, à le localiser dans le temps. C'était au cours de sa première année d'université, un jour qu'elle avait décidé de rentrer pour le week-end sans avoir prévenu de sa visite.

Dynamisée par l'air frais et clair, par le soleil d'automne qui inondait les feuillages d'ors et de roux, nostalgique aussi du paysage de son enfance, elle avait pris la route de bonne heure le samedi matin. Arrivée vers midi, elle était allée par habitude à la porte de cuisine et, en l'ouvrant, elle avait vu Claudia pousser Jeanne contre le réfrigérateur et la frapper plusieurs fois à la tête.

Le cri horrifié qu'elle n'avait pu retenir avait interrompu la scène, gelant ses protagonistes dans des attitudes figées. Puis le visage de Claudia, enlaidi par la rage, s'était brusquement illuminé, et elle s'était exclamée avec joie :

— Ro ! Super ! Tu es venue pour le week-end !

Sidérée comme toujours par les brusques changements d'humeur de sa sœur, Rowena avait demandé ce qui se passait, la gorge nouée, le cœur battant, se rendant compte dans l'instant qu'elle avait peur de sa sœur. Qu'elle avait toujours eu peur d'elle. Il y avait chez Claudia quelque chose qui dépassait l'entendement, quelque chose de sauvage, de primitif, que les principes qui gouvernent les conduites humaines n'avaient pas effleuré. Ce trait s'était révélé quand, petite fille, elle avait détruit sans vergogne les parterres de fleurs, quand elle montait et descendait le perron en sautillant sans jamais se lasser de cette activité absurde et répétitive. Par la suite, il était apparu dans son manque total de respect pour les sentiments du reste de la famille dont elle pillait les chambres, emportant ce qui lui faisait envie, dans la façon qu'elle avait de s'annexer les amis de Rowena, mâles et femelles, dans la profonde dépression qui s'était emparée d'elle quand on l'avait envoyée en pension à l'école de Brandon.

Comme personne ne répondait, Rowena avait répété :

— Mais qu'est-ce qui se passe ici ?

— Oh, rien ! avait répondu Claudia. Hé ! si nous allions dîner au club ce soir toutes les trois. J'ai une nouvelle robe fabuleuse. Attends un peu de la voir, Ro, tu vas tomber raide !

— Pourquoi tu la battais ?

Rowena nota que sa mère avait elle aussi changé d'attitude, qu'elle était passée de la peur à cette sorte d'intérêt bienveillant qu'elle manifestait toujours à ses filles lorsque celles-ci semblaient s'entendre. Par son expression, elle semblait leur dire : « Continuez, mes enfants, à jouer gentiment. » Pendant des années, Rowena s'était demandé comment sa mère pouvait imaginer que ses filles s'entendraient un jour. Pour Claudia, l'idée même de jouer gentiment n'avait aucun sens et, pour Rowena, cela signifiait : « Tais-toi et tâche d'être belle », un ordre qui la mettait hors d'elle et lui glaçait le sang.

En un clin d'œil, l'humeur de Claudia avait de nouveau changé. Agressive, les yeux plissés, le menton en avant et les poings sur les hanches, elle demanda :

— Qu'est-ce que tu fiches ici, d'abord ? Tu es censée être à l'université. Pourquoi tu viens fouiner et espionner les gens ?

— Ne sois pas ridicule. Et toi, maman, pourquoi la laissais-tu te battre ? De quoi s'agit-il ?

— Très bien, ignorez-moi, toutes les deux ! Continuez à faire comme si je n'étais pas là !

— Claudia, tais-toi une seconde, s'il te plaît. Maman, réponds-moi. Que se passe-t-il ?

— Dieu, que tu peux être pénible ! hurla Claudia. Je n'ai jamais supporté tes airs de conquérante. Tu arrives sans prévenir et tu prends les commandes. Maman et moi, on se débrouille très bien quand tu n'es pas là.

— Je le vois bien, oui, fit Rowena, cassante.

— Calme-toi, ma chérie, dit Jeanne à sa cadette avec un pauvre sourire.

— Calme-toi, ma chérie, minauda Claudia. Quelle conne, ma parole !

Ecumant de rage, elle quitta la pièce et gravit l'escalier à la course.

Jeanne se laissa choir sur une chaise de cuisine et lissa ses cheveux d'une main tremblante. Puis, comme si elle se souvenait soudain de son rôle dans la pièce en cours, elle sourit gaiement et déclara :

— Rowena ! Quelle agréable surprise. Tu restes pour le week-end, ma chérie ?

— Pourquoi elle te battait, et pourquoi tu la laissais faire ? répéta une fois de plus Rowena.

L'espace d'un instant, elle fut tentée de douter de ses propres sens. Avait-elle ou non assisté à une scène de violence ? Sa mère était-elle dure d'oreille ? Sa mère et sa sœur étaient-elles folles, ou bien était-ce elle qui délirait ?

Les yeux rivés sur la porte par laquelle Claudia avait disparu, Jeanne eut un petit haussement d'épaules.

— Ce n'était qu'une bagatelle. Tu connais ta sœur.

Non. Rowena n'était même pas certaine de connaître sa mère.

— Pourquoi te battait-elle et pourquoi tu la laissais faire ? insista-t-elle, têtue.

Jeanne se garda bien de répondre.

— Mais tu dois avoir faim. Je vais demander à Louise de préparer le déjeuner. Et ce soir, nous dînerons toutes les trois au club.

Elle s'interrompit, regarda autour d'elle.

— Où est donc passée Louise ? Ah ! C'est vrai, elle est au marché. Donc, nous irons au club. Tu sais bien que Claudia adore s'habiller. Et puis, tu dois mourir d'envie de prendre un repas décent. C'est fou ce que tu as maigri, ma chérie.

Rowena imagina la scène, le maître d'hôtel onctueux et son armée de serveurs s'affairant autour de la table, apportant un Manhattan à Jeanne dans la minute, complimentant Jeanne et Claudia sur leur allure ; elle voyait déjà sa mère et sa sœur se rengorgeant, ravies, se tournant vers les compliments comme des fleurs vers le soleil. Aussitôt, elle changea ses plans.

— Je suis désolée, je ne peux pas rester. Je passais juste prendre quelques affaires dont j'ai besoin.

— Tu fais un trajet de quatre heures pour venir jusqu'ici, et tu ne restes même pas la nuit ? demanda Jeanne d'un air désappointé.

Peut-être était-elle vraiment déçue, au fond. Rowena se

dit que, si elle restait, sa mère n'aurait plus rien à craindre de Claudia pendant la durée de son séjour. Cela, Rowena le comprenait, même si elle était par ailleurs incapable de décrypter l'étrange dynamique des rapports entre sa mère et sa sœur. Elle s'apprêtait à revenir sur sa décision quand Claudia lança depuis la porte :

— Comme tu es bête, maman. Elle ne veut pas rester, ta petite Rowena. Elle déteste être ici. Et elle te déteste ! Sans doute parce que tu n'es qu'une misérable loque qui ne tient pas debout toute seule. Chaque fois que nous dînons au club, toute la salle retient son souffle en attendant que tu trébuches sur le chemin des toilettes. Il faut les voir quand ils regardent cette chère maman descendre le perron sans savoir si elle arrivera entière en bas des marches.

Choquée par la méchanceté aveugle de sa sœur, par l'entêtement de sa mère à ne pas se défendre, Rowena protesta d'une voix étranglée :

— Ce n'est pas vrai ! Je ne te déteste pas.

Et il lui sembla voir passer dans le regard de Jeanne une expression de tendresse, celle d'une femme brisée.

— Je sais bien que tu ne me détestes pas, murmura Jeanne dont les lèvres tremblaient.

Rowena se tourna alors vers Claudia.

— Tu n'as pas à lui parler sur ce ton, et rien ne te donne le droit de la frapper.

— Occupe-toi de ce qui te regarde et pas de ce qui se passe entre maman et moi. De toute façon, tu ne comprendrais pas. Tu ne veux jamais rien voir, même quand ça te saute aux yeux.

— Il se trouve que ça me regarde ! s'emporta Rowena.

Dans sa tête, une petite voix lui murmurait « c'est vrai, elle a raison, tu ne veux rien voir, et tu ne veux pas voir ce qui se passe sous tes yeux, ici, maintenant ». Menaçante, elle s'avança vers sa sœur, prête soudain à briser ces murs invisibles qui l'enfermaient et dont elle venait juste de prendre conscience.

— Rien ne te donne le droit de la frapper, répéta-t-elle avec conviction.

Claudia battit en retraite derrière la chaise de Jeanne.

— Je n'ai pas d'ordres à recevoir de toi. Je ne reçois d'ordres de personne !

« Vrai aussi, songea Rowena. Aucune des deux ne domine. Elles ont besoin l'une de l'autre parce qu'elles sont toutes deux incapables de survivre seules. »

Une main sur l'épaule de sa mère, Claudia poursuivait :

— Tu essaies toujours de t'immiscer entre maman et moi parce que tu es jalouse. Tu as toujours été jalouse de moi. Et ça, Rowena, c'est minable. Tu es minable. Mortelle d'ennui, laide et minable.

— Pourquoi diable serais-je jalouse de toi ? s'enquit Rowena, surprise.

— Parce que je suis plus belle et plus sexy que toi. Parce que tu n'es même pas fichue d'attirer les mouches alors que moi, je peux avoir tous les hommes que je veux.

Rowena laissa échapper un rire involontaire mais elle tremblait intérieurement. Elle était en face d'une forme de folie activement entretenue par sa mère et sa sœur. Ce n'était pas la démence qui fait qu'on vous enferme dans une cellule capitonnée, mais une folie subtile, complexe, insidieuse, une folie à deux où chaque partenaire est nécessaire à l'autre pour nourrir la douleur et la rage, pour offrir une compagnie. Telles deux guenons aveugles et entravées, chacune nourrissant une haine instinctive pour l'autre, elles se déchiraient par habitude autant que par nécessité.

— Les filles, je vous en prie, ne vous battez pas, protesta faiblement Jeanne.

Parce qu'elles se battaient ? Rowena baissa les yeux vers

sa mère, l'examina avec curiosité, comme elle aurait examiné une inconnue, et elle vit une femme aux longues jambes bien galbées, moulées dans un collant fumé et perchées sur des talons hauts pour mieux attirer le regard des hommes, une femme dont la taille s'était épaissie, dont le tailleur noir sur mesure ne parvenait pas à cacher la maigreur disproportionnée des bras, une femme au visage bouffi, mais encore beau. Le portrait d'une mère alcoolique à la mine de plomb. C'est parce qu'elle buvait, songea Rowena, parce qu'elle buvait trop depuis trop longtemps.

Elle n'était pas encore arrivée à cette conclusion que l'humeur de sa sœur avait changé de nouveau.

— Eh bien, il faut que j'y aille, annonçait joyeusement Claudia. J'ai rendez-vous pour déjeuner. Je prends ta voiture, maman.

Elle se pencha pour poser sa joue contre celle de sa mère.

— Tu restes ou tu rentres, Rowena ?

— Je rentre.

— Bon, alors à bientôt.

Elle vint effleurer aussi la joue de Rowena de la sienne et sortit d'un pas dansant, laissant sa sœur enveloppée dans un nuage de Joy. Un dernier au revoir résonna dans l'entrée et la porte se referma derrière Claudia.

Rowena s'assit, médusée, se demandant une fois de plus si elle perdait la tête ou si les deux autres étaient folles. Toutes les familles se conduisaient-elles ainsi ? Après tout, peut-être que Jeanne et Claudia étaient parfaitement normales, que c'était elle qui avait une vue déformée de la situation. Elle se sentait différente depuis si longtemps, étrangère aux êtres dont elle était le plus proche, aux amis comme Penny. Pourtant, elle voyait juste. Sa mère et sa sœur se livraient à une lutte de complices ; elles se battaient, certes, mais elles se liguaient dès qu'une force extérieure les menaçait.

Et elle, Rowena, était une force extérieure. Cela la laissait perplexe. Elle tendit la main vers les cigarettes de sa mère et en alluma une sans même en demander la permission. Jeanne l'imita avec des gestes tremblants.

— Elle ne pense pas ce qu'elle dit, commença-t-elle.

— Peut-être, mais ce n'est pas sûr.

Dans l'atmosphère étouffante de la pièce, Rowena avait peine à respirer. L'air lui semblait lourd du sang répandu au cours de trop nombreuses batailles, lourd de secrets gluants.

Jeanne eut un geste de la main, comme pour évacuer la question implicite.

— Tu sais bien que Claudia est capricieuse. Elle a de telles sautes d'humeur, la malheureuse !

De nouveau, une tendresse de femme brisée parut dans son regard, suppliant Rowena de jouer le jeu, de ne pas dissiper l'illusion. Et comme une part d'elle-même aimait cette mère malgré tout, Rowena avait tacitement consenti à rejeter la vérité de son esprit.

Pendant plus de vingt ans, elle avait tenu promesse, elle avait nié l'alcoolisme de sa mère au point de n'avoir pas reconnu, fût-ce pour elle-même, que c'était là la cause du cancer du foie qui avait tué Jeanne à cinquante-cinq ans. Mais à présent, tout était remonté à la surface, en pleine lumière, et elle était à deux doigts de découvrir pourquoi Claudia…

Son attention fut brusquement ramenée à la route : une voiture venait de griller le stop au croisement, à cinquante mètres devant elle. Jésus ! Où était-elle ? Sur la Route 124, et elle ne se souvenait pas d'avoir tourné. Oh, mon Dieu ! L'autre voiture vira lentement sur la gauche, manqua de peu une Jaguar qui venait en sens inverse. La Jaguar fit une brusque embardée, et Rowena eut tout juste le temps d'apercevoir l'expression de terreur de la femme qui la conduisait.

Jésus ! Elle allait emboutir l'arrière de la vieille Cadillac qui avait grillé le stop ! Instinctivement, elle braqua sur la droite en écrasant le frein. Elle allait mourir sans revoir son père, sans savoir pourquoi Claudia était morte. Doux Jésus ! Pardon, Mark, pardon ! Le tronc énorme d'un vieux hêtre arrivait droit sur elle à une vitesse hallucinante. Braquant cette fois vers la droite, elle se rendit compte qu'elle n'avait pas mis sa ceinture. Dans un fracas assourdissant, l'aile droite de la Mercedes heurta l'arbre et Rowena donna de la tête contre le montant du pare-brise. Etrange sensation, comme si son crâne s'enfonçait entre ses épaules. Puis il y eut un bruit de verre brisé, de tôle froissée, et une forte odeur d'essence. La voiture oscilla un moment et s'immobilisa. Rowena demeura sans bouger, sans remuer un cil. L'eût-elle voulu qu'elle aurait été incapable du moindre mouvement. C'était la fin. Sa fin. Elle allait mourir. Bah, ce n'était pas si pénible. Pas de douleur, rien…

On lui parlait, et elle ouvrit les yeux sur le visage d'une femme visiblement inquiète.

— Vous êtes consciente ? demanda une voix douce.

— Je ne sais pas trop.

Elle n'était donc pas morte. Et elle n'avait apparemment pas mal.

— Comment vous appelez-vous ?

— Rowena.

La femme s'agenouilla au bord du siège et lui prit la main.

— J'ai appelé les urgences. Une ambulance arrive.

— J'ai sommeil.

Elle avait peine à garder les yeux ouverts, à rester éveillée, à centrer son regard.

— Allons, allons, ce n'est pas le moment de dormir,

Rowena. Parlez-moi. Dites-moi s'il y a quelqu'un que je dois prévenir pour vous.

— Mark. Il est à la Mag.

— Qu'est-ce que la Mag ?

— La bibliothèque. A Stamford.

— D'accord. Mark comment, Rowena ? Son nom de famille ? Non, ne fermez pas les yeux. Gardez-les bien ouverts. Quel est son nom de famille ?

— A qui ?

— Le nom de Mark. A la bibliothèque.

— Daley. C'est mon meilleur ami. Il faut que je me lève.

— Non, non, ne bougez pas. Continuez à parler.

— Mais je n'ai rien.

— Nous allons parler jusqu'à ce que l'ambulance arrive. Elle ne va pas tarder maintenant. Ouvrez les yeux, Rowena. Vous êtes mariée ?

— Non. Et vous ?

La femme sourit.

— Divorcée.

— Vous êtes très jolie.

Et c'était vrai. Elle avait de très beaux yeux d'un bleu inhabituel — bleu pervenche.

— Merci, vous êtes gentille... Non, Rowena, ne vous endormez pas. Allons, ouvrez les yeux... ouvrez... les... yeux...

Elle reprit connaissance dans l'ambulance et tenta de bouger sans y parvenir. Affolée, elle fit une nouvelle tentative.

— Détendez-vous, mon petit. En attendant le résultat des radios, vous êtes immobilisée, c'est préférable. Ça va à peu près ?

— Ça va, murmura Rowena, rassurée.

Elle s'éveilla de nouveau en salle d'urgence. Quelqu'un répétait son nom inlassablement.

— Hé ! Restez avec nous, Rowena, d'accord ?

— D'accord, acquiesça-t-elle avant de replonger dans les ténèbres.

24

Elle rêvait qu'elle était sur la plage avec Cary, au club de loisir de Roton Point. Une tempête était annoncée et les eaux de la baie étaient déjà trop agitées pour permettre la navigation. Tandis que la gouvernante lisait à proximité, ils construisaient un grand château de sable, avec un fossé, des ponts-levis et des tours. Cary en était l'architecte et décidait d'où Rowena devait déverser le prochain seau de sable humide ou poser le prochain pont-levis fait de bâtonnets d'esquimaux. Ils étaient à l'œuvre depuis un bon moment quand Cary déclara soudain :

— Il est terminé.

Et il s'agenouilla près d'elle pour admirer leur château.

— Pas mal, hein ?

Puis, se tournant vers la mer :

— Zut, voilà la pluie.

A son tour, elle regarda en direction de la mer et vit effectivement la pluie qui s'approchait à travers la baie. Lorsqu'elle se retourna vers Cary, il avait disparu. La gouvernante n'était plus là non plus. Effrayée, elle se leva, ne sachant trop que faire. La plage était absolument déserte ; même le snack-bar avait fermé. Où donc étaient-ils tous passés ? Le vent s'était levé, la tempête arrivait, elle avait froid. Si elle n'agissait pas rapidement, leur château serait emporté.

Elle avisa un morceau de plastique près du snack, courut

le chercher et l'étala soigneusement sur le château, le calant tout autour avec des galets. La pluie l'avait rejointe et tombait à présent dru. Le vent s'engouffrait sous le plastique, et il lui fallait courir çà et là, trouver d'autres galets pour consolider sa bâche de fortune.

Finalement, elle dut renoncer et fila à toutes jambes s'abriter sous l'auvent du snack-bar. Accroupie dans un coin, recroquevillée sur elle-même et toute frissonnante, elle scrutait les rideaux de pluie, attendant que Cary revienne la chercher. Elle claquait des dents maintenant, et se balançait d'avant en arrière dans un effort pour se réchauffer.

Lorsqu'elle rouvrit les yeux, elle était devenue adulte. C'était l'hiver. Les vagues charriaient des glaçons et le sable était recouvert de neige. Elle était toujours accroupie sous l'auvent du snack-bar, mais elle portait désormais de lourdes bottes et le manteau de vison de Claudia. Dessous, elle était nue, et la doublure de soie était fraîche sur sa peau. Elle balaya du regard l'étendue d'eau vert-de-gris, puis elle se releva et se dirigea vers le parking.

La neige gelée lui cinglait le visage. Baissant la tête, elle s'efforçait d'avancer, pressée de rejoindre la maison pour enfiler des vêtements chauds, pour ne plus avoir froid. Elle passait devant le local du club quand le téléphone de la cabine se mit à sonner. Elle s'arrêta et décrocha.

— Ro, dit la voix de Cary, il faut que tu rentres vite. Je sais que tu m'en veux de t'avoir laissée seule, mais dépêche-toi de rentrer, s'il te plaît.

— Cary, où étais-tu ?

— Cela n'a plus d'importance. Dépêche-toi de rentrer.

— J'essaie, mais j'ai du mal. Avec la tempête, je ne vois même plus où je vais.

— Tu retrouveras ton chemin. Ce qui compte, c'est de continuer, d'accord ?

— D'accord. Tu seras là, Cary ?

— Ne t'inquiète pas de cela. Viens.

Et il raccrocha. A regret, elle reprit sa route. Le visage lui brûlait, ses jambes nues devenaient gourdes sous l'effet du froid. Pour atteindre le parking, il lui fallait escalader un petit talus, et elle ne cessait de glisser, s'accrochait à des buissons épineux pour ne pas tomber. Lorsqu'elle eut enfin surmonté cette épreuve, elle vit sa voiture, la seule sur le parking déserté. Les clés se trouvaient dans sa poche et elle les serrait dans son poing en approchant de la Mercedes, priant le ciel que la serrure ne soit pas gelée. Elle inséra la clé et le verrou tourna sans difficulté. Une fois à l'intérieur, elle mit le contact. La voiture démarra sans rechigner et, tandis que le moteur chauffait, elle resta un moment les yeux clos, heureuse d'avoir entendu de nouveau la voix de Cary.

Elle était avec Mark près du vieux hangar à bateaux qui se trouvait autrefois au bout du terrain de sa grand-mère à Greenwich — ce même hangar qui, plus tard, avait pris feu dans des circonstances mystérieuses avant d'être entièrement dévoré par les flammes. Tous deux étaient assis sur le petit appontement aux planches décolorées par le soleil et, jambes pendantes, ils observaient le carrousel des mouettes et le progrès des bateaux au large de la baie.

Mark lui disait :

— Si tu avais mis ta ceinture de sécurité, tu t'en serais tirée sans une égratignure. Et c'est bien là ce qui me préoccupe, car je ne t'ai jamais vue oublier de boucler ta ceinture.

— Ecoute, Mark, j'ai quelque chose d'important à te confier.

Il poursuivait, comme si elle n'avait pas ouvert la bouche :

— L'histoire de Claudia t'a chamboulée. J'aimerais

tellement que tu surmontes cela, que tu cesses de te laisser obnubiler.

— Cette fois, j'ai compris, et je te promets que ce sera bientôt fini. Il ne me reste plus que quelques questions.

— Dépêche-toi de guérir, qu'on puisse partir d'ici.

— Je vais me dépêcher de guérir.

Elle contempla un moment la surface argentée de l'eau.

— Viens ! Allons nager.

Et, sans attendre sa réponse, elle se leva. Le bois de l'appontement était chaud sous ses pieds nus, le soleil dardait ses rayons sur le haut de son crâne, sur ses épaules. Elle plongea la tête la première. L'eau était si froide qu'il lui sembla que son cœur s'arrêtait sous le choc. Usant de ses bras et de ses jambes, elle descendit dans l'eau, toujours plus profondément. L'eau devenait plus froide, plus sombre à mesure qu'elle plongeait. Il y avait quelque chose au fond qu'elle ne parvenait pas à distinguer clairement.

Là, elle touchait le fond. L'air lui manquait, mais elle y voyait maintenant, elle voyait le corps nu de Claudia, et Claudia riait. « Viens, viens jouer avec moi. » La main de Claudia se souleva et agrippa le poignet de Rowena.

« Non ! Je ne peux pas, je vais me noyer ! Je reviendrai quand j'aurai repris de l'air. » Mais Claudia insistait, la maintenait prisonnière. « Non, tu ne reviendras pas. Tu dis toujours que tu reviens, mais tu ne reviens jamais. Je m'ennuie ici toute seule. »

Sentant ses poumons prêts à exploser, Rowena supplia sa sœur de la lâcher. « Si tu ne me laisses pas remonter à la surface, je vais mourir, Claudia. Tu ne veux pas que je meure, tout de même ? »

« Non, je ne veux pas que tu meures. Tu m'aimes, Ro ? »

« Bien sûr que je t'aime, tu es ma petite sœur. S'il te plaît, lâche-moi ! Je me noie ! »

« Je t'aime aussi, Ro. Il faut que tu me croies. Je ne pouvais pas m'en empêcher, c'était comme un jeu. Un jeu qui devenait de plus en plus compliqué, et pourtant je continuais à jouer sans pouvoir gagner, tu comprends ? »

« S'il te plaît, lâche-moi, je t'en supplie ! »

« Bon, vas-y ! Ciao, Rowlie ! Ne m'oublie pas ! »

Claudia la relâcha et elle fila droit vers la surface. Emergeant dans la lumière, elle aspira l'air avidement tandis que Mark suspendu au rebord de l'appontement lui criait :

— Où étais-tu ? Tu es restée là-dessous si longtemps que je commençais à prendre peur. J'étais prêt à aller te chercher.

Elle lui sourit.

— Je suis désolée de t'avoir fait peur, mon chéri. Je vais très bien, tu sais. Je te promets que je vais bien.

Reid était assis au bord du lit et regardait une femme se dévêtir. Rowena les observait tous deux, fascinée. La femme n'était pas très jeune, mais les signes de l'âge, les fines rides autour de ses yeux et la peau qui perdait de son élasticité semblaient accroître son attrait. Elle était petite et menue, avec des cheveux coupés court et de grands yeux tendres. Ses fines jambes et son ossature délicate lui conféraient une sexualité puissante et Reid en était visiblement ému. Extraordinaire, songea Rowena tandis que la femme ôtait ses derniers vêtements avec une sorte d'impatience, des gestes précipités, comme si elle ne pouvait contenir son désir frénétique. Rowena ne la comprenait que trop bien. Reid était un homme terriblement attirant.

« Regarde bien ! Jamais plus tu n'auras l'occasion de voir aussi clairement ce que tu vois maintenant. »

Finalement nue, la femme resta immobile un moment, les bras le long du corps, laissant Reid se repaître du spectacle de son corps, spectacle qui le touchait profondément. Rowena la trouvait ravissante avec sa peau fine, comme polie, ses seins un peu trop lourds pour son buste frêle. Incapable d'attendre plus longtemps, Reid lui ouvrit ses bras, et la femme s'avança dans leur étreinte, soupira en pressant la tête de l'homme entre ses seins.

Contrairement aux vidéos de Claudia qui lui avait laissé une désagréable impression de perversité, elle éprouvait un profond sentiment d'harmonie à les regarder. Chaque geste était juste, fluide, comme dans un ballet classique. Reid restait assis et la femme debout, mais le contact entre eux s'intensifiait, elle arquait légèrement le dos sous sa caresse. Le couple semblait enveloppé d'une légère brume de chaleur et pourtant, la femme frissonna quand Reid la souleva de terre, la déposa sur ses genoux. Elle referma les bras autour de lui en battant des paupières.

Soudain, Kip apparut dans l'encadrement de la porte, et Rowena réintégra son corps, sidérée de découvrir qu'elle était elle-même cette jolie femme qu'elle admirait et enviait tout à l'heure. L'espace d'un éclair, elle avait pu goûter une merveilleuse assurance physique, mais l'instant magique était passé. Elle faisait des signes désespérés à Reid pour qu'il la relâche mais, se méprenant sur ses intentions, il la retenait captive de ses bras.

— Pour l'amour du ciel, lâche-moi ! protesta-t-elle en le repoussant des deux mains. Je ne peux pas faire ça en public. Je ne veux pas que Kip me voie.

Enfin, Reid relâcha son étreinte et se tourna vers le jeune homme.

— Tu es fâché, Kip ? demanda-t-il.

— Oh, pour être fâché, je suis fâché, répondit le garçon avec un sourire amusé. Tante Ro est une grosse vilaine, elle fait des cochonneries avec le psy.

— Pardonne-moi, Kip, je suis désolée, bredouilla Rowena en enfilant rapidement sa combinaison.

— Il n'y a pas de quoi être désolée, tante Ro. Tu as le droit de vivre, comme tout le monde. C'est pas un drame.

— Tout de même, que tu me voies ainsi…

— Allez, n'y pense plus ! C'était bien joli. Et puis, c'est ma faute. Je n'aurais pas dû débarquer ici sans prévenir. Etourdi que je suis. C'est moi qui te dois des excuses, pas le contraire.

— Ecoute-le, Rowena, il a raison, dit Reid. Pourquoi te juger plus durement que ne le font les autres ?

— Je n'ai pas le choix. Je suis la seule personne normale dans cette maison. Il faut bien que quelqu'un tienne les rênes.

— Sans doute, mais pas en permanence. Tu peux me les confier pendant quelques heures, je serais ravi de les tenir pour toi.

— Comment savoir que tu dis vrai ?

Kip s'avança et vint s'asseoir sur le lit près de Reid.

— Sa proposition me paraît bien, tante Ro. De quoi as-tu peur ? Qu'est-ce qui pourrait arriver de pire ?

— Il ment, Kip. On ne peut pas faire confiance à un homme qui ment.

— Pas sûr. Ça dépend des mensonges et de pourquoi on ment. Ton toubib m'a l'air plutôt cool comme mec. Tu pouvais tomber sur bien pire, tu sais. Et puis, qu'est-ce qu'un mensonge face à tout l'univers ? Pas grand-chose. Moi, ce que je vois surtout, c'est que tu as drôlement de la chance d'être en vie, alors, profites-en. Prends tout ce qui peut te rendre heureuse.

— Mais, Kip, n'es-tu pas déçu de me voir ainsi ?

— Humaine, tu veux dire ? C'est bien, le sexe. C'est une bonne chose. C'est même toi qui me l'as dit, tu te souviens ? C'est toi qui m'as tout appris, à ne rien brusquer, à ne pas avoir peur de montrer mes émotions, à être responsable et à ne pas oublier la contraception. Tu m'as appris tout ce qui compte. Ma vie durant, tu m'as appris ce qu'il fallait que je sache quand maman était trop gênée pour le faire ou ne savait pas comment s'y prendre. Ce n'est pas parce que je t'ai vue toute nue que mes sentiments pour toi vont changer. Si tu trouves ce que tu désires, si tout va bien pour toi, cela ne peut que me rendre heureux, tante Ro, parce que je veux que tu sois heureuse, que tu aies ce que tu désires. Tu as donc oublié combien je t'aime ? Tu sais, quelque part, je suis plus proche de toi que de n'importe qui d'autre.

Elle sentit son cœur s'enfler dans sa poitrine, comme si ses émotions se libéraient et prenaient une place considérable.

— Moi aussi je t'aime, mon chaton, depuis le jour où je t'ai vu pour la première fois. Tu existais à peine depuis sept heures. Je savais que tu serais le seul enfant que j'aurais jamais dans ma vie, et je voulais t'offrir tout ce que j'avais perdu quand mon père est parti. Je voulais que tu saches qu'il y avait dans ta vie une personne qui t'aimait sans restriction, qui serait toujours là pour toi, qui te dirait toujours la vérité, même si la vérité est pénible à dire et à entendre ; quelqu'un qui se réjouirait de tes succès et te consolerait de tes déceptions. Je voulais que tu saches que, pour moi, tu étais magique et que tu le resterais toujours. Mon cœur débordait de joie à l'idée que tu existais et, quand je t'ai pris dans mes bras pour la première fois, j'ai compris ce qu'était un miracle.

— Toutes ces conneries que maman m'a racontées sur papa, si je les ai supportées quand j'étais petit, c'est parce que, quand je venais te voir et que je te demandais si c'était vrai qu'il était parti et qu'il ne se souciait plus de moi, tu me répondais que, quoi qu'il arrive, il serait toujours mon père et qu'un jour, tout s'arrangerait. Et je te croyais, tante Ro, parce que toi, tu ne me racontais pas de salades. Et tu avais raison. Ça a pris plus longtemps que je croyais, mais à la fin, tout s'est arrangé. Et quand ma mère avait mes petites amies dans le nez et refusait de me dire pourquoi, je passais à la bibliothèque pour que tu les voies, et après, tu me disais lesquelles te plaisaient et lesquelles tu n'aimais pas. Tu te souviens de Jodie, avec son nez percé et ses cheveux verts coiffés à la Mohican ? Maman a failli tomber raide quand elle l'a vue. Mais quand on est passés chez toi, tu as offert de la tisane à Jodie, et tu l'as laissée te faire des petites nattes à l'africaine. On s'est bien amusés tous les trois. Au cours de l'année où on est sortis ensemble, on passait te voir une ou deux fois par mois. Elle t'adorait, tu sais. Et même maintenant, quand je la croise dans la cour du lycée, elle me demande toujours de tes nouvelles. Et tu te souviens quand je m'étais entiché de cette Jenny McCall ? Oh, je m'étais bien planté cette fois-là ! Personne pouvait la supporter, cette fille, mais moi je bandais pour elle comme un malade. Même si j'étais mort de honte quand elle ouvrait la bouche tellement elle était bête ! On est passés chez toi un soir, tu te souviens ? Et, deux jours après, tu m'as demandé ce que je lui trouvais de si spécial. J'avais rien à te répondre et ça m'a guéri vite fait ! Bref, ce que je voulais te dire, c'est que tu as été drôlement magique pour moi, tante Ro. Alors pas de panique, tout est cool. Je suis là pour toi, maintenant. Je ne te laisserai pas tomber, jamais.

De nouveau elle était au sein de l'eau glacée et s'efforçait de convaincre Claudia de la relâcher avant qu'elle n'ait plus assez d'air. Mais sa sœur ne semblait pas l'entendre, et elle s'épuisait, sentait ses bras et ses jambes se raidir.

« Je ne peux pas passer mon temps à te supplier. Si tu ne me relâches pas, je vais me noyer. »

« Si tu as si peur de mourir, pourquoi reviens-tu à moi tout le temps ? »

Oui, pourquoi revenait-elle inlassablement ? Elle ne voulait pas revenir !

Soudain, elle fut libérée, mais l'énergie lui manquait et elle mit bien du temps à regagner la surface. Son cœur battait à se rompre. Ses poumons réclamaient de l'air. Enfin, elle émergea, au moment même où sa bouche s'ouvrait, prête à engloutir l'eau salée. Elle était si faible qu'elle dut se laisser flotter sur le dos un long moment avant d'avoir la force de nager jusqu'à l'appontement où Mark l'attendait, les traits figés en un masque de colère et de peur.

— Il faut que tu renonces, l'avertit-il. C'est trop dangereux.

— Excuse-moi, haleta-t-elle. Je suis désolée.

Quelqu'un sonnait à la porte. Elle ouvrit, et son père était là, devant elle.

— Bonjour, Rowlie. Comment vas-tu, ma chérie ?

— Papa ! s'exclama-t-elle en se jetant à son cou, en le serrant de toutes ses forces.

Elle pleurait et riait à la fois en répétant « Papa ! Papa ! » plus heureuse qu'elle ne l'avait été depuis l'enfance.

Il la prit par les épaules, l'éloigna de lui et l'examina attentivement.

— Je savais bien que tu serais devenue une belle femme. Je suis ravi de te voir, ma chérie ! C'est vraiment merveilleux.

Elle secoua la tête par habitude, incapable de retenir ses larmes ou de cesser de sourire.

— Comment m'as-tu retrouvée, papa ?

— C'est ton ami Mark.

— Mark ?

— Oui. Il m'a appelé pour me dire qu'en triant les papiers de ta mère, tu avais découvert mes lettres. J'étais sûr que tu ne les avais pas reçues à l'époque, sinon, tu m'aurais répondu.

— Que je suis heureuse de te voir, papa. Tu n'as pas changé, tu sais. Tu es toujours le même.

— Oh, chaton, c'est cette machine à remonter le temps que j'ai prise. Elle va si vite que je suis tout étourdi. Mais regarde-toi ! On dirait une enfant. Après tout ce temps, c'est à peine croyable !

— Jeanne disait que tu ne nous aimais plus, mais je ne l'ai jamais crue.

— En tout cas, elle a eu la bonne idée de ne pas jeter mes lettres. Si elle l'avait fait, nous ne nous serions sans doute jamais retrouvés et cela aurait été dommage.

— Les gens se perdent. C'est triste, mais cela arrive, hein, papa ? On perd tellement de gens au cours d'une vie, des gens dont on était très proches parfois et pourtant, on ne se souvient ni de leur nom ni de leur visage. Ils sont comme des fantômes tapis dans les recoins obscurs de notre esprit.

— On ne perd jamais les gens qu'on aime, Rowlie. Ils ne sont pas toujours à portée de main, mais ils ne cessent pas d'aimer quoi qu'il arrive. Je n'ai jamais cessé de t'aimer, Rowlie.

— Mais pourquoi fallait-il qu'elle nous mente, qu'elle nous sépare ?

— Oublions le passé, chérie.

— Tu as raison, oublions-le. Je suis tellement heureuse de te voir.

— Tu ne peux pas savoir comme moi je suis heureux de te voir, Rowlie. Tu m'as tellement manqué ! Tu me pardonnes ?

— Mais il n'y a rien à pardonner, papa !

— Oh si ! J'aurais pu faire davantage d'efforts, me battre pour voir mes enfants. Seulement, je savais que c'était perdu d'avance. J'aimais ton frère et ta sœur, Rowlie, mais toi, tu étais ma joie, la lumière de ma vie. Tu étais la plus jolie et la plus vive des petites filles. J'étais heureux rien qu'à te voir. Pour être franc, je ne me suis jamais pardonné d'avoir si mal géré les suites de mon départ, et je n'ai jamais pardonné à ta mère sa cruauté.

» Elle voulait se venger, et elle savait que le meilleur moyen de me faire souffrir était de m'empêcher de te voir. Depuis des années, elle ne voulait plus de ce mariage, mais cela ne comptait plus. J'avais eu l'audace de la quitter et elle allait me le faire payer. Elle a réussi. »

— Pourquoi sommes-nous toujours censés pardonner les pires forfaits, pourquoi ?

— Je l'ignore, Rowlie. Apparemment, cela nous est dicté par la morale chrétienne. Pourtant, certaines choses ne sont pas pardonnables. Le temps fait son œuvre, atténue la douleur et permet d'oublier par moments. Mais pas de pardonner. Ma chérie, essayons d'oublier le passé. Nous sommes réunis et c'est tout ce qui importe. J'ai toujours cru que nous nous retrouverions un jour.

De nouveau elle était dans les profondeurs de l'eau sombre et glaciale, retenue captive par sa sœur. Pourquoi, mais pourquoi ne pouvait-elle être libre une fois pour toutes ? Pourquoi était-elle toujours obligée de plaider pour sa vie, de supplier ? Elle était si lasse, si lasse, et elle avait si terriblement froid !

« C'est ma nature. Mark a tenté de te le dire, mais tu n'as pas voulu l'entendre. Il disait vrai, pourtant. Et tu sais quoi, Ro ? Je pense que maman cherchait à se donner bonne conscience en s'efforçant de te maintenir dans mon ombre. Tu comprends ? Elle me donnait ce que je voulais, elle me portait aux nues à tes dépens parce qu'elle se sentait coupable. Elle savait que c'était sa faute si j'étais comme j'étais. Et, d'une certaine manière, je le savais aussi. Tu aurais dû écouter ton ami, Ro. »

« Je ne peux plus lutter contre toi, Claudia. Je suis trop lasse, trop faible. »

« Alors, ne reviens pas ! Personne ne t'y oblige. Mais chaque fois que tu reviens, il faut que je te retienne. Tu es tout ce que je n'ai jamais eu. Tu étais la seule personne dont je savais avec certitude qu'elle était réelle, la seule aussi à m'aimer vraiment. »

« Je t'aime encore et je t'aimerai toujours. Si tu me laisses partir cette fois, je ne reviendrai plus. »

« Je veux bien. Mais il faut que tu partes tout de suite, avant qu'il soit trop tard. Tu commences à mourir et je n'aime pas ça. »

« Adieu. »

Son corps n'obéissait plus. Ses jambes refusaient de fouetter l'eau, ses bras pendaient à ses côtés. Déjà, ses lèvres cédaient, prêtes à s'ouvrir, à avaler l'eau de la baie. La surface, la lumière du jour étaient si loin ! Trop loin… Jamais elle ne parviendrait là-haut.

Elle s'alourdissait quand Mark plongea dans l'eau, nagea vers elle en lui criant : « Ne désespère pas ! Surtout ne désespère pas ! Reste où tu es, je viens te chercher. »

Avec ce qui lui restait de force, elle parvenait tout juste à se maintenir en place. Enfin, elle sentit la main de Mark se refermer sur la sienne. Il la tirait avec lui.

« Tiens bien ma main, Ro, nous y sommes presque. Tiens bon, je vais te sortir de là. »

L'air était doux et délicieux ; le soleil réchauffait ses os glacés, dénouait les crampes de ses membres. Elle voulait ouvrir les yeux, mais cela exigeait d'elle un effort considérable. Lorsqu'elle y parvint enfin, tout était grotesque autour d'elle, déformé, comme si elle cherchait encore à voir sous l'eau. Peut-être qu'en s'asseyant… Mais lorsqu'elle tenta de soulever la tête, une douleur fulgurante lui traversa le crâne et elle renonça à tout mouvement. Son corps entier semblait vibrer de douleur, et elle avait la bouche si sèche qu'elle ne pouvait déglutir.

N'osant bouger que les yeux, elle vit Mark sur une chaise, à côté de son lit. Mark, dans des vêtements fripés, pas rasé, qui lui tenait la main. Elle tenta de parler mais ne put articuler un seul son. Sa langue semblait soudée à son palais desséché. Alors, elle serra doucement la main qui tenait la sienne.

Il se redressa, remua lentement la tête pour décrisper sa nuque. Puis il la regarda et, surpris, se leva brusquement de sa chaise pour se pencher sur elle. De nouveau, elle lui pressa la main, avant de glisser dans les ténèbres.

25

— Allons, Rowena, un petit effort, réveillez-vous.

La voix était mélodieuse, mais elle l'irritait à répéter ainsi toujours la même chose. Si elle pouvait se taire, la laisser s'enfoncer dans le silence, là où il n'y avait plus de lumière, plus de douleur.

— Allons, mon petit, ouvrez les yeux maintenant. Je sais que vous m'entendez, Rowena. Il faut vous réveiller.

N'ayant plus d'autre choix que de lutter contre le sommeil tentaculaire pour remonter vers la surface, elle ouvrit les yeux.

— C'est bien. Tenez-les ouverts à présent. Nous voulons vous voir éveillée pendant un petit moment.

La voix mélodieuse appartenait à une infirmière au visage rond et souriant qui se tenait près du lit.

— J'aurais cru que vous aviez assez dormi. Vous savez où vous êtes, mon petit ?

Rowena fit signe que non.

— A l'hôpital de Norwalk. Vous vous souvenez de l'accident ?

Léger hochement de tête en guise de réponse.

— Bien. Nous commencions à croire que vous alliez dormir jusqu'à la fin des temps. Soif ?

Nouveau hochement de tête.

L'infirmière versa de l'eau dans un verre à bec qu'elle plaça entre les lèvres de Rowena.

— Buvez un peu, vous vous sentirez mieux après.

Elle avala une goulée, puis une autre. L'eau fraîche se frayait un chemin à travers sa gorge sèche. Une sensation bien agréable.

— Mark ? demanda-t-elle dans un murmure. Il est ici, ou je rêvais ?

— Oh, ça, il est ici. Je l'ai envoyé se restaurer à la cafétéria. C'est tout juste s'il ne m'a pas fallu une barre à mine pour le dessouder de sa chaise. Il est là jour et nuit à veiller sur vous. Buvez encore un peu. Ensuite, je prendrai votre tension et votre température avant la visite du médecin. Votre tête vous fait mal, hein ?

Rowena fit signe que oui. L'infirmière lui tapota le bras pour la rassurer.

— On vous donnera un analgésique quand le médecin vous aura vue. Tenez bon, ce ne sera pas long. Et ne vous rendormez pas.

Elle dut pourtant s'assoupir car elle fut surprise en entendant soudain une voix d'homme. Ses yeux s'ouvrirent sur un petit personnage replet aux cheveux clairsemés, en apparence trop jeune pour être médecin. Il lui rappelait Bobby Engles, le meilleur ami de Cary qui habitait trois maisons plus bas, dans la rue.

— Bonjour. Je suis Len Rothbart, votre neurochirurgien. Je me réjouis de vous voir enfin éveillée. Comment vous sentez-vous, Rowena ?

— Mal à la tête.

— Cela n'a rien de surprenant. Vous avez pris un fameux coup qui vous vaut un joli traumatisme crânien. Pour le reste, rien de sérieux. Des bleus et des égratignures. Votre tête vous fera souffrir pendant une petite quinzaine de jours. Vous risquez d'avoir des nausées et de légers vertiges aussi.

Par sécurité, nous allons vous garder encore une semaine, peut-être davantage.

— Une semaine ?

— Au moins, oui.

Avec une petite lampe, il lui examina le fond de l'œil, puis l'intérieur des oreilles.

— Vous avez passé près de huit jours dans le coma.

— Huit jours !

— Oui. Vous nous avez causé des inquiétudes, Rowena. Combien de doigts voyez-vous ?

— Trois.

— Et maintenant ?

— Deux.

— Excellent.

Il souleva les draps et passa un objet pointu sur ses plantes de pieds, après quoi il répéta :

— Excellent.

— Des inquiétudes ? Pourquoi ?

— A deux reprises, votre respiration et votre cœur se sont dangereusement ralentis. Comme si vous aviez l'intention de nous quitter. Nous avons hésité à vous opérer pour soulager la pression crânienne. J'étais personnellement opposé à l'intervention, pensant que la méthode douce était plus sûre. J'avais raison puisque, les deux fois, tout est rentré dans l'ordre. Bref, comme je vous le disais, la semaine qui vient risque d'être un peu dure. Pas question de danser ou d'écouter du hard-rock pour le moment.

Il lui sourit et ajouta :

— Mais, rassurez-vous, vous serez bientôt comme neuve, en dehors d'une cicatrice qui restera un secret entre vous et votre coiffeuse. Vous avez des questions ?

— Une cicatrice ?

Il griffonna des notes dans son dossier, puis il lui tapota le bras comme l'infirmière l'avait fait plus tôt.

— Vous avez dix-neuf points de suture à la tête, que nous enlèverons demain ou après-demain. Et puis, je dois vous prévenir que vous n'êtes pas très en beauté. J'éviterais de demander un miroir si j'étais vous.

Elle commença à rire, s'interrompit et grimaça de douleur.

— Excusez-moi, dit le médecin, je n'aurais pas dû. L'infirmière va vous apporter des cachets pour vous soulager. Vous aurez sommeil pendant quelque temps et vous allez dormir beaucoup. Ne vous affolez pas, c'est tout à fait normal après un traumatisme crânien. D'accord ?

Elle acquiesça péniblement de la tête.

— Excellent. Ravi de vous revoir parmi nous, Rowena.

Il lui sourit, lui tapota de nouveau le bras et quitta la chambre.

Cinq minutes à peine s'étaient écoulées depuis qu'elle avait pris ses cachets, quand Mark parut au seuil de la porte. A la voir éveillée, un immense sourire éclaira son visage.

— Salut, lapin bleu, comment te sens-tu ?

— Mal.

— Ils t'ont donné quelque chose contre la douleur ?

— J'attends que ça fasse effet.

— Tu te souviens du crash, Ro ?

— Celui de 1929, ou le mien ?

Il éclata de rire.

— Bon, tu vas t'en tirer. Mais est-ce que tu te souviens ?

— Un vieux… dans une Cadillac… grillé le stop… Je suis rentrée dans un arbre.

— Une vieille, corrigea-t-il. La femme qui a appelé les urgences a tout vu. Elle a noté le numéro de la voiture, qui ne s'était même pas arrêtée. Ensuite, elle est restée près de toi en attendant les secours.

— Elle me parlait… me tenait la main… je ne sais même pas son nom.

— C'est Jenny. Lorsqu'elle a appelé la Mag pour me prévenir, j'ai eu un choc. Je suis parti comme un fou et je suis arrivé aux urgences cinq minutes après toi. Jenny avait suivi l'ambulance. C'est une vraie brave, Ro. Elle est venue te voir presque tous les jours.

Il s'interrompit, agita tristement la tête et reprit :

— Bon, je sais bien que tu as mal et qu'il t'est pénible de parler, mais pourrais-tu me dire pourquoi tu n'avais pas mis ta ceinture ?

— J'ai oublié, avoua-t-elle.

Et elle lui serra convulsivement la main tandis que les images de l'accident lui revenaient : l'arbre qui se précipitait vers elle ; elle-même qui tournait frénétiquement le volant pour l'éviter ; le bruit assourdissant de l'impact tandis que sa tête allait heurter le montant du pare-brise.

— Excuse… j'ai oublié…, répéta-t-elle, encore terrifiée à l'idée qu'elle aurait pu mourir.

— Ce sont des choses qui arrivent, Ro.

— Tu sais, j'ai rêvé… de toi… de Reid… de Kip… de mon père.

— Ils sont tous venus te voir.

Ces mots firent leur chemin dans son esprit, et elle se redressa brusquement sous l'effet de la surprise. Son crâne allait éclater. Les yeux fermés, elle le laissa retomber sur l'oreiller, lutta plusieurs minutes contre la nausée. Enfin, elle souleva les paupières et demanda :

— Mon père ici ?

— Oui. Il est avec Kip à la cafétéria.

— Ici ? Mais comment ?

— J'ai trouvé les lettres dans ta cuisine et je l'ai appelé. J'ai appelé tout le monde, Ro. Tous les gens de la Mag sont passés te voir, y compris Penny, et aussi tout le personnel du restaurant. Le noyau dur — Tony, Kip, ton père et moi —, nous nous sommes relayés chaque jour à ton chevet pour te parler. Nous étions convaincus que tu nous entendais.

— Je croyais… que je rêvais…

Des larmes coulaient doucement sur ses joues tandis que, pour la première fois, elle remarquait les fleurs qui encombraient la table au pied de son lit et couvraient le rebord de la fenêtre. Reid était donc venu la voir chaque jour ? Son père aussi ?

Mark prit un Kleenex et lui tamponna délicatement les yeux.

Non, elle n'avait pas rêvé. Et à présent, elle luttait contre le sommeil, désireuse d'être éveillée quand son père entrerait. Il était là, dans le bâtiment ! Hélas, déjà sa vue se brouillait, ses paupières se fermaient.

— Les cachets… font effet, balbutia-t-elle, incapable de garder les yeux ouverts plus longtemps.

— Oui, dors, repose-toi, dit Mark en lui caressant la joue. Je ne te quitterai pas.

Lorsqu'elle s'éveilla de nouveau, son père était assis à son chevet. L'esprit engourdi par les analgésiques, elle cligna des yeux plusieurs fois pour s'assurer qu'elle ne rêvait pas, puis elle lui tendit la main en murmurant :

— Papa.

— Bonjour, Rowlie. Comment va ma petite fille ?

— Je suis si heureuse de te voir !

De grosses larmes de joie roulaient sur ses joues.

— Tu veux boire, ma chérie ? s'enquit-il en lui essuyant tendrement le visage.

Elle acquiesça de la tête et il porta le verre à ses lèvres. Elle but plusieurs gorgées en l'observant. Mince et visiblement en parfaite santé, il faisait dix ans de moins que ses soixante-six ans ; ses cheveux, toujours épais, étaient devenus blancs et c'est à peine s'il avait pris quelques rides. Ses yeux étaient gris-bleu, comme dans ses souvenirs, et comme les siens.

— Oh, papa ! Tu as l'air en pleine forme. Comment se porte ta famille ?

Il se rassit et lui reprit la main.

— Bien, ma petite Rowlie.

— Parle-moi d'eux, papa.

— Alors voyons… Gwyn a vingt-sept ans maintenant, elle est institutrice dans une école de Boston. Derek vient d'en avoir vingt-cinq et il prépare un doctorat en sciences économiques à Yale. Rosie et moi travaillons toujours, mais nous pensons prendre notre retraite d'ici à un an ou deux. La vieille maison est toujours debout et une chambre d'amis t'y attend.

— Comme j'aimerais venir et rencontrer tout le monde !

— Tu viendras, va. Et ils sont tous très impatients de te connaître. Ils t'envoient des baisers et souhaitent que tu te remettes bien vite.

— Jeanne a menti, mais j'ai trouvé tes lettres.

— Je sais. Mark m'a mis au courant pour cette pauvre Claudia et tout ce qui s'est passé ces derniers temps.

— Elle ne s'est pas suicidée.

— Peut-être pas. Mais il vaut mieux que tu ne te préoccupes pas de cela pour le moment.

— Parle-moi de Jeanne, papa.

— Que veux-tu savoir, ma chérie ?

— Tout.

Il eut un petit rire et agita la tête.

— Cela risque de me prendre des semaines.

— Tu savais qu'elle buvait ?

— Bien sûr. Tout le monde buvait. Cela ne semblait pas

bien grave alors, mais ça l'était, et j'ai mis longtemps à le comprendre. Ta mère avait des problèmes dès le départ ; j'étais trop jeune pour m'en rendre compte, trop jeune pour savoir comment les aborder. Elle adorait les cocktails depuis toujours et elle tolérait bien l'alcool. C'est après ta naissance que tout a basculé. Du côté de son père, la famille ne comptait plus les alcooliques. Le vieux DeVilliers, ton grand-père, est mort de cirrhose, ainsi que l'un de ses frères et deux de ses sœurs. Genevieve, la sœur aînée de Jeanne, était déjà une alcoolique irrécupérable à l'âge de dix-huit ans. Si le vieux DeVilliers ne lui avait pas laissé une rente suffisante, elle n'aurait jamais vécu aussi longtemps.

— De quoi est-elle morte au juste ? D'après l'avis de décès, elle aurait été foudroyée par la maladie.

— Genevieve avait apparemment une personnalité fragile et il suffisait de peu pour qu'elle entre en crise. Quoi qu'il en soit, d'après ta grand-mère, cette malheureuse Genevieve se serait mise à boire sans cesse un hiver. Elle s'est soûlée au point qu'elle a oublié de monter le chauffage chez elle. Il y a eu un blizzard terrible et, pendant qu'elle était en coma éthylique, les canalisations ont gelé puis éclaté, provoquant une inondation. Revenue à elle, Genevieve est descendue pieds nus et à demi vêtue chercher de l'alcool en bas. Dieu seul sait ce qui s'est passé exactement, mais elle s'est retrouvée trempée comme une soupe. On l'a découverte sur le canapé, enveloppée dans une couverture avec une bouteille de whisky vide dans les bras. Elle était morte de froid. Sale histoire.

— Pourquoi as-tu épousé Jeanne ?

Il regarda au loin pendant quelques instants.

— Elle était belle, ma chérie. Très sophistiquée, et aussi dangereuse, je suppose. J'étais jeune, impressionnable, et absolument fou d'elle. Sa mère a bien tenté de me mettre en garde, de me dissuader. Une brave femme que Leila. Mais, évidemment, je n'ai rien voulu entendre. Je me revois assis dans sa maison de Greenwich pendant qu'elle me disait que je commettais une erreur en épousant Jeanne. Elle avait raison, je le savais, et je savais aussi que j'épouserais Jeanne envers et contre tout. Je croyais qu'elle changerait, que je saurais la changer. C'était de l'arrogance, peut-être même de la sottise. Je n'ai jamais pu changer personne, et ta mère n'avait pas l'intention de changer. Elle n'a fait qu'empirer avec le temps. Au bout du compte, il a fallu que je m'en aille. J'avais finalement compris que, si je restais, nous serions tous détruits. J'aimais ta mère, Rowena. C'était une sorte de folie. Je l'aimais comme un pilote de course aime la course tout en sachant qu'il peut se tuer d'une minute à l'autre, ou comme un drogué recherche sa drogue, sachant qu'il risque l'overdose. C'était dangereux, et en aucun cas une base saine pour une vie de famille. Tant que nous étions seuls, c'était une expérience enivrante que rien n'égalera jamais. Mais cela n'a pas duré. Nous avons eu des bébés, et je vous aimais, tous les trois. Vous étiez ma famille et ma santé mentale. A la fin, il m'a fallu choisir entre mes enfants et mon avenir. En vous quittant, j'ai pris la décision qui m'a coûté le plus. Mais j'étais encore jeune, je voulais vivre. J'avais touché le ciel et raclé le fond de l'abîme, j'avais envie de calme, de paix. Je sais bien que cela a l'air terriblement égoïste.

— Non, pourquoi ?

— Si, ma chérie, c'était de l'égoïsme. Je voyais le cauchemar s'étendre à perte de vue, avec Jeanne qui buvait de plus en plus, qui devenait chaque jour plus laide et plus méchante cependant que je sombrais dans le désespoir, me sentant pris au piège. Je ne pouvais plus vivre ainsi. C'était comme de partir à skis dans la poudreuse sur une piste en pente douce et de se retrouver soudain confronté à une descente à pic et verglacée. Il fallait que je me sorte de là avant que l'accélération ne m'entraîne vers une chute fatale.

— Je te comprends.

— Vrai ? dit-il en cherchant ses yeux.

— Vrai, papa.

— Tu as toujours eu le cœur tendre, Rowlie, et tu n'as pas changé.

— Que s'est-il passé après le divorce ?

— Nous devions partager la garde, mais elle ne me laissait pas approcher de vous. Mes parents ont proposé de témoigner pour moi si j'intentais un procès. Mais je connaissais trop bien Jeanne pour m'y risquer. Je savais que, quoi que décide le juge, elle ne me permettrait pas de vous voir. C'était son arme pour m'atteindre et elle était résolue à s'en servir aussi longtemps qu'elle le pourrait.

— Ce qu'elle a fait.

— Effectivement. Elle ne m'a jamais pardonné de m'être abstenu de boire avec elle. Et elle ne pouvait me pardonner de ne plus succomber à son charme après avoir été fou d'elle pendant des années. Elle en a déduit qu'elle avait perdu de ses attraits.

— C'était la vérité.

— Absolument. J'aurais dû me battre, faire davantage d'efforts pour chercher à vous voir, mais je craignais que Jeanne ne retourne sa colère et sa rancœur contre vous. Depuis toujours, elle vous confiait à des gouvernantes, de mauvaises et de passables, alors je me suis dit que vous vous en tireriez. Je m'en suis persuadé, il le fallait. Si vous aviez été entre les mains de votre seule mère, je serais parti en guerre pour vous arracher à elle. Mais j'étais sûr qu'elle ne changerait rien à ses habitudes. Elle était trop paresseuse, trop égoïste aussi. Je n'avais plus qu'à espérer que les gouvernantes seraient passables plutôt que mauvaises.

— Elles n'étaient pas si mal. On s'en arrangeait.

— Je suis heureux de l'apprendre. Tu sais, Rowlie, depuis des années, je t'imagine mariée avec une ribambelle de gosses. J'ai dû donner le mauvais exemple.

— Ce n'est pas toi, papa, c'est Jeanne et Claudia. L'exemple, c'était elles.

— Eh bien, en tout cas, tu t'es trouvé un bien gentil garçon.

— Mark est mon ami le plus cher.

— Il est super et il t'adore, mais ce n'est pas de lui que je parlais. Je pensais à Tony Reid.

Elle s'apprêtait à lui demander des explications quand elle se souvint que Mark était de ceux qui s'étaient relayés à son chevet.

— Nous ne sommes pas… J'ignore ce qu'est Tony Reid pour moi.

— Bon, écoute, ma chérie, je ne voudrais pas t'épuiser. Repose-toi, dors, et je reviendrai te voir demain matin. J'espère que tu me pardonneras, Rowlie, mais il faut que je rentre demain. J'ai une audience que nous avons déjà repoussée par deux fois et le juge ne veut plus rien entendre. Quand tu seras rétablie, tu pourrais peut-être venir nous voir ?

— J'en serais ravie !

— Alors, nous t'attendons. Nous préviendrons Gwyn et Derek pour que tu puisses rencontrer tout le monde.

Il se pencha pour poser un baiser sur son front, puis ajouta :

— Dors bien et à demain matin. Je t'aime, Rowlie.

— Moi aussi je t'aime, papa.

— Il y a trois jours que je suis réveillée. Pourquoi n'est-il pas venu me voir ?

— Tu es déçue ? s'enquit Mark.

— Non, mentit-elle. Juste curieuse.

— Il n'était pas certain d'être bien reçu, Ro. Entre nous, cela se comprend.

— Certes. J'aurais mauvaise grâce à lui en vouloir.

— Il t'aime pour de bon, lapin bleu. Il est venu te veiller nuit et jour, et je connais peu de types qui seraient prêts à cela.

— Peut-être, oui.

— C'est tellement certain que ça ne se discute pas. Quand il t'a sue hors de danger, il s'est retiré. Pour ton information, Ro, je tiens à te dire que cet homme est bon, et je l'aime beaucoup. Mais je ne te dirai pas ce que tu dois faire. D'ailleurs, tu ne m'écouterais pas.

— Peut-être que si. En général, je réfléchis à ce que tu me dis.

— En général, mais pas toujours.

— Pas toujours, c'est vrai. Mais pas parce que tu te trompes. Seulement, il y a des jours où je ne suis pas très futée.

— Là, c'est toi qui te trompes. Tu es toujours très futée, lapin. C'est l'assurance qui te fait défaut de temps en temps.

— En permanence, oui. Ecoute, Mark, pourrais-tu me rendre un service ?

— Tout ce que tu veux. Vas-y.

Emue par sa disponibilité, elle dut retenir ses larmes qui, depuis l'accident, semblaient toujours prêtes à couler.

— Pourrais-tu me sortir tout ce que tu trouveras sur le syndrome d'alcoolisme fœtal ?

— Bien sûr. Et on peut te demander pourquoi ?

— Si tu en as le temps, lis ce que tu trouveras, et vois si cela correspond à Claudia.

— Rowena, j'espérais que tu en avais fini avec cette histoire.

— Ce ne sera fini que lorsque j'aurai les réponses à mes

questions. Et certaines d'entre elles concernent ce syndrome. Mark, je t'en prie, rends-moi ce service.

— Puisque tu y tiens… Je t'apporte les résultats ce soir.

Il consulta sa montre et ajouta :

— Il faut que je file à présent. Marcia me remplace et j'ai promis de lui prendre un sandwich.

— Embrasse-la pour moi.

— Promis.

— Un dernier service ?

— Oui, quoi ?

— Tu pourrais me passer mon sac ?

— Ton portefeuille et tes bijoux sont dans le bureau de la surveillante.

— C'est le sac que je veux.

— Le miroir, hein ?

— Oui.

— Bon, mais je te préviens, tu n'es pas dans tes meilleurs jours.

— C'est ce qu'on m'a dit.

— Tu risques d'avoir un choc.

— Peut-être, mais je veux savoir. Tu ne voudrais pas savoir à ma place ?

— Si, admit-il.

Il alla dans le placard et en sortit son sac à main qu'il posa près d'elle, sur la table de chevet.

— Le déjeuner arrive, j'entends des pas dans le couloir. Aujourd'hui, tu as droit à un repas léger. Tu as faim ?

— Oui.

— Tant mieux.

Il déposa un bref baiser sur ses lèvres en murmurant :

— Je t'aime. A plus tard.

Et il sortit en coup de vent.

Consciente de désobéir, Rowena inspira profondément et

leva le miroir. Ce qu'elle y vit l'horrifia. Mark n'avait rien exagéré. Elle avait les deux yeux au beurre noir, le blanc de l'œil injecté de sang, le visage contusionné, enflé, déformé. Il y avait des traces de sang séché sous son nez, sur ses oreilles, et une entaille suturée de deux bons centimètres au-dessus du sourcil gauche. Son crâne était recouvert par un turban de gaze. Elle y portait la main quand Lorene, l'infirmière, entra.

— Pas bien joli, hein ? dit-elle en lui glissant le thermomètre sous la langue.

Elle lui prit le pouls tandis qu'une autre silhouette en uniforme déposait un plateau sur la table roulante. Lorene vérifia sa tension, nota les résultats sur la feuille de soins au pied du lit, puis elle souleva le couvercle du plateau et annonça :

— Hmm. Ça sent bon. Bouillon de poulet, biscottes, jus de pomme et gélatine à la cerise. Vous vous sentez de taille à manger toute seule, Rowena ?

— Je vais essayer.

Elle fit un signe de tête en direction du goutte-à-goutte.

— Quand va-t-on me libérer de ce truc ?

— Il faudra attendre encore un peu. Je vais vous redresser, d'accord ?

— Allez-y.

Le mouvement lui donna aussitôt la nausée.

— Oh, oh. Ça ne va pas, hein ? Je vais vous redescendre alors. C'est mieux comme ça ?

Les yeux fermés, Rowena luttait contre le malaise.

— Bon. Je vois que je vais encore jouer les mamans. Dieu sait que ce ne sera pas la première fois.

— Vous avez des enfants ? s'enquit Rowena en rouvrant les yeux sur l'infirmière souriante qui disposait une grande serviette sous son menton.

Lorene éclata de rire.

— Quatre grands enfants qui ont tous quitté le nid. Le plus jeune a vingt-quatre ans. J'ai aussi cinq petits-enfants. Bon. Voyons si la soupe veut bien passer.

Au bout de deux cuillerées, Rowena fut prise de haut-le-cœur. Lorene prit une bassine et attendit. Lorsque les spasmes se furent calmés, elle lui proposa de goûter la gélatine. Curieusement, le dessert sucré au goût de cerise synthétique parut délicieux à Rowena, qui parvint à vider la barquette et à boire un demi-verre de jus de pomme.

— Si vous gardez tout cela, je reviens vous décrocher le goutte-à-goutte, promit Lorene. De toute façon, je repasse dans une demi-heure avec des cachets pour calmer votre migraine. Mais, dites-moi, comment se fait-il que votre jules ne soit pas venu vous voir ?

— Reid n'est pas mon jules, marmonna Rowena, soudain lasse.

Elle en avait assez de tous ces gens qui insistaient pour les assortir.

— Il est… Il est…

Qu'était donc Reid, au juste ? Un ami ? Pas vraiment. Et en tout cas pas son amant, même si elle avait souvent fait l'amour en rêve avec lui.

Elle succomba au sommeil avant d'avoir trouvé à cette question une réponse satisfaisante.

26

Comme promis, Mark revint avec une enveloppe contenant des photocopies d'articles.

— Je n'ai pas eu l'occasion de les parcourir, chou. Cela devra attendre que tu rentres, je le crains.

— Sans problème. Ainsi, nous pourrons en discuter tous les deux… enfin, si tu veux bien.

Elle marqua une pause puis reprit, hésitante :

— Mark, à propos de Reid…

— Oui ?

— Vous avez passé pas mal de temps ensemble pendant que j'étais hors circuit et je me demandais…

— Ro, l'interrompit-il, je ne te dirai pas de quoi nous avons parlé, ce ne serait pas chic de ma part, alors ne m'interroge pas, s'il te plaît.

— Réponds tout de même à une question. Est-ce qu'il sait que je suis au courant pour la cassette ?

— Non. Il n'a pas abordé ce sujet et je ne voyais aucune raison de le faire.

— Bon. C'est tout ce que je voulais savoir.

Lorsque Mark l'eut quittée, Rowena tira les articles de l'enveloppe et tenta de lire. Prise aussitôt de vertige, elle dut y renoncer. Au quatrième jour, elle pouvait s'asseoir dans son lit sans que la pièce se mît à tourner, mais elle ne parvenait toujours pas à lire plus de deux lignes sans avoir la nausée. Au matin du cinquième jour, elle allait faire une nouvelle tentative quand Lorene entra dans la pièce.

— Une bonne nouvelle pour vous. Nous allons vous lever et vous asseoir sur une chaise pendant quelques minutes, le temps de changer vos draps.

A sa grande horreur, Rowena découvrit qu'elle n'avait pas de force. Il lui fallut s'appuyer sur Lorene pour aller du lit à la chaise. Là, elle eut la désagréable impression de s'asseoir pour la première fois de sa vie tant l'exercice lui semblait périlleux, tant il lui fallait se concentrer pour rester droite et ne pas perdre l'équilibre. Epuisée par l'effort, elle fut immensément soulagée d'être ramenée au lit et aurait volontiers sombré dans le sommeil. Mais Lorene avait d'autres réjouissances en tête.

— Si vous vous sentez d'attaque, j'ai pensé qu'un bain vous serait peut-être agréable.

— Oh, Lorene, quelle bonne idée ! Je dois sentir le moisi…

— C'est ce que je me disais. Reposez-vous un moment pendant que je mets tout en route.

Une fois dévêtue et dans l'eau, Rowena fut atterrée de voir son corps aussi meurtri que son visage. Elle en oublia même toute pudeur.

— Mon petit, vous n'êtes certes pas bien jolie, mais vous auriez dû voir l'état dans lequel vous êtes arrivée. Ça va ? Pas trop fatiguée ?

— Ça va. Dieu que c'est bon !

Jamais elle n'aurait cru qu'être vue nue dans une salle de bains d'hôpital par une quasi-étrangère la gênerait si peu mais, depuis l'accident, le seul fait d'être en vie lui importait par-dessus tout — bien plus que son état de décrépitude physique ou les atteintes mineures à son sens des convenances.

— Il est encore trop tôt pour un shampooing, mais nous allons tout de même vous débarrasser de ces traces de sang, dit Lorene.

D'une main douce, elle lui nettoya le front, le nez, le tour des oreilles, puis elle la savonna de la tête aux pieds tout en chantonnant à mi-voix. Rowena avait l'impression d'être baignée par une mère — tâche que Jeanne avait toujours déléguée aux gouvernantes. Détendue, confiante, Rowena s'abandonnait au plaisir de ce bain, à ces mains expertes, tendres et sûres.

— Vos enfants devaient adorer l'heure de la toilette, remarqua-t-elle.

— Dès leurs dix ans, tous les quatre étaient plus costauds que vous ne l'êtes. Vous ne mangez donc rien ?

— C'est vrai que je mangeais peu ces temps derniers, reconnut Rowena, encouragée par tant de franchise. Le plus drôle, c'est que je suis une bonne fourchette et que je tiens un restaurant.

— Ah oui ? Comment s'appelle-t-il ?

— Le Rendez-Vous, à New Canaan.

— Je ne connais pas. Mais nous n'allons pas très souvent par là-bas.

— Avant de partir, il faudra que je vous donne ma carte. Je serais heureuse de vous offrir le dîner un soir, à vous et à votre famille.

— Vrai ? s'enquit Lorene, à la fois émue et incrédule.

— Vrai. Vous serez les bienvenus. Vous n'aurez qu'à m'appeler pour me dire quand vous comptez venir.

— C'est très gentil à vous.

Rowena voyait bien que l'infirmière n'en croyait pas un mot et jouait le jeu par courtoisie.

— Je vous aime beaucoup, Lorene, et mon invitation est tout à fait sérieuse. Vous avez été très bonne pour moi.

Lorene la regarda longuement dans les yeux, puis elle déclara posément :

— Ce n'est pas bien difficile d'être bon envers vous.

De nouveau, Rowena avait les larmes aux yeux.

— Excusez-moi. Un rien suffit à me faire pleurer en ce moment.

Lorene éclata de rire.

— Il semblerait que l'accident ait libéré vos émotions. Allons, mon petit, il est temps de vous sortir de là.

Tout en la séchant comme si elle était l'une de ses enfants, Lorene reprit d'une voix pensive :

— Moi aussi je vous aime beaucoup, Rowena. Et je vais vous dire une chose. Ma mère nous répétait toujours que Dieu est amour mais pour moi, Dieu, c'est la façon dont on traite les autres. Ceux qui se conduisent bien même quand rien ne va plus donnent son sens à la vie.

— Entièrement d'accord, murmura Rowena.

Et, dans un élan spontané, elle serra l'infirmière dans ses bras. Surprise, Lorene partit d'un nouveau rire et lui rendit son étreinte.

— Oh, mais c'est qu'il va falloir mettre un peu de chair sur tous ces os ! commenta-t-elle. J'ai l'impression de serrer un sac de clous !

Sitôt au lit, Rowena s'endormit très vite. Elle fut tirée de son sommeil une heure plus tard par la sonnerie du téléphone. Sans doute, pensa-t-elle, s'agissait-il de son père, qui avait appelé tous les après-midi depuis son départ.

— Salut, tante Ro, comment tu vas ? demanda Kip au bout de la ligne. J'espère que je ne te dérange pas.

— Pas du tout, mon chaton, au contraire. Je vais bien et je suis heureuse de t'entendre.

— Et moi donc ! Je serais bien venu, mais j'ai pensé que ça te fatiguerait peut-être, et il faut que tu te reposes. Alors, j'ai pris le téléphone pour te faire un petit coucou. Hé, devine qui tient l'accueil à ta place ?

— Qui ?

— Moi ! Qu'en dis-tu ? Ian est venu me trouver en déclarant qu'il pouvait se passer d'un des garçons de salle mais qu'il avait vraiment besoin de quelqu'un à l'accueil. Tu parles que j'ai dit oui ! Du coup, je suis super-bien sapé tous les jours, veston, gilet, cravate, le lot, et je fais ton numéro. J'adore. J'ai même récolté deux ou trois pourboires.

— Bravo, Kip. On ne m'a jamais donné de pourboire à moi. Je suis très fière de toi.

— Ben moi aussi je suis assez fier de moi. Bon, je crois que je vais te quitter maintenant. J'avais tellement envie de t'entendre en vrai ! Quand est-ce qu'ils te libèrent, tu sais ?

— Avec un peu de chance, après-demain.

— Géant ! Si ça ne t'ennuie pas, je passerai te voir chez toi.

— Viens quand tu veux, je t'attends. Et merci de m'avoir appelée.

— Je t'aime très fort, tu sais !

— Moi aussi, je t'aime fort, répondit-elle, la gorge nouée d'émotion.

— Prends bien soin de toi, tante Ro. A bientôt.

Lorsqu'elle eut raccroché, elle tira l'enveloppe du tiroir de la table de chevet et en vida le contenu sur le drap. Cette fois, elle n'eut aucune peine à lire. Lentement, attentivement, elle étudia les articles dans le détail.

« … Ces enfants sont parfois hyperactifs, excessifs,

intrépides ; ils peuvent manquer de discernement dans leur comportement envers la famille comme les étrangers… Dans certains cas d'alcoolisme fœtal bénin, on note une incapacité à se conformer aux normes sociales en vigueur et à intégrer des conduites reposant sur la compréhension des causes et de leurs conséquences à terme. »

« … Les enfants souffrant du syndrome d'alcoolisme fœtal ont une mauvaise appréhension de la réalité et peuvent réitérer des comportements ayant produit dans le passé des résultats négatifs… Certains d'entre eux sont parfois en mesure d'utiliser un vocabulaire étendu sans en comprendre le sens, de sorte qu'ils peuvent passer pour plus compétents qu'ils ne sont… Ils ne tirent aucune leçon de leurs erreurs et ne saisissent pas la portée de leurs paroles. »

« … Des études effectuées sur des groupes de buveurs occasionnels ont mis en évidence certaines conséquences sur leur progéniture. Parmi celles-ci, on note une baisse du quotient intellectuel et un moindre taux de réussite scolaire, en particulier dans le domaine des mathématiques, ainsi que des problèmes d'attention et de mémoire… On note aussi des troubles du sommeil, du langage et du comportement, dont l'hyperactivité. L'alcoolisme fœtal est souvent responsable de l'échec scolaire. »

« … En résultent aussi certains problèmes de coordination motrice pouvant entraîner des difficultés à écrire ou à dessiner… Même les enfants d'intelligence normale peuvent manifester des défauts de coordination ou d'attention… Tout porte à croire que les formes bénignes de ces handicaps sont imputables à d'occasionnels abus de boisson pendant la grossesse. »

« … Des troubles du comportement comme le mensonge

systématique ou la rébellion contre toute autorité ont été mis en évidence chez de nombreux sujets… »

« … Un diagnostic précoce permettrait peut-être d'intervenir en vue de minimiser certains troubles du comportement secondaire. Cette perspective demeure cependant théorique dans l'état actuel des recherches, une étude récente ayant échoué à détecter le syndrome d'alcoolisme fœtal à la naissance dans cent pour cent des cas. »

« … L'absorption d'alcool pendant la grossesse est nocive au fœtus et peut occasionner des troubles divers d'ordres physique, psychique et comportemental, qui handicaperont le sujet exposé tout au long de sa vie. »

« … Des études réalisées sur l'animal et sur l'homme démontrent que l'absorption d'alcool pendant la grossesse altère le développement cérébral du fœtus et, par suite, le comportement du bébé et de l'enfant, même en l'absence de toute anomalie d'ordre physique. Les enfants de buveurs modérés peuvent manifester une nervosité extrême ainsi que des troubles du sommeil. »

« … Le seuil à partir duquel le fœtus est en danger n'est pas encore connu avec précision. On admet qu'une femme qui absorbe quotidiennement trente grammes d'alcool ou plus risque de compromettre les chances de son enfant… Une étude portant sur 31 604 naissances a démontré que même les femmes qui boivent moins d'un verre d'alcool par jour donnent plus souvent naissance à des bébés de poids inférieur à la moyenne… Tout porte à croire qu'un unique épisode de beuverie peut nuire gravement à l'enfant à naître. »

Ayant achevé la lecture des articles, Rowena comprenait enfin ce qui s'était passé. Jeanne avait absorbé suffisamment d'alcool au cours de sa grossesse pour donner naissance à une enfant souffrant de troubles divers, allant des simples difficultés à écrire et compter aux fréquentes insomnies doublées de problèmes relationnels. Aucun doute, Claudia avait été victime de l'alcoolisme fœtal.

Rowena était particulièrement satisfaite de voir ses déductions ainsi confirmées, d'autant que ce diagnostic jetait sur Claudia une lumière nouvelle et la rendait pardonnable. Sa sœur était venue au monde handicapée, mais de manière si subtile qu'il devenait presque impossible de rattacher ses troubles à un mal aussi complexe qu'insidieux. A un moment donné, Jeanne avait dû s'en rendre compte, reconnaître à retardement l'exactitude des propos que sa mère lui avait tenus le jour où elle, Rowena, avait surpris leur dispute, tapie derrière la cloison. Et c'était pour cela, parce qu'elle se sentait coupable, que Jeanne avait toléré la dépendance de sa fille, s'était laissé insulter par elle sans protester. Et c'était pour cela qu'à sa mort, elle avait supplié Rowena de comprendre. Rowena avait cru comprendre, mais il n'en était rien. Aujourd'hui, enfin, elle comprenait. Si Jeanne avait laissé la maison et le gros de ses biens à Claudia, c'est que Claudia était incapable de subvenir à ses propres besoins. Jamais elle n'avait appris les leçons qui lui auraient permis de garder un emploi et de gagner sa vie.

Rowena achevait de ranger les articles dans leur enveloppe quand on frappa à sa porte. Le battant s'ouvrit sur un Ian hésitant.

— Je ne vous dérange pas ? s'enquit-il.

Elle lui sourit.

— Pas du tout, Ian, entrez donc.

Comme toujours, il était élégamment vêtu d'un costume de lainage marine, d'une chemise de coton blanc à fines rayures bleues et d'une cravate de soie rouge. Son eau de toilette avait un léger parfum de pomme verte et il tenait à la main plusieurs petites barquettes en aluminium alimentaire.

— Sachant que les hôpitaux ne sont pas précisément des relais gastronomiques, j'ai demandé à Philippe de vous préparer un repas léger. J'espère que vous ne m'en voudrez pas.

— Au contraire, Ian. Voilà bien longtemps que je n'ai rien mangé de bon !

Il déposa les barquettes sur la table ainsi que des serviettes en papier et des couverts en plastique, puis il se tourna vers elle.

— Je peux m'asseoir un moment ?

— Je vous en prie.

Il s'installa sur la chaise et la considéra, soucieux.

— Comment vous sentez-vous, Rowena ? Tout le monde s'est inquiété pour vous. Je serais venu vous voir plus tôt si je n'avais craint de vous importuner.

— Je sais bien que j'ai une tête à faire peur, Ian, mais je me sens beaucoup mieux. Je devrais être en mesure de rentrer chez moi après-demain.

— Voilà une bonne nouvelle ! Entre-temps, si je peux vous rendre service ?

— Merci, je n'ai besoin de rien. J'ai parlé à Kip tout à l'heure. Il m'a dit qu'il était à l'accueil. C'est une riche idée que vous avez eue là.

— Comme vous le savez, Kip est un garçon très affable. Il s'en tire à merveille et j'ai pris la liberté d'augmenter son salaire. J'ai pensé que vous n'y verriez pas d'objection.

— Bien sûr que non. Tout se passe bien au restaurant ?

— Très bien, oui.

Il la dévisageait, rigide, sans pouvoir se détourner d'elle. Son embarras sautait aux yeux. A l'évidence, les hôpitaux et les visites à des amis souffrants le mettaient mal à l'aise.

— Cet accident est regrettable, poursuivit-il. Nous avons eu très peur pour vous.

— J'ai eu de la chance de rouler en Mercedes. Si j'avais conduit ma Honda, je serais sans doute morte sur le coup.

— Vous avez eu de la chance, en effet.

Il consulta sa montre, se leva et ajouta :

— Il faut que j'y aille. Je passais juste dire bonjour et vous apporter votre repas.

— C'est une attention touchante, dit Rowena, sincère, en lui tendant les bras.

Ian hésita, puis il se pencha pour poser un bref baiser sur sa joue.

— Nous aurons tout le temps de parler tranquillement une fois que vous serez chez vous.

— Oui. Et encore merci pour le déjeuner. Faites mes amitiés à tout le personnel.

— Je n'y manquerai pas. Et j'espère que le menu de Philippe vous conviendra.

Il lui sourit une dernière fois avant de quitter la pièce. Rowena achevait un blanc de poulet poché accompagné d'une sauce blanche à l'estragon et de riz sauvage quand Len Rothbart entra.

— Je vois que la nourriture de la maison ne vous plaît pas, observa-t-il, amusé.

— Pas trop, non.

— Je ne saurais vous en tenir rigueur.

Il décrocha la feuille de soins au pied du lit et ajouta tout en l'examinant :

— Comment vous sentez-vous ?

— Beaucoup mieux. J'ai réussi à lire sans avoir de nausées.

— Excellent.

Il remit la feuille de soin en place et s'approcha pour examiner la plaie de son crâne.

— Bon. La cicatrisation s'opère normalement.

Une fois de plus, il vérifia le fond de l'œil et l'intérieur des oreilles.

— Parfait… Je pense que nous pourrons vous laisser partir dès demain, Rowena.

— Vraiment ?

C'était une bonne nouvelle mais, étant donné son extrême faiblesse, elle craignait que ce ne fût un peu prématuré.

— Vous trouvez que c'est trop tôt ? s'enquit-il, les mains dans ses poches de blouse.

— C'est que… je n'ai pas beaucoup de forces.

— Elles reviendront bien vite dès que vous serez chez vous. L'hôpital a pour politique de renvoyer les patients chez eux dès que possible et je pense que vous y êtes prête. Vous avez quelqu'un à proximité pour vous aider ? Vous aurez besoin d'un coup de main les premiers temps et, si vous êtes seule, je peux vous garder encore quelques jours.

— Mark sera là pour m'aider.

— Bien. Vous serez beaucoup mieux chez vous, croyez-moi. Mark pourra-t-il venir vous chercher demain après-midi ?

— Sans problème.

— Excellent. Vous rentrez donc chez vous, où vous mangerez ce qui vous plaît pour reprendre des forces. Et je veux vous voir dans une semaine à mon bureau. Allez-y doucement, ne forcez pas trop et, si vous avez la moindre inquiétude, appelez le bureau immédiatement. Mais cela ne devrait pas être nécessaire.

Il lui tendit la main et ajouta :

— Prenez soin de vous, Rowena, et n'oubliez pas de boucler votre ceinture en voiture.

Il se retourna pour partir puis, se ravisant, pivota brusquement sur ses talons.

— Au fait, comment s'appelle votre restaurant ? J'aimerais y venir un soir avec ma femme.

— Le Rendez-Vous, à New Canaan. Vous serez les bienvenus. Cette fois, c'est moi qui vous soignerai.

— D'accord. Mais nous attendrons encore un peu que vous soyez tout à fait remise.

Sur ces mots, il sortit de la chambre.

Avec l'aide de Lorene, Rowena enfila les vêtements que Mark lui avait apportés la veille au soir et alla s'installer dans le fauteuil roulant. Sur le perron de l'hôpital, les deux femmes s'étreignirent en s'embrassant.

— Et surtout, Lorene, je vous attends au restaurant. Je compte sur vous, hein ?

— Sans faute. Mais allez-y doucement, Rowena. Mark, veillez à ce qu'elle ne force pas.

— J'y veillerai, faites-moi confiance.

— Vous, je vous crois. C'est d'elle que je doute.

Rowena s'installa à la place du passager avec l'aide de Mark et, quelques instants plus tard, ils étaient en route. Rowena avait l'impression de rentrer chez elle après des mois d'absence.

— J'ai fait les courses pour toi et rempli tes placards et, comme je suis l'efficacité personnifiée, j'ai aussi prévenu l'assurance de l'accident. L'expert a vu la Benz. Diagnostic : elle est fichue. Partie même à la casse. Tu n'as plus qu'à signer le constat, et tu recevras par retour de courrier un chèque pour la valeur à l'argus de la Benz, moins l'avenant.

— Tu es une vraie merveille, Mark. Merci.

— De rien. Si tu es un gentil chaton et que tu promets de te tenir tranquille, je te permets de jouer les invalides sur le canapé du salon.

— Je serai un gentil petit chaton, dit-elle en lui effleurant affectueusement la joue. Je suis si contente de rentrer chez moi !

— Moi aussi je suis content. Je me suis arrangé pour ne travailler que le matin jusqu'à ce que tu tiennes sur tes pieds. L'après-midi, nous regarderons les feuilletons et nous jouerons au Scrabble. Le programme te convient ?

— Parfait.

Il lui jeta un bref coup d'œil.

— Il faudra encore quelques semaines avant que tu cesses de ressembler à la pauvre rescapée d'un massacre au rasoir.

Elle éclata de rire et se tourna pour regarder par la vitre en murmurant :

— C'est si bon d'être en vie !

Bientôt, elle aurait toutes les réponses à ses questions. Le cauchemar prendrait fin et elle pourrait aller d'un pied léger vers l'avenir.

27

Le lendemain matin, Penny appela.

— Ne raccroche pas, Ro ! Je tenais à te dire à quel point je suis heureuse que tu sois tirée d'affaire.

— Je ne raccrocherai pas. Comment vas-tu, Penny ?

— J'ai la tête plus claire qu'il y a quelques semaines.

— Voilà une bonne nouvelle.

— Je te demande pardon, Ro. Je me suis conduite comme une vraie folle.

Rowena éclata de rire.

— Certes, je ne le nierai pas.

— Je sais aussi que j'ai détruit notre amitié et je le regretterai toute ma vie. Mais je t'aime toujours, Ro, et je ne chercherai plus à m'interposer entre Kip et toi. Tu comptes beaucoup pour lui.

— Et lui pour moi, Penny. Mais je n'ai jamais eu l'intention de l'influencer ou d'usurper ta place.

— Je sais, je sais. J'étais complètement à côté de la plaque. En tout cas, prends soin de toi maintenant, d'accord ?

— Toi aussi, Penny, et merci de ton coup de fil.

A peine avait-elle raccroché que le téléphone sonnait de nouveau. Elle décrocha, croyant que Penny rappelait, et elle l'espérait presque, tant il lui semblait qu'elles avaient à se dire. Mais ce n'était pas Penny.

— C'est bien Rowena ? demanda une voix douce, grave et familière, qu'elle ne put cependant identifier.

— Oui.

— Bonjour. Ici Jenny Nichols.

— Ah ! J'avais cru reconnaître votre voix. Comment allez-vous ?

— Moi, très bien. Mais vous ?

— Je vais beaucoup mieux. C'est gentil à vous de m'appeler.

— J'ai eu très peur pour vous, Rowena. Tandis que nous attendions l'ambulance, je ne pensais qu'à vous faire parler… j'avais dû lire cela dans un livre ou un journal. Mais la situation avait quelque chose d'étrangement irréel, comme si nous étions en contact sur un autre plan… c'était une expérience… quasi mystique.

— Je sais. J'ai eu la même impression.

Jenny Nichols laissa échapper un soupir audible puis elle partit d'un rire soulagé.

— Je craignais que vous ne me preniez pour une allumée du New Age ! Voyez-vous, pendant que nous attendions, j'avais le sentiment que vous alliez mourir et que j'avais le devoir de vous maintenir en vie.

— Si je suis là, c'est sans doute grâce à vous.

— Je ne crois pas, non. Mais ce qu'il y a de curieux, c'est qu'il fallait que j'aille jusqu'au bout, que je sache que vous étiez hors de danger. Maintenant que je vous sais sauvée, je suis libre de vous laisser aller votre chemin. J'espère que tout cela a un sens pour vous.

— Oui, je comprends. Mais avant de me laisser aller mon chemin, j'aimerais que vous veniez dîner un soir au Rendez-Vous. Vous serez mon invitée.

— Excusez-moi, Rowena, ce n'est pas de la grossièreté de ma part, mais je suis superstitieuse. Je pense que nous avons rempli notre… disons « contrat » faute d'un terme plus approprié, et ce serait une erreur de chercher à forcer le destin. Alors, je propose que nous nous quittions en nous souhaitant bonne chance.

— Très bien, acquiesça Rowena, la gorge nouée par l'émotion. Je vous souhaite bonne chance, Jenny Nichols.

— Bonne chance à vous, Rowena Graham. Que Dieu vous garde.

— Adieu.

Au déjeuner, Rowena rapporta cette conversation à Mark.

— C'est très zen, commenta-t-il. Cela me plaît bien. Elle a de la classe, cette femme.

Rowena avala plusieurs cuillerées de la soupe aux champignons confectionnée par Mark et poursuivit :

— Ensuite, mon père a appelé. Quand je lui ai parlé des articles concernant les effets de l'alcool sur le développement fœtal et ses conséquences, il a été d'accord pour dire que cela s'appliquait à Claudia.

— Au vu de ces articles, je dois reconnaître que je suis d'accord aussi. Bizarre que personne n'y ait jamais pensé.

— C'est justement le problème de cette pathologie. C'est un mal subtil, insidieux. Pour faire le diagnostic, il aurait fallu vivre avec Claudia en permanence.

— Toutes ces années de consultations psychiatriques pour rien, quel gâchis !

Tandis qu'il beurrait une tartine de pain croustillant, elle expliqua :

— Ils ne traitaient qu'un symptôme, un problème à la fois. Personne n'avait une vue d'ensemble du tableau clinique. Personne ne pouvait savoir, en dehors de la famille. Par exemple, quand elle était petite, elle manquait d'attention au point de s'agiter avant même qu'on ait commencé à lui dire quelque chose. Si les calculatrices avaient alors existé, elle n'aurait jamais appris à faire une addition à deux chiffres. Elle avait une écriture affreuse. Mais le pire, c'est qu'elle était absolument incapable de se mettre à la place des autres. Elle n'avait pas idée de ce qu'ils éprouvaient. Et elle s'en fichait comme de l'an mille. A présent, je crois que ses comportements, ses réactions étaient appris. Elle n'était pas sotte, loin de là, mais elle avait un trou noir en guise de siège des émotions. Et elle était absolument incapable de se refuser le moindre plaisir.

— Ton père a confirmé l'alcoolisme de ta mère ?

— Oui.

Elle s'interrompit pour finir sa soupe.

— C'est délicieux, Mark.

— Tu en veux encore ?

— Merci. Pas tout de suite.

— Et tu crois que Jeanne savait ce qu'elle avait infligé à Claudia ?

— Initialement, je pense qu'elle se sentait surtout coupable de ne pas avoir voulu l'enfant. Claudia était le résultat accidentel des efforts déployés par Jeanne pour ranimer le désir de papa. Par la suite, elle a bien dû s'apercevoir que quelque chose chez Claudia ne tournait pas rond, et elle s'est sentie plus coupable que jamais, au point de compenser comme une malade. Je pense que Claudia elle-même était consciente que quelque chose clochait chez elle et qu'elle en rendait Jeanne responsable. Après le départ de papa, elles se sont mises à jouer un sale jeu toutes les deux — genre je t'aime, je te hais. Prises dans ce cercle vicieux, elles étaient totalement dépendantes l'une de l'autre. C'était moche, et je ne supportais pas d'être avec elles. Je sais que j'ai refoulé tout un tas d'incidents qui se sont produits devant moi, et j'ai refusé de voir le reste.

— Alors, tu acceptes son suicide, désormais ?

— Non. Je pense qu'il existe un lien entre ce que j'ai découvert et sa mort, mais je ne crois absolument pas qu'elle se soit suicidée.

Mark soupira.

— Ça va finir un jour, ce truc, Ro ?

— Oh oui. Cela ne devrait plus tarder, j'y suis presque.

— Bon. Si tu as terminé ton repas, il est bientôt l'heure des feuilletons. Ensuite, le lapin bleu va prendre un bain et faire une petite sieste.

— Bien, chef !

Elle allait s'endormir dans la baignoire quand Mark lui cria de la chambre :

— Il est temps de sortir maintenant. Tu te débrouilles toute seule ou tu veux un coup de main ?

— Je crois que je peux m'en tirer.

Il lui fallut deux bonnes minutes pour se hisser hors de la baignoire, mais elle y parvint. Epuisée par l'effort, elle dut cependant s'asseoir pour se sécher et enfiler un pyjama propre.

— Tout se passe bien là-dedans ? s'enquit Mark, soucieux.

— Ça dépend de ce que tu entends par bien. Mais je suis enfin prête à sortir.

Il alla la rejoindre, la souleva du tabouret de bois peint et la porta jusqu'au lit.

— Bon. Au dodo maintenant.

— J'ai l'impression d'être un bébé !

— Profites-en bien, cela ne durera pas. Bonne sieste.

Lorsqu'elle s'éveilla, elle regarda machinalement le réveil

et vit le message que Mark avait calé contre le cadran : « Je suis rentré chez moi. Je reviens pour le dîner. »

Elle sourit, déplaça le message et constata qu'il était 17 h 15. Fermant les yeux pour goûter quelques minutes encore le plaisir d'être dans son lit, elle se rendormit et ne s'éveilla que quand Mark vint lui tapoter le nez du bout du doigt.

— Il est temps pour les lapins bleus de redescendre d'un étage. Au menu, pâtes fraîches, mozzarella et poulet fumé.

— Pourquoi ne pas me laisser dormir jusqu'à ce que ce soit prêt ?

— Tu te crois où, princesse ? Allons, debout !

Il tira les couvertures et attendit qu'elle se lève. Rowena insista ensuite pour descendre sans son aide.

A mi-chemin de l'escalier, Mark soupira :

— J'aurais pu tricoter un pull le temps que tu descendes.

— Tu tricotes ?

— Je ne sais pas tricoter, non. Mais j'aurais pu apprendre *et* tricoter un pull le temps que tu descendes. Si tu tombes, je t'assassine !

— Ne t'inquiète pas, je ne tomberai pas, dit-elle en riant.

— Oh, tu ne tomberas pas, je te fais confiance. Tu vas seulement me donner trois crises cardiaques à force d'en avoir l'air.

— Arrête, Mark, s'il te plaît ! hoqueta-t-elle.

Elle riait si fort qu'il lui fallait s'accrocher à deux mains à la rampe.

Mark se décida à la précéder et s'assit en tailleur au pied de l'escalier, consultant sa montre à intervalles répétés et feignant de bâiller.

— Mark, arrête ton cirque, tu me déconcentres !

— Bon, bon, acquiesça-t-il en croisant les bras sur sa poitrine.

Lorsque, finalement, elle parvint dans le salon, elle lui donna une tape sur la tête avant de s'installer sur le canapé.

— C'est tuant de jouer les infirmiers, déclara Mark.

Au même moment, on sonna à la porte.

— Tiens. Qui cela peut bien être ? se demanda Rowena.

— Bonne question. Si j'allais voir ?

Elle l'entendit ouvrir, échanger quelques mots inaudibles avec quelqu'un puis, à sa grande consternation, Tony Reid parut au seuil du salon, suivi de près par Mark.

— Tu veux boire quelque chose, Tony ? Un café ?

Reid semblait hésiter.

— Le café ne serait pas de refus. Comment vous sentez-vous, Rowena ?

— Je me suis déjà sentie mieux, en d'autres temps.

Son cœur battait à se rompre. Rien ne l'avait préparée à cette visite.

— Assieds-toi, Tony, dit Mark.

Puis il se tourna vers Rowena, lui intimant du regard l'ordre de bien se conduire.

— Tu veux boire quelque chose, Ro ?

— Ecoutez, tous les deux… C'est peut-être prématuré, commença Reid, gêné.

Mark l'ignora, lui demanda en souriant s'il prenait du lait dans son café.

— Non, je le bois noir. Merci, Mark.

— Et toi, Ro ? Un café ?

— Oui, pourquoi pas. Mais avant, cela ne t'ennuierait pas de m'aider jusqu'aux toilettes ?

— Pas de problème.

En un clin d'œil, il était auprès d'elle.

— Asseyez-vous, Reid, je vous en prie. Je ne serais pas longue.

— Je pourrais peut-être revenir une autre fois…

— Non, non, asseyez-vous. J'en ai pour deux minutes.

Dubitatif, Reid s'approcha d'un fauteuil tandis que, soutenue par Mark, Rowena se traînait aussi vite que possible jusqu'au cabinet de toilette au fond du couloir.

— Comment as-tu osé me faire une chose pareille ! murmura-t-elle d'un ton courroucé. Je ne suis pas prête à voir qui que ce soit, lui moins qu'un autre !

— Rowena, ne sois pas ridicule, s'il te plaît ! Il ne sait pas que tu es au courant de sa petite aventure avec ta sœur, et il ignore que tu l'as voué aux gémonies dans un moment d'égarement.

— N'empêche, tu n'avais pas le droit de m'imposer ça sans même me consulter !

— Tu vas grandir un jour ? Ce type est un vrai brave et vous tenez l'un à l'autre. Alors, tu vas arrêter tes conneries, tirer la chasse d'eau comme une grande pour faire croire que tu as fait pipi, et retourner dans le salon avec le sourire, vu ?

— Nous en reparlerons. Tu auras de la chance d'en sortir vivant !

— Au secours, j'ai peur…

Sur ce, il disparut en direction de la cuisine.

Lorsqu'elle revint en traînant les pieds, Reid était toujours debout, hésitant et néanmoins tout prêt à l'aider.

— Je suis un peu rouillée, mais ça va, lui dit-elle.

Elle regagna le canapé et s'y laissa tomber avec un soupir puis, nerveuse, tendit la main vers ses cigarettes.

— Je crains que ce ne soit pas une bonne idée, Rowena.

— Sans doute, mais je vais tout de même en fumer une.

Elle alluma la cigarette, aspira une bouffée et fut aussitôt prise de vertige et de nausée, au point qu'elle crut s'évanouir.

Reid vint lui prendre la cigarette des mains, l'éteignit et resta auprès d'elle.

— Je vous avais prévenue. Mettez la tête en arrière et fermez les yeux une minute ou deux.

Trop faible pour protester, elle obéit. Quelques instants plus tard, elle entendit la voix de Mark :

— Qu'est-ce qui se passe ?

— Rien de grave. Rowena a voulu fumer.

Elle rouvrit les yeux.

— Il m'avait mise en garde, et il avait raison.

— Sotte, va ! dit affectueusement Mark. Bon, buvez vos cafés, tous les deux. Si vous avez besoin de moi, je suis dans la cuisine.

Reid prit une chope et la tendit à Rowena, puis il s'assit sur le canapé, enveloppa l'autre chope de ses immenses mains et resta un moment pensif.

— Pourquoi êtes-vous fâchée, Rowena ? demanda-t-il enfin.

— Je n'aime pas les surprises. Je n'attendais pas de visite.

— Si vous aviez changé d'avis, pourquoi ne pas m'en avoir averti au lieu de jouer à cache-cache comme vous l'avez fait ? Je n'aime pas me sentir ridicule.

— Moi, je n'aime pas qu'on me mente.

Il but une gorgée de café et posa la chope sur la table.

— Je vous ai menti ? A quel propos ?

— A propos de Claudia. De vos rapports avec elle et de votre diagnostic.

— Un diagnostic n'est jamais qu'une hypothèse de spécialiste. J'ai pu me tromper, mais je ne vous ai pas menti sur mes conclusions.

— Vous aviez une liaison avec ma sœur. Inutile de le nier.

Les mots avaient à peine quitté ses lèvres qu'elle plongea dans le bleu incomparable de ses yeux en se demandant pourquoi elle l'interrogeait ainsi. Cela n'avait vraiment pas grande importance et puis, elle n'avait aucune envie de le blesser.

Il se redressa, une lueur de curiosité dans le regard.

— Qu'est-ce qui vous le fait croire ?

— Voyez-vous, Reid, ma sœur avait un hobby. Elle filmait ses rencontres sexuelles.

Sa pâleur naturelle s'accentua encore. Il détourna les yeux, regarda dans le vide, comme s'il réfléchissait aux implications de ce qu'il venait d'apprendre.

— Des vidéos, hein ? murmura-t-il en se tournant vers elle, horrifié.

A le voir si bouleversé, elle eut pitié de lui et presque honte d'elle-même. Il était là, assis sur le bord du canapé, prêt à prendre la fuite.

— Si je comprends bien, vous avez la cassette, et vous l'avez regardée.

— Je l'ai regardée. Elle a été détruite depuis.

Il se passa une main dans les cheveux puis se frotta les yeux.

— Eh bien, voilà qui explique beaucoup de choses.

— Vous m'avez menti, répéta-t-elle.

Elle se faisait l'effet d'une enfant entêtée mais, ayant commencé, elle ne pouvait s'arrêter en si bon chemin.

— Voyons, Rowena, soyez raisonnable, tout le monde ment. Tout le monde. Je n'allais tout de même pas crier sur les toits que j'avais commis une erreur stupide. Une erreur qui se révèle maintenant plus stupide que je ne le pensais.

Il en était si démonté qu'elle éprouvait le besoin de

le réconforter. Elle posa une main sur son épaule en lui disant :

— Vous ne croyez pas que j'ai le droit de connaître enfin la vérité, Reid ?

— Je suppose que si.

Il reprit sa chope, but un peu de café et resta un moment à scruter le liquide noir.

Songeant qu'elle s'y était décidément mal prise, qu'elle avait tout gâché, Rowena ôta la main de son épaule, but un peu de café à son tour en attendant qu'il reprenne la parole.

— C'était un coup monté, déclara-t-il finalement. Mais je m'en suis aperçu trop tard. Une nuit de l'automne dernier, elle a appelé mon service à une heure avancée, prétextant une urgence. Quand je l'ai rappelée, elle m'a dit qu'elle était profondément déprimée, qu'elle allait se tuer si elle ne parlait pas à quelqu'un. Officiellement, elle n'était plus de mes patientes, mais j'ai tout de même accepté d'aller la voir.

De nouveau, il leva les yeux vers Rowena et poursuivit en la regardant :

— Je l'ai crue. Elle m'a paru réellement suicidaire. Elle m'a donné les noms des médicaments qu'elle avait eus sur ordonnance et qu'elle se proposait d'engloutir avec du gin, de la vodka ou je ne sais quoi. Je ne m'en souviens plus et c'est sans importance. Elle m'a dit qu'elle avait tout préparé, qu'elle ne voyait aucune raison de continuer à vivre. Quelque chose dans sa voix m'a fait peur et je suis arrivé au plus vite.

Rowena frissonna. Elle s'était attendue à tout autre chose. Fascinée, elle observait les traits de Reid, y lisait le dégoût qu'il avait de lui-même, un sentiment qu'elle ne connaissait que trop bien. Elle était tentée de le lui dire, mais elle s'en abstint.

— Poursuivez, je vous prie.

— Quand je suis arrivé, la porte d'entrée était entrouverte, ce qui m'a semblé bizarre. Je l'ai appelée, et elle m'a répondu d'une voix à peine audible qu'elle était à l'étage. J'ai monté l'escalier en courant. Elle était étendue sur son lit, complètement nue, et elle riait, visiblement ravie de m'avoir attiré dans ce piège. Fou de rage, je lui ai dit ce que je pensais d'elle, mais sans attendre que je finisse, elle s'est jetée sur moi.

Il agita tristement la tête, baissa les yeux sur le fond de sa chope.

— Pendant toute la séance, la rage ne m'a pas quitté. J'étais furieux contre elle, contre moi, furieux qu'elle m'ait piégé, furieux de ne pas contrôler mes réactions. Je me répétais qu'il fallait fuir, mais je restais, je ne pouvais m'empêcher de réagir à ses charmes et à ses provocations.

Il soupira avec lassitude.

— Quand tout a été terminé, je lui ai formellement interdit de me rappeler et je suis parti comme si j'avais le diable aux trousses. La semaine suivante, le harcèlement téléphonique a commencé. C'est devenu un cauchemar. Elle n'arrêtait pas. Vingt, trente fois par jour, elle appelait le bureau. Le soir, elle m'appelait chez moi toutes les dix minutes. Pour me joindre, elle passait même par le service quand je sortais pour échapper au téléphone. Cela a duré des semaines. Jusqu'à ce que je menace de la faire interner si elle ne cessait pas. Du jour au lendemain, c'était terminé. Plus d'appels. J'osais à peine y croire. Enfin, j'étais libre. Après plusieurs semaines sans récidive, je me suis efforcé d'oublier cet épisode sordide, de l'effacer de ma tête. Et puis, vous m'avez laissé un message pour m'avertir de sa mort.

Rowena demeura sans voix. Enfin, elle avait entendu la vérité, mais ce n'était pas tout, et elle ne savait comment aborder la suite, elle n'était même pas sûre de le vouloir.

Visiblement las, il reprit :

— Pourquoi avoir pris le rôle de victime quand vous n'étiez nullement impliquée ? Aucun mal ne vous a été fait, à vous…

— Ce n'est pas un rôle, Reid. Et c'est vous qui n'avez pas joué franc-jeu.

— Pour l'amour du ciel ! Je n'ai fait que commettre une erreur stupide, et unique, avec une femme qui se trouvait être votre sœur ! Maintenant, puis-je savoir en quoi je vous ai menti sur mon diagnostic ? Pendant que vous y êtes, videz votre sac.

— Je me suis mal exprimée à propos de votre diagnostic. Vous ne m'avez pas menti, mais vous vous êtes trompé. Je viens seulement de le découvrir.

— Pourriez-vous m'éclairer ? demanda-t-il, amer, en desserrant sa cravate.

Mark reparut alors, portant un plateau de fromage avec des crackers. Il le déposa sur la table en déclarant :

— J'ai décidé de jouer les arbitres. Sinon, vous allez continuer à tourner en rond sans jamais en venir au but.

— Mark, je préférerais que tu ne te mêles pas de cela !

— Si, coupa Reid. Je crois qu'il a raison.

Puis, levant sa chope vide, il ajouta :

— Cela vous ennuie si je vais me resservir du café ?

— Pas du tout, dirent en chœur Mark et Rowena.

Dès qu'il se fut éloigné, Rowena attaqua à mi-voix :

— Mais qu'est-ce qui te prend, Mark ? Pourquoi te mêler de ça ? Jamais je n'aurais l'idée de te faire un plan pareil !

— Je sais. Mais moi, je n'aurais pas besoin de ton aide.

— Ce qui signifie ?

— Que tu pédales dans le yaourt depuis la mort de Claudia. Que vous avez tous les deux besoin d'un médiateur pour vous tenir sur les rails. Que vous êtes aussi nuls l'un que l'autre pour gérer les questions affectives. Alors, je vais vous arbitrer.

— Bonne idée, répéta Reid qui venait de les rejoindre.

— Ote donc ta veste, assieds-toi, détends-toi, lui dit Mark.

Reid drapa sa veste sur une chaise, mais il resta debout, à l'évidence moins détendu que jamais.

— Un peu de fromage, Tony ? proposa Mark.

— Oui, merci, j'ai faim.

— C'est bien ce que je pensais. Je prépare un dîner pour trois.

Rowena laissa échapper un soupir et leva les yeux au ciel.

— Mark, tu profites de la situation ! déclara-t-elle d'un ton accusateur.

— Parfaitement. Allez, Tony, pose-toi.

Quand Reid se fut enfin rassis sur le canapé, Mark se tint devant eux, les bras croisés sur la poitrine, dans l'attitude d'un professeur dévoué mais à bout de patience.

— Bon, je vous explique. Vous avez besoin de parler tous les deux et cela ne doit pas attendre. Rowena, tu t'es laissé aveugler par la mort de Claudia au point de ne pas voir ce qui compte vraiment. Et toi, Tony, tu es peut-être psychiatre, mais, dans le cas présent, cela n'a pas l'air de te servir à grand-chose.

Reid ne put s'empêcher de rire.

— Les psychiatres sont souvent plus aptes à régler les problèmes d'autrui que les leurs. A ce propos, nous parlions de mon diagnostic, Rowena. J'aimerais savoir ce que vous avez découvert.

— C'est du solide, intervint Mark.

— Je te dispense de commentaires.

— Ro, du calme, s'il te plaît. Ton truc, c'est du béton.

Tu comptes user ton énergie à te battre contre moi au lieu de parler à cet homme ?

Elle regarda tour à tour les deux hommes puis agita la tête.

— Ça me fait un drôle d'effet. Je ne comprends rien à ce qui se passe ici.

— Il ne se passe rien, dit Mark.

— J'aimerais bien savoir ce que vous avez trouvé, intervint Reid en prenant un morceau de cheddar.

— Vous êtes de mèche, tous les deux, insista Rowena.

— Dis-lui ce que tu as découvert, Ro.

A contrecœur, elle renonça à vérifier ses soupçons. Ni l'un ni l'autre n'avoueraient avoir conspiré à cette réunion. Elle soupira, se cala dans le coin du canapé et se tourna vers Reid.

— Par une ironie du sort, c'est dans votre salle d'attente que j'ai trouvé cette piste, dans un vieux numéro de *Psychology Today*. Les effets de l'alcool sur le fœtus, cela vous dit quelque chose ?

— Je connais, oui. Et qu'est-ce que cela vous dit, à vous ?

— Ce n'est pas possible ! Je ne peux pas continuer. Vous me traitez comme une de vos patientes !

— Non, Ro, tu te trompes.

— J'aimerais vraiment savoir ce que vous avez trouvé.

Reid s'interrompit, regarda Mark, Rowena, puis Mark de nouveau.

— Elle a raison, tu sais. Ça fait drôlement bizarre.

Rowena éclata de rire.

— Bon. Je rends les armes. Mark, tu veux bien aller chercher les photocopies ?

— Sans problème. Et pendant ce temps, tu pourrais exposer à Tony ta théorie sur le suicide de Claudia.

— Vous avez une théorie, hein ? Cela vous gêne si j'enlève ma cravate ?

— Pas du tout.

En l'observant, elle perdit le fil de ses pensées. Cette manière qu'il avait de passer la cravate par-dessus sa tête sans en défaire le nœud lui rappelait Cary enlevant sa chemise et son pull en même temps puis abaissant son jean et son slip, et les ôtant en un seul geste avec ses chaussettes. En deux temps trois mouvements, il était prêt pour la douche. Elle le revoyait, mince, solide, tout doré de soleil, et il lui manquait cruellement, comme s'il était mort la veille et non depuis des décennies.

— Alors ? la relança Reid.

Il avait de si beaux yeux ! Il était si sensible à ses moindres changements d'humeur. Elle se souvint avec délice de la sensation de ses lèvres contre les siennes quand elle l'avait embrassé sous l'auvent par cet après-midi pluvieux. Il était venu chaque jour à l'hôpital quand elle était dans le coma ; il avait rencontré ses amis et son père. Mark l'avait invité ce soir, et il était venu. Déjà, il avait un pied dans sa vie et, curieusement, elle ne se sentait plus laide en le voyant, car elle savait maintenant que ce qu'il y avait entre eux allait au-delà des apparences.

Il se pencha vers elle, le visage empreint d'une tendre inquiétude.

— Vous vous sentez bien ?

— Vous tenez vraiment à moi, Reid.

— Vous avez trouvé ça toute seule ?

Elle acquiesça de la tête.

— On ne vous a jamais dit que vous étiez un peu lente ?

— Non, mais on aurait dû.

Il lui prit la main et le contact eut sur elle l'effet d'une drogue.

— Alors, votre théorie ?

— Je ne pense pas qu'elle se soit suicidée.

— Mais encore ?

— Peut-être qu'une de ses victimes a découvert son hobby et s'est fâchée.

— Le meurtre est une forme un peu excessive de fâcherie, vous ne trouvez pas ?

— C'est précisément ce que je lui répète depuis des mois, intervint Mark en tendant les photocopies à Reid.

Il prit une part de brie et se tourna vers Rowena.

— Un morceau de fromage, Ro ? Le dîner ne sera prêt que dans une demi-heure.

Elle libéra sa main, entoura ses genoux de ses bras.

— Je devrais vous en vouloir à tous les deux d'avoir conspiré derrière mon dos, mais comme vous m'en voulez sans doute de votre côté, admettons que nous repartons de zéro et parlons de Claudia.

— C'est bien la dernière personne dont j'aie envie de parler, dit Reid, mais si c'est le seul moyen d'en finir, allons-y. A propos des effets de l'alcool sur le fœtus et de ses conséquences, je dois reconnaître, à ma décharge, qu'à moins d'avoir un historique complet du patient depuis sa conception, le diagnostic ne va pas de soi. J'ai cru qu'elle souffrait du syndrome de Clérambault. Les symptômes lui correspondaient parfaitement et rien ne me convaincra du contraire. Mais admettons que vous ayez raison, Rowena. Quel lien voyez-vous entre le syndrome d'alcoolisme fœtal et le meurtre ? Je ne vous suis pas.

— Hé ! intervint Mark. Tu devrais te réjouir de ne plus être sur la liste des suspects.

— Quoi ? Vous avez vraiment cru que j'avais tué Claudia ? Vous me croyez capable de *tuer* ?

— Quand j'ai découvert la cassette, j'ai pensé que c'était peut-être vous.

— Eh bien, je suis ravi d'apprendre que je vous ai fait si bonne impression, commenta-t-il, les sourcils froncés.

— Pour moi, sa mort n'était pas un suicide. Rien ne me fera changer d'avis.

— Vos raisons ?

— Mes raisons ? C'est que je sais, avec certitude, qu'elle ne se serait jamais tuée.

— Qu'est-ce que je te disais ? commenta Mark à l'intention de Reid.

— Vous deux, ne vous liguez pas contre moi ! Je veux bien vous pardonner vos messes basses, mais n'en profitez pas. Je ne suis pas folle.

— Très bien, alors qui a tué Claudia, Ro ?

— Celui qui a filmé la cassette, rétorqua-t-elle.

— Attendez, je ne vous suis plus. Quelle cassette ? s'enquit Reid.

— La vôtre. Toutes les autres ont été filmées grâce à un programmateur électronique. Mais pour la vôtre, il y avait quelqu'un derrière le Caméscope, expliqua Rowena.

Il pâlit de nouveau.

— Il y avait donc un témoin ?

— J'ai bien peur que oui, dit Mark.

— Tu as vu la cassette aussi ?

Mark acquiesça de la tête.

— Grand Dieu ! C'est de mal en pis ! soupira Reid en se prenant la tête dans les mains.

— Bon, je vais finir de préparer le dîner.

Sur ces mots, Mark s'éclipsa dans la cuisine.

— Je suis désolée, murmura Rowena. Tout cela est très déplaisant, j'en conviens.

— Pourquoi ne pas avoir mis une annonce pleine page dans le *Times*, pendant que vous y étiez ?

— Allons, Reid, n'exagérez pas. Ma sœur vous a roulé dans la farine, je sais ce que c'est et, croyez-moi, je compatis. N'empêche que vous n'avez pas été franc avec moi.

— Je ne vous ai pas menti non plus. Je reconnais que, ce soir-là, je ne suis pas parti en courant quand j'en avais encore l'occasion. Mais je ne vois pas en quoi cela vous concerne.

— C'était ma sœur.

— Et alors ?

— Alors… je ne sais pas…

— Mark a raison, vous savez. Je ne suis pas brillant pour régler mes problèmes affectifs.

— Je ne vaux pas mieux que vous sur ce terrain.

— Vous croyez que nous parviendrons à surmonter cette crise ?

— Je pense que l'orage est déjà passé.

— Serai-je astreint à faire pénitence ?

— Sans doute pas.

Un sourire éclaira son visage.

— Alors, à l'avenir, vous me rappellerez si je laisse un message ?

— Il y a de grandes chances, oui.

— Parce que j'ai avoué ?

— Oui, et aussi parce que j'ai décidé que la peur de l'avenir était une perte de temps. Je ne tiens pas à vivre à moitié. Quand on est mort, c'est pour longtemps.

— Rien n'est plus vrai.

— Mon père affirme que Jeanne ne buvait presque pas quand elle était enceinte de moi. Il est donc peu probable que je sois atteinte du syndrome d'alcoolisme fœtal. Pour ne rien vous cacher, j'étais un peu inquiète.

— Vous devez être soulagée maintenant.

— Très. Alors, avant de mourir, il y a un certain nombre de choses que j'aimerais faire.

— Quoi, par exemple ?

— Venez, que je vous le dise tout bas à l'oreille.

Son sourire s'élargit tandis qu'il se rapprochait d'elle.

28

Ils avaient fini de dîner et regagné le salon. Calé dans un coin du canapé, Reid terminait son verre de vin. Pelotonnée dans l'autre, Rowena luttait pour rester éveillée. En face d'eux, derrière la table basse, Mark les observait, assis en tailleur.

Rowena bâilla et déclara :

— Finissez de boire tranquillement. Il faut que j'aille me coucher.

Reid consulta brièvement sa montre.

— Je devrais sans doute rentrer. J'ai des dossiers à mettre à jour.

— Il est à peine 21 heures, je suis désolée, dit Rowena d'un air d'excuse.

— Au lit, Ro ! Tu n'es pas encore remise des suites de l'accident, personne ne t'accusera de gâcher la soirée.

Il se leva et tendit la main à Reid.

— J'ai été content de te revoir, Tony.

— Tu pourrais peut-être venir avec Richard faire un tour en bateau un de ces dimanches ?

— Eh ! Voilà une bonne idée, je lui en parlerai. Ro, je vais charger le lave-vaisselle. Quand tu seras prête à monter, appelle-moi.

— Alors, dit Reid lorsque Mark fut sorti, quand est-ce que je vous revois ?

— Quand aimeriez-vous me revoir ?

— Une promenade en mer samedi après-midi, cela vous tente ?

— Oui, cela me ferait vraiment plaisir.

— Bon. On se parle demain.

— Ecoutez, Reid, j'ai tendance à prendre les promesses à la lettre, alors ne me dites pas que vous appelez si vous ne le faites pas, parce que je vais m'imaginer toutes sortes d'horreurs.

— Bon. Disons donc que je ne vous appellerai pas. Cela vous va comme ça ?

Il lui sourit et ajouta :

— Ce serait risqué de vous embrasser pour vous souhaiter une bonne nuit ?

— Sans doute, mais ne vous en privez pas pour autant.

— Cela vous apprendra à me chuchoter des secrets à l'oreille.

Il se rapprocha d'elle et l'entoura de ses bras.

— Je prends tout à la lettre, moi aussi, murmura-t-il en glissant une main sous son pyjama pour lui caresser le dos.

— C'est tricher que de profiter ainsi de mon état de faiblesse.

— Après tout ce que vous m'avez susurré, vous le méritez. Et puis, j'aime bien tricher.

Elle posa le front sur son épaule.

— Tant mieux. Alors, je viens sur votre bateau et vous abuserez de moi tout votre soûl.

— J'y compte bien.

La main remonta et vint se poser sur son sein. Haletante, elle arrêta son geste en recouvrant sa main de la sienne.

— Je vous attends samedi avec un lot de préservatifs, murmura-t-elle. Et maintenant, rentrez chez vous.

— Je n'ai toujours pas eu mon baiser.

Rougissante, elle lui sourit.

— Prenez-le, il est à vous.

Il lui baisa les lèvres, puis le front, ôta la main de son sein et dit :

— Pour les préservatifs, prévoyez-en deux lots.

Elle éclata de rire, traça du bout du doigt le contour de sa bouche. Il l'embrassa de nouveau, avant de se lever pour aller chercher sa veste.

— Je vous appelle demain.

— D'accord. Bonne nuit, Reid.

Il lui fit au revoir de la main, cria bonne nuit à Mark et quitta la maison.

Elle resta quelques minutes sur le canapé, le temps de reprendre ses esprits, puis elle rejoignit Mark dans la cuisine et s'assit à la table de marbre en attendant qu'il achève de charger le lave-vaisselle.

— Tu as besoin d'aide pour monter ?

— Tout à l'heure.

Il essuya les plans de travail et jeta l'éponge dans l'évier.

— Tu veux du thé ?

Elle déclina l'offre de la tête.

— Qu'est-ce qui t'arrive ? Tu es fâchée pour ce soir ?

— Non. Juste sidérée que tu aies pu faire cela. Tu prends de sacrés risques pour les gens que tu aimes. Je n'ai jamais pris un seul risque de ma vie : j'acceptais les choses pour ce qu'elles étaient, je croyais ce qu'on me disait, ou alors j'allais me cacher pour ne pas voir, en priant le ciel de me faire disparaître.

Il s'assit en face d'elle.

— Qu'est-ce que ça prouve ? Que tu es vivante et bien réelle, que tu as des sentiments comme tout le monde. Tony aussi. Et je crois que, cette fois, tu as compris qui il était vraiment. Tu sais ce qui m'a touché chez lui, Ro ?

— Non, quoi ?

— Quand j'ai appelé pour le prévenir de l'accident, il a tout laissé en plan pour venir. Il n'y a pas beaucoup de gens qui auraient agi ainsi.

— Presque personne, même.

— Tu es sûre que tu ne veux pas de thé ?

— Certaine. Il est temps que j'aille dormir.

— Bon. Alors on monte.

Il l'aida à gravir l'escalier. Au pied du lit, elle le serra très fort dans ses bras.

— Je te remercie pour ce soir, Mark.

Il défit le lit pour elle.

— Allez hop, dans les toiles, le lapin !

Elle obéit et il s'assit près d'elle.

— Ecoute bien, mon petit cœur. Tu es restée près de moi tout le long, jusqu'au départ de Tim. Sa fichue famille ne voulait rien savoir, mais toi, tu étais là. Quand il a été en phase terminale, quand j'avais peur de quitter la chambre de crainte qu'il ne meure pendant que j'avais le dos tourné, tu venais lui tenir la main et lui faire la lecture ; tu l'as nourri, soigné, lavé, tu m'as donné du temps pour aller pleurer en cachette dans la salle de bains. Et après, quand tout a été terminé et que j'ai cru devenir fou dans cet appartement où nous avions vécu, tu m'as offert un nouveau foyer. Alors, s'il te plaît, ne me remercie pas d'avoir arrangé cette petite réunion avec Tony afin que vous puissiez arranger vos affaires. C'était la moindre des choses. Et maintenant dors, fais de jolis rêves. Je te retrouve demain matin.

Deux semaines et demie plus tard, le samedi soir, à 23 heures passées, Ian entra dans le bureau du restaurant et fut si surpris d'y trouver Rowena qu'il en laissa tomber sa cigarette.

— Vous m'avez fait une peur ! s'exclama-t-il en se baissant pour ramasser sa Silk Cut.

— Excusez-moi. Je vous attendais pour pouvoir vous parler en privé.

— Vous vous sentez bien, maintenant ? Vous avez meilleure mine.

— Ça va mieux de jour en jour. Asseyez-vous, Ian.

— C'est-à-dire que…

Il regarda par-dessus son épaule en direction de la porte.

— … Je n'ai pas encore fermé.

— Je vous accompagne. Je commençais à étouffer ici.

Elle le suivit et s'installa au bar tandis qu'il verrouillait l'entrée principale. Lorsqu'il eut terminé, il alla directement derrière le comptoir.

— Vous prenez quelque chose ? Je pensais boire un cognac avant de rentrer.

— Non, merci.

A l'évidence, il avait l'intention de rester de l'autre côté du bar, de maintenir la distance entre eux.

Après avoir sorti un cendrier, il écrasa sa cigarette, en alluma une autre et tendit le paquet à Rowena.

— Servez-vous.

— Non, je vous remercie, Ian. Vous êtes sûr que vous ne voulez pas vous asseoir ?

— Je préfère être debout. De quoi souhaitiez-vous me parler ?

Tout en prenant une gorgée de cognac, il l'observait par-dessus le bord de son verre à liqueur.

— Je crois qu'il est temps que vous me disiez ce qui est arrivé au juste, Ian.

Une voiture de police passa lentement dans la rue et tous deux se retournèrent pour la regarder.

— Pourquoi a-t-il fallu que vous vous entêtiez ? demanda-t-il, attristé. Je vous avais pourtant mise en garde.

— Je n'avais pas le choix. Malgré tous ses défauts, Claudia était ma sœur.

— Je trouve cela aussi surprenant qu'au premier jour.

— Avez-vous eu une part quelconque à la mort de ma sœur ? s'enquit posément Rowena.

Si la question le troublait, il n'en montra rien. Il inspira profondément et répondit :

— D'une certaine manière, oui.

— C'est vous qui avez filmé le Dr Reid, n'est-ce pas ?

Il acquiesça de la tête en fixant la fenêtre.

— Pourquoi, Ian ? Pourquoi avez-vous fait cela ?

Il haussa les épaules, but un peu de cognac et tira sur sa cigarette.

— Toute l'histoire ressemble à une comédie grinçante. Il fut un temps où j'étais très attaché à Claudia, voyez-vous. Une terrible erreur de jugement de ma part, mais c'est ainsi. J'avais quitté un mariage étouffant en Angleterre, quitté une femme dont le principal but dans l'existence consistait à se faire inviter là où elle savait trouver des membres de la famille royale. Une sotte, évidemment, mais il m'a fallu près de dix ans pour m'en libérer. Je suis venu en Amérique et, n'ayant pas trouvé ce que je cherchais à New York, j'ai opté pour le calme de la campagne et accepté de gérer ce restaurant. Le travail me convenait. J'étais pour ainsi dire né dans le métier. Ma famille possédait plusieurs hôtels, j'avais fait les écoles suisses. Pour moi, c'était une aubaine. J'ai signé le contrat à cause de Claudia. Elle ne ressemblait à rien de ce que je connaissais. Elle était sophistiquée, brillante, avec un soupçon de malice. Et, bien sûr, elle ignorait tout de la restauration. Mais j'admirais son culot et j'ai marché. D'emblée, je suis devenu son confident. Elle me croyait homosexuel, ce qui ne me dérangeait pas, et elle adorait me raconter toutes sortes de potins et les détails de ses conquêtes. Les premiers temps, j'attendais chaque jour avec impatience le récit de ses aventures de la veille. J'écoutais sans rien dire et elle a dû croire que j'approuvais sa conduite. A la vérité, je n'avais pas d'opinion particulière. Je l'acceptais pour ce qu'elle était. Pendant un bon moment, nous nous sommes entendus comme larrons en foire. J'avais mes petites distractions quotidiennes, et elle avait quelqu'un à qui confier ses machinations incessantes. Je m'amusais bien. Ce qui ne vous donne pas de moi une image très flatteuse, j'en suis conscient.

Il s'interrompit, tira quelques bouffées de sa cigarette et s'appuya au bar.

— Inévitablement, au bout de quelques années, ses frasques ont commencé à lui retomber dessus. Dans une petite ville, on ne peut jouer avec les gens sans qu'il y ait de répercussions. Il y a eu un ou deux scandales. La rusée renarde qu'elle était s'arrangeait toujours pour disparaître au moment crucial et reparaissait une fois la crise passée, riant sous cape comme une écolière. Quelques années plus tard, je recevais régulièrement des personnes effondrées, qu'il me fallait consoler en leur offrant un verre avec quelques conseils. A la longue, ma tolérance s'est effritée. Il y avait les coups de fil auxquels elle refusait de répondre, les gens qu'elle ne voulait pas voir, et le processus s'accélérait. A l'entendre parler des cassettes vidéo, j'ai pensé que c'était encore un de ses fantasmes. Avec Claudia, on ne pouvait jamais démêler le vrai du faux, la réalité de la fiction.

— Je sais, dit Rowena. Elle a toujours été ainsi.

— Bon, alors vous comprendrez que, la voyant arriver dans le bureau avec son dernier Caméscope, j'ai bien vu qu'il était réel, mais j'ai tout de même douté des vidéos qu'elle prétendait avoir faites — cela me semblait par trop cynique pour être vrai. J'étais à peu près convaincu qu'elle inventait toutes ces histoires pour me distraire. Avec le temps, j'ai fini par comprendre que je me trompais, que ses récits étaient véridiques et que la jouissance qu'elle prenait à ses conquêtes tenait avant tout à la séduction, et au plaisir d'en posséder la preuve sous forme d'enregistrements vidéo. Elle ne tirait de ses expériences aucune jouissance sexuelle. Celles-ci étaient pour elle le prix à payer pour obtenir une nouvelle victoire. J'ai fini par trouver tout cela bien lassant, et elle avec. Mais j'étais empêtré dans mes propres contradictions. D'une part, je la détestais cordialement, et d'autre part, j'éprouvais toujours pour elle une sorte d'affection irrationnelle. Je sais que cela paraît fou...

— Pas du tout. Je comprends parfaitement. Je n'ai jamais eu de tendresse pour ma sœur, mais je l'ai toujours aimée. Elle était comme une drogue à accoutumance.

— Exactement. J'ignorais que vous aviez d'elle une image aussi... objective.

— Nous n'avons jamais abordé ce sujet, vous et moi. Vous ne m'en avez pas donné l'occasion.

— Certes. Mais j'avais le sentiment d'être en terrain miné, dit-il avec regret.

— Comment vous a-t-elle impliqué dans son manège ?

— Finalement, je crois que je vais m'asseoir. Je suis fatigué. Je redoutais cet entretien depuis des mois, je tâchais de m'y préparer, je m'attendais à... oh, je ne sais pas. Une scène terrible probablement. J'aurais dû me douter que ce n'était pas votre genre.

Ils allèrent s'installer à l'une des tables pour deux qui se trouvaient près de l'entrée et restèrent un long moment silencieux. Enfin, Ian reprit :

— Nous prenions toutes les précautions possibles pour

rester discrets, mais Claudia a tout de même deviné que j'avais une liaison avec Mae.

— Vous aviez une liaison ?

— Qui continue. Depuis cinq ans maintenant. Un arrangement qui nous convient à tous les deux. Mae est divorcée et elle a une fille adorable. Son mariage était une catastrophe et elle n'a aucune envie de se marier. Moi non plus, pour les mêmes raisons. Cette liaison nous permet de satisfaire nos besoins tout en gardant notre liberté. Comme je vous le disais, nous étions très discrets, mais notre relation n'a pas échappé à Claudia. Et elle m'a demandé de lui rendre un petit service, faute de quoi elle se verrait contrainte de réduire le personnel et de supprimer un poste. Si, personnellement, je n'ai pas besoin de cet emploi, ni même d'un autre, ce n'est pas le cas pour Mae. Son ex-époux lui verse rarement sa pension alimentaire et elle vit de son travail ici. Et puis, elle est très fière, et elle n'accepterait jamais que je l'aide financièrement, même sous forme de prêts. Comme toujours, comme je l'avais vue faire avec d'autres, Claudia me prenait par mon point faible. Je lui ai donc demandé ce qu'elle voulait. Oh, rien de bien méchant, m'a-t-elle répondu. Elle avait seulement décidé d'ajouter le médecin à sa collection. Mais cela posait certains petits problèmes. Elle ne pouvait se servir du programmateur et régler son scénario en fonction d'un horaire comme elle le faisait d'habitude. Il allait lui falloir user d'un stratagème pour attirer le médecin chez elle. Et moi, je serais dans la penderie, prêt à filmer le moment venu — s'il venait. « Juste une fois, Ian, et je ne te demanderai plus jamais rien. »

Il s'interrompit en agitant tristement la tête.

— Si cela ne vous ennuie pas, Rowena, je crois que j'ai besoin d'un autre cognac.

— Je vous en prie, Ian, servez-vous.

Il alla remplir son verre au bar et revint s'asseoir en face d'elle.

— Vous êtes très généreuse, Rowena. Je suis vraiment désolé de vous imposer cette affaire sordide. J'espérais que personne n'en saurait jamais rien.

— Personne d'autre n'en saura rien. Mais il faut que je sache.

— J'aurais dû m'en douter. Bon. Où en étions-nous ? Ah oui, au placard, littéralement.

Il eut un petit rire, tira longuement sur sa cigarette, le regard fixé sur les profondeurs obscures de la salle déserte.

— Cette fichue bonne femme. Elle a appelé le service de Reid en prétextant qu'elle était au désespoir, que c'était une urgence. Il l'a rappelée assez vite, et elle lui a fait un numéro sidérant. En quelques instants, j'étais moi-même convaincu qu'elle était au bord du suicide. Puis elle a raccroché et poussé un grand cri de triomphe. Elle avait gagné, le médecin était en route. Elle s'est mise à courir en tous sens pour préparer la scène. Après avoir ouvert la porte d'entrée, elle est remontée comme une flèche pour retoucher son maquillage, se coiffer, se dévêtir, et s'étendre sur le lit dans une pause avantageuse. J'avais peine à ne pas rire. Puis il est arrivé, et là j'ai pris peur. Je ne saurais pas vous expliquer au juste, mais j'avais un terrible sentiment de remords d'avoir accepté de l'aider dans cette mise en scène. Je me demandais si j'étais devenu fou. Qu'est-ce que je fichais là, au fond d'une penderie, avec une caméra ? J'espérais qu'il se fâcherait, qu'il lui ferait la leçon et s'en irait. Mais le malheureux n'avait pas une chance de s'en sortir. Vous avez vu la cassette, vous connaissez la suite.

Il soupira, but quelques gorgées de cognac et poursuivit son récit :

— Par je ne sais quel hasard, elle a eu l'un des rares, sinon le seul orgasme véritable de sa vie. Le pauvre médecin a filé aussi vite qu'il a pu, et moi aussi. Jamais je n'ai eu aussi honte. Je ne pouvais pas la regarder en face, encore moins lui parler. J'ai coupé la caméra et je suis parti sans demander mon reste. Chez moi, je me suis soûlé à me rendre malade, en me disant que, cette fois, c'était bien fini. Mais on n'en finissait pas si facilement avec Claudia. J'avais été bien naïf de croire que le chantage s'arrêterait là. Le lendemain, elle était fin prête à recommencer. Voyez-vous, ce qui l'excitait, c'était d'avoir un témoin. Je n'aurais rien à faire, qu'à rester là, dans la penderie, pendant qu'elle attirait Reid pour une seconde manche. Je lui ai dit qu'il n'en était pas question, qu'elle était folle de croire que le médecin reviendrait la voir après le tour qu'elle lui avait joué.

— Mais elle n'a rien voulu entendre, compléta Rowena. Et elle s'est mise à lui téléphoner jour et nuit.

— Exactement.

— Et puis, d'un seul coup, tout s'est arrêté. Pourquoi ? Que s'est-il passé ?

— Un jour, après avoir harcelé le malheureux diable pendant des semaines, elle s'est rendu compte qu'elle n'avait pas nécessairement besoin que ce soit lui. Que n'importe qui ferait l'affaire pourvu que je sois caché dans la penderie à regarder. Alors, elle m'a menacé. Mae perdrait son emploi si je ne cédais pas. Très bien, lui ai-je dit, en ce cas je démissionne. Tu as un mois pour trouver un nouveau gérant. Mais non, mais non, elle n'avait pas l'intention de renvoyer Mae, c'était une plaisanterie. Et pour de l'argent, est-ce que je le ferais ? Elle me donnerait mille dollars, deux mille. Je lui ai répondu que je pouvais me passer de son argent et que je démissionnais quoi qu'il arrive car j'en avais par-dessus la tête. Là, elle a eu un choc. Le restaurant pâtissait de ses frasques. Le personnel était à cran parce qu'elle s'en prenait à n'importe qui pour la moindre vétille. J'ai posé ma lettre de démission sur le bureau, je lui ai promis de l'aider à me trouver un remplaçant ou une remplaçante et à mettre le nouveau venu au courant, mais ma décision était prise, c'était définitif. J'avais d'ailleurs commencé à prendre contact pour trouver un nouvel emploi à Mae, pensant que si je la mettais devant le fait accompli, elle serait trop contente de quitter Claudia. Tout le personnel serait parti de bon cœur. Nous étions à deux doigts de la mutinerie. Terry m'avait prévenu de son côté qu'on lui avait fait une offre et qu'il songeait sérieusement à partir. Philippe craquait, Doug posait sa candidature dans tous les restaurants. Jusqu'aux garçons de salle qui se plaignaient. Claudia était dans tous ses états. Je ne pouvais pas partir. Elle ne pourrait jamais tenir le restaurant sans moi. Elle ne pourrait pas travailler avec un autre après toutes ces années. Elle ne me demanderait plus jamais rien, mais il fallait que je reste. J'ai tenu bon et maintenu ma démission. Je lui ai répété que je ne la laisserais pas sur la brèche, que je lui trouverais quelqu'un, mais que pour rien au monde je ne resterais au Rendez-Vous. Et qu'est-ce qu'elle a fait ?

Il eut un rire amer.

— C'était d'un ridicule consommé ! Elle n'a pas pris la peine de venir le vendredi soir. Nous étions débordés, nous manquions de bras, il n'y avait personne à l'accueil. Et, au plus fort de la soirée, voilà qu'elle m'appelle en me menaçant de se suicider si je n'acceptais pas de rester. Elle me fait pratiquement mot pour mot le même numéro qu'au médecin. Je lui ai dit d'arrêter son cinéma, que le restaurant était bondé et que j'étais occupé. Elle m'a affirmé qu'elle avait des médicaments, qu'elle allait les avaler. Eh bien, avale-les donc, je n'ai pas le temps pour tes salades ! Et j'ai raccroché.

— Et elle a avalé les pilules, termina Rowena.

Il acquiesça de la tête.

— Le lendemain matin, je me suis réveillé de bonne

heure en me demandant si elle avait été assez folle pour avaler les pilules dans l'idée que je viendrais la sauver in extremis. Voyez-vous, c'était le scénario qu'elle avait imaginé à l'origine pour le médecin, mais elle s'est ravisée, craignant que les médicaments ne la rendent malade et l'empêchent de jouer sa scène de séduction. J'ai donc appelé chez elle et, quand j'ai entendu le répondeur, j'ai décidé qu'il serait plus prudent d'y aller voir. J'aimerais pouvoir vous dire que j'étais accablé de remords quand je l'ai découverte, mais ce n'était pas le cas. Dieu me pardonne, mais j'étais tout simplement soulagé que c'en soit terminé. J'ai vérifié son pouls par acquit de conscience. Elle était déjà froide, à l'évidence morte depuis des heures. Alors, je suis descendu dans la cuisine et je suis sorti fumer une cigarette, le temps de réfléchir. Ensuite, j'ai appelé la police, et puis vous. J'ai agi du mieux que je pouvais. J'aimerais que vous me croyiez.

— Je vous crois, Ian.

— Vous savez, à un moment donné, je l'ai crue malfaisante. Mais elle était entièrement dépourvue de sens moral. Il était impossible de la raisonner. Elle ne comprenait pas. Elle avait entendu parler du bien et du mal, peut-être à la télé, qui sait ? Mais cela n'avait aucun sens pour elle, aucune incidence sur sa vie. Quand j'ai mesuré cela, j'ai compris qu'elle était capable de tout. De ce jour, elle m'a fait peur. Voyez-vous, Rowena, je craignais aussi que ce soit un trait héréditaire. Vous n'aviez pas l'air de lui ressembler, certes. Le matin de sa mort, quand vous êtes arrivée et que vous m'avez pris dans vos bras, j'étais tenté de tout vous dire. C'était un geste tellement sain, tellement humain, tellement au-delà des possibilités de Claudia... Mais comment savoir si vous n'étiez pas un modèle plus évolué, doué d'un talent d'actrice plus perfectionné ? Craignant le pire, j'ai gardé le silence. Ensuite, vous êtes venue travailler ici. La différence s'est fait sentir immédiatement et j'ai décidé de rester. Je pensais que tout s'arrangerait. Visiblement, je me trompais. J'imagine que vous souhaitez me voir partir, conclut-il en fixant le dessus de la table.

— Non. Certainement pas.

Surpris, il releva les yeux vers elle.

— Je vous ai apporté quelques articles à lire. Je pense qu'ils vous aideront.

Elle ouvrit son sac et en tira une enveloppe qu'elle lui tendit.

— C'est une longue histoire, et cela explique pourquoi Claudia était celle que vous avez connue. Ce n'est pas votre faute si elle est morte. Quand vous êtes entré chez moi par effraction…

— Je ne suis pas entré chez vous par effraction, déclara-t-il, perplexe.

— J'ai pensé que vous cherchiez cette dernière cassette.

Il nia vigoureusement de la tête.

— Pourquoi serais-je entré par effraction quand j'avais le double des clés ? Et d'ailleurs, à quoi m'aurait servi cette cassette ? J'avoue que j'ai jeté un bref coup d'œil avant d'appeler la police, mais je n'ai vu sur les étagères du salon que des cassettes de vieux films. J'ai cru à tort qu'on ne découvrirait jamais les autres.

— Elle avait fait aménager une cachette, mais il n'y avait là que la caméra et la dernière cassette. Les autres se trouvaient sur les étagères, camouflées sous des étiquettes de vieux films.

— Ça alors, c'est un monde ! s'exclama-t-il avant de vider le reste de son cognac.

Un monde, oui, et d'authentiques cambrioleurs étaient entrés chez elle, songea Rowena, abasourdie. Ils n'avaient rien volé, sans doute faute de temps, Mark étant arrivé et les ayant fait fuir.

— Excusez-moi d'insister, mais vous comptez vraiment me garder comme gérant ?

— J'y compte effectivement. Si vous souhaitez rester.

— J'étais tellement certain d'être mis à la porte…

Il agita la tête avec lassitude.

— Vous êtes sûre de vous ? Toute cette histoire n'est pas bien jolie et quand vous aurez eu le temps d'y réfléchir…

— Ian, j'y ai réfléchi une bonne partie de ma vie. Ce que vous m'avez avoué n'est pas exactement ce que j'imaginais, mais cela confirme les dires de Tony Reid. Je savais que Claudia ne se serait jamais tuée. De fait, ce n'était pas un suicide, mais un accident, et cela, je le comprends.

— Sur le moment, j'ai remarqué que sa mort vous avait fait un choc, mais vous ne me sembliez pas particulièrement… chagrinée.

— Pour ne rien vous cacher, j'éprouvais le même soulagement que vous. Toute ma vie j'ai eu peur de ma sœur qui, cependant, me fascinait. Et j'en voulais à ma mère de lui passer tous ses caprices. Maintenant, c'est fini, j'ai les réponses à mes questions. Les articles qui se trouvent dans l'enveloppe devraient répondre aux vôtres. Il est tard, et temps de rentrer. Nous avons vécu six mois durs, tous les deux. Reprenons le fil de nos vies et oublions tout cela.

Il se leva et lui demanda, dubitatif :

— Vous pensez oublier aussi facilement ?

Elle se leva à son tour, balayant la salle du regard.

— Je vais m'y employer. Voyez-vous, Ian, ce restaurant était mon rêve.

— Pardon ?

— Jusque dans le moindre détail — l'harmonie des couleurs, la forme des vases, les fleurs. C'est ce que je pensais faire de ma petite part d'héritage à la mort de Jeanne. J'étais même venue visiter les lieux. Lorsque, trois jours plus tard, j'ai rappelé l'agence pour bloquer la vente, on m'a informée que quelqu'un s'était déjà engagé.

Ses yeux revinrent sur Ian, et elle lui sourit tristement.

— Pendant la réception qui a suivi l'enterrement de notre mère, Claudia m'a entendue exposer mon projet à Penny. Par la suite, quand le restaurant s'est révélé être un succès, ma sœur m'a dit : « Tu ne t'en serais jamais tirée, Ro. Tu n'as aucune classe ! » Mais elle se trompait. J'ai toute la classe qu'il faut.

— C'est un fait.

— Alors, pour oublier, comptez sur moi !

Elle se hissa sur la pointe des pieds et posa un baiser sur sa joue.

— Et vous aussi, Ian, vous oublierez. Il est temps d'y aller maintenant. J'ai rendez-vous demain pour une promenade en mer avec Tony Reid, et je tiens à être reposée.

— Brave type, le toubib, commenta Ian d'un air approbateur. Je vous accompagne à votre voiture, Rowena.

Elle attendit sous le porche qu'il mette l'alarme en fonction et verrouille la porte. L'air était frais, le ciel clair, sans nuages.

— Du beau temps en mer pour demain, remarqua-t-il tandis qu'ils se dirigeaient vers le parking.

Il demeura près de la Honda tandis qu'elle ouvrait la portière, prenait place au volant, refermait et baissait sa vitre. Alors, il se pencha vers elle et dit :

— N'oubliez pas votre ceinture.

— Aucun risque !

— Et je vous remercie, mon petit. Je suis soulagé d'un fameux poids.

— Moi aussi, Ian, je suis soulagée.

— Vous pensez reprendre le travail lundi ?
— Comptez sur moi.
Elle lui sourit et, démarrant la voiture, prit le chemin du retour.

A paraître le 1er mai

Best-Sellers n°375 • roman

L'héritière australienne - Lynne Wilding

A la mort de son père, Carla Stenmark hérite d'un domaine viticole dans la Barossa Valley, en Australie. Une propriété dont son père ne lui a jamais parlé. Pas plus que de son passé secret, qu'elle découvre à la lecture de son journal intime : accusé à tort d'avoir séduit la fiancée de son frère, Rolfe a été renié et banni par son propre père. En s'installant à Sundown Crossing avec son fils, c'est donc un double défi que Carla s'apprête à relever : remettre en état un vignoble en friche depuis des années, et renouer avec le clan Stenmark, bien qu'héritière d'un fils maudit…

Best-Sellers n°376 • roman

Les filles du capitaine - Benita Brown

Depuis la mort de leur mère, Josie et Flora Walton sont choyées par leur père et leurs grands-parents maternels. Mais le capitaine a un faible pour Flora, portrait vivant de sa défunte épouse qu'il adorait. Et si Flora est capricieuse et instable, comment lui en vouloir quand on sait que leur mère est morte en la mettant au monde ? Une tragédie que nul n'ose évoquer et dont Josie ne garde qu'un souvenir confus. Pourtant, elle sent qu'on lui cache quelque chose. Un secret de famille qu'elle est bien décidée à découvrir pour exorciser enfin les ombres du passé et permettre à tous les siens de s'ouvrir enfin à l'avenir — et à l'amour…

Best-Sellers n°377 • thriller

Le lien maudit - P.D. Martin

A l'âge de 8 ans, Sophie Andersen a brutalement eu la vision de la scène du meurtre de son frère. Ce drame l'a marquée à jamais. Devenue flic, elle exerce ses talents de *profiler* au FBI tout en essayant d'occulter ce don terrifiant. Cependant une enquête, la plus perturbante de sa carrière, l'oblige à faire appel à ses visions : plusieurs meurtres particulièrement brutaux, d'abord imputés au même tueur en série, semblent avoir été perpétrés non pas par un, mais par plusieurs assassins, qui tuent à l'unisson...

Best-Sellers n°378 • suspense

Sombre présage - Heather Graham

Lorsque Genevieve O'Brien engage Joe Connolly pour enquêter sur la mort d'un membre éminent des « Corbeaux », un club d'amateurs d'Edgar Poe dont fait partie sa mère, celui-ci n'accepte qu'à contrecoeur. Pourtant, Geneviève le sent, la mort rôde autour des Corbeaux. Et Joe, qui possède le don de communiquer avec les défunts, comprend rapidement qu'un tueur obsédé par Edgar Poe rôde dans la ville…

Best-Sellers n°379 • thriller

Jusqu'au dernier souffle - Rita Herron

Survivante d'un *serial killer* qui enterrait ses victimes vivantes, Lisa Langley a vécu l'enfer. Elle tente de se reconstruire lorsque, quatre ans plus tard, des meurtres identiques sont perpétrés. Terrorisée, elle se tourne vers Brad Booker, l'agent du FBI qui l'a déjà arrachée à la mort. Car un autre tueur semble vouloir continuer « l'œuvre » du psychopathe dont Lisa a été cible, et la poursuivre jusqu'à ce qu'elle rende son dernier souffle…

Best-Sellers n°380 • historique

Un parfum d'Irlande - Erin Yorke

Irlande, 1588

Un soir de tempête, alors qu'Alanna O'Donnell cherche un moyen de fuir un mariage forcé, les gardes du château de son oncle capturent l'équipage d'un galion espagnol suspecté d'appartenir à la flotte envoyée par le roi d'Espagne pour envahir l'Angleterre. Nus et entravés, les prisonniers sont déférés devant le seigneur des lieux, et Alanna, est chargée de jouer les interprètes. Troublée, elle ne peut détacher son regard de leur chef, Lucas del Fuentes, un homme insolent qui, en dépit de la situation, ne se gêne pas pour la courtiser. L'oncle d'Alanna, agacé par la tournure des événements, rend son verdict: Lucas et ses hommes seront pendus à l'aube…

Best-Sellers n°381 • roman

Le fruit défendu - Erica Spindler

Issue d'un milieu qu'elle a rejeté et qui lui fait honte, Hope est prête à tout pour échapper à un destin qu'elle hait. La chance se présente à elle sous les traits de Philip St. Germaine, un homme de la haute société qu'elle parvient à tromper sur ses origines et à épouser. Mais la naissance d'une petite fille réveille les démons d'un passé qu'elle croyait avoir laissé derrière elle à tout jamais. Un passé sulfureux dont la petite Glory risque d'hériter… à moins que Hope, qui a pour sa fille les plus grandes ambitions, ne parvienne à lui mentir à son tour sur ses origines…

Composé et édité par les
éditions Harlequin
Achevé d'imprimer en avril 2009

à Saint-Amand-Montrond (Cher)
Dépôt légal : mai 2009
N° d'imprimeur : 90340 — N° d'éditeur : 14273

Imprimé en France